Und flog in anderes Land

Burg Satzvey, Lithographie um 1920

Jeannette Gräfin Beissel von Gymnich wuchs auf in den USA, Argentinien, Deutschland und Frankreich. Seit 1984 organisiert sie historische Veranstaltungen und Incentives auf Burg Satzvey und ist seit 2000 Vorstandsvorsitzende der Touristik Agentur Mechernich. Sie lebt auf Burg Satzvey in Mechernich.

Dieses Buch ist ein Roman. Die Handlung ist frei erfunden, wenngleich im historischen Umfeld eingebettet.
Der Anhang enthält eine Zeittafel und einen Quellennachweis.

Jeannette Gräfin Beissel von Gymnich

Und flog in anderes Land

Minneroman
um Burg Satzvey

Emons Verlag

Umschlagzeichnung: Heribert Stragholz
Druck und Bindung: Clausen & Bosse GmbH, Leck
Printed in Germany 2004
ISBN 3-89705-339-X

www.emons-verlag.de

Ich zog mir einen Falken länger denn ein Jahr.
Als er von mir gezähmt und mir nach Wunsche war
und ich um sein Gefieder goldene Bänder wand,
steil stieg er in die Lüfte und flog in anderes Land.

Fortan sah ich den Falken herrlich schwingen:
er trug an seinem Fuße seidene Schlingen,
es glänzte sein Gefieder um und um von Gold.
Gotte sende sie zusammen, die sich sehnsüchtig hold.

Der von Kürenberg, Falkenlied

Inhalt

Vorwort

Der Minnesänger von Kürenberg ist der älteste namentlich bekannte Dichter in deutscher Sprache. Eine kunstvoll verzierte Abschrift seines »Falkenliedes« befindet sich, zusammen mit anderen alten Pergamenten, im Familienarchiv der Burg Satzvey. Die Schrift ist an vielen Stellen verblasst, doch noch immer erzählen die Fragmente der Seiten die Geschichte einer großen Liebe. Einer Liebe, bei der ein Falke, das »Zähmen« und der Aufbruch in »anderes Land« eine wichtige Rolle spielen.

Im Terrassensalon von Burg Satzvey steht ein Topf mit einem immergrünen Bäumchen, dessen wunderschöne Blüten sich in manchen Nächten öffnen und einen verführerischen Duft verströmen. Zwischen diesem Bäumchen und den Pergamenten gibt es eine Verbindung: Die grünen Ranken, die goldenen Früchte und die rot schimmernden Blüten des Bäumchens finden sich in den Illuminationen auf den alten Schriften wieder. Und die Verbindung zwischen Bäumchen und Pergamenten lebt in einer Tradition fort, die bis zum heutigen Tage von den Nachfolgern der einstigen Burgbesitzer aufrechterhalten wird: Wenn ein liebendes Pärchen auf Burg Satzvey zusammenkommt und heiratet, so wird der Braut eine Blüte des Bäumchens in den Brautstrauß gebunden. Es heißt, diese Blüte berge auf geheimnisvolle Weise den Zauber des Orients in sich und sei Hüterin der Liebe für die Brautleute, solange sie leben.

Die folgende Geschichte geht dem Geheimnis des Bäumchens und jener in Bruchstücken auf den Pergamenten überlieferten Liebesgeschichte nach. Ihre Spuren führen weit zurück in die spannungsvolle Zeit der Minne und Mystik, der Ritter und Raubritter, der politischen Wirren und kirchlichen Machtkämpfe …

Hedewichs Abschied

Schnarchend drehte sich die alte Anna auf ihrem Strohsack. Das klagende Rufen eines fernen Käuzchens drang tief in ihren traumlosen Schlaf, ließ sie jedoch nicht erwachen. Hedewich hingegen erschauerte und presste den kleinen weißen Welpen noch enger an ihre Brust. Schon seit Stunden lag sie wach auf ihrem Lager in der kleinen, mondbeschienenen Kammer. Die Worte, die sie vorhin in ihrem Versteck gehört hatte, klangen noch in ihr nach, bedrohlich und unverständlich zugleich.

Das Versteck! Es befand sich unter der Tafel im Rittersaal der väterlichen Burg. Hier, verdeckt von den schweren Leinentüchern, hielt sich Hedewich gern auf, wenn ihr Vater mit seinen Freunden tafelte. Früher war auch Johann, ihr älterer Bruder, oft heimlich mit ihr unter die Tafeltücher gekrochen. Dann hatte er ihr die Hand vor den Mund gehalten, damit ihr Geplapper ihr gemeinsames Geheimnis nicht verriet. Jetzt jedoch lachte er sie aus. Neuerdings verachtete er Mädchen und hielt sich für klüger und stärker.

Er fühlt sich schon so groß und erwachsen mit seinen zehn Jahren, aber mir macht er nichts vor, dachte Hedewich, während sie sanft über Stellas kurzes Fell streichelte. Zwar ist er älter als ich, aber ich kann schneller reiten als er, und überhaupt habe ich auch viel mehr Mut!

Als ob die kleine Hündin sie verstanden hätte, leckte Stella ihr die Hand.

»Du bist ein süßer kleiner Hund«, sagte Hedewich leise und seufzte. »Hast genau wie ich keine Mutter mehr ...«

Am Nachmittag hatte der Marschall Hedewich gerufen. »Schaut nur, kleine Hedewich«, hatte er gesagt und auf das weiße Hündchen gezeigt. »Wir nennen sie Stella, weil sie so weiß ist wie ein blitzender Stern. Ihre Mutter war eine der besten Bracken unserer Meute, aber heute war sie übereifrig. Sie hetzte den Hirsch an die Felsen und übersah selbst die Gefahr. Sie konnte sich wohl nicht mehr halten und fiel tief hinunter in den Abgrund. Es ist jammerschade und ein großer Verlust! Kümmert Euch daher um Stella, sie braucht all Eure Liebe.«

Hedewich hatte das Hündchen sofort ins Herz geschlossen. »Jetzt bleibst du bei mir«, hatte sie ihm versprochen. »Für immer und immer. Sogar mein Versteck sollst du teilen.«

Dort unter der Tafel hatten sie sich dann ganz still verhalten, Hedewich zu Füßen ihres Vaters, der schlafende Hund in ihrem Schoß. Die Erwachsenen hatten über die Jagd gesprochen und über die Hunde, und Hedewich war schläfrig geworden. Dann jedoch hatte das Gespräch jäh eine andere Wendung genommen. Ihr Pate, Jakobus von Metzenhausen, den Hedewich wegen seiner lustigen Art besonders liebte, sprach ungewohnt ernst.

»Gerhard«, sagte er zu Hedewichs Vater, »acht Jahre ist's nun her, seit Eure Frouwe bei der Geburt von Hedewich verstarb ...«

Sofort war Hedewich hellwach.

»Mir ist's, als wäre es gestern gewesen«, hörte sie ihren Vater antworten. »Ich fühle sie noch überall ... Ja, manchmal denk ich sogar, ich hörte ihre Stimme.«

»Ich weiß, Euer Kummer war groß und hat Euch nie verlassen«, erwiderte Jakobus verständnisvoll. »Ich schätze Euch sehr, und Eure Trauer bedrückt auch mich. Um Eure Tochter jedoch mache ich mir seit geraumer Zeit Sorgen, Gerhard. Sie ist ein Wildfang, reitet und tobt wie ein Junge. Sie wächst zu frei auf, ohne Kenntnis der höfischen Sitten.«

»Ihr sprecht mir aus der Seele«, stimmte Gerhard von Are nachdenklich zu. »Es wird Zeit, mit ihrer Ausbildung zu beginnen. Ihr wisst doch, dass ich unseren guten Freund Phylipp von Vey als künftigen Ehemann für Hedewich auserkoren habe ...«

»Phylipp von Vey«, unterbrach ihr Bruder Johann das Gespräch. »Ist das nicht der mutige Ritter, von dem alle sagen, er hätte seine Burg alleine gegen vierzig Diebe verteidigt?« Aufgeregt stieß Johanns Fuß immer wieder gegen sein Stuhlbein. »Und diesen edlen Herrn soll meine kleine Schwester ehelichen?«

»Warte nur ab, mein Sohn.« Gerhards Stimme klang liebevoll und beruhigend. »Die Zeit schreitet schneller voran, als du es jetzt zu glauben vermagst. Ja, Phylipp ist ein mutiger Mann, edel und gerecht. Zudem hat er einen großen Besitz. Wenn die Zeit reif ist, wird Hedewich ihn ehelichen. So ist's beschlossen.«

Johann, der hörbar an etwas kaute, murmelte kaum vernehmlich: »Dieses wilde Kind soll eine feine Dame werden? Unvorstellbar!« Wie versehentlich ließ er einen Apfel zu Boden fallen. Dann beugte er sich unter die Tafel und lupfte das Leinentuch.

»Psst«, flüsterte er und schnitt seiner Schwester eine Grimasse. »Edelfrouwe, Ehefrouwe Hedewich!« Er zwickte sie in den Arm, hob den Apfel auf und wandte sich wieder der Tafel zu, als wäre nichts geschehen. Gerhard hatte tatsächlich nichts bemerkt. Mit ernster Miene wandte er sich an Jakobus.

»Genau dies ist meine Sorge«, sagte er. »Hedewich hat nie die Fürsorge einer Mutter gekannt. Anna kümmert sich liebevoll um sie, das ist gewiss. Sie ist eine gute Magd, doch roh und ungebildet. Wie soll Hedewich eingeführt werden in die Pflichten, die sie später auf Phylipps Burg in Satzvey erwarten werden?« Er seufzte tief. »Was soll ich bloß tun?«

»Denkt an die Worte, die bereits Hugo von St. Victor über die Erziehung der Klosterschüler schrieb: *Bonitatem et disciplinam et scientiam doce me*«, gab Jakobus zurück.

»*Lehre mich Gutsein, Zucht und Wissen*, ganz recht«, hörte Hedewich ihren Vater murmeln. »Und die Ausführungen Hugos von St. Victor ob des Zusammenhangs zwischen der inneren Einstellung und dem äußeren Auftreten sind mehr als recht und gemäß, Jakobus, doch wohin nur sollt' ich Hedewich geben?«

»Auch darüber habe ich mir Gedanken gemacht«, sagte Jakobus, während Hedewich angespannt lauschte. »Ihr wisst, ich habe eine Tante, Elisabeth von Hengebach ist ihr Name. Nach der Geburt ihres Sohnes beschloss sie, das Lager nicht mehr mit ihrem rechtmäßigen Ehemann Wilhelm zu teilen, und so trennten die beiden nicht nur die Schlafstätte, sondern gleich auch ihre Heimat und zogen jeder in ein eigenes Kloster. Hier gilt Elisabeth als unnahbare Äbtissin. Streng ist sie, aber gerecht und auch verständnisvoll. Bei ihr wäre Hedewich standesgemäß aufgehoben.«

Noch lange hatten die beiden über die Äbtissin, das Kloster und die Reise dorthin gesprochen. Ihre Stimmen hoben und senkten sich und ließen Hedewich in einen dämmerigen Halbschlaf fallen. Erst als die Männer ihre Stühle beiseite schoben, schreckte sie auf. Sie hörte noch die letzten Worte ihres Vaters:

»So sei denn am Ende der Woche der Aufbruch ins Kloster. Kämmerer, ordnet das Nötigste!«

Die Worte machten ihr Angst. Sie kündigten eine Veränderung an, die sie nicht verstand, und sie fühlte, wie sich ihre Augen mit heißen Tränen füllten. Nachdem die Männer mit Johann den Saal verlassen hatten, war Hedewich verstört unter der Tafel hervorgekrochen. Stella war ihr tapsig gefolgt. Zusammen hatten sie unbemerkt den Saal durchquert und die Tür erreicht, die ins hintere Treppenhaus führte. Hier hatte Hedewich das Tier in die Arme genommen und die steile Treppe hinaufgetragen. Dann war sie leise in ihre Kammer geschlichen. Und nun lag sie da, den Kopf zum Bersten voll mit all den verwirrenden Worten, die sie gehört hatte, und hoffte vergebens auf den erlösenden Schlaf.

Plötzlich kam feiner grauer Nebel auf. Wie immer ohne jede Ankündigung war er da und breitete sich langsam im Schlafgemach aus. Zuerst spürte Hedewich den kühlen Hauch auf ihrer Wange. Sie lauschte tief in seine unwirkliche Stille hinein und fühlte seine vollkommene Leere. Dann roch sie den zarten Duft unbekannter Blüten. Mit allen Sinnen erfasste sie das Unfassbare, bis es ihr ganz selbstverständlich erschien. Sie wusste, sie war nicht allein. Langsam verdichtete sich der Nebel und formte sich zu einer Frauengestalt, die zu ihr kam und sich an ihr Nachtlager setzte. Leise Worte drangen an das Ohr des Mädchens.

»Große Veränderungen stehen dir bevor, die schmerzlich, aber notwendig sind.« Die Frau strich ihr zärtlich über die Stirn. »Sorge dich nicht, mein Kind, denn ich werde dich immer begleiten.«

»Dann ist es wahr, was ich heute hörte«, flüsterte Hedewich atemlos, »ich muss die Burg und alles hier verlassen?«

»Es ist wahr und entschieden«, sagte die Stimme sanft. »Du wirst viel Neues sehen, Hedewich, manches wird dir fremd, anderes sogar grauenhaft erscheinen. Aber vertraue mir. Du sollst wissen, dass mein Schutz dich überall umgibt.«

Damit verblasste die Gestalt, und mit ihr verschwand der Nebel. Der süße Blütenduft aber legte sich beruhigend auf die Sinne des Kindes, bis es in einen tiefen, erholsamen Schlaf fiel.

Am nächsten Morgen wurde Hedewich durch die nasse, raue Zunge ihres Welpen geweckt, der ihr übermütig die Wangen ableckte. Wie ein Traum erschien ihr das nächtliche Geschehen. Sie sprang auf, lief zur Dachluke und schaute hinunter.

Im äußeren Burghof der Nürburg herrschte schon ein betriebsames Kommen und Gehen. Die ersten Dörper, die Bewohner des nahen Dorfes, das zur Burg gehörte, waren bereits eingetroffen, um den großen Zehnt ihrer Ernte zu entrichten. Am Eingang des Hofes säuberte ein in Lumpen gekleideter Feger die Erde. Aus der hinteren Ecke klang der schwere, metallene Rhythmus des Schmiedens. Begleitet von mächtigem Funkenflug formte der Schmied hier seine Schwerter und die Eisen für die Hufe der mächtigen Rösser. Am Brunnen hatten sich einige Frauen versammelt. Sie tratschten und kicherten. Hedewich atmete genüsslich die kühle Morgenluft ein, in die sich der heimelige Duft frisch gebackenen Brotes mischte. Was für ein herrlicher Morgen!

Schnell zog sich Hedewich ihr locker geschnittenes Kleid über den Kopf. Mit Stella in ihren Armen lief sie polternd die Treppe hinunter. Im Hof rannte sie zuerst zum Backhaus, holte zwei warme Wecken und lief damit zum Stall, wo sich ihr Freund Hans um die Pferde kümmerte.

»Sei gegrüßt«, rief sie und warf ihm einen der Wecken zu. »Ist es nicht ein herrlicher Tag? Ich wette mit dir, du kannst mich nicht fangen!«

Schon saß sie auf dem Rücken eines Rappen und trieb ihn hinaus aus dem Stall. Japsend lief Stella ihr hinterher. Hedewich, die sich nur wenig um ein züchtiges Gebaren scherte, raffte ihren Rock hoch. Mit ihren sonnengebräunten Beinen trieb sie ihr Ross noch mehr an.

»He, Hedewich, wohin so in Eile?«, rief der Knecht, schnappte sich Stella und schwang sich seinerseits auf ein mächtiges Kaltblut.

Sie lachte nur, und schon preschte sie durch das weit geöffnete Tor, ließ die Burg hinter sich, jagte ihren Rappen den Mons Nore, den Schwarzen Berg, hinunter und flog im rasenden Galopp weiter über die Felder. Die Zöpfe, die ihr Anna am Abend zuvor geflochten hatte, lösten sich, und ihre langen blonden Haare verfingen sich um ihren Hals. Am Bach angelangt hielt Hedewich an, sprang ab und benetzte ihr Gesicht mit dem kalten, klaren Wasser.

»Da bist du ja endlich«, sagte sie, als Hans behäbig antrabte. Leichten Fußes rannte sie über die taufeuchte Wiese und hüpfte in einen großen Heuhaufen. »Aber gefangen hast du mich immer noch nicht«, rief sie ihm zu und kicherte schelmisch.

Das ließ sich Hans nicht noch einmal sagen! Schnell warf er die Zügel über einen herabhängenden Ast und sprang zu Hedewich in das duftende Heu. Der kleine Welpe schoss hinterher. Eine Weile balgten sie mit Stella im Heu und lachten und tobten, bis sie erschöpft waren. Schließlich legten sie sich an den Bach und ruhten sich aus. Inzwischen war die Sonne gestiegen, und die feuchten Wiesen trockneten. Hedewich schaute in den Himmel und beobachtete die vorbeiziehenden Wolken.

»Sicherlich wird der Stallmeister sehr mit mir schimpfen«, seufzte Hans. Er zählte etwa zwölf Jahre und erledigte seine Arbeit sehr gewissenhaft und tüchtig. »Ihr wisst doch, dass ich nicht mit Euch spielen soll.«

»Ach, Hans!« Auch Hedewich seufzte und sah plötzlich bedrückt aus. »Lange haben wir ohnehin nimmer Zeit dazu. Bald muss ich fort.«

Sie erzählte ihrem Gefährten, was sie gestern gehört hatte, und auch Hans wurde traurig. Der unbekümmerte Zauber des frühherbstlichen Morgens war verflogen. Sie ritten langsam zurück. Hedewich hielt Stella auf ihrem Schoß und ließ Hans den Vortritt, damit sie nicht zusammen erwischt würden.

Wieder in der Burg angekommen, wurde Hedewich zu ihrem Vater gerufen. Behutsam unterbreitete er seiner Tochter, was sie ohnehin schon wusste.

Die nächsten Tage vergingen schnell, denn vieles musste noch gerichtet werden. Johann fühlte die Unsicherheit seiner Schwester und hielt sich wieder öfter in ihrer Nähe auf. Eines Nachmittags fand er sie weinend am Bach.

»Wer wird denn jetzt auf meine Stella aufpassen?«, schluchzte sie. »Vater erlaubt mir nicht, sie mit ins Kloster zu nehmen.«

Vorsichtig und fast schüchtern nahm Johann die Hand seiner Schwester.

Sie schaute zu ihm auf und warf sich dann in seine Arme. »Oh Johann, was soll nur werden?«

Lange hielt er sie an sich gedrückt. Dann schob er sie sanft von sich und sah sie an. War es nur der Schatten seiner langen Wimpern, der plötzlich seine großen tiefblauen Augen verdunkelte, oder war es ein Gefühl von tiefer brüderlicher Zärtlichkeit und Fürsorge? Rasch wendete er den Blick ab. Dann sagte er leise und voller Würde:

»Gib mir deinen Welpen, Schwesterlein. Ich werde ihn hüten und pflegen, bis du wiederkommst. Ich verspreche es dir bei meiner Ehre.«

Hedewich schluckte. Zaghaft schob sie ihm den Hund zu. Stella meinte, das wäre ein neues Spiel, und leckte freudig Johanns Gesicht. Hedewich kraulte ihr weiches, kurzes Fell.

»Sei gut zu Stella, sie wird mir so fehlen«, sagte sie mit belegter Stimme.

»Versprochen«, erwiderte ihr Bruder und legte seine Hand auf die ihre.

Gemeinsam gingen sie den Berg hinauf zur Burg zurück, Seite an Seite, und Stella lief von einem zum anderen.

Von seiner Fensternische aus sah Gerhard Graf von Are und Hochstaden seine beiden Kinder näher kommen. Auch ihm war das Herz schwer. Er liebte seine Tochter sehr, und es bekümmerte ihn zu sehen, wie sie litt. Gleichwohl freute er sich über die Vertrautheit der Geschwister. Und er wusste, dass er für Hedewich das Richtige tat.

Ein letztes Mal noch hieß es auf ihrem gewohnten Nachtlager schlafen. Hedewich hatte sich vorgenommen, diese Nacht auszukosten.

Eng kuschelte sie den warmen Welpen an sich und sog noch einmal seinen Geruch in sich auf. Ein brennender Schmerz durchdrang sie, aber auch eine ungeahnte Aufregung. Was mochte sie wohl im fernen Kloster erwarten?

Obwohl Hedewich dagegen ankämpfte, überkam sie der Schlaf. Als sie am nächsten Morgen wie gewohnt aus der Luke ihrer Kammer hinausspähte, sah sie die goldenen Blätter, die in der Nacht auf die Wiese geregnet waren. Der frühe Frost hatte glänzende Kristalle hervorgezaubert. Vom Teich erhoben sich die ersten Wildgänse und flogen in Richtung Süden. Die Zeit des Abschieds war gekommen. Schon wurden die schweren Lasttiere herbeigebracht. Alles schien so zu sein wie immer, und doch war alles anders.

Unten im Hof stand der Marschall und dirigierte die Diener.

»He da, du Tölpel, so eile dich, die Herrschaft soll heute noch verreisen!«, rief er ungeduldig. »Wird's bald, sonst leg ich dich eigens in Ketten!«

Hedewich hatte immer noch den Welpen in den Armen. Doch Stella spürte die Unruhe des Mädchens und sprang bellend zu Boden.

Im gleichen Augenblick betrat die alte Magd Anna den Raum. In ihren Händen hielt sie eine Schüssel voll heißem Wasser. »Kommt her, kleines Frouwelin, und lasst mich Euch abreiben! Die Zeit drängt, denn bald sollt Ihr fort.«

Mit einem duftenden Tuch wurde Hedewich abgewaschen und getrocknet. Anna reichte ihr frische Kleider.

»So, und nun holt Euch noch ein Frühstück zur Stärkung für die Reise.«

Unten im Saal traf Hedewich ihren Vater und Johann.

»Hedewich, gesell dich zu uns«, empfing ihr Bruder sie. »Vater sagt, ich darf dich begleiten. Und Jakobus kommt auch mit!«

Hedewich nickte stumm. Die Aufregung, die sie noch kurz zuvor gespürt hatte, war einer klammen Furcht gewichen. Keinen Ton brachte das sonst so lebhafte Mädchen hervor.

»Du brichst mir noch das Herz, Kleines, sei doch nicht so verdrießlich!«, sagte ihr Vater. Aufmunternd setzte er hinzu: »Schick dich und lass dich einweisen in die Kunst des Lesens und Schreibens, des Zeichnens und Stickens und in die wichtigen Lehren der häuslichen Wirtschaft. Bei deiner Rückkehr erwartet dich eine große Zukunft als Frouwe des Edlen Phylipp von Vey. Du wirst ihn heiraten und viel Glück und Reichtum erhalten!«

Wieder konnte Hedewich nichts erwidern. Sie schaute rasch weg, denn niemand sollte sehen, wie ihr die Tränen flossen. Abrupt wandte sie sich ab und rannte aus der Tür in den Burghof.

Ihr Freund Hans, der junge Knecht, sah sie kommen.

»Mich dünkt, die Kumpanei ist nicht so ganz lustig und froh«, murmelte er mehr zu sich selbst. Dann lief er eilends den schwer bepackten Dienern und Mägden entgegen.

Umständlich brachten sie Truhe um Truhe aus dem inneren Burghof und schnallten sie auf die Rücken der bereitstehenden Rösser. Auch Körbe mit Pasteten und Käse, frischen Äpfeln und Brot sowie Krüge mit Met, Wein und Wasser wurden den Tieren angebunden. Zu guter Letzt brachten die Diener noch Felle fürs Nachtlager und gewobene Umhänge gegen Regen und Kälte.

Als die Glocke der Kapelle zur neunten Stunde schlug, kam auch Graf Gerhard, gefolgt von seinem Sohn Johann, Jakobus von Metzenhausen und zwei Knechten. Schließlich erschien auch die alte Magd Anna mit Hedewich an der Hand. Sie hatte das Kind im Stall gefunden und vergeblich zu trösten versucht. Ängstlich klammerte sich Hedewich an Annas Hand.

Sieh da, dachte der Knecht Hans, wie verändert meine wilde Spielgefährtin jetzt doch ist!

Hedewich bemerkte seinen Blick. Er erinnerte sie an den würzigen Duft von frisch gemähtem Heu, den klaren Bach, das gemeinsame Herumtoben. Doch der Sommer war vorbei und mit ihm die Freiheit. Starke Arme packten sie und rissen sie aus ihren Träumen.

»Auf geht's, edles Frouwelin!« Der Marschall setzte sie auf den Rücken ihres Lieblingspferds. Hans, ihr einstiger Gefährte, reichte ihr die Zügel. Hedewich spürte seinen sanften, fast zaghaften Händedruck, bevor er weglief und sich hinter der Schmiede verbarg.

Die kleine Gesellschaft setzte sich in Bewegung. Auf prächtigen Schimmeln ritten die Männer, der junge Graf Johann saß auf einer kleineren, fuchsfarbenen Stute. Die Knechte führten kräftige, dunkle Kaltblüter, die trotz ihrer schweren Bepackung mühelos dem Weg folgten.

Hedewich blickte noch einmal zurück und sah, dass Hans wieder aus seinem Versteck getreten war und ihr nachwinkte. In einem Arm hielt er Stella. Fortan würde er, der einfache Stallknecht, in unerreichbare Ferne rücken für sie, die junge Gräfin, die auszog, um die höfischen Sitten zu erlernen. Doch die Erinnerung an ihn nahm sie mit, ebenso wie die anderen kostbaren Erinnerungen an ihre Heimat: die ehrwürdige Nürburg mit ihren weithin sichtbaren Türmen und der schützenden Ringmauer, das Mohnrot und Gelb der blühenden Felder und Wiesen ringsum und den sanften Klang der Laute, die ihr Vater zuweilen zupfte.

War der Tag anfangs sonnig, warm und fast heiter gewesen, so setzte sich im Laufe des Nachmittags eine leise Melancholie durch, unterstrichen von der aufkommenden Kühle. Bei den Kindern stellten sich erste Zeichen von Müdigkeit ein, und die Gruppe musste des Öfteren halten, um zu rasten. Dann ging es zügig weiter.

Immer wieder wurde besonders Johann angetrieben, denn er war von zarter Gestalt. Sein schnelles Ermüden machte seinem Vater Sorgen. Gerhard von Are hätte seinen Sohn nur zu gerne als Knappen in die Dienste seines Freundes und zukünftigen Schwiegersohnes Phylipp von Vey gegeben, um ihn dort die ritterlichen Tugenden erlernen zu lassen. Doch würde Johanns körperliche Verfassung dies zulassen?

Sie ritten noch eine Weile, jeder in seine Gedanken vertieft. Als sie den Wald schließlich hinter sich ließen, nahmen sie die Dunkelheit mit, die sich auf ihre Gedanken und Gefühle gelegt hatte.

»Seht, Gerhard, dort vorne das Dorf! Das ist Blankenheim, und da ist auch die Taverne«, sagte Jakobus, der die Gegend gut kannte. »Dort wollen wir einkehren.«

Im fahlen Lichte der sich neigenden Sonne sahen sie die kleinen Behausungen des Dorfes. Über einem der Häuser schwang an einer Kette ächzend ein Schild. Beim Näherkommen erkannten sie darauf einen schwarzen Bären auf rotem Grund.

Jakobus stieg als Erster vom Pferd. »Hier wollen wir nächtigen, in der Taverne ›Zum Bären‹, kommt, lasst uns eintreten! Eine Rast wird uns jetzt gut tun und eine gute Speise uns auch vorzüglich munden.«

Hedewich und Johann rieben sich müde die steifen Glieder und folgten den anderen. Laut und warm war es drinnen in der Gaststube und rauchig vom offenen Feuer. Der Wirt, ein großer bärtiger Mann, begrüßte sie freundlich. Alle setzten sich um einen der Tische, die Knechte gegenüber den Herren Gerhard und Jakobus. Die Kinder rutschten eng an die Seite ihres Vaters. Bald wurden dampfende Schüsseln mit dickem Linseneintopf gebracht, jeweils eine für zwei Personen.

Johann brach sich eine Kante von dem groben Brot ab.

»Nimm, Hedewich.« Er reichte ihr ebenfalls ein Stück und tunkte seines hungrig in die hölzerne Schale. »Was denn«, sagte er zwischen zwei Bissen, »schmeckt es dir nicht?«

Hedewich tauchte ihren Löffel nur zögerlich in die dunkle Suppe.

»Weiß nicht«, murmelte sie und unterdrückte ein Gähnen.

Gerhard blickte zu ihr hinüber. »Kleines, dir fallen ja schon die Augen zu!«, sagte er besorgt und winkte den Wirt herbei. »Guter Mann, könnt Ihr uns einen geeigneten Schlafplatz zuweisen?«

Der Wirt hatte tatsächlich ein angrenzendes Schlafgemach mit mehreren Schlafplätzen. Von den anderen Reisenden, die sich in der Taverne aufhielten, wurden drei Lager beansprucht, und so beschlossen Gerhard und Jakobus, sich mit den Kindern ein weiteres zu teilen. Die Knechte zogen in die nahe liegende Scheune zu den Pferden.

Prasselnder Regen weckte sie am nächsten Morgen, und Gerhard mahnte zur Eile. Das Wetter würde ein schnelles Vorankommen erschweren, und der Weg zum Kloster war noch weit. Die Kinder wurden gut in ihre Gugeln, die warmen Wollumhänge, eingehüllt und hatten die Kapuzen tief ins Gesicht gezogen. So setzte die Gruppe ihre Reise fort.

Bald verließen sie den matschigen Weg und trabten wieder unter tropfenden Bäumen durch einen nicht enden wollenden Wald. Hedewich und Johann ritten dicht nebeneinander, denn das dämmrige

Licht machte aus Schatten Ungeheuer, und die knorrigen Äste, die bisweilen bis an sie heranragten, schienen nach ihnen greifen zu wollen. Auf einmal hörten sie ein mächtiges Krachen. Und wieder! Je näher sie diesem bedrohlichen Geräusch kamen, desto mehr mischte sich der Geruch der nassen, schlammigen Erde mit dem von brennendem Holz.

Gerhard von Are ritt forsch voraus, dicht gefolgt von Jakobus. Die Knechte beruhigten die Lasttiere und blieben in der Nähe der Kinder. Hedewich bemerkte dichte, schwere Rauchwolken am Rande einer kleinen Lichtung. Schon wollte sie ihrem Vater eine Warnung zurufen und ihn aufhalten, da wurde er bereits von dem Qualm verschluckt und verschwand mit seinem Gefolge aus ihrem Blickfeld.

Ein kleiner Wind kam auf und blies Löcher in die Rauchwand. Während Hedewich noch entsetzt ihrem Vater nachsah, erschien auf einmal auf der Lichtung ein schmutziger, verrußter Mann. Seine Haare waren verfilzt, speckige Strähnen hingen ihm bis zu den Schultern hinab, und sein zahnloser Mund war zu einem teuflischen Grinsen geöffnet. Hinter ihm kam noch ein weiterer, von ähnlicher Gestalt, in gräuliche Lumpen gekleidet. An der Hand führte er ein dreckverkrustetes Kind, das neugierig zu Hedewich heraufblickte. Starr vor Schreck erwiderte sie seinen Blick.

Johann neben ihr gab sich einen Ruck. Nun hatte er an seines Vaters Stelle die kleine Gruppe zu beschützen. Mutig sprach er die Ankömmlinge an: »Gott zum Gruße! Wer seid Ihr?«

Anstatt zu antworten, gingen die drei ärmlichen Wesen voraus und bedeuteten der Gruppe, ihnen zu folgen. Hedewich und Johann verdrängten ihre Angst und ritten durch wirbelnde Rauchschwaden, die sie umstreiften wie der zerrissene Rock einer höllischen Tänzerin. Bald schon versank alles in tiefem Schwarz. Immer mehr dieser merkwürdigen Gestalten umringten sie und bildeten ein unheimliches Geleit. Je tiefer sie in diese unwirkliche Welt vordrangen, desto weniger Bäume umgaben sie. Als sie endlich anhielten, sahen sie vor sich große, runde, erdbedeckte Haufen, aus denen dicke graue Rauchfahnen quollen. Die Augen tränten ihnen, und sie konnten kaum atmen.

Da endlich trat Jakobus auf sie zu. »Hier lebt die einsame Gesellschaft der Köhler«, erklärte er. »Sie sind scheu und nicht an den Umgang mit Menschen gewöhnt. Wer möchte sich bei ihnen schon aufhalten? Aber sie sind auch geschickt. Seht nur, diese Holzstämme. Sie werden geschichtet, angezündet und mit Erde bedeckt. Sorgsam muss die Hitze stetig bewacht werden, damit nach acht Tagen die Kohle entsteht.«

»Und die wird dann nach Smideheim gebracht, wo die vielen Schmiede sie brauchen, um das Eisen zu verschmelzen«, warf Johann ein. »Damit sie daraus die Schwerter und Äxte formen können.«

»Du hast meinen Erklärungen gut gefolgt«, lobte Gerhard von Are seinen Sohn, und auch Hedewich war stolz auf das Wissen und den kühlen Kopf ihres großen Bruders. Wie gut, dass er die ganze Zeit über dicht an ihrer Seite war.

»Diesen Umweg habe ich für meinen Freund, den Herrn Gerhard von Dollendorf, gemacht«, erklärte ihr Vater. »Er bat mich, hier nach dem Rechten zu sehen, denn die ganze Gegend lebt von seinen Schmieden, und letztendlich verdanken auch wir ihm unsere kräftigen Schwerter und schützenden Waffen. Wehe, wenn seine Köhler nicht sorgfältig arbeiten und ihr Werk gar schlampig verrichten! Dann ist auch die Kohle für unsere Schmiedefeuer von minderem Wert.«

Sie verabschiedeten sich und setzten ihren Weg fort. Hedewich war froh, diese beklemmende Welt verlassen zu können. Das Erlebnis aber grub sich tief in ihr Herz ein, und sie vergaß die schwarzen Menschen im Wald nie mehr.

Bald darauf stießen sie an die Urft, deren Lauf sie bis kurz vor Stolzenburg folgten. Hier bogen sie ab und ritten nördlich querfeldein, bis sie nach Marschallsrath gelangten. Bei Alveradis von Rode baten sie um Unterkunft. Ihr Ehemann, der Erbmarschall Frambach Nyt von Birgel, hatte seinen Besitz schmählich verringert. Seine Sucht nach dem Würfelspiel hatte ihn und seine Familie an den Rand des Ruins gebracht. Deshalb konnte Alveradis die Gäste nur auf die Scheune verweisen, wo sie im Stroh auf den mitgebrachten Fellen ein einfaches Lager errichteten.

Immerhin hatten sie noch genug zu essen, und so verging diese Nacht zwar nicht angenehm, aber doch erträglich für alle.

Am dritten Tag hörte es endlich auf zu regnen, und es wurde hell. Im Wald zwitscherten die Vögel, die Welt erschien wie rein gewaschen. Seit Sonnenaufgang war die kleine Gruppe unterwegs und hoffte, noch am selben Tag das Kloster zu erreichen.

Der Tag schritt voran und war außergewöhnlich mild, was sich auch auf die Stimmung der Reisenden auswirkte. Sogar Hedewich schien nicht mehr so verzweifelt zu grübeln, wenngleich sie ungewohnt still blieb.

Am frühen Nachmittag sahen sie in der Ferne das kleine Eifeldorf Bürvenich und mitten darin die steinernen Mauern des Klosters Maria im Tale. Es war das Jahr 1220. Ohne zu ahnen, was sie erwarten würde, ritt Hedewich voran, ihrer Zukunft entgegen.

Im Kloster

In zartem Lila und Rosa zeichnete sich der Morgen am Horizont ab. Ein sonniger Tag kündigte sich an. Aus Backhaus und Stall drangen die trägen, schläfrigen Stimmen der Mägde und Knechte und mischten sich mit dem lauten Gezwitscher der ersten Vögel.

»Gelobet den Herren und wachet auf!«, hörte Hedewich die Stimme ihrer Magd Anna, und mit einem Ruck schnellte sie empor. Doch ihre Augen blickten nicht wie erwartet aus dem kleinen Fenster ihrer Burgkammer hinaus in den Morgenhimmel, sondern nur in die tiefe, erstickende Dunkelheit ihrer Klosterzelle. Traurig musste sie erkennen, dass sie nur geträumt hatte, den gleichen Traum wie in den vergangenen Nächten auch.

Seit drei Wochen war Hedewich nun schon im Kloster. Bislang hatten die strengen Regeln der Zisterzienserinnen ihren ungestümen Willen nicht zu brechen vermocht. Immer wieder spürte sie den heftigen Wunsch, durch blühende Wiesen und Felder zu streunen, und wie ein körperlicher Schmerz breitete sich die tiefe Sehnsucht nach der Heimat in ihr aus – nach deren Klängen, Farben und Gerüchen ebenso wie nach den vertrauten Gesichtern der Menschen, die sie lieb hatte.

Plötzlich stutzte Hedewich und lauschte angestrengt in die Dunkelheit hinein. Irgendetwas störte die vollkommene klösterliche Stille. Erst dachte sie, es wäre nur das tiefe Atmen der anderen drei Novizinnen, mit denen sie den Schlafraum teilte. Doch da hörte sie es wieder: das leise Zirpen eines Vogels!

Wie schlafwandlerisch erhob sie sich von ihrem Strohlager und trat leise aus ihrer Zelle auf den vom Mondschein beleuchteten Flur. Das Zwitschern des Vogels war verstummt, aber an seiner Stelle vernahm Hedewich nun ein schwaches Murmeln. Auf Zehenspitzen schlich sie, den Lauten folgend, den langen Korridor entlang, ließ eine geschlossene Zellentür nach der anderen zurück und stand schließlich vor Benignas Zelle.

Benigna war eine der zwanzig Nonnen des Klosters Maria im Tale, die das Gelübde der Armut und Keuschheit abgelegt hatten. Sie war Hedewich gleich zu Anfang schon aufgefallen. Zwar trug sie genau wie die anderen Nonnen den groben Ärmelrock aus ungefärbter Schafwolle und darüber das schwarze, schürzenartige Skapulier. Doch vermochten weder die weiße Kukulle mit ihren überlangen, glockigen Ärmeln noch das Kopftuch und der darüber liegende dunkle Schleier den fremdländischen Glanz ihrer schwarzen Augen und den Goldton ihrer schimmernden Haut zu verbergen. Was Hedewich aber noch mehr anzog, waren die warmherzige Ausstrahlung und die Ruhe, die von Benigna ausgingen. Auf unerklärliche Weise fühlte sie sich mit dieser Nonne verwandt, wenn nicht im Blute, so doch in der Seele. Sie hatte längst beschlossen, Benigna irgendwann anzusprechen, nur schien ihr der rechte Augenblick dazu bislang noch nicht gekommen zu sein.

Jetzt hörte sie, das Ohr leicht an die Tür gepresst, Benigna mit leiser Stimme singen:

»Im Land zwischen den großen Meeren,
wo der Wind durch die Federn der bunten Vögel streicht,
wo der rote Mohn die Wiesen sanft küsst
und der Mond hinter den Bergen die Sterne bescheint –
dort ist meine Seele geblieben, mit meinem Volk für
immer vereint.«

Unwillkürlich öffnete Hedewich die Tür einen Spalt breit und spähte neugierig hinein. Wie mochte es wohl in der Zelle dieser fremdländisch anmutenden Nonne aussehen?

Karg war der Raum eingerichtet, nur mit dem Nötigsten versehen. Dennoch wirkte er einladend und warm auf Hedewich. Benigna saß an einem Tisch und las in einem Buch. Leise summte sie dabei vor sich hin. Nur eine Kerze spendete ein wenig Licht, und der leichte Luftzug, den die offene Tür verursachte, ließ die Flamme kurz flackern.

Benigna legte ihr Buch beiseite und wandte sich Hedewich zu. »Komm herein, ich habe dich erwartet!« Sie lächelte das Mädchen mitfühlend an. »Ich kenne die Sehnsucht nach der verlassenen Heimat, die dich so sehr plagt«, sagte sie mit ihrer dunklen, singenden Stimme. »Ist es nicht deine treue Magd Anna, die dir am meisten fehlt?«

Hedewich konnte nur stumm nicken. Ihr Hals war wie zugeschnürt. Heiß stiegen ihr die Tränen in die Augen. Woher kannte diese Nonne den Namen ihrer geliebten Magd?

Als ob sie ihre Gedanken erraten hätte, fügte Benigna hinzu: »Ich lese in Träumen und wusste, du würdest dem Ruf meiner Vögel folgen.«

Erst jetzt sah Hedewich auf dem steinernen Fußboden neben Benignas Strohlager einen Käfig stehen. Seine Stäbe aus goldenem Flechtwerk waren mit Perlen und bunten Steinen verziert. In dem Käfig saßen zwei Vögel von solch schöner Farbenpracht, wie Hedewich sie noch nie in ihrem Leben gesehen hatte. Sie trat näher heran, um sie genauer zu betrachten. Der eine Vogel schillerte blau, und je länger Hedewich ihn anschaute, desto eindringlicher fühlte sie sich an die klare Tiefe des Sommerhimmels ihrer ehemaligen Heimat erinnert. Der zweite Vogel leuchtete grün. Anmutig hüpfte er von einer Stange zur nächsten, und es war Hedewich, als sähe sie im leichten Schwingen seiner Flügel die Wiesen am Mons Nore, wie sie sich sanft im lauen Frühlingswind wellten.

Waren es die Erinnerungen an glückliche Tage oder die ruhige Ausstrahlung der wesentlich älteren Nonne, die ihr dieses tiefe Gefühl von Geborgenheit vermittelten? Genau wusste Hedewich es nicht, aber sie fühlte sich so leicht und heiter wie schon lange nicht mehr. Zum ersten Mal seit ihrer Ankunft im Kloster wich der dumpfe Druck der Einsamkeit und Traurigkeit von ihrer Seele.

Neugierig schaute sie sich weiter in dem kleinen Raum um. Auf einem niedrigen Tisch neben dem Käfig stand ein rot blühendes Bäumchen. Sein irdenes Gefäß war mit Mustern und seltsam verschlungenen Linien verziert. Doch vor allem die großen roten Blüten zogen Hedewich wie magisch an. Wie glänzende Kelche richteten sie sich auf den dünnen Ästen empor. Noch nie hatte Hedewich solch eine Pflanze gesehen. Sie beugte sich über eine der Blüten und sog ihren süßen Duft ein. Zart war er und so köstlich! Und er kam Hedewich seltsam bekannt vor. Wie ist das nur möglich?, fragte sie sich. Verwirrt hob sie den Kopf. Merkwürdig – obwohl ein kalter Windstoß durch das offene Fenster wehte, fror sie nicht in ihrem dünnen Hemd. Das rote Feuer der Blüten schien die Zelle der Nonne zu erhellen und zu wärmen. Plötzlich erinnerte sich Hedewich wieder an die gütige Frau, die ihr so manches Mal im Nebel erschienen war. Sie hat versprochen, immer auf mich zu achten, dachte sie, und an ihr haftete ein ebenso herrlicher Duft wie dieser …

Ihr Blick begegnete dem der Nonne. »Darf ich denn bei Euch sein?«, fragte Hedewich.

Benignas Lächeln vertiefte sich. »So hast du mich doch noch gefunden«, sprach sie, ohne auf die Frage des Mädchens einzugehen. »Komm jederzeit zu mir, wenn du dich einsam fühlst. Ich kann dir Geheimnisse erzählen, die dich trösten und erfreuen werden.«

Die Nonne Benigna war gar nicht so streng und unnahbar wie die anderen. Wie alt mochte sie sein? Das enge Kopftuch drückte ihr tiefe Falten in die Stirn.

Ihre Gedanken wurden unterbrochen, denn durch die geöffnete Tür des goldenen Käfigs flog plötzlich der blaue Vogel heraus und setzte sich auf Hedewichs Schulter. Aufmerksam beobachtete er sie aus seinen glänzenden roten Augen.

Unterdessen piepte der grüne Vogel ängstlich vom Inneren des Käfigs her.

»Ich tue Eurem Freund nichts«, flüsterte Hedewich, »seht nur, wie friedlich er bei mir sitzt.«

»Das Weibchen ist immer ängstlicher als sein kühner Partner«, entgegnete Benigna mit einem Lächeln. »Warte nur ab! Wenn es merkt, dass du ihm wohl gesonnen bist, wird es sich beruhigen, und wer weiß, vielleicht fliegt es auch heraus und setzt sich hinzu.«

»Erzählt mir doch«, bat Hedewich, »was sind das für Vögel?«

Benigna bedeutete ihr, auf einem niedrigen Schemel Platz zu nehmen, und rückte ihren Stuhl in die Nähe des Kindes.

»Höre dazu eine wundersame Geschichte«, sagte sie und begann zu erzählen.

»In einem fernen Land vor langer, langer Zeit verstarb in einer Vollmondnacht der alte, weise König. Er war bekannt für seine vielen guten Taten, und so überkam seine Untertanen eine große Traurigkeit nach seinem Tod, und die Stadt war erfüllt von Jammern und Weinen. In den Gassen flossen die Tränen zusammen zu einem Fluss, der zu einem großen, breiten Strom anschwoll. Dieser Strom riss alles mit sich weg, sowohl den Unrat als auch die Körbe mit den süßen Früchten, die auf den Mauern zum Trocknen in die Sonne gestellt waren.

Die Seher und Geistlichen versammelten sich auf dem nahe gelegenen Berge und sprachen: ›Dies ist ein schlechtes Omen, ein schlechteres kann es nicht geben! Denn mit dem Tode unseres guten Königs ist unser Land überflutet, von lähmender Trauer erfüllt, und der Fluss der Tränen schwemmt das Gute und das Schlechte zugleich ins große Meer. Was sollen wir tun?‹

Sie beratschlagten sieben Tage und sieben Nächte lang. Unterdessen weinten die Menschen immer noch und versanken in tiefer Trostlosigkeit. Am achten Morgen dann, als der Mond sich vor dem goldenen Kleid der Sonne verneigte, lächelte der Älteste unter den Weisen und sprach: ›Seht her! Die beiden Vögel der Verheißung fliegen heran. In ihren Schnäbeln tragen sie den heiligen Zweig.‹

Alle blickten auf und sahen einen grünen und einen blauen Vogel. In ihren Schnäbeln trugen sie Zweige, und jeder Zweig blühte scharlachrot. Der Älteste der Weisen hob seine Hände und sprach: ›So erfüllen sich die Worte des Propheten, der einst sagte: *Es wird kommen der Tag der großen Trauer, wenn euer Vater euch verlässt, und ihr werdet verzweifelt sein und weinen. Doch sein Tun ist größer als euer Verständnis, und so werden eure Tränen euch reinigen sowohl vom Schmutz, der euch vergiftet, als auch vom Besitz, der euch belastet. Wenn eure Herzen und eure Seelen ganz gereinigt sind, werdet ihr den Geist der Freiheit empfangen und mit ihm die Früchte, um euch zu laben, zu stärken und ewig zu erfreuen.*‹ Da gaben die Vögel den Menschen ihre Zweige«, schloss Benigna. Sie stand auf und ging hinüber zu ihrem Bäumchen. Vorsichtig nahm sie einen Zweig zwischen ihre Finger. »Die Menschen pflanzten die Zweige in die fruchtbare Erde und ernteten bald darauf rotgoldene Früchte, deren harte Schalen einen nie gekosteten, süßen Saft enthielten«, fügte sie leise hinzu. »Die Vögel blieben bei den Menschen und vermehrten sich, um sie mit ihrem Gesang zu erfreuen, und die Menschen erkannten die Güte des Vaters in allen Wesen dieser Erde.«

Hedewich hatte der Geschichte wie gebannt gelauscht. Langsam kehrte sie in die Wirklichkeit zurück und zog fröstelnd ihre bloßen Füße näher an sich heran. Der blaue Vogel ließ sich nicht durch ihre Bewegung aufschrecken und blieb beharrlich auf ihrer Schulter sitzen. Fragend blickte Hedewich zu dem Bäumchen.

Benigna war ihren Augen lächelnd gefolgt. »Siehst du, kleine Hedewich«, sagte sie, »so war der Abschied vom König gleichzeitig der Anfang des Glücks für die Menschen. Sie hatten nämlich gelernt, sich von den Dingen zu trennen, die sie nur belasteten. Mit den Vögeln kam die Freude zurück, und die Menschen tanzten und feierten ein großes Fest.«

Behutsam streckte Hedewich dem blauen Vogel ihren Finger entgegen, und voller Vertrauen kletterte er darauf.

»Geh wieder zu deiner Freundin«, sagte sie und gähnte. »Du bist sicher genauso müde wie ich.«

Sie brachte ihn in den Käfig zurück und drehte sich zu der Nonne um. »Ich danke Euch für die Geschichte. Darf ich Euch und die Vögel wieder besuchen?«

»Du bist mir jederzeit willkommen«, antwortete Benigna. »Und wenn du traurig bist, denk daran, so zu sein wie die Menschen im fernen Land. Versuch dich zu trennen von den Gedanken, die dich betrüben. Komm und spiel mit den Vögeln. Ich glaube, auch dir werden sie Glück und Freude bescheren.«

Getröstet machte sich Hedewich auf den Weg in ihre Zelle zurück. Nach der Wärme, die sie in der Zelle von Benigna empfunden hatte, schien der Gang draußen eisig kalt zu sein. Düstere Schatten kauerten in den Erkern, doch Hedewich fürchtete sich nicht. In Gedanken war sie noch immer im Land der blühenden Zweige. Als sie sich leise wieder auf ihr Strohlager sinken ließ, lächelte sie glücklich. Die harte, kratzende Wolldecke störte sie diesmal nicht. Mein Geheimnis nimmt mir keiner, dachte sie, und mit einem zufriedenen Seufzer schlief sie ein.

Am nächsten Morgen, als die Glocke zur Prim, dem dritten Gottesdienst des Tages, rief, fühlte sich Hedewich erfrischt wie schon lange nicht mehr. Voller Tatendrang warf sie die Decke von sich und sprang auf.

»Schnell, schnell, du Schlafmütze!«, rief ihr die dicke Gunhildis zu.

Von den dreien, mit denen Hedewich ihre Kammer teilte, war ihr dieses Mädchen am wenigsten lieb. Es war fünf Jahre älter als Hedewich, aber einfältig und von roher Gestalt. Auch die Zeit im Kloster hatte es nicht bilden können.

»Die Prim ist schon eingeläutet«, tadelte Gunhildis laut. »Sieh dich nur an! So zerzaust und verschlafen, wie du bist, wird dir sicher zur Strafe das Morgenbrot verwehrt.«

»Und du, wie siehst du erst aus!«, entgegnete Hedewich. »Mach dir keine Hoffnung auf mein Morgenbrot. Ein wenig heiliges Fasten käme dir nur zugute!«

Gunhildis eilte wütend herbei und gab Hedewich eine schallende Ohrfeige. Alle fünf Finger zeichneten sich rot auf ihrer Wange ab.

»Wehe, du verrätst etwas, dann wirst du erst recht meine Kraft zu spüren bekommen«, flüsterte ihr Gunhildis noch ins Ohr, bevor sie im Laufschritt die Kammer verließ.

Hedewich wusste, das Mädchen würde seine Drohung in die Tat umsetzen. Sie rieb sich die Wange und ging zum Fenster. Wie nur sollte sie die nächsten Jahre in diesem kalten Kloster überstehen? Das nächtliche Erlebnis fiel ihr wieder ein. War es vielleicht doch nur ein Traum gewesen? Ganz sicher war sie sich nicht. Da entdeckte sie plötzlich eine hellblaue Vogelfeder, die sich im Stoff ihres Hemdes verhakt hatte, und ein Lächeln ging über ihr Gesicht. Rasch versteckte sie die Feder unter ihrem Kissen.

Jetzt war aber wirklich höchste Eile geboten! Hastig fuhr Hedewich in ihr grobes Kleid und die ärmellose Kukulle und schlüpfte in ihre ledernen Schuhe. Sie wusste, die anderen beneideten sie darum. Aber auch wenn ihr die Schuhe die Missgunst der Schwestern einbrachten, konnte und wollte sie nicht darauf verzichten. Schon bei dem Gedanken, barfuß auf dem kalten Steinboden zu gehen, schüttelte es sie erbärmlich.

Sie lief zur Kapelle und kniete sich in die hinterste Reihe. Vorsichtig spähte sie nach vorne. Da habe ich noch einmal Glück gehabt!, dachte sie und betete leise: »Danke, lieber Gott, dass niemand mein Zuspätkommen bemerkt hat.«

Nach dem Gottesdienst reihte sich Hedewich unter die Nonnen, die Novizinnen und Konversschwestern ein, die andächtig in einer Zweierreihe die Kapelle verließen. Dabei achtete sie darauf, nicht in die Nähe von Gunhildis zu kommen.

Im Refektorium wollte sie sich eben auf ihrem Platz niederlassen, da fühlte sie, wie sich eine Hand in ihre Schulter krallte.

»Komm zu mir, Hedewich«, sagte eine näselnde Stimme. »Glaub bloß nicht, du könntest mir entkommen!«

Hedewich zuckte zusammen, und ein kalter Schauer lief ihr den Rücken hinunter. Schwester Irmina! Das Mädchen spürte, wie der Griff stärker wurde, und drehte sich zu der strengen Nonne um.

»Ich habe dich gesehen«, sagte Schwester Irmina mit zusammengekniffenen Augen. »Du kamst zu spät zur Prim. Zur Strafe wirst du alleine die Kammer säubern, in der du schläfst. Anschließend kehrst du die Gänge, und wenn du damit fertig bist, leerst du den Eimer im Abort!« Ein spöttisches Grinsen huschte über ihre hageren Züge. »Das wird dir eine Lehre sein, kleine Gräfin! Hier sind die Pflichten für alle die gleichen!«

Tapfer schluckte Hedewich ihre Tränen herunter. Niemand sollte sie erniedrigen, schwor sie sich, jetzt nicht und zu keiner anderen Zeit! Sie konnte sich gerade noch ein Stück Brot greifen, schon wurde sie hinausgeschickt.

Zurück in ihrer Kammer, schüttelte sie die Tücher aus, welche die Strohlager bedeckten. Sie kehrte den Boden und wischte den Tisch und die Truhe ab, in der ihre Kleidung und die der Novizinnen gefaltet lag. Dann kehrte sie auch den Gang und schleppte den übel riechenden Eimer vom Abort am Ende des Gangs zu der Kuhle, die hinter dem Kloster nahe den Stallungen ausgehoben war. Dieser Abort durfte nur von der Äbtissin und deren Stellvertreterin benutzt werden. Alle anderen Nonnen sowie auch die Novizinnen und Schülerinnen mussten zum Außenabort gehen, einem kleinen Häuschen nahe der Kuhle.

Endlich war Hedewich mit ihrer Arbeit fertig. Sie wusch sich am Bach ihre Hände und das Gesicht. Ein leichter Regen kam auf und drückte ihre Stimmung. Müde schleppte sie sich zurück in ihre Kammer. Hoffentlich war bald die Sext, die Gebetsstunde, die die morgendliche Arbeitszeit für alle beendet und die Mittagszeit ankündigt. Sie hatte solchen Hunger!

Kaum hatte sie diese Worte gedacht, da stand die verhasste Nonne Irmina vor ihr.

»Lass sehen, ob du deine Arbeit verrichtet hast«, sagte sie unfreundlich und wischte prüfend über die Truhe und den Tisch. Dann ging sie vor die Tür, um den Flur zu inspizieren. Schließlich zog sie Hedewich hinter sich her zum Abort.

»Ich sehe, du hast deine Arbeit verrichtet«, sagte sie in unverändert barschem Ton. »So geh schon und begib dich zum Mittagsmahl! Und denk daran, ab jetzt pünktlich zu sein. Ich habe dich stets im Auge!«

Die nächsten Tage verliefen ohne weitere Missgeschicke. Hedewich hielt sich an die Regeln und versuchte, nicht weiter aufzufallen. Eines Morgens, nachdem sich Hedewich bereits über einen Monat im Kloster aufgehalten hatte, wurde sie zur Äbtissin Elisabeth gerufen. Sie war ihr bisher erst einmal begegnet, das war am Tage ihrer Ankunft gewesen. Damals hatte man Hedewich jedoch schnell in die Obhut einer anderen Nonne gegeben, vielleicht, um den Abschied von ihrem Vater nicht unnötig zu verlängern. Seither hatte sie die Äbtissin nur bei den Mahlzeiten und in der Kapelle gesehen, wobei Elisabeth die Anwesenheit des Kindes nicht weiter zu beachten pflegte.

Was kann sie jetzt nur von mir wollen?, dachte Hedewich bang, während sie zum Empfangsraum eilte. Leise klopfte sie an die Tür. Als sie keine Antwort hörte, drückte sie langsam die Klinke hinunter und trat ein.

Auf einem harten Lehnstuhl vor dem Kamin saß die große, hagere Frau. Streng blickte sie Hedewich an, die schüchtern vor sie trat.

»Seid gegrüßt, ehrwürdige Mutter«, flüsterte sie.

»Tritt näher, mein Kind«, sagte die Äbtissin in einem ernsten, jedoch nicht unfreundlichen Ton. »Ich habe deinen Werdegang beobachtet, seit du bei uns bist. Im Allgemeinen«, sie blickte dem Mädchen prüfend in die Augen, »scheinst du dich ganz gut hier einzuleben. Ich habe also entschieden, dass wir nunmehr mit deiner Ausbildung beginnen wollen. Du kennst den diesbezüglichen Wunsch deines Vaters?«

Hedewich traute sich kaum zu antworten. »Ja, ehrwürdige Mutter«, stammelte sie, »ich meine …« Jäh verstummte sie und überlegte: Was wollte die Äbtissin wohl von ihr hören?

»Ich werde dir einen kleinen Denkanstoß geben«, sprach die Äbtissin. »Es ist der Wunsch deines Vaters, dass du im Lesen und Schreiben gebildet werden sollst. Alle Kenntnisse im rechten Wirtschaften sollen dir zu Eigen werden, auf dass du dich vorbereitest auf deine Zukunft an der Seite des Herrn Phylipp von Vey. Das hat dir dein Vater doch erklärt?« Fragend blickte Elisabeth das Mädchen an.

»Ja, schon, ehrwürdige Mutter. Aber …«, wieder brach das Kind schüchtern ab.

»Sprich nur weiter«, sagte die Äbtissin. »Was liegt dir am Herzen?«

Hedewich fühlte sich ermutigt. »Ich frage mich, wann ich wieder reiten darf«, sagte sie, »und ob ich in den Feldern spielen darf und …«

»Spielen und reiten!«, unterbrach sie die Äbtissin. »Auf keinen Fall! Schließlich bist du nicht zum Vergnügen im Kloster. Eine Dame mit höfischen Sitten sollst du werden, die kultiviert Konversation betreibt und sich um die Dinge des Hauses kümmert. Ferner sollst du in die Kunst des Wirkens und Stickens eingewiesen werden. Darum wirst du fortan jeden Tag um dieselbe Zeit mit Schwester Benigna arbeiten. Sie ist unter uns die Begabteste in der Fertigung der Altartücher, denn ihr Faden reißt nie. So lauf und sei fleißig und achtsam.«

Hedewich verbeugte sich und verließ schnell den Raum. Sie war froh, nicht mehr dem strengen Blick der Äbtissin ausgesetzt zu sein.

Bereits am nächsten Tag ging Hedewich in den großen Raum neben dem Refektorium, in dem die Novizinnen gemeinsam mit den Nonnen an dem Antependium arbeiteten, einem Tuch, das in den schönsten blauen, gelben und roten Farben gewirkt und zum Teil mit goldenen Fäden bestickt und verziert wurde.

»Schändlich«, flüsterte Schwester Irmina, »dies Heidnischwerk soll als Tuch vor den Altar, und das von der Heidin gewirkt!«

»Da habt Ihr eine treffende Wortwahl gefunden«, stimmte Schwester Laetitia ihr zu. »Was mag sich die ehrwürdige Mutter dabei nur gedacht haben?«

»Ich jedenfalls«, tuschelte Irmina, »werde veranlassen, dass das Tuch gründlich gewaschen wird, bevor es am Altar befestigt wird!«

Als die Nonnen merkten, dass Hedewich zuhörte, verstummten sie und richteten ihre Aufmerksamkeit rasch wieder auf die Handarbeit.

Auch Hedewich wandte sich dem Tuch zu. Ihr fiel auf, dass die Muster auf der Umrandung denen des irdenen Gefäßes glichen, in dem Benignas rot blühendes Bäumchen stand. Und noch etwas fiel ihr auf: Je länger sie die goldenen Fäden betrachtete, desto mehr schienen sie sich zu einer geheimen Botschaft zusammenzufügen.

Ich muss Benigna nach der Bedeutung fragen, nahm sie sich vor.

Die Gelegenheit dazu ergab sich beim nächsten gemeinsamen Spaziergang im Klostergarten.

»Mir ist etwas aufgefallen«, sagte Hedewich. »Darf ich Euch danach fragen?«

»Du darfst mich fragen, was du nur möchtest«, sagte Benigna zärtlich.

»Ich habe bemerkt, dass die Muster im Altartuch denen auf Eurem Gefäß ähneln. Und noch etwas fiel mir auf …«

»Ja?« Benigna sah sie erwartungsvoll an.

»Als ich es genauer betrachtete, schienen die Muster lebendig zu werden. Sie schlängelten sich ineinander, ganz so, als ob sie ein Wort bilden wollten. Als ob sie eine geheime Botschaft enthielten. Merkwürdig ist nur, dass niemandem sonst dies auffiel.«

Benigna schenkte ihr einen anerkennenden Blick. »Es ist nicht jedem gegeben, Verborgenes zu sehen«, erwiderte sie langsam. »Du aber bist sehr aufmerksam, und das ist gut so. Schau stets mit offenen Augen um dich, und du wirst alle Geheimnisse erkennen. Denn alles, was ist, war schon immer, und alles, was kommt, ist schon da.«

Hedewich dachte über diese rätselhaften Worte nach, während sie an Benignas Seite zwischen den erfrorenen Beeten hin und her ging. Doch sie verstand die Bedeutung nicht.

»Komm heute Nacht, wenn alle schlafen, wieder zu mir«, sagte Benigna nur und lächelte ihr geheimnisvolles Lächeln. »Dann erzähle ich dir dazu eine weitere Geschichte.«

Am Abend wartete Hedewich ungeduldig auf ihrem Strohlager, bis sie endlich das gleichmäßige Atmen der drei anderen Mädchen hörte. Da wusste sie, sie waren eingeschlafen und würden ihren nächtlichen Ausflug nicht bemerken. Vorsichtig schlich sie zur Tür und spähte auf den kalten Flur. Alles war ruhig. Hedewich lief den Flur entlang und versuchte, die Schatten in den Erkern nicht zu beachten.

Doch plötzlich hörte sie ein Knarren. Sie erschrak und drückte sich schnell hinter einen großen Holzschrank. Gerade noch rechtzeitig, denn schon näherten sich die schweren Schritte von Schwester Laetitia. Hedewich verharrte regungslos in ihrer dunklen Ecke und hielt den Atem an. Sie wollte gar nicht daran denken, was ihr geschehen würde, wenn sie zu dieser späten Stunde hier auf dem Flur gefunden würde! Aber alles ging gut, Schwester Laetitia sah sie nicht. Hedewich wartete noch einige Zeit, nachdem die Nonne vorbeigegangen war. Dann wagte sie sich wieder aus ihrem Versteck hervor und eilte weiter den Flur entlang.

Ohne zu zögern, trat sie in Benignas Zelle ein. Benigna war mit Flickarbeiten beschäftigt. Sie freute sich sichtlich, das Mädchen zu sehen, und bat es sogleich, Platz zu nehmen. Hedewich setzte sich wieder auf den Schemel neben dem Käfig. Diesmal flog der grüne Vogel auf ihre Schulter und kitzelte mit seinem Schnabel sanft ihr Ohr.

»Nun, kleine Hedewich«, sagte Benigna, »hast du über meine Worte nachgedacht?«

Hedewich sah die Nonne voller Spannung an. »Ich habe sie nicht ganz verstanden. Ihr habt mir doch versprochen, mir noch eine Geschichte dazu zu erzählen.«

»Lass dich zuerst in meine Decke einwickeln«, sagte Benigna und legte fürsorglich ihre Decke um Hedewich.

Der grüne Vogel blieb auf Hedewichs Schulter sitzen, und sie fühlte sich warm und wohl.

»In meiner Heimat«, begann Benigna, »war es immer warm. Die Erde war fruchtbar und die Flüsse waren voller Fische. Die Menschen mussten keine Sorgen haben, denn keiner hungerte oder fror. Und doch gab es dort eine traurige junge Frau. Ihre Schönheit war sagenhaft, und viele Männer warben um ihre Hand. Keiner jedoch wurde von ihr erhört. Diese schöne junge Frau besaß einen prächtigen Garten, in dem ein Springbrunnen zu jeder Zeit kühlendes Wasser spendete. Musikanten und Tänzerinnen unterhielten sie, wann immer sie es wünschte, doch niemand konnte ihr je ein Lächeln entlocken. Ihre Eltern gerieten in große Sorge, denn sie wünschten sich nichts mehr als das Glück ihrer Tochter – hatten sie doch nur dieses eine Kind. So sandten sie nach einem Weisen, der sie beraten sollte, und nach vielen Monaten kam er auch. Es war der Meister Rumi.

Er betrat den Garten der jungen Frau und setzte sich unter einen Baum. Dort schlief er ein. Als er erwachte, sah er die schöne Frau neben sich sitzen, doch ihre Augen waren verschleiert von Tränen. Da fragte er sie nach ihrem Kummer.

›Ich suche Erfüllung und Zufriedenheit‹, sagte sie, ›und finde sie nirgends, denn keiner vermag mir zu helfen.‹

›Erfüllung und Zufriedenheit‹, antwortete der Meister, ›kann der Suchende nur in sich selbst finden und erkennen. *Ein Blatt in deinem Garten bedeutet mehr als alle Blätter, die du im Paradies findest.*‹

Da hob sich der Schleier vor den Augen der Frau, und sie freute sich an allem. Und die Freude öffnete ihre Seele und machte sie frei. Alsbald fand sie auch einen guten und ehrbaren Mann, mit dem sie bis an ihr Lebensende in Glück und Frieden lebte.«

Eine Weile herrschte Stille in der kleinen Klosterzelle. Dann stand Hedewich nachdenklich auf, ging zum Bäumchen und pflückte ein kleines grünes Blatt ab.

»War das Blatt, das der Weise meinte, ein Blatt wie dieses?«, fragte sie.

»Das mag schon sein«, antwortete die Nonne. Lächelnd zeigte sie auf eine rotgoldene Frucht, die so reif war, dass sie bereits aufplatzte. Aus ihrem Inneren quollen purpurne Samen. »Sieh nur diesen Granatapfel! Als ich ein kleines Mädchen war, besuchte ein wandernder Prediger auch meine Familie. Er pflückte aus unserem Garten eine Frucht, die so reif war wie diese, und er sagte: ›Die Samen dieser Frucht sind vielfältig. Jedes einzelne Samenkorn aber trägt die Kraft eines ganzen Bäumchens in sich. Ich frage Euch‹, fuhr er fort, ›ist es nicht die Blume, die durch ihr Verblühen den Apfel hervorbringt? Und ist es nicht der Apfel, der durch sein Verfaulen die Samen nährt? Und ist es nicht das Sprießen der Samen, das den Baum hervorbringt, der wiederum Blumen und Früchte und Samen gebärt? So kommt vom Tode die Geburt und vom Ende der Anfang.‹ – An diese Worte muss ich oft denken«, setzte Benigna wie zu sich selbst hinzu.

»Woher kommt denn dieses Bäumchen?«, fragte Hedewich. »Ich habe ein solches noch nie vorher gesehen.«

Benigna wurde still. Ein Glanz wie von Tränen erfüllte ihre Augen, und über ihr Antlitz huschte ein Schatten. Endlich sagte sie leise: »Das Bäumchen kommt aus einem fernen Land, dessen Volk viel Leid erblickte. Aber es ist noch nicht an der Zeit, hierüber mit dir zu sprechen.«

Sie deutete auf das Blatt, das Hedewich immer noch zwischen ihren Fingern hielt. »Sieh hin!«, forderte sie Hedewich auf. »Das Bäumchen bietet noch mehr als die Früchte und Blüten. Auf ihm lebt kleines Spinnengetier.«

Hedewich beugte sich über das Bäumchen. Wieder stieg ihr der süße Duft der Blüten in die Nase. Da sah sie die winzigen Tiere. Sie waren kaum größer als die Spitze der Nadel, mit der sie am Altartuch stickte, und schillerten weiß wie die Perlen am Käfig.

»Dieses Spinnengetier umspannt die Geschehnisse der Welt mit magischen Fäden«, hörte sie Benigna hinter sich sagen, »und fügt sie zusammen zu einem goldenen Netz, einen Faden an den anderen. So hängt alles zusammen, und von einem entwickelt sich alles.«

In den darauf folgenden Monaten arbeitete Hedewich fleißig mit den Nonnen am Altartuch. War ihr die Arbeit anfangs mühevoll erschienen, so entwickelte sie rasch eine erstaunliche Fingerfertigkeit darin, und sogar die Nonne Irmina musste zugeben, dass Hedewich gute Arbeit leistete.

Eines Tages, als Hedewich sich wieder über die bunt bestickte Umrandung beugte, veränderten sich die Formen der verarbeiteten goldenen Fäden, und das Mädchen erkannte plötzlich den Granatapfel von Benignas Baum. Was hat dies alles nur zu bedeuten?

Sie wollte unbedingt mehr von den Rätseln dieser Nonne wissen, und sie spürte, ihr Leben im kalten Kloster in Bürvenich hatte einen Sinn bekommen.

Die Tage wurden zu Monaten, die Monate zu Jahren und diese Jahre, aneinander gereiht durch den goldenen Faden, glichen sich Stich um Stich.

Die Hochzeit

Hedewich war allein in ihrer Kemenate auf Burg Satzvey und stickte an ihrem Hochzeitsgewand aus edlem grünem Seidenbrokat. Die Arbeit ging ihr gut von der Hand. Sechs lange Jahre im Kloster hatten aus dem einstigen Wildfang eine geschickte und überdies reizvolle junge Frau werden lassen, anmutig in Gestalt und Wesen. Sie konnte nun gepflegt Konversation treiben und beherrschte zudem fließend die lateinische Sprache. Auch das Sticken, Wirken und Nähen war ihr unter der geduldigen Anleitung der Nonne Benigna immer besser gelungen. Zuletzt hatte sie die schönsten Bordüren gearbeitet, die nun das Altartuch in der Klosterkapelle zierten. Und wenn die jungen Novizinnen den Faden verloren, was oft geschah, so kamen sie damit gern zu Hedewich, die ihnen half.

»Nehmt euch ein Beispiel an der Jungfrau Hedewich«, pflegte Elisabeth, die strenge Äbtissin, zu sagen. »Ihre Finger sind noch kindlich, doch nie reißt ihr der güldene Faden!«

Mit einem Seufzer ließ Hedewich ihre Handarbeit sinken. Immer wieder wanderten ihre Gedanken zum Kloster zurück. Auch wenn sie die Zeit dort als entbehrungsreich und hart erlebt hatte, so war das Kloster letztendlich ihr Zuhause geworden, und sie hatte sich dort geborgen gefühlt. Doch was half es? Dieser Abschnitt ihres Lebens war ein für alle Mal vorbei.

Eines Tages, es war im Mai des Jahres 1226, war ein reitender Bote ins Kloster gekommen und hatte die Nachricht überbracht, dass Hedewichs Rückkehr vorzubereiten sei, denn ihre Hochzeit mit Phylipp von Vey stehe bevor. Da Hedewich keine Mutter mehr hatte, hatte die Äbtissin ihr Benigna als Vertraute mitgegeben, und dafür war Hedewich sehr dankbar. Seit jener schweren Anfangszeit im Kloster fühlte sich Hedewich der fremdländisch wirkenden Nonne Benigna tief verbunden. In den langen gemeinsamen Klosterjahren war sie ihr nicht nur zum Vorbild, sondern auch zur engen Freundin geworden. Die Aussicht, dass sie beieinander bleiben konnten, half ihr sehr, ihrer Zukunft an der Seite des noch unbekannten Mannes entgegenzugehen.

So hatten sie einige Tage später in Begleitung des Boten und einiger Knechte für immer das Kloster verlassen. Bald darauf konnte Gerhard von Are seine Tochter wieder zu Hause auf der Nürburg begrüßen.

»Hedewich, ich sehe, Ihr habt die Zeit im Kloster gut nutzen können«, sagte er mit unverhohlenem Stolz und schloss sie in seine Arme. »Jetzt seid Ihr wahrlich eine treffliche Partie! Mein Freund Phylipp wird sich an Eurer Anmut erfreuen.«

Sie standen gemeinsam am offenen Fenster oben im Burgturm und schauten über die weite Landschaft.

»Von diesem Platz aus hat man eine herrliche Sicht«, sagte Gerhard und deutete in die Ferne. »Früher habe ich oft von hier aus beobachtet, wie Ihr auf dem Rücken Eures Rappens wild über die Felder galoppiert seid.« Er seufzte. »Wie schwer muss es Euch gefallen sein, die Freiheit Eurer Kindheit gegen das geregelte Leben hinter den Klostermauern einzutauschen!« Liebevoll blickte er Hedewich an.

»Ihr tatet nur das, was Ihr tun musstet«, sagte Hedewich mit einem Lächeln. »In Eurem Handeln spürte ich stets Eure Liebe.«

Gerhard von Are deutete auf einen dunklen Scherenstuhl nahe am Fenster. »Nehmt Platz und hört aufmerksam zu, was ich Euch nun zu sagen habe.«

Hedewich setzte sich und blickte neugierig zu ihrem Vater auf.

»Schon in jungen Jahren versprach ich Euch Phylipp zur Ehe«, sagte er. »Seit der Zeit seid Ihr mit ihm verlobt. Phylipp nimmt die Verbindung zu Euch sehr ernst. So hat er vorgesorgt und bestimmte Ländereien als Brautgabe für Euch vermerkt. Diese stehen Euch alleine zu, falls er sterben sollte.«

Hedewich wollte ihren Vater unterbrechen, fand sie es doch unpassend, so kurz vor ihrer Vermählung über den möglichen Tod ihres Verlobten zu sprechen. Doch Gerhard von Are winkte ab.

»Der weise Mann muss alle Möglichkeiten in Betracht ziehen«, sagte er. »Für den Fall also, dass Ihr Witwe werdet, ist Eure Zukunft wohl gesichert. Ihr sollt auch wissen, dass Ihr eine erhebliche Mitgift von mir erhaltet. Mehr als alles andere wünsche ich Euch aber, dass Ihr glücklich werdet und vielen Kindlein das Leben schenkt.« Er bemerkte nicht, wie Hedewich errötete. »Jetzt nehmt meinen Segen und bereitet Euch vor. In wenigen Tagen ist die Abreise geplant.«

Mit einem großen Gefolge und schwer bepackten Lasttieren waren Hedewich und ihr Vater dann zusammen nach Satzvey aufgebrochen, zur Burg Phylipps von Vey. Hier hielten sie sich nun bereits seit einer Woche auf, doch noch immer hatte Hedewich ihren Verlobten nicht zu Gesicht bekommen.

Es klopfte an der schweren Holztür. Rasch beugte sich Hedewich wieder über ihre Arbeit.

Mit den ihr eigenen leichtfüßigen Schritten trat Benigna ein und begann die Kerzen anzuzünden.

»Die Dämmerung setzt draußen zwar erst zögernd ein«, meinte sie lächelnd, »doch bei der feinen Arbeit hier drinnen braucht Ihr mehr Licht!«

»Danke«, sagte Hedewich. »So geht es wirklich besser.«

Anschließend sprachen sie miteinander das Abendgebet. Bevor die Gefährtin den Raum wieder verließ, wandte sie sich noch einmal zu Hedewich um.

»Ich komme später wieder, um nach Euch zu sehen!«, sagte sie.

Jetzt benutzte sie die förmliche Anrede, denn Hedewich war nicht mehr ihr Schützling – ab dem morgigen Tag würde sie sogar ihre Herrin sein. Trotzdem bestand eine tiefe Freundschaft zwischen den beiden Frauen.

Benigna lächelte noch einmal aufmunternd. »Macht Euch gute Gedanken und seid froh. Morgen ist Hochgezit und Euer Brautlauf! Und Euer Verlobter ist bekannt als edel und gebildet.«

»Edel und gebildet – das mag sein«, gab Hedewich verzagt zurück, »doch ist er auch gütig? Und wie ist seine Gestalt? Ist er groß und feingliedrig oder krumm wie eine knorrige Eiche? Ach, Benigna, mir ist so bang in der Seele! Was, wenn er gar herrisch oder zänkisch ist?«

»Aber, aber, liebe Hedewich«, erwiderte Benigna, und ihr warmes Lächeln vertiefte sich noch, »habt Ihr nicht bemerkt, mit welcher Begeisterung Euer Bruder von seinem Herrn von Vey sprach? Er sei gütig und stark, zudem ein Meister der ritterlichen Tugenden und höfischen Sitten. Ich bin gewiss, bei ihm wird es Euch gut ergehen.«

Dann war Hedewich wieder allein. Beim Schein der Kerzen vollendete sie die letzten Stiche am Saum ihres Kleides. Ihre Gedanken weilten noch bei Johann, ihrem Bruder. Seit zwei Jahren stand er als Knappe in den Diensten von Phylipp. Ja, Benigna hatte Recht, Johann war voll des Lobes über seinen künftigen Schwager.

»Er ist wirklich ein hoher Herr«, hatte er mit glänzenden Augen geschwärmt. »Im Turnei gibt es keinen, der das Ziel öfter trifft als er. Bei der Unterhaltung benutzt er eine kluge Wortwahl, und so ist er beliebt bei seinen Standesgenossen wie auch bei seinen Untertanen.«

»Kann er denn auch tanzen?«, hatte Hedewich zweifelnd gefragt. Sie wusste, dass Phylipp bereits zweiunddreißig Jahre alt war, achtzehn Jahre älter als sie. »Oder ist er zu alt dazu?«

»Tanzen?«, hatte Johann lachend entgegnet. »Ihr werdet keinen finden, der beschwingter tanzt als er. Auch singen und dichten kann er, weshalb er bei den Edelfrouwen wahrlich begehrt ist. Entschuldigt, Schwester, ich meine natürlich, *war*.«

Hedewich legte ihr kostbares Gewand beiseite. Der Saum war nun fertig mit Ranken bestickt. Die langen Schleppenärmel, mit hellgrüner dünner Seide gefüttert, schimmerten im Kerzenlicht. Es war wirklich ein besonders edler Stoff, der ihr wunderbar zu Gesicht stehen würde. Ein Geschenk ihres Vaters. Merkwürdig, dass sie sich nicht recht daran freuen konnte. Wenn sie doch nur endlich ihren Verlobten zu sehen bekäme!

Sie ging zum Fenster und schaute hinunter auf die Burgauen. Schon vor Tagen waren die Hochzeitsgäste aus der nahen und weiteren Nachbarschaft angereist und hatten in prachtvollen Zelten ihre Lager dort unten aufgeschlagen. Auf den Spitzen der Zelte wehten die Wimpel in den jeweiligen Wappenfarben. Die Ritter, die sich im Turnier und in den Geschicklichkeitsspielen messen würden, teilten sich die Zelte mit ihren Knappen, während die Edelfrouwen und -herren eigene Zelte bewohnten. Etwas abseits befanden sich die einfacheren Zelte für die Knechte und Mägde. Zwei Bader hatten ihre dampfenden Zuber aufgestellt und erfreuten sich regen Besuchs. So bot sich von Hedewichs Turm aus ein buntes, bewegtes Bild, das sie begierig in sich aufnahm. Sie sehnte sich so nach Frohsinn und Kurzweil!

Ob sie wohl mit einigen dieser Menschen dort unten Freundschaft schließen würde? Noch kannte sie kaum mehr als ihre Namen. Sie hatte alle Namen gewissenhaft aufgeschrieben und sich eingeprägt, fast so, wie sie früher im Kloster die lateinischen Vokabeln gelernt hatte. Denn natürlich wollte sie all die fremden Herren und Frouwen rechtmäßig ansprechen können. Noch einmal ging sie die lange Liste der Namen durch. Ihr Bruder Johann, der die meisten persönlich kannte, hatte nicht mit seinen Kommentaren über die erlauchten Herrschaften gespart.

Der Herr Gobelin von Cudilsheggin von der Burg Kühlseggen, ein Ministeriale von Köln: »Wahrhaft einer, der sich sehr wichtig nimmt«, hatte Johann spöttisch bemerkt, »wo doch das Einzige, das ihn auszeichnet, seine übergroße Nase ist!«

Der Herr Balduin von Daun mit seiner Frouwe Johanna von der nahe gelegenen Burg Zievel: »Sie sind nahe genug, um uns oft mit ihrer Gesellschaft zu erfreuen«, war Johanns Anmerkung gewesen, »doch ist der Herre Balduin herrschsüchtig und grob und seine Frouwe ängstlich und scheu wie eine Maus.«

Der Herr Dietrich von Smeyge aus Billig: »Ah, der Herre Dietrich ist eine gute Erscheinung!« Diesmal hatte Respekt aus Johanns Stimme geklungen. »Von großer Gestalt ist er, sowohl gebildet im Lesen als auch im Fechten. Und begehrt bei den Frouwen ist er außerdem.«

Der Herr Claes von Katzvey und seine Frouwe Benedikta sowie deren Tochter Praxedis: »Praxedis ist lieblich und fromm, doch würde es ihrem Antlitz wohl tun, nicht nur im ernsten Gebete die Stirn zu runzeln, sondern auch einmal zu lachen. Solche Gedanken scheint sie lästerlich zu finden, aber ihre Eltern sind liebevoll. Die mag ich.«

Der Graf Heinrich von Maubach mit Gräfin Irmgardis und deren Tochter Adelheid: »Gutmütig und warmherzig sind die Eltern. Der Graf schaut zwar gern zu tief in den Becher, und Irmgardis schimpft sehr darüber, aber dann verzeiht sie ihm alles. Wie sollte es denn anders sein, sie sind schon ewige zwanzig Jahre einander angetraut! Adelheid wird Euch auch gefallen. Sie lacht gern und reitet fast so halsbrecherisch wie Ihr.«

Hedewich musste lächeln. Johann verstand es wirklich, sie aufzuheitern. Sie war sehr froh, ihn in ihrer Nähe zu wissen. Auch er hatte sich verändert. Er überragte seine Schwester jetzt um Hauptes-länge und war von deutlich kräftigerer Statur. Seine Stimme war männlich geworden, seine Umgangsformen ritterlich. Doch wenn die Geschwister allein waren, brach immer wieder Johanns jungenhafter Übermut durch. Die Verbundenheit zwischen Bruder und Schwester war durch die sechs Jahre ihrer Trennung nicht abgerissen, im Gegenteil, sie hatte sich eher noch vertieft. Schon gleich bei ihrer Ankunft in Satzvey hatte Hedewich dies gespürt. Johann hatte sie erwartet. Und an seiner Seite war – Stella, die er zu einer vorbildlichen Jagdhündin hatte ausbilden lassen! Stella schien Hedewich sofort erkannt zu haben. Mit großen Sprüngen war sie schwanzwedelnd auf sie zugelaufen, und seitdem waren die beiden ein Herz und eine Seele.

Hedewich lenkte ihre Gedanken wieder auf die Gästeliste. Die Herren Hubertus und Felix von Reifferscheid von der Wildenburg. »Ganz nach meinem Geschmacke«, hatte Johann anerkennend gesagt. »Mit ihnen lassen sich trefflich die ritterlichen Exerzitien üben.«

Der Edelherr Gerhard von Dollendorf mit seinen Töchtern Elisabeth und Gesine von der Burg Smideheim: »Elisabeth ist bereits verlobt mit unserem Vetter Dietrich von Frentz. Sie hat ein liebes Gemüt, ist aber ein wenig zu zurückhaltend für meinen Geschmack. Gesine hingegen ist sehr natürlich und lacht viel. Ihr werdet Eure Freude an ihr haben!«

Hedewich war nicht entgangen, dass ihrem Bruder bei der Erwähnung des letzten Namens eine leichte Röte ins Gesicht gestiegen war. Doch bevor sie ihn darauf ansprechen konnte, fuhr er rasch in der Gästeliste fort. Der Herr Arnold von Gymnich mit seiner Frouwe Judith: »Er wurde durch Gottes Gnade im letzten Kreuzzug gerettet. Stellt Euch vor, Hedewich, dieser edle Herr drohte im Sumpf des Niltales zu ertrinken! In seiner Not gelobte er: Sollte Gott ihn retten, würde er nach seiner Rückkehr in Gymnich eine Kapelle bauen. In diesem Moment flog ein Sumpfhuhn hoch und erschreckte das Pferd des Herrn Arnold derart, dass es sich und seinen Herrn vom Sog des Sumpfes befreite. Getreu seinem Eid hat der Herre Arnold ein Kirchlein gebaut und reitet seitdem jedes Jahr am Feste des Corpus unseres Herrn Jesus Christus betend mit seinen Rittern um die Gemarkung. Den Sumpfvogel aber hat er als Helmzier aufgebracht, sodass ihn ein jeder erkenne.«

Wie gebannt hatte Hedewich Johanns Worten gelauscht. Was der alles zu erzählen wusste! Gewiss war es keine langweilige Gesellschaft, die sie hier erwartete.

Der Markgraf Friedrich von Jülich mit seiner Tochter Ludmilla und deren Bruder Uden: »Ludmilla hat eine fröhliche Natur, ihr Bruder aber ist eitel wie ein Pfau«, lautete Johanns Kommentar.

Der Herr Gisbert von Alfter mit seiner Frouwe Maria von der Burg Metternich: »Phylipp hält den Herrn Gisbert hoch in Ehren und nimmt seinen Rat immer ernst. Seine Frouwe Maria ist zwar lieb, doch leidet sie sehr unter dem frühen Kindstod von dreien ihrer sieben Kinder.«

Der Truchsess Edelhard von Gürtzgen mit Frouwe Alide und deren Sohn Alwin: »Alwin ist der Beste, er ist ein trefflicher Schütze und ein edler Freund.«

Noch viele andere hohe Herren und Frouwen hatte Johann genannt, vom Fronhof zu Eicks, von der Burg zu Müddersheim, von der Hardtburg, von der Veynau und sogar von der entfernt gelegenen Burg Wissem. Hedewich hatte auch diese Namen aufgeschrieben, konnte sich aber gar nicht mehr an alle Kommentare ihres Bruders dazu erinnern. Einen Namen jedoch hatte sie am Ende auf ihrer Liste vermisst: den des Erbmarschalls Frambach Nyt von Birgel und seiner Frouwe Alveradis, in deren Scheune sie einst auf dem Weg zum Kloster genächtigt hatten. Auch über sie wusste Johann Bescheid: Trotz ernster Ermahnungen seitens der kirchlichen und weltlichen Obrigkeit blieb der Erbmarschall weiterhin dem Würfelspiel verfallen. Es hieß, er hätte im Zuge einer Glückssträhne eine gefüllte Geldschatulle gewonnen. Der Verlierer hatte sie ihm mit den mahnenden Worten übergeben: »Auf dem Boden dieser Schatulle ist ein Hund aufgemalt. Gebt Acht, dass Euch die Münzen nie ausgehen und Ihr den Hund nie zu sehen bekommt. Denn sonst ist's vorbei mit Eurem Glück!«

»Mittlerweile ist die Schatulle längst bis hinunter auf den Hund geleert. So ist der Erbmarschall durch seine Spielsucht wahrlich auf den Hund gekommen«, hatte Johann gesagt. »Seine Frouwe und er sind völlig verarmt und können schon lange keiner Einladung mehr folgen.«

Hedewich seufzte und schaute nach unten auf die Burgauen. Sie bemerkte eine kleine Gruppe am Rande, die sich um einen stattlichen Mann versammelt hatte. In der Hand hielt der Mann eine Laute, zu der er sang. Der Wind trug Fetzen seiner Verse hinauf zu Hedewichs Kemenate:

»Trinkt den Wein aus vollen Krügen.
Notabene, Wein vom Sundgau.
Und ein Weib soll bei mir liegen.
Notabene, eine Jungfrau!
Ewig hängt sie mir am Munde!
Notabene, eine Stunde.«

Hedewich lehnte sich weit aus dem Fenster, um besser hören zu können. Das klang ganz anders als die Gesänge, die sie im Kloster gelernt hatte! Sie war so versunken ins Lauschen, dass sie gar nicht bemerkte, wie sich ihre Halskette löste. Erst als das goldene Kreuz, das daran hing, hinunterfiel und tief unten hart auf die Steine aufschlug, fuhr sie erschrocken zurück. Oje! Ihr Verlobter hatte ihr dieses mit Perlen und Rubinen besetzte Kreuz eigens als Zeichen seiner Verehrung bringen lassen!

»Heilige Mutter Gottes«, murmelte sie und machte unwillkürlich das Kreuzzeichen, »was soll ich jetzt bloß tun?«

Sie beugte sich erneut aus dem Fenster, um sich den genauen Ort einzuprägen, an dem das kostbare Schmuckstück nun lag. Da sah sie plötzlich eine Hand, die aus dem Gebüsch nach dem Kreuz griff, es packte und damit wieder verschwand. Jetzt ist alles aus, dachte Hedewich. Verzweifelt setzte sie sich an den Tisch und weinte. So traf Benigna sie an, als sie wieder ins Zimmer trat.

»Hedewich, Liebe, beruhigt Euch!« Sie schloss Hedewich in ihre Arme und strich ihr tröstend über den Kopf. »Beruhigt Euch doch, Hedewich«, wiederholte sie leise mit ihrer singenden Stimme, »es wird alles gut!«

»Wie sollte es gut werden?« Schluchzend gestand Hedewich ihrer Vertrauten, was geschehen war. »Wie soll ich denn morgen vor ihn treten, ohne sein Geschenk?«, schloss sie. »Was wird er von einer künftigen Ehefrouwe halten, die nicht einmal imstande ist, sein Geschenk zu bewahren?«

»Trocknet Eure Tränen und lasst mich nachdenken«, erwiderte Benigna ruhig.

Eine Weile wurde es still im Raum. Endlich meinte Benigna: »Seht, liebe Hedewich, am morgigen Tage werdet Ihr züchtig und keusch vor Eurem Ehemann erscheinen. Eure Brüste werden vom Linnenhemde des Unterkleides verdeckt sein und Euer Hals und Eure Stirn von der eng anliegenden Gugelhaube und dem weißen Schleier. So wird Euer Gemahl nicht bemerken, dass der Schmuck fehlt, und Ihr habt Zeit, das Kreuz von unserem Diener suchen zu lassen.«

Als sie bemerkte, dass Hedewichs Miene sich aufhellte, löste sie sich sanft von ihr und stand auf.

»Lasst uns jetzt schlafen, der morgige Tag wird lang sein.«

»Danke, Benigna«, flüsterte Hedewich und trocknete die letzten Tränen. »Wie gut, dass Ihr bei mir seid!«

Sie legten sich auf ihre Lager. Zwischen ihnen auf einem niedrigen Tisch stand das rot blühende Bäumchen in seinem reich verzierten Topf. Hedewichs Herz pochte immer noch laut, und sie dachte, sie könnte sicher die ganze Nacht kein Auge schließen. Doch noch während sie auf die verschlungenen Muster des Gefäßes schaute, fielen ihr die vom Weinen schweren Augenlider zu, und sie sank in einen tiefen Schlaf.

Mit einem Mal sah sie in einiger Entfernung eine Frau vor sich, die an einem Bach saß und ein seidenes Tuch in den Händen hielt. Der goldene Faden, mit dem es bestickt war, blitzte in der Sonne, und so konnte Hedewich das eingestickte Bild erkennen: Es war der Schwan, den Phylipp in seinem Wappen trug und der auch seinen Helm zierte. Hedewich ging näher heran. Jetzt erkannte sie die Frau: Es war dieselbe, die ihr schon manches Mal erschienen war und Mut zugesprochen hatte.

»Sei nicht traurig, mein Kind, und habe keine Angst«, sprach die Frau sie leise an. »Weißt du nicht mehr, dass ich immer bei dir bin?« Mit einem Lächeln reichte sie Hedewich das Tuch. »Hier, nimm dieses Tuch als Geschenk für deinen Gemahl, auf dass es euch beiden am Tage eurer Hochgezit Glück bringen möge!«

Bei den letzten Worten erhob sie sich und verschwand.

Am Morgen erwachte Hedewich zum Signal eines Horns. Der Himmel vor der kleinen Fensteröffnung leuchtete in zartem Blau und versprach einen schönen, warmen Tag. Benigna war schon aufgestanden, ihr Lager war leer. Das Bäumchen duftete süß, und daneben im goldenen Käfig saßen die beiden Vögel und sangen melodiöser denn je.

Hedewich sprang erfrischt auf. Die Schatten des Vorabends waren gewichen. Sie wollte gerade nach Benigna rufen, da sah sie mit Verwunderung etwas auf ihrem Kopfkissen liegen. Ein Sonnenstrahl verfing sich darin und blendete sie. Es war das bestickte Tuch aus ihrem Traum! Sie nahm es in die Hände, als wollte sie sich vergewissern, dass sie nicht immer noch träumte. Nein, dieses Tuch war Wirklichkeit. Es fühlte sich wunderbar weich an, und aus seinen Fasern strömte ein Duft, den sie kannte. Süß war er, wie der Blütenduft der rätselhaften Frau – und genauso geheimnisvoll.

Wieder erklang der Ton des Horns und dazu das Trommeln von galoppierenden Hufen. Hedewich lief zum Fenster und sah zwei Ritter hoch zu Ross. Sie übten ein Gefecht für das nachmittägliche Turnier. Hedewich schaute gespannt zu. Erst als sie Schritte hinter sich hörte, drehte sie sich um.

Benigna war eingetreten und brachte einen Eimer voll warmem, duftendem Wasser mit.

»Meine kleine Freundin, Euer Tag ist gekommen. Lasst Euch helfen, Euch zu waschen und zu schmücken für das Fest.«

Hedewich wies aufgeregt aus dem Fenster. »Oh Benigna«, rief sie, »schaut nur, die Ritter, wie sie üben ... und dort, die prächtigen Zelte, und da ...«

»Schaut aber auch einmal auf Euch selbst«, lachte Benigna, »zerzauste Haare und noch unbekleidet, so wie Gott Euch schuf!«

Sie begann Hedewich zu waschen und rieb sie anschließend mit einem großen Tuch trocken.

»Jetzt ist Eure Haut rosig und duftend«, sagte sie dann zufrieden. »Hier, zieht Euch erst einmal das Linnenhemd über.«

Danach reichte sie der Freundin das Unterkleid aus hellgrüner Seide. Lange, enge Ärmel waren daran befestigt, die bis ans Handgelenk reichten. Bestickte Bordüren säumten die Ärmel und lagen an wie goldene Reifen. Ein kleiner Schlitz, der mit winzigen Haken verschlossen wurde, erleichterte das Überziehen.

»Wie fühlt Ihr Euch darin?«, fragte Benigna.

»Das Unterkleid passt mir wie angegossen«, strahlte Hedewich. »Und es lässt mir genug Raum, damit ich mich frei bewegen kann.« Übermütig drehte sie sich im Kreise wie zum Tanz.

»Langsam, Hedewich, langsam«, dämpfte Benigna sie liebevoll. »Wir sind noch lange nicht fertig!«

Das schwere Kleid aus grünem Seidenbrokat lag sorgfältig gefaltet auf dem Tisch.

»Ihr habt gut gearbeitet«, lobte Benigna. »Die Bordüren mit den Blütenranken aus Gold sind fehlerlos und fein.«

Vorsichtig hob sie das Kleid mit den langen Schleppenärmeln an und zog es Hedewich über den Kopf. Das Kleid war an den beiden Seiten eingeschnitten und wurde eng an den Körper geschnürt. Durch die Öffnung an der Taille blitzte das helle Grün des Unterkleides durch.

»Eine wunderschöne Ergänzung zum Futterstoff der Ärmel«, stellte Benigna anerkennend fest und zog noch die kleine Schleppe zurecht. Damit die Ärmel, die bis zum Boden reichten, nicht beim Gehen hinderten, schlang sie sie zu einem losen Knoten im Rücken zusammen. Dann trat sie ein wenig zurück und musterte Hedewich prüfend von Kopf bis Fuß.

»Die Farbe des Kleides steht Euch ausgezeichnet und hebt das Grün Eurer Augen noch mehr hervor«, sagte sie. »Ihr seid wirklich eine wunderschöne Braut! Jetzt fehlt nur noch die Kopfbedeckung und der weiße Schleier.«

Vorsichtig kämmte sie die langen Locken der Freundin und zog ihr dann die weiße Gugelhaube über, sodass das Haar ganz bedeckt war. Zuletzt legte sie ihr den weißen Schleier über die Haube und setzte den mit kostbaren farbigen Steinen eingelegten Ring auf Hedewichs Haupt.

»Der sitzt fest und hält den Schleier sicher!«

Lächelnd ergriff sie eine weiße Lilie, pflückte dazu einen Stängel mit einer roten Blüte des Bäumchens ab und verband beide Stiele mit einem gewobenen, goldenen Band.

»Nehmt diese Blumen!« Feierlich überreichte sie der Freundin das kleine Angebinde. »Die weiße steht für Eure Jungfräulichkeit und Reinheit, die rote steht für die Liebe und Fruchtbarkeit. Das goldene Band des Lebens vereinigt sie. So soll es bleiben, solange Ihr lebt.«

Unwirklich erschien Hedewich alles, was sie dann erlebte. Die letzten Stunden vor der Trauung verstrichen, ohne dass sie sie richtig spürte. Zuerst das aufwendige Ankleiden mit Hilfe von Benigna und dann endlich, am Arme ihres Vaters, der Gang zum Altar. Jetzt kamen ihr wieder seine Worte in den Sinn:

»Das Gotteshaus der Burg ist recht klein«, hatte er gesagt. »Wundert Euch also nicht, wenn die geladenen Gäste der Heiligen Messe nicht beiwohnen werden. Die Gefahr, dass sich einige beleidigt fühlen mögen, wenn sie nicht an dem Segen teilhaben können, hat uns beschließen lassen, dass nur der engste Kreis Zutritt haben wird.«

Als Hedewich dann aus der hellen Mittagssonne in den kleinen Raum trat, konnte sie zunächst gar nicht viel erkennen, denn die Burgkapelle war lediglich von einigen Kerzen spärlich beleuchtet. So sah sie zunächst nur die Umrisse des Mannes, der mit dem Rücken zu ihr vor der vordersten Bank stand. Doch als sie in ihrer prächtigen Robe ihm entgegenschritt, den Kopf vom Schleier der

Unschuld bedeckt, wandte er sich ihr zu und sah ihr tief und freundlich in die Augen. Da wusste sie sich sogleich wohl geborgen.

Demütig kniete sich Hedewich hin, und Phylipp folgte ihrem Beispiel. Leise sprach der Priester die lateinischen Worte der Liturgie. Hedewich versuchte andächtig, die Zeremonie zu verfolgen, doch das starke Pochen ihres Herzens dämpfte alle anderen Wahrnehmungen. Endlich erhoben sie und Phylipp sich zu den Worten: »Reichet einander die rechte Hand«, und der Geistliche umwand die beiden ineinander gelegten Hände mit seiner Stola. Darüber legte er seine rechte Hand und sagte zu Gerhard und Benigna gewandt: »Euch aber, die Ihr zugegen seid, nehme ich zu Zeugen dieses heiligen Bundes. Was Gott verbunden hat, das darf der Mensch nicht trennen.«

Und so waren sie vermählt: die vierzehnjährige Hedewich Gräfin von Are und Hochstaden mit dem um achtzehn Jahre älteren Phylipp von Vey.

Als sie dann an seinem Arm zum Ausgang der Kapelle schritt, leuchtete ein Sonnenstrahl durch das Fenster und traf eine schemenhafte Frauengestalt, die unbemerkt im Hintergrund gestanden hatte. Sie kam Hedewich sonderbar vertraut vor. Wer mochte das sein? Doch schon verschwand die Frau wieder in den Schatten des Gewölbes. Zurück blieb nichts als der schwache Hauch von duftenden Blüten.

Draußen vor der Kapelle wurden sie von jubelnden Gästen empfangen, die sie zur Turnierbahn begleiteten. Hier saß Hedewich nun, umringt von edlen Frouwen, und war selbst eine von ihnen geworden. Die Stimme des Herolds riss sie aus ihren Gedanken.

»Senket die Lanzen und begrüßet meine neue Herrin, die edle Frouwe von Vey!«, hörte sie den Herold rufen, und die Ritter, zwei Dutzend an der Zahl, senkten ehrerbietig ihre Lanzen zu Hedewich hin. Jeder einzelne wurde vorgestellt, und Hedewich erkannte viele davon aus den Erzählungen ihres Bruders Johann wieder.

»Ich rufe nun auf«, begann der Herold, »den Herre Dietrich von Smeyge. Er führt in seinem Wappen den roten Drachen auf goldenem Grund. Auf seine ungestüme Art hat er so manche Schlacht gewonnen, sei es auf dem Turneifelde oder in der Taverne ...«

Dietrich von Smeyge ritt in das Feld und wurde stürmisch bejubelt. Hedewich entging nicht, dass besonders die Frauen dem hoch gewachsenen Ritter ihre unverhohlene Bewunderung zollten.

»So grüßet mir denn den Grafen Eberhard von Katzenelnbogen«, kündigte der Herold weiter an. »Sein Ruhm als mutiger und gerechter Streiter eilet ihm voran, und so ist er wahrlich eine Zierde der furchtlosen Ritterschaft!«

Viele weitere folgten, und als alle vorgestellt waren, erklärte der Herold die Regeln des Turniers.

»So werden am heutigen Tage des Herrn folgende Ritterspiele ausgeführt: Ich rufe auf zum Buhurt!«

Die Ritter hatten sich in zwei Parteien aufgeteilt und ritten nun auf den Plan. Prächtig wehten die farbigen Kuvertüren der Pferde, und die auf Hochglanz polierten Helme der tapferen Ritter blitzten in der Sonne. Die Kämpfer wendeten geschickt ihre Rösser und versuchten, die gegnerische Partei mit ihren stumpfen Waffen zu treffen. Dabei wurden sie von den Zuschauern mit mächtigem Jubel angefeuert und zuweilen auch mit Buhrufen bedacht. Hedewich, die der ungewohnte Tumult zunächst erstaunt hatte, nahm zunehmend Anteil am Geschehen. Als schließlich der Sieger verkündet wurde, jubelte sie mit: Es war der umschwärmte Dietrich von Smeyge. Einige der edlen Damen um sie herum schienen allerdings nicht ganz zufrieden mit diesem Ausgang zu sein. Sie hatten wohl insgeheim auf einen Sieg des Grafen Eberhard von Katzenelnbogen gehofft.

»So möge sich die siegreiche Kumpanei des Herrn Dietrich von Smeyge sammeln!«, rief der Herold. »Auf dass nur diese an den nächsten Exerzitien teilnehme. Ich verkünde hiermit den Ritt auf die Quintaine, den Eisernen Roland.«

Ein Drehgestell mit ausladenden Armen wurde von den Knappen hereingebracht. An der einen Seite war ein Wappenschild angebracht, an der anderen hing als Gegengewicht ein Sandsack. Phylipp beugte sich zu seiner jungen Braut hinüber und erklärte ihr, es gelte, diesen Wappenschild im Galopp mit der Lanze zu treffen.

»Nun, Volk zu Satzvey, so ihr des Zählens mächtig seid, so zählet die Runden des Schildes mit und helfet meinem Mathematikus die oculi in summa et additio zu bringen«, rief der Herold. »Und nun, edle Ritter: Reitet heran!«

Ein mächtiger Hieb folgte dem nächsten. Laut zählte Hedewich die Treffer mit. Als sie zwischendurch einmal verstohlen zu ihrem Gemahl hinüberschaute, bemerkte sie, dass sein Blick wohlgefällig auf ihr ruhte. Sie errötete und wandte ihre Augen rasch wieder dem Kampfgeschehen zu.

»Ich küre zum Sieger im Ritt auf die Quintaine den Grafen Uden von Jülich mit zwölf oculi.«

Während rings von den Tribünen Beifall und Jubel erklangen, konnte Hedewich nur mit Mühe einen Unmutslaut unterdrücken. Ausgerechnet diesem Uden von Jülich gönnte sie den Erfolg am wenigsten. Ihr Bruder hatte den Grafen als »eitel wie ein Pfau« beschrieben und fürwahr, das war auch Hedewichs Eindruck! Wie er sich jetzt in seinem Glanze sonnte, sich vor der Damenwelt in die Brust warf und die anderen Ritter mit Herablassung behandelte! Nein, da war ihr der junge, hübsche Herr Alwin von Gürtzgen lieber. Der kämpfte nicht nur sehr geschickt, sondern gewann auch durch sein angenehmes Auftreten. Sie nahm sich vor, bei der nächsten Runde vor allem ihn anzufeuern.

Es folgte das Ringstechen. Hier mussten die Reiter hingehaltene Ringe im Galopp mit ihrer Lanze aufstechen. Sieger war derjenige, dem es gelang, die meisten Ringe zu erhaschen. Hedewich ging begeistert mit. Für Augenblicke vergaß sie ihre vornehme Klostererziehung und ließ wieder das wilde, ungezügelte Temperament ihrer Kindheit erkennen. Einige der edlen Frouwen, die in ihrer Nähe saßen, schauten sich an und schüttelten missbilligend den Kopf. Phylipp aber war entzückt von seiner jungen Braut. Er konnte sich nicht losreißen vom Anblick ihrer erhitzten Wangen und ihrer blitzenden grünen Augen und fühlte sich tief berührt von ihrer natürlichen Schönheit und Lebendigkeit.

Diesmal erreichte Alwin von Gürtzgen die höchste Punktzahl. Glücklich blickte Hedewich zu ihrem Gemahl hinüber. Ohne ein Wort zu sagen, griff er nach ihrer Hand und drückte sie zärtlich. So saßen sie Hand in Hand, während der Herold zum Tjost als letzter Disziplin aufrief. In diesem Lanzenstechen ritten die beiden Tagessieger gegeneinander: Alwin von Gürtzgen gegen Uden von Jülich. Unwillkürlich verstärkte sich der Druck von Hedewichs Hand auf die ihres Gemahls, während sie wie gebannt dem Turniergeschehen folgte.

Der Nachmittag näherte sich bereits seinem Ende, und die Sonne stand tief. Alwin von Gürtzgen hatte das schlechtere Los gezogen: Er musste in die Sonne reiten und wurde von ihr geblendet. Aber trotz dieses Nachteils gelang es seinem Gegner nicht, ihn zu treffen. Die Pferde wendeten zum erneuten Anritt. Diesmal befand sich Alwin im Vorteil, denn nun ritt Uden der Sonne entgegen. Aber auch Alwin traf seinen Kontrahenten nicht, und so waren nach zwei Durchgängen beide noch unversehrt. Es folgte der dritte Versuch. Hedewichs Finger krallten sich aufgeregt in die Hand ihres Gemahls. Krachend traf die Lanze des Grafen von Jülich auf den Wappenschild des Herrn Alwin und zerbrach splitternd. Verhaltener Jubel kam von den Tribünen, besonders von der Seite einiger Frouwen. Hedewich jedoch war enttäuscht. Sie hätte viel lieber den jungen Herrn Alwin siegen sehen!

»Nehmt es Euch nicht so sehr zu Herzen«, tröstete Phylipp sie und löste vorsichtig seine Hand aus ihrer. »Der Ritter Alwin wird noch viele Turneie gewinnen. Er hat das Zeug dazu!«

»So küre ich zum Sieger des heutigen Turneis den Grafen Uden von Jülich«, rief nun der Herold. »Da es sich um das Fest der Vermählung unseres Herrn von Vey handelt, hat dieser verfügt, dass der Verlierer entgegen der Sitte sein Pferd und seine Rüstung behalte. Ich bitte nun den Grafen Uden von Jülich vorzutreten, um aus der Hand unserer neuen Herrin Hedewich das Siegespfand anzunehmen.«

Hedewich gab sich einen Ruck und besann sich auf ihre gute Erziehung. Aufrecht, mit einem verbindlichen Lächeln und vollendeter Höflichkeit, trat sie an der Seite ihres Gemahls hervor und überreichte Graf Uden ein prachtvolles Schwert.

Unterdessen verfingen sich nur noch einzelne Sonnenstrahlen in den hohen Ästen der Bäume, und die Schatten wurden länger und kühler. Die Zuschauer des Turniers lösten sich von ihren Rängen, um sich für das festliche Bankett vorzubereiten.

Hedewich konnte sich nicht satt sehen an den prachtvollen Zelten. Die Händler hatten rund um den Turnierplatz kleine Stände aufgebaut, und dort gab es allerlei Waren zu bestaunen: Stoffe und Gewürze aus fernen Landen, bunte Lederbeutel und Riemen, Salben und Tinkturen. An einem Stand hätte Hedewich gern länger verweilt, denn hier gab es schimmernde Glasperlen, Glocken und Schellen. Auch Zuckerwerk und Gebäck, geröstetes Fleisch und süßer Wein waren in reichlichen Mengen vorhanden, und besonders die Ritter ließen sich diese Belohnung ihrer Mühen munden.

»Meine Herrin, es wird Zeit«, flüsterte Benigna, die sie begleitete und sanft vorantrieb. »Euer Gemahl erwartet Euch an seiner Seite.«

Im Rittersaal der Burg Satzvey war eine lange Tafel errichtet. Das Holz im großen Kamin war hoch aufgeschichtet, und ein großes Feuer verbreitete wohlige Wärme. Phylipp nahm Hedewich sanft an der Hand und führte sie zu ihrem Platz. Links von ihr nahm er Platz, rechts ihr Vater, gefolgt von Johann und den Gästen, die nach strengem Protokoll platziert wurden. Einige der Damen waren im Alter von Hedewich, manche noch nicht verlobt, andere bereits vermählt. Elisabeth und Gesine von Dollendorf sowie Adelheid von Maubach gefielen Hedewich besonders. Natürlich entging ihr nicht, wie Adelheid errötete, wenn der junge Alwin von Gürtzgen sie ansah.

Die Knappen brachten heran, was Küche und Keller hergaben: Braten und Brote und Schmalz, Kapaune, Feldhühner, Schnepfen und Fasane, in Pfeffer gekochtes Wildbret und Kraut mit geräuchertem Speck, in Milch gekochten Reis, Obst, Konfekt und Marzipan und viele weitere Gerichte, so wie es sich für ein großes Fest geziemte. Krüge voll schäumendem Bier wurden gereicht, außerdem Met und kühler Wein. Musikanten spielten auf, und die ersten Gäste begannen zu tanzen.

Doch plötzlich wurde die Feier vom Signal eines Horns unterbrochen. Alle schauten zur Tür: Ein bunt gekleideter Narr, dicht gefolgt von vier Knappen, kam hereingelaufen. Er jonglierte kunstvoll mit sechs ledernen Bällen. Auf einer Trage brachten die Knappen ein mächtiges Teigwerk herbei und stellten es vor Hedewich auf der Tafel ab: Ein prachtvoller Schwan, nach der Helmzier von Phylipp geformt und im Ofen gebacken! Hedewich wurde gebeten, den Körper zu teilen. Zusammen mit Phylipp fasste sie das scharfe Messer und hob einen Deckel des Teigwerkes ab. Da flogen aus dem Inneren des Kuchens vierundzwanzig weiße Tauben empor, die sogleich aufgeregt um die Häupter der Gäste flatterten.

»Schaut hinein in den Kuchen, was die Tauben Euch gebracht haben!«, sagte Phylipp zu der jungen Braut und lächelte verschmitzt.

Neugierig sah sie hinein – und erblickte das prächtige Kreuz!

Er lachte und küsste ihre Hand. »So nehmt es und verliert es nicht wieder, es hat Euch etwas zu sagen«, sagte er so leise, dass nur sie es hören konnte. »Seht Ihr die roten Rubine? Sie sind das Zeichen meiner Liebe. Die Perlen hingegen bezeugen meine nie endende Hochachtung für Euch, meine verehrte Frouwe!«

Immer noch lächelnd befestigte er die Kette um ihren Hals und schaute lang in ihre Augen. Sie konnte kein Wort sagen, fühlte aber ein so heftiges inneres Kribbeln, dass ihr beinahe schwindlig wurde. Die Musik setzte ein, und sie tanzten zusammen. Phylipp legte seinen starken Arm behutsam um ihre Taille, und während sie sich gemeinsam im Takt der fröhlichen Musik bewegten, fühlte sich Hedewich zugleich geborgen und erwartungsvoll angeregt. Die Schritte waren neu für sie, doch Phylipp führte sie so gewandt, dass sie bald ihre Unsicherheit verlor. Später tanzte sie auch mit ihrem Vater, ihrem Bruder und den anderen Gästen, und sie genoss dieses Fest so, dass sie kaum merkte, wie die Stunden vergingen.

Sie gönnte sich gerade eine kleine Pause, als Benigna zu ihr kam.

»Liebe Hedewich«, flüsterte sie, »mir scheint, die Stunde ist spät, und Ihr solltet Euch zurückziehen. Folgt mir in Euer neues Gemach und lasst Euch von mir helfen.«

Schlagartig verflog die ausgelassene Feststimmung. Hedewich musste mit einem Mal wieder an das Gespräch denken, das sie vor einigen Tagen mit Benigna geführt hatte. Sie hatte nicht mehr an die Worte denken wollen, doch jetzt ließen sie sich nicht wegschieben. »Auch wenn Ihr Euch noch nicht ganz bereit fühlt«, hatte Benigna ihr gesagt, »mit dem Schließen des Ehebundes beginnt für Euch eine neue und verantwortungsvolle Zeit. Vor Euch liegt das Leben einer edlen Frouwe. Pflichten stehen an, und Erwartungen werden an

Euch gestellt, die Ihr erfüllen müsst. Als Erstes gilt es, Eure Ehe zu besiegeln. Ihr wisst doch, der Geistliche segnet Euren Bund, die Ehe gilt jedoch nur, wenn sie auch vollzogen ist.«

Hedewich fröstelte. Der Gedanke, sich zu einem fremden Mann aufs Lager legen zu müssen, machte ihr Angst. Schon die Vorstellung, dass sie sich Phylipp entblößt würde zeigen müssen, war ihr peinlich. Was würde sie heute Nacht noch erwarten? Wie viel lieber wollte sie bei den Gästen bleiben und weiter das rauschende Fest genießen! Doch jetzt gab es kein Entrinnen mehr. Benigna ließ sich nicht beirren und bestand darauf, Hedewich zu begleiten. Sanft nahm sie sie beim Arm, und zusammen gingen sie zur Treppe, die zum Schlafgemach führte.

Der Mond stand hoch am Himmel, als sie den Raum betraten. Auf einem niedrigen Tisch erkannte Hedewich die Blumen, die weiße und die rote, die ihr Benigna gegeben hatte, und auf dem Kopfkissen lag gefaltet das Tuch.

»Ach, Benigna, wie soll ich diese Nacht nur überstehen? Kann ich nicht doch noch ein letztes Mal bei Euch nächtigen?«

Benigna lächelte. »Hedewich, macht Euch keine Sorgen. Ich habe Phylipp beobachtet. Er konnte die Augen nicht von Euch wenden, und wie er Euch ansah – einen liebevolleren Mann könntet Ihr Euch nicht wünschen. Da bin ich mir ganz sicher!«

Und ohne weitere Einwände zu dulden, half sie Hedewich sich auszukleiden.

»Ich habe eine wohlriechende Tinktur für Euch vorbereitet«, sagte sie. »Legt Euch hin, damit ich Euch damit einreiben kann.«

Anschließend deckte Benigna sie zu und wandte sich zum Gehen. In der Tür drehte sie sich noch einmal um:

»Ihr habt wirklich großes Glück, auch wenn Ihr es noch nicht wisst. Ein liebevoller Ehemann ist lange nicht jeder beschieden.«

Kurz darauf wurde die Tür vorsichtig geöffnet. Phylipp trat dicht zu Hedewich. Er beugte sich zu ihr hinab und roch den leichten Honigduft ihrer Haut.

»Oh Hedewich, wie schön Ihr seid«, raunte er ihr ins Ohr. »Ich glaube, Ihr habt mich verzaubert!«

Tief bewegt nahm er ihre Hand und küsste sie. Sie drehte scheu den Kopf zur Seite. Wo blieb das temperamentvolle Feuer, das Hedewich am Nachmittag beim Turnier gezeigt hatte? Jetzt wirkte sie wie verwandelt.

»Habt keine Angst«, flüsterte Phylipp, »und gebt mir die Gelegenheit, Euch in die Liebe einzuweisen!«

Umsichtig entledigte er sich seiner Kotta. Sie wollte sich schamhaft zur Seite drehen und das Oberbett noch enger um sich ziehen, doch Phylipp schob die schwere Bettdecke beiseite. »Schaut nur, wie schön der Mond Euch bescheint«, flüsterte er.

Und er küsste sie abermals, diesmal auf die Lippen. Zaghaft gaben sie nach, und er kostete die Süße darin. Unendlich langsam liebkoste er ihren Körper, der noch so steif und bewegungslos dalag. Als seine Lippen ihren weißen Leib berührten, zuckte Hedewich zusammen. Phylipp blickte auf und sah in ihre Augen. Silbern glitzerte der Mond in einer einzelnen Träne. Phylipp lächelte und küsste ihr die Träne weg. Dann streichelte er wieder sanft über ihre Haut und spürte beglückt, wie ihre Angst wich und sie sich seinen behutsamen Liebkosungen öffnete.

Hedewich und Phylipp

Die Hitze des Sommers war gewichen, und die Farben der Landschaft wandelten sich: Rot und orange wurde das Laub der Bäume, gelb wogte das reife Korn im Wind. Die glanzvolle Hochzeit auf Burg Satzvey lag schon anderthalb Jahre zurück. Keinen Augenblick hatte Hedewich den eintönigen Tagesablauf im Kloster vermisst, vielmehr empfand sie jeden neuen Tag hier auf der Burg als eine aufregende Herausforderung. Das Einzige, woran sie sich noch nicht recht gewöhnen konnte, waren ihre gesellschaftlichen Pflichten als Edelfrouwe an der Seite von Phylipp.

»Oh Benigna«, rief sie eines Tages, »Phylipp möchte sich heute mit dem Herrn Balduin von Daun treffen, und ich ... ich soll den Nachmittag bei seiner Frouwe verbringen. Sie ist so scheu und bringt kaum ein Wort über die Lippen. Ihr glaubt gar nicht, wie ich die Besuche auf der Burg Zievel hasse!«

»Aber Hedewich!«, entgegnete Benigna ruhig. »Wo bleibt Euer Mitgefühl für die arme Frouwe Johanna? Euer Bruder erzählte Euch doch, wie grob sie von ihrem Gemahl behandelt wird, erinnert Ihr Euch nicht mehr? Nie soll sie ein Wort der Zuneigung oder Anerkennung erfahren. Sie ist sicher sehr einsam.« Kopfschüttelnd zupfte sie Hedewichs Schleier zurecht. »Da seht Ihr einmal, wie gut Ihr es habt.«

»Ich weiß es wohl.« Hedewich schlug einen versöhnlicheren Ton an. »Trotzdem zieht sich der Nachmittag endlos. Worüber nur kann ich mich mit Johanna unterhalten?«

»Bei ihrem letzten Besuch sah ich, mit welcher Aufmerksamkeit sie Eure Stickarbeit betrachtete«, sagte Benigna. »Warum nehmt Ihr nicht das kleine Altartuch mit und dazu noch eine Auswahl an farbigen Garnen? Dann habt Ihr eine gemeinsame Arbeit, worüber Ihr Euch unterhalten könnt, und vielleicht wird es der Frouwe Johanna sogar Freude machen, Euch zu helfen.«

Widerstrebend stimmte Hedewich zu. »Trotzdem würde ich lieber mit meinem Bruder durch die schönen Herbstwälder reiten!«, seufzte sie. »Wozu nur bin ich Herrin auf Satzvey geworden, wenn ich nicht selbst wählen darf, was ich tue oder lasse?«

»Sprecht nicht so undankbar!« Benigna sah Hedewich ungewohnt scharf an. »Euer Ehemann liest Euch jeden Wunsch von den Lippen ab und fordert im Gegenzug nur wenig von Euch. Seht nur, in welch kostbare Stoffe Ihr Euch kleidet. Vor zwei Jahren noch im Kloster, als Ihr mit dem einfachen Gewand der Novizinnen vorlieb nehmen musstet, spracht Ihr anders. Mich dünkt, Ihr werdet gar zu verwöhnt und eitel.«

Hedewich sprangen brennende Tränen in die Augen. Sie umarmte Benigna.

»Seid doch nicht so streng zu mir!«, sagte sie beschämt. »Manchmal fällt es mir nur so schwer, den vielen Ansprüchen gerecht zu werden. Aber ich verspreche Euch, dass ich mir mit der Edelfrouwe Johanna Mühe geben werde.«

»Ach, Hedewich«, Benigna lächelte versöhnlich, »Ihr habt Euch ja bereits so gut in Eurer Verantwortung eingelebt, manches Mal vergesse ich einfach, wie jung Ihr noch seid. Nur Mut! Die Frouwe Johanna wird sich über ein wenig Abwechslung freuen, und – wer weiß – vielleicht öffnet sie sich und vertraut sich Euch an.«

Hedewich, von Natur aus fröhlich gesinnt, blieb nie lange verdrießlich, und so nahm sie sich vor, das Beste aus dem Nachmittag zu machen.

Phylipp wusste, dass sich seine junge Frau in der Gesellschaft von Johanna langweilte und dass sie deren Ehemann Balduin verabscheute. Auch er selbst verurteilte dessen schlechtes Benehmen seiner Frouwe gegenüber. Heute jedoch mussten Angelegenheiten besprochen werden, die die Hege des Wildes betrafen. Die Ländereien der Burg Zievel grenzten an die von Burg Satzvey, und über diese Grenze wechselte rege das Wild. So fiel die Hege der dort lebenden

Tiere in die Verantwortung sowohl des Herrn von Daun wie auch Phylipps von Vey.

Dass Hedewich ihn begleitete, freute Phylipp – nicht nur, weil er seine junge Frouwe immer gern in seiner Nähe wusste. Er wollte auch, dass sie über alle Belange von Satzvey Kenntnis hatte.

»Auch wenn Ihr nicht bei meinen Gesprächen mit Balduin zugegen seid, so ist es wichtig, dass Ihr die Bekanntschaft mit seiner Frouwe vertieft«, sagte er ihr unterwegs, während sie zur Burg Zievel ritten. »Auf dem Nachhauseweg werde ich Euch die gemeinsame Grenze zeigen und Euch erklären, worüber wir uns heute besprechen.«

Vor der Burg half er ihr ritterlich vom Pferd, obwohl dies bei Hedewichs Gewandtheit im Reiten nicht nötig gewesen wäre. Doch sein Benehmen gegenüber Hedewich war geprägt von den höfischen Sitten, die seine Erziehung ihm vermittelt hatte. Als junger Knabe war er für einige Jahre in die Obhut von Mönchen gegeben worden, denn seine Mutter war verstorben, ohne seinem Vater weitere Nachkommen zu bescheren. Bald darauf war auch sein Vater, der bereits bei seiner Geburt sehr alt gewesen war, der Mutter ins Grab gefolgt. Seine Ausbildung zum Knappen und seine spätere Weihe zum Ritter hatte Phylipp bei einem entfernten Onkel erfahren.

Auch Rücksichtnahme und Höflichkeit gegenüber dem zarten Geschlecht hatte der Onkel ihn gelehrt. So betrat Phylipp das Gemach seiner Frau nur, nachdem ein Diener ihn angekündigt hatte, und begegnete ihr dann mit größter Zurückhaltung und Ehrerbietung. Niemals, nahm er sich vor, würde er seiner Frau ins Wort fallen, so wie es sein Nachbar Balduin von Daun tat. Stets wollte er ihre Gedanken und Wünsche achten.

Hedewichs Befürchtungen wurden nicht erfüllt. Johanna zeigte sich offen und ermunterte Hedewich, vom Klosterleben zu erzählen. Voller Bewunderung ließ sie sich Hedewichs kunstvolle Stickarbeit zeigen. Hedewich vergaß bald ihre Bedenken, und als die Zeit kam, um sich zu verabschieden, musste sie zugeben, dass sie sich recht wohl in der Gesellschaft ihrer Nachbarin gefühlt hatte.

»Es wird noch lange nicht dunkel«, sagte Phylipp, als er Hedewich in den Sattel half. »Was haltet Ihr davon, wenn wir einen kleinen

Umweg reiten? Dann könnte ich Euch mehr vom Satzveyer Besitz zeigen.« Hedewich liebte es, ausgedehnte Reitausflüge zu unternehmen, und willigte freudig ein.

»Ihr sollt alles kennen, was mir gehört«, sagte Phylipp, nachdem sie ein kleines Dorf, das nur aus einigen Häusern bestand, hinter sich gelassen hatten und über die Felder auf den Wald zuritten. Er machte eine ausladende Bewegung über die weite Landschaft.

»Die Äcker, die Wiesen, die Wälder und die Dörfer: All dies gehört jetzt auch Euch. Besonders das Volk, das hier lebt und seine Arbeit verrichtet, liegt mir am Herzen. Ich kenne jeden Einzelnen von ihnen, und es ist mein Wunsch, dass auch Ihr die Nähe zu diesen Menschen pflegt.«

In einiger Entfernung sahen sie eine Familie bei der Feldarbeit. Die Leute hielten in ihrer Arbeit inne und verbeugten sich ehrerbietig vor dem edlen Paar. Phylipp rief dem Bauern eine Bemerkung über das günstige Wetter zu, die dieser mit einer hoffnungsvollen Geste zum Himmel beantwortete.

»Sind es allesamt Unfreie?«, fragte Hedewich, als sie außer Sichtweite waren.

»Dieser Bauer Wilhelm und sein Bruder Karl mit ihren Familien sind Freie«, erwiderte Phylipp. »Sie sind auf sich gestellt und selbst für ihre Erträge zuständig. Aber es geht ihnen schlecht. Nicht alle Böden hier sind fruchtbar, und nachdem sie den Zehnt an uns entrichtet haben, bleibt oftmals kaum etwas übrig, um sie zu ernähren.«

Sie durchquerten ein Waldstück. Hedewichs Gedanken weilten noch bei der Bauernfamilie.

»Wie kann man ihnen denn helfen?«, fragte sie schließlich.

Phylipp zuckte die Achseln. »Sie sind eigensinnig und starr und lehnen meine Angebote, ihr Land zu erwerben, ab. Dann nämlich wären sie unfrei, und das empfinden sie als unerträglich.«

»Aber ginge es ihnen dann nicht wesentlich besser?«

»Gewiss, Ihr habt Recht«, gab Phylipp lächelnd zur Antwort. Er freute sich über das aufmerksame, mitfühlende Wesen seiner jungen Frau. »Liegt es doch in unserer Zuständigkeit, für das Wohlergehen der Unfreien zu sorgen. Diesen, Ihr werdet es sehen, geht es gut. Sie haben ausreichend Nahrung, und keiner muss Not leiden.«

Phylipp war gerecht und pflichtbewusst und nahm seine Verantwortung gegenüber den Menschen, die für ihn arbeiteten, sehr ernst. Sie dankten es ihm durch ihre Treue und Ergebenheit. Das bemerkte Hedewich auch jetzt wieder, als sie durch ein größeres Dorf ritten. Die Menschen lächelten und verbeugten sich tief.

»Seid gegrüßt«, riefen sie schon von weitem, und ihre Kinder winkten fröhlich.

»Ihr seid sehr angesehen bei Euren Untertanen«, sagte Hedewich bewundernd und beschloss, dem Beispiel ihres Mannes zu folgen. Auch sie sollten die Menschen hier mögen, nahm sie sich vor. Sie würde sich um ihre Belange kümmern und ihnen zeigen, dass die Herrschaft immer für ihre Nöte und Sorgen Verständnis hatte.

Gelegentlich besuchte Phylipp auch entfernt liegende Güter wie die Burg Wissem, mit deren Besitzern er sich bereitwillig austauschte. Dann begleitete ihn Johann. Er sollte bald zum Ritter geweiht werden, und es war Phylipp ein Bedürfnis, ihn frühzeitig in den großen Kreis seiner Bekannten einzuführen.

»Begleitet mich stets mit offenen Augen«, prägte er seinem Schwager ein. »Dann könnt Ihr am besten Erfahrungen sammeln.«

Blieb sie allein zurück, nutzte Hedewich gern die Gelegenheit, um ausgelassen über die Felder zu galoppieren. Dabei kam es vor, dass sich ihr langes Haar unter der engen Gugelhaube löste und lockig um ihre Schultern wehte. Dann fühlte sie sich frei, wie einst als Kind, als sie lachend über die Felder am Fuße des Mons Nore geritten war.

Bald war sie so heimisch in Satzvey, dass sie auch allein oder in Begleitung von Benigna kranke und alte Dörper und Bauern besuchte. Immer hatte sie für jeden ein gutes Wort und brachte den Bedürftigen Speisen oder wärmende Decken.

»Unsere Herrin ist gut«, pflegten die Leute zu sagen.

»Heute nach der Frühmesse kam der junge Bauernsohn Franz zu mir«, sagte Hedewich eines nasskalten Herbstmorgens zu Benigna. »Seine Mutter liegt schon seit Tagen in den Wehen, und das Kindlein will nicht kommen. Er sagt, ihre Kräfte lassen arg nach. Die ganze Familie bangt um ihr Leben!«

»Lasst mich nachdenken«, entgegnete Benigna, und ihre dunklen Augen schienen in weite Ferne zu blicken. »Vielleicht habe ich das rechte Mittel, um ihr zu helfen.«

Hoffnungsvoll folgte Hedewich der Gefährtin in deren Kammer über dem großen Saal. Wie einst im Kloster war auch hier auf der Burg Benignas Raum spärlich ausgestattet. Neben dem Strohlager, auf dem sie schlief, stand eine große, schwere Truhe. Darin bewahrte Benigna ihre Kleidung auf, auch ihre ehemalige Tracht der Zisterzienserinnen. Jetzt auf der Burg zog sie es vor, schlichte Gewänder in zurückhaltenden, dunklen Farben zu tragen. Nur an Festtagen zog sie ein Überkleid an, das sie am Saum und an den Ärmeln mit bunten Bordüren bestickt hatte. Über der eng anliegenden Gugelhaube, die ihr Haar vollständig verdeckte, trug sie immer einen dunklen Schleier, der durch einen schlichten Stoffreif auf ihrem Kopf festgehalten wurde.

Als die beiden Frauen den Raum betraten, wurden sie vom Gezwitscher der Vögel begrüßt. Benigna öffnete das Türchen des Käfigs, und der blaue Vogel flog auf ihre Schulter. Der grüne setzte sich auf einen Ast des Bäumchens, das in seinem verzierten Übertopf nahe dem Fenster stand.

»Wisst Ihr noch?«, begann Benigna sinnend. »In der Mondnacht zur letzten Sonnenwende habe ich gefastet und die ganze Nacht lang gewacht.«

»Ja, ich erinnere mich. Ich wollte Euch noch beistehen, denn in dieser Nacht, so heißt es, werden auserwählten Menschen besondere Geheimnisse offenbart.« Hedewich errötete. »Ich aber war wohl nicht auserwählt, denn mir fielen die Augen zu, und Ihr schicktet mich weg!«

Benigna tat, als bemerke sie Hedewichs Verlegenheit nicht. Sie wandte sich zu einem hohen, dunklen Schränkchen und holte ein geschnitztes Kästchen hervor.

»Als der Mond in jener Nacht seinen höchsten Punkt erreichte«, sagte sie leise, »ging ich zum Garten, wo die geheimen Kräuter wachsen. Im hellen Schein des Mondes grub ich dort die Wurzel der wundersamen Alraune aus.«

Sie klappte das Kästchen auf und zog eine sonderbar aussehende

Wurzel hervor, die die Gestalt eines kleinen Mannes hatte. Behutsam reichte sie Hedewich die Wurzel und sagte: »Nehmt das scharfe Messer, das dort liegt, und schält damit ein Stück der Wurzel dünn ab. Das müssen wir der Gebärenden verabreichen.«

Hedewich tat, wie ihr geheißen. Vorsichtig schnitt sie sodann unter der Anleitung von Benigna ein Stück der Wurzel in dünne Scheiben und legte sie in ein kleines irdenes Gefäß. Benigna füllte es mit Wein auf und verschloss es sorgfältig.

»Lasst uns gehen, es ist keine Zeit zu verlieren«, sagte sie entschlossen.

Die Frauen eilten durch den Regen zum Stall und ließen zwei der schnellsten Pferde aufsatteln. Im Galopp durchquerten sie den nahen Wald und erreichten bald die Kate des Bauern. Hastig banden sie ihre Pferde an einen Baum, drückten die Tür auf und traten ein.

Ein kümmerliches Feuer erfüllte den Raum mit beißendem Rauch. Hedewich hustete, denn es gab nur eine kleine Fensteröffnung, durch die kaum frische Luft nach innen drang. Auf ihrem Strohlager gegenüber der Tür lag die gebärende Frau und stöhnte leise. Ihre Augen waren geschlossen. Am Fußende des Lagers stand mit verzweifelter Miene der Bauer. Seine fünf Kinder drückten sich ängstlich hinter ihn.

Benigna trat näher. »Ihr Antlitz ist schon gezeichnet von der Bleiche, die sonst nur die Sense bringt«, flüsterte sie Hedewich besorgt zu.

Schweißperlen hatten sich wie ein Todesreif auf die graue Stirn der Leidenden gelegt. Ihre Wangen waren eingefallen, und tiefe schwarze Ringe umgaben ihre Augen.

Der Bauer brach in lautes Wehklagen aus, die Kinder weinten.

»Gebt die Hoffnung nicht auf«, versuchte Hedewich dem Bauern Mut zuzusprechen. »Deine Marta ist stark und fruchtbar und hat ihre Kraft an eure Nachkommen weitergegeben. Sieh doch, von den sieben Kindlein, die sie dir schenkte, sind immer noch fünf am Leben.«

»So helfe ihr Gott«, erwiderte der Bauer, »wie sollen wir nur ohne sie über die Runden kommen?«

»Wir sind hier, um zu helfen.« Hedewich legte ihm tröstend die

Hand auf die Schulter und hoffte, er würde ihr Frösteln nicht bemerken. »Es wird gewiss alles gut.«

Der Bauer sah die Herrin dankbar an, doch seine Augen sprachen von tiefer Hoffnungslosigkeit.

Unterdessen stützte Benigna den Kopf der Gebärenden und versuchte, ihr den mitgebrachten Trunk einzuflößen. Nur mit großer Mühe gelang es Marta, einige Schlucke zu nehmen. Plötzlich stöhnte sie auf, und ihre Blässe vertiefte sich. Hedewich stockte der Atem. Entsetzt richteten sich alle Blicke auf Benigna. Wie sollte es ihr noch gelingen, die vom Tod Gezeichnete zu retten? Doch unvermittelt, wie durch ein Wunder, glitt ein zarter rosiger Schimmer über ihre Wangen, und sie öffnete die Augen.

Hedewich griff nach ihrer Hand und streichelte sie. »Komm schon, Marta«, sagte sie aufmunternd. »Wir alle helfen dir. So versuch es noch einmal. Das Kindlein ist fast da.«

Benigna war inzwischen zum Fußende des Lagers getreten. Sie kniete sich zwischen Martas Beine und rieb den stark gewölbten Leib. Ein Ruck ging durch die Frau. Sie stieß einen gellenden Schrei aus, und mit einem Schwall ergoss sich eine Flut von klarem, bernsteinfarbenem Wasser über das Lager.

»Ich muss das Kind nun drehen«, sprach Benigna und griff mit beiden Händen in die Gebärende.

Die Frau schrie noch einmal laut auf. Dann stöhnte sie im Schmerz der herankommenden Wehe und presste gewaltig. Endlich rutschte das Kindlein in die Hände der bereitstehenden Hedewich. Es war ein Knabe, der sogleich zu schreien begann.

Der Bauer fiel vor Glück auf die Knie und pries Gott laut für seine Güte. Seine Marta war zwar noch sehr schwach, aber gerettet. Nachdem Benigna und Hedewich sie noch mit dem Nötigsten versorgt hatten, verließen sie unter Dankesworten des Bauern die Kate.

Die Kunde über die wunderbare Hilfe der beiden Frauen verbreitete sich rasch unter den Bauern und Dörpern, und Hedewich und Benigna wurden fortan oft in der Not zur Hilfe gerufen.

Phylipp war sehr stolz auf seine Frau, und von Tag zu Tag vertiefte sich seine Liebe zu ihr. Nicht nur ihr hilfsbereites Wesen, sondern auch ihre Schönheit und ihre unbewusste, natürliche Sinnlichkeit berührten ihn in einer Weise, die ihm bisher fremd gewesen war. Die Frauen, die ihm früher begegnet waren, waren ihm meist gekünstelt erschienen und hatten es gar zu offensichtlich auf Ehe und Wohlstand mit ihm angelegt. Hedewich hingegen lachte unbekümmert, tanzte anmutig und war ihm zugleich aufgrund ihrer Bildung eine unterhaltsame und kluge Gefährtin. Auch faszinierte ihn ihr künstlerisches Geschick und ihr feines Gespür im Umgang mit Farben. Manchmal besuchte er sie im Gemach der Frauen, wenn sie dort mit ihren Freundinnen an ihrem prachtvollen Wandteppich wirkte. Mit dieser Arbeit hatte sie bereits vor Jahren im Kloster begonnen.

»Ich möchte, dass du zusammen mit Schwester Benigna einen Wandteppich wirkst«, hatte die Äbtissin Elisabeth gesagt. »Zu Beginn sollst du dort Szenen deiner Heimat auf der Nürburg festhalten. Später dann, wenn du als Edelfrouwe von Vey in Satzvey lebst, kannst du deine neuen Erfahrungen darin einbringen.«

Inzwischen waren schon einige farbenfrohe Motive auf dem Wandteppich zu sehen. In den Hintergrund hatte Hedewich das ruhige Bild der erntenden Bauern auf den Feldern rund um den Mons Nore gestickt. Eine Jagdgesellschaft, wie sie Gerhard von Are oft ausgerichtet hatte, ritt daneben durch die Wiesen und Wälder. Im Vordergrund des Wandteppichs war die Burg Satzvey angedeutet. Erhobenen Hauptes schritt ein stolzes Einhorn durch ein geöffnetes Tor in den Burgpark. Auf einem Spruchband darunter stand zu lesen: *Tugendsam und keusch komme ich zu Euch.*

»Das Einhorn ist ein Symbol Eurer Jungfernschaft«, hatte Benigna ihr dazu einst im Kloster erklärt. »So rein, wie Ihr es auch seid, betritt es den blühenden Garten der Liebe.«

Entsprechend üppig blühten die Sträucher des Parks, in den das Fabeltier eintrat, bunte Vögel flogen durch die Lüfte, und sogar Stella hatte ihren Platz gefunden: Sie saß friedlich unter einem Baum und bewachte ihre Umgebung. Von dem Ast einer Eiche schwang sich ein lustiges Äffchen. Das hatte Benigna eingestickt.

»In meiner Heimat habe ich viele von diesen lustigen Affen gesehen«, hatte sie Hedewich dazu erklärt, »denn reisende Seefahrer brachten sie oft mit. Diese Äffchen treiben ständig Schabernack und machen am liebsten die Menschen nach. Als Zeichen für die Eitelkeit und gleichsam als Warnung davor sticke ich einen von ihnen ein.«

Die Bordüre des Teppichs bildete ein Band aus Blüten und Granatäpfeln, die in ihrer vollen Reife aufgeplatzt waren, sodass unzählige Samen aus ihnen quollen. Der niemals reißende goldene Faden, den Hedewich und Benigna zum Sticken benutzten, schien zuweilen wie von selbst wunderbare Muster zu zeichnen.

Heute wurden die beiden Frauen beim Sticken durch drei Freundinnen unterstützt, die zu Besuch auf der Burg weilten und sich während der Arbeit in heiteren Gesprächen austauschten.

»Euer Mann ist schon wieder dem Rufe des Herzogs gefolgt«, sagte Gesine zu ihrer Schwester. Gesine war die einzige unter den Freundinnen, die noch nicht vermählt war. Adelheid hatte inzwischen ihren Ritter in Alwin von Gürtzgen gefunden, und Gesines Schwester Elisabeth hatte vor achtzehn Monaten Hedewichs entfernten Vetter Dietrich von Frentz geehelicht. »Fehlt er Euch sehr?«

Adelheid lachte leise. »Seine Liebkosungen fehlen Euch doch sicher, oder irre ich mich gar?«, fragte sie. »So scheint mir Euer Leib etwas fülliger als bisher ...?«

Elisabeth errötete und schaute zu Boden. Gesine aber, um zwei Jahre jünger und in ihrem Wesen so frech wie ihre Schwester züchtig, fragte neckend: »Hat seine Lanze gar trefflich ihr Ziel gefunden?«

Hedewich lachte laut auf. Zu der lebensfrohen Gesine fühlte sie sich am meisten hingezogen. Insgeheim aber war sie betroffen, hatten sich doch bei ihr noch keine glücklichen Umstände bemerkbar gemacht.

Phylipp war ein sehr aufmerksamer Liebhaber. Erfahren und einsichtig machte er Hedewich seine Aufwartung – mal behutsam und sanft, mal heftig und voller Begierde. Sie genoss seine Berührungen, doch spürte sie auch, dass ihre Empfindungen nicht der Heftigkeit seiner Gefühle gleichkamen. Und es bedrückte sie zunehmend, dass der erhoffte Kindersegen ausblieb.

Eines Nachts, nicht lange nach dem Gespräch der Freundinnen, wurde Hedewich erneut von ihrem Mann besucht, und der Hunger, mit dem er sie nahm, schien unersättlich. Genauso plötzlich, wie er gekommen war, verließ er sie wieder, und sie fiel in einen leichten Schlaf.

Wie im Traum vernahm sie aus dem Nebenraum ein süßes, aber trauriges Lautenspiel. Sie erwachte und hörte Phylipp leise sprechen.

»Ich suche nach etwas, das ihre Leidenschaft erweckt«, sagte er, »die Leidenschaft, die jetzt noch spürbar schlummert.«

Hedewich hörte ein unverständliches Murmeln und dann wieder Phylipp: »Ich glaube, sie liebt mich, oder bin ich nur so blind von der Hoffnung, dass sie meine Liebe erwidert? Sie muss mich doch lieben! Oh, sie berührt mich so sehr!«

Jetzt hörte Hedewich klarer die Stimme der zweiten Person. Es war eine Frauenstimme, die ihr vertraut vorkam.

»Was ist es denn, das Euch so verzaubert?«, fragte die Frau. »Ist es ihre Gestalt oder sind es ihre Worte, sind es die Farben ihrer Bilder oder ist es die Inspiration ihres Geistes?«

Eine Weile herrschte Schweigen.

»Ich begehre sie ganz«, sagte Phylipp schließlich, und seine Stimme brach, »aber ich erreiche sie nicht wirklich. Ein Teil ihrer selbst ist verschlossen.«

»So seid genügsam und freut Euch an dem, was sie Euch gibt«, erwiderte die Frau. »Ihr seid die Ehe mit ihr eingegangen im Wissen um ihre Jugend. Geduld soll Euer Gebaren prägen und …«

»Täglich verzückt sie mich aufs Neue«, unterbrach er sie, »allein durch ihre Unbefangenheit, ihre Wärme und ihre Begeisterung an den einfachsten Dingen des Lebens! Ich weiß, dass ich sie nie besitzen werde. Sie ist nur eine Leihgabe. Und Ihr könnt mir glauben, ich bin dankbar dafür und freue mich täglich an ihrer Nähe. Gleichwohl glaube ich an manchen Tagen, dass mein Verstand geraubt wird, weil ich den Zugang zu ihrer Seele nicht finde.«

»Besser die schmerzlichste Vision als kein Sehen«, gab die vertraute Frauenstimme ruhig zurück, »besser der Wahnsinn als kein Fühlen, denn ohne Sehen und Fühlen erlangt Ihr keine wirkliche Erkenntnis!«

»Welche Erkenntnis sollte mir schon zuteil werden, wenn ich die Leidenschaft, die große verzehrende Leidenschaft, nur in mir selbst finde, ohne Hoffnung auf wirkliche Erfüllung?«

»Ihr sucht die Erfüllung in der Erlösung von Eurem Schmerz. So sucht sie doch lieber in dem Erleben der gemeinsamen Freude ...« Die Worte der Frau wurden leiser.

»Oh, wie schmerzlich, diese alles verschlingende Gewalt der Leidenschaft«, stöhnte Phylipp.

Verwundert bemerkte Hedewich eine Mischung aus Hoffnungslosigkeit, Verbitterung und tiefem Leiden an ihm. So hatte sie ihren Mann noch nie erlebt! Wie magisch angezogen schlich sie von ihrem Lager zur Tür, die einen Spalt breit geöffnet war, und schaute in den nebenan liegenden Saal. Noch flackerte schwach das Feuer im Kamin. Dort sah sie Phylipp, den Fuß auf einen Schemel gestützt, seine Laute auf dem Knie ruhend. Ihm gegenüber saß eine weibliche Gestalt. Ihr Gewand glänzte und schimmerte im Schein der Glut.

»Ihr müsst noch eines wissen, Phylipp«, sagte die Frau. »Euer Schmerz fordert einen Preis von Euch, aber er wird Euch auch einen Lohn bringen. Jeder Tag, jede Stunde und von dieser jeder Bruchteil birgt einen Schatz, dessen Wert Ihr noch nicht ermessen könnt. Genießt die bescheidenen Momente des Glücks und nehmt sie als besonderes Geschenk an.«

Die verkohlten Holzstücke fielen in sich zusammen, und aus dem Kamin sprangen einige Funken. Irgendetwas blitzte auf und zog Hedewichs Blick an. Sie sah genau hin: Es war das gülden bestickte Tuch, das sie ihrem Mann in der Hochzeitsnacht geschenkt hatte! Unablässig bewegte Phylipp es zwischen seinen Händen hin und her, bis er es schließlich, in Gedanken vertieft, in sein Hemd steckte.

Als Hedewich zu der Frau hinsehen wollte, war sie verschwunden. Nur der Hauch eines Nebels schien an ihrer statt über dem Sitz zu schweben. Jetzt erst begriff Hedewich, dass es sich um die gleiche weibliche Gestalt handelte, die vor ihrer Hochzeit im Traum zu ihr gesprochen hatte und die ihr auch früher bereits so oft erschienen war. Wieder spürte sie den süßen Duft von Blüten im Raum. Er berauschte sie und machte sie schläfrig. Sie kehrte zurück auf ihr Lager und schlief sofort ein.

Phylipp kam nicht mehr zurück in das Schlafgemach. Rastlos ging er im Raum auf und ab, bis die Sonne mit ihrem rosigen Schimmer das

Grau der nächtlichen Wolken vergoldete. Was für ein schöner Sonnenaufgang, dachte er, während er aus dem Fenster über seine Ländereien schaute. Über Nacht hatte es gefroren, und die letzten Blätter der Bäume waren zu Boden gefallen. Die Felder und Wiesen lagen wie in einen frostigen Schleier gehüllt.

»Lieber Gott«, betete Phylipp leise, »ich danke dir für mein Weib und mein Land. Und ich bitte dich innigst, mir noch viel Zeit zu schenken, um dies weiter genießen zu können.«

Plötzlich riss ihn eine Bewegung draußen in einiger Entfernung aus seinen Träumen. Da näherte sich ein Reiter im vollen Galopp. Wer mochte das sein, zu dieser frühen Stunde?

Rasch ging Phylipp nach unten, um den Ankömmling zu empfangen. Der Wachmann steckte schläfrig seinen Kopf aus dem kleinen Vorbau im Toreingang und begrüßte den Burgherrn mit sichtlicher Verwunderung.

»Was nutzt mir dein Dienst«, schimpfte Phylipp, »wenn du ihn verschläfst! Mach jetzt eilig das Tor auf und lass die Zugbrücke herunter. Es gilt, einen fremden Reiter zu empfangen!«

Schon sahen sie den nahenden Reiter. In seiner Hand trug er ein Banner.

»Drei übereinander schreitende schwarze Löwen auf goldenem Grund«, murmelte Phylipp. »Das Wappen des Stauferkaisers Friedrich II. Was mag dies bedeuten?«

Er war dem Kaiser bereits einmal begegnet, Ende 1220, als Friedrich gerade in Rom zum Imperator des Sacri Imperii Romani gekrönt worden war. Phylipp hatte sich zu diesem Zeitpunkt in Begleitung gleich gesinnter Adliger auf eine Pilgerreise begeben. Gemeinsam wollten sie von Papst Honorius III. den Ablass ihrer Sünden erbitten. Der neue Kaiser hatte sich im Aufbruch nach Sizilien befunden, und Phylipp war kurz hinter Rom auf seine Zelte gestoßen. Nie würde er das prunkvolle Lager des Kaisers vergessen: Unzählige Menschen verschiedenster Abstammung waren dort versammelt gewesen, unter ihnen auch Araber und Juden. Geheimnisvoll verschleierte Schönheiten gehörten ebenso zum Gefolge des Kaisers wie Tiere, deren Herkunft Phylipp unbekannt war.

Kurz nach dieser Begegnung hatte der Kaiser seinen drei Jahre dauernden Feldzug gegen die Sarazenen in seiner Heimat begonnen. War die Ursache des Krieges an sich kaum überraschend, so war es umso mehr der Ausgang. Als Friedrich endlich seine Gegner besiegt hatte, hatte er sie entgegen den Bräuchen nicht mit Ausrottung und Vertreibung bestraft, sondern ihnen im Gegenteil nahe Foggia auf dem Festland Siedlungsgebiete zugewiesen! Hier war in wenigen Jahren aus dem einst Unheil und Schrecken verbreitenden Sarazenenvolk eine für ihre Waffen- und Handwerkskunst berühmte Kolonie entstanden. Minarette und Moscheen wurden gebaut, denn der Kaiser hatte seinen Untertanen Religionsfreiheit verliehen. Auch wenn dem Papst diese islamische Enklave zutiefst missfiel, erkannte Phylipp das weise Handeln seines Kaisers. Aus den einstigen Feinden war eine ihm treue und ergebene Truppe geworden, auf die er mehr vertrauen konnte als auf seine christlichen Lehnsherren.

All dies ging Phylipp durch den Kopf, als er die Ankunft des Reiters beobachtete, und ihn beschlich ein ungutes Gefühl, wie eine Vorahnung von nahendem Unglück. Grundlos wird der Reiter nicht kommen, dachte er. Und jeder Grund würde Veränderung in sein Leben bringen, für dessen friedlichen Fortgang er doch eben noch gebetet hatte.

»Gott zum Gruße, edler Herr«, rief der Reiter schon von weitem. »Mein Herr und Kaiser Friedrich bittet mich, Euch seinen Gesandten anzukündigen. Er kommt mit wichtigen Nachrichten.«

»Wie ist sein Name, sprich?«, fragte Phylipp, als Pferd und Reiter vor ihm zum Stillstand gekommen waren. »Und was ist sein Ansinnen?«

»Es ist der Graf Waldemar von Elmt«, antwortete der Bote, ohne Anstalten zu machen, vom Pferd zu steigen. Sein Umhang war lehmbespritzt, und sein Pferd sah aus, als wäre es arg gejagt worden. »In etwa zwei Wochen wird er eintreffen. Ihr seid gebeten, ihm Eure Gastfreundschaft zu erweisen.«

Er zog eine versiegelte Pergamentrolle hervor und übergab sie Phylipp mit einer Verbeugung.

»Wollt Ihr nicht absatteln und ein wenig rasten?«, fragte Phylipp, während er das Schriftstück entgegennahm. »Ich lasse Euch Speise und Trank bringen und ein ruhiges Lager richten.«

Der Bote lehnte dankend ab. »Sagt mir nur noch den Weg zur Nürburg«, bat er. »Dort soll ich auch dem Grafen Are von Hochstaden eine Botschaft überreichen.«

Phylipp wies ihm den Weg, und der Bote trieb sein Pferd sogleich erneut zum Galopp an. Nachdenklich sah ihm Phylipp hinterher, bis er hinter einer Wegbiegung in den dichten Wald verschwand.

Voller Sorgen betrat Phylipp die Burg und setzte sich an einen Tisch im Erker des großen Saals. Im Schein der Kerzen brach er das Siegel der Papierrolle und öffnete das Pergament. Die handgeschriebene Nachricht war kurz und bestätigte die Worte des Boten: Der Gesandte des Kaisers, Graf Waldemar von Elmt, sein Herold sowie Knappen und Diener waren auf dem Weg nach Satzvey. Welche Nachricht sie mit sich brachten, war nicht aufgeführt. Als Beweis der Echtheit des Dokuments prangte das kaiserliche Siegel in rotem Wachs über der Unterschrift.

Phylipps Pflichtgefühl veranlasste ihn, die dunklen Ahnungen wegzuschieben. Es ist wohl angebracht, dass ich zu Ehren des Grafen ein Fest ausrichten lasse, dachte er. Das wird für Hedewich sicher ein Vergnügen sein. Meine Bedenken werde ich ihr nicht verraten, um ihr den Spaß nicht zu verderben.

Als Hedewich später ihren Mann suchte, fand sie ihn im Stall. Die Pferde verbreiteten eine wohlige Wärme, und Hedewich freute sich schon auf einen gemeinsamen Ausritt über die Felder, deren Frostmantel im Licht der Morgensonne glitzerte. Phylipp war jedoch in ein Gespräch mit dem Jagemeister vertieft. Auch ihr Bruder Johann nahm an den Beratungen teil.

»Da seid Ihr also!«, rief Hedewich den beiden lachend zu. »Ich habe Euch schon überall gesucht. Aber warum so ernste Gesichter?«

»Hast du es denn noch nicht vernommen?«, rief Johann erstaunt. »Wir bekommen Besuch.«

»Besuch?« Gespannt schaute Hedewich von ihrem Bruder zu ihrem Gatten hin. »Das muss ja ein außerordentlicher Gast sein, der sich angekündigt hat!«

Phylipp nickte. »Graf Waldemar von Elmt, ein Gesandter des Kaisers, kommt mit wichtigen Nachrichten für uns und unsere Nachbarn«, sagte er und versuchte, seiner Stimme einen heiteren Klang zu geben. »Wir sind angehalten, ihn gastfreundlich aufzunehmen.«

»Ein Gesandter des Kaisers«, wiederholte Hedewich mit offensichtlicher Begeisterung, »welch eine Ehre für uns! Hoffentlich gelingt es uns, den hohen Herrn zufrieden zu stellen! Wann wird er denn bei uns eintreffen?«

»In etwa zwei Wochen. So haben wir ausreichend Zeit, alles vorzubereiten. Ich habe bereits meine Knappen angewiesen, zu unseren Nachbarn zu reiten«, lächelte Phylipp. »Wir werden eine große Jagd ausrichten und alle dazu einladen, die uns nahe sind!«

Er wandte sich wieder an den Jagemeister, um mit ihm und Johann die Strecke für die Jagd festzulegen. Unterdessen ließ Hedewich das gesamte Gesinde in den großen Kaminsaal rufen. Die Kunde von dem frühmorgendlichen Reiter hatte sich bereits herumgesprochen. Aufgeregt flüsterten die drei Köchinnen mit den Mägden, und auch die Knechte fragten sich, was dieser Besuch zu bedeuten habe.

Hedewich wartete, bis alle Herbeigerufenen anwesend waren. Dann bat sie um Ruhe. »Ihr werdet bereits vernommen haben, dass uns heute der Bote unseres Kaisers Friedrich aufgesucht hat«, begann sie mit glänzenden Augen. »Er ist nur eben lange genug geblieben, um weitere Besucher anzukündigen. In zwei Wochen wird der Gesandte des Kaisers mit einigen Begleitern bei uns eintreffen. Es handelt sich hierbei um den Grafen Waldemar von Elmt, der wahrlich eine hohe Persönlichkeit ist.«

Ein Raunen ging durch die Reihen.

»Ihm zu Ehren«, fuhr Hedewich fort, »werden wir eine große Jagd ausrichten und unsere Nachbarn dazu einladen!«

Wieder begannen die Dienstboten aufgeregt miteinander zu tuscheln.

Hedewich rief sie zur Ordnung. »Für die Vorbereitungen verbleiben uns nur zwei Wochen, und es ist mein Ansinnen, dass wir unseren Gästen eine unvergessliche Zeit hier bescheren! Lüftet die Kammern und häuft darin frisches Stroh für die Schlaflager an. Wenn schon nicht all unsere Gäste in der Burg selbst Platz finden werden, so doch unbedingt der Graf Waldemar und sein Herold.

Außerdem sollen der Herre und die Frouwe von Frentz mit Gesine und deren Vater, dem Edelherrn Gerhard von Dollendorf, in der Burg wohnen, des Weiteren der Herre Alwin von Gürtzgen mit seiner Frouwe Adelheid und deren Eltern, Graf und Gräfin von Maubach ...«

Sie verbrachte noch geraume Zeit damit, dem Gesinde seine Aufgaben zuzuteilen. Holz musste in die Kamine geschichtet werden, damit die Kammern vor der Ankunft gewärmt werden konnten. Kissen und Oberbetten mussten ausgeschüttelt und gelüftet, Laken gewaschen, glatt gezogen und getrocknet werden. Fußböden und Aborte mussten geschrubbt, lose Dachlatten überprüft und befestigt werden.

»Der Gesandte muss merken, dass wir uns die größte Mühe um ihn machen«, schloss Hedewich mit sichtlicher Erregung. »Er hat unmittelbaren Zugang zu unserem Kaiser, denkt immer daran! Sollte es ihm an irgendetwas fehlen, sollte er klagen oder an etwas Missfallen finden, so werden wir das spüren. Und damit sind wir alle gemeint. Ich entlasse euch jetzt. Ihr wisst, was zu tun ist.«

Katharina, die älteste Magd, die dem Burgherrn schon seit fünfzehn Jahren diente, scheuchte sogleich alle anderen Mägde und die anwesenden Knechte an die Arbeit, dann stieg sie mit Hedewich und Benigna zusammen hinunter in die geräumige Küche. Eine angenehme Wärme empfing sie dort, und es roch verheißungsvoll nach Gewürzen und Kräutern, Suppen und Braten. Hier brannte Tag und Nacht das Feuer im großen Kamin. In einem dampfenden Kessel wurde schon seit dem frühen Morgen eine Brühe aus Wurzeln und Fleischresten eingekocht, während in einem von der Glut umgebenen geschlossenen Tontopf langsam eine würzige Pastete garte und an einem der vielen Spieße, die durch Zahnräder verstellbar waren, Stücke von erlegtem Wildschwein gebraten wurden.

Als Hedewich, Katharina und Benigna eintraten, erhob sich rasch eine Küchengehilfin, die an einem großen Tisch gesessen und ein Huhn gerupft hatte. Verlegen verbeugte sie sich. Es kam nicht oft vor, dass die Herrin sich in die Küche bemühte.

»Mit welcher Mahlzeit empfangen wir unseren Gast am Tage seiner Ankunft?«, überlegte Hedewich aufgeregt. »Wir müssen eine

Speise finden, die der Graf noch nicht kennt! Was nur könnten wir ihm anbieten?«

»Eine gute Eierspeise bietet immer den rechten Auftakt«, schlug Benigna vor. »Wir könnten ihm Wildbret von Ayren auftragen. Das kennt er bestimmt noch nicht.«

»Ach, Benigna, wenn ich Euch nicht hätte!« Hedewich lächelte ihre Gefährtin dankbar an.

Katharina hatte bereits ihre Küchenhelferinnen herbeigerufen und wartete mit ihnen zusammen auf genaue Anweisungen für die Zubereitung der neuen Speise.

»Für den Teig nehmt Ihr zwei Eier, einen Viertelliter Milch, ein Pfund Mehl, außerdem Salz, Kümmel, Majoran, Kerbel und Safran zum Würzen«, begann Benigna. »Könnt Ihr Euch das merken?«

»Zwei Eier, ein Viertelliter Milch, ein Pfund Mehl, Salz, Kerbel und Safran«, nickte Katharina. »Das ist nicht schwer zu merken.«

»Vergesst nicht Kümmel und Majoran«, erinnerte Benigna und fuhr in ihrer ruhigen Art fort: »Die Eier müsst Ihr mit der Milch und dem Mehl zu einem festen Teig verkneten, salzen, mit den Gewürzen abschmecken und mit Safran gelb färben. Dann formt Ihr den Teig zu einer Rolle, bindet ihn in ein Leinentuch ein und lasst ihn in dem kochenden Salzwasser gut eine Stunde gar ziehen. Wenn Ihr ihn aus dem Wasser genommen habt, lasst Ihr ihn auskühlen und schneidet ihn sodann mit einem immer wieder in heißes Wasser getauchten Messer in kleinfingerdicke Streifen. Diese Streifen werden schließlich im heißen Ausbackfett schwimmend gebacken. Wenn sie schön knusprig sind, nehmt Ihr sie heraus, lasst das Fett abtropfen und überstreut sie mit klein gehackten Eiern, grob gemahlenem Pfeffer, Salz und reichlich gehackter Petersilie.«

»Lieber Himmel«, die alte Katharina verdrehte die Augen, »so viel Neues in meinem alten Kopf! Ich kann nur hoffen, dass ihr euch alles gemerkt habt«, seufzte sie zu ihren Helferinnen gewandt.

»Ich bin ja auch noch da«, lächelte Benigna. »Wenn Ihr nicht weiterwisst, ruft mich nur dazu!«

Noch viele andere Speisen wurden besprochen, und die Köchinnen und Küchenhilfen machten sich gleich ans Werk. Marzipane und Mandelmilch wurden hergestellt, ebenso die Grundlagen für eine Vielzahl gewürzter Soßen und Tunken. Brühen mussten gekocht und durch dünne Linnentücher gefiltert werden. Fische sollten gefangen und geräuchert, Wildschweine zerlegt und eingesalzen, Kaninchen abgezogen und zu Pasteten verarbeitet werden.

Unterdessen wurden im Keller Wachskerzen hergestellt, damit für eine helle Beleuchtung gesorgt war. Für die Küche, das daneben gelegene Backhaus und die Lagerräume sowie für die Aborte fertigte man einfachere Kerzen aus Rinder- und Schweinstalg an.

Solch ein emsiges Treiben hatte die Burg seit der prachtvollen Hochzeit nicht mehr erlebt. Nur Phylipp ließ sich nicht von dem rastlosen Tun anstecken. Er zog sich zunehmend in sich selbst zurück, wurde still und unerreichbar, tief in düstere Gedanken gesunken. Sogar die ausgedehnten Ritte in den Wald, die er allein unternahm, vermochten ihn nicht aufzuheitern. Finster und ernst kehrte er stets zurück. Hedewich bemerkte die Veränderung in seinem Wesen, doch ließen ihr die eigenen Vorbereitungen nicht viel Zeit, darüber nachzugrübeln.

Nach zwei arbeitsamen Wochen schließlich war alles bereit für den Besuch des hohen Gesandten.

Der Gesandte des Kaisers

Nein und nochmals nein!«, rief Phylipp aus. »Ich kenne den Gesandten zwar nicht, der Kaiser jedoch ist mir gut bekannt als ein Mann der Ehre. Niemals würde er solch eine Vortäuschung gutheißen.«

Verärgert wandte er sich von der kleinen Gruppe im Marstall ab und trat auf seine beiden Falkner zu, die etwas abseits standen. Sie hielten ein Holzgestell, auf dem mehrere Beizvögel bewegungslos saßen. Alle Vögel trugen lederne Augenklappen, die dafür sorgten, dass sie nichts von dem sahen, was sie umgab. So war gewährleistet, dass die Vögel Ruhe bewahrten.

Phylipp betrachtete seine Tiere liebevoll und spürte, wie sein Zorn nachließ. Es war ihm gelungen, die besten ihrer Gattung zusammenzutragen, einen Isländer, einen Gierfalken und einen Schlechtfalken. Wie freute es ihn, dass sich der kleine Schmerling so gut erholt hatte. Hedewich kümmert sich wirklich sehr um das Wohl seiner Tiere!

Der kleine Zwergfalke hatte sich bei der letzten Beiz im Mai verletzt; Hedewich war voller Sorge um ihn gewesen, da dieser zierliche Vogel ihr besonders gefiel. Phylipp hingegen bevorzugte ein großes Weibchen, das etwas abseits von den anderen saß. Auch dieser Falke trug auf den Sehern Lederklappen, die kunstvoll bestickt und verziert waren.

Streng genommen, überlegte Phylipp, dauert die Mauser noch einige Wochen an, doch werde ich diesen Falken mit auf die Jagd nehmen. Vielleicht gelingt es mir, einige Fasane und Wildenten mit ihm zu beizen.

»Setzt den Falken auf einen Stuhl«, befahl er den Falknern, »und bindet einen Riemen um seinen Fuß.«

Er nahm ein Paar Taubenflügel, die als Federspiel präpariert waren, und ließ ein Stückchen Fleisch daran befestigen. Das Federspiel war an einer langen Lederstrippe angebracht und sollte dem Falken einen frei fliegenden Vogel vorgeben.

»Jetzt! Nehmt ihm die Augenklappe ab«, rief Phylipp und warf das Federspiel in die Luft.

Aufmerksam verfolgte der Falke jede Bewegung. Dann pfiff Phylipp das Signal. Der Vogel hob ab und flog mit schwingenden Bewegungen dem verlockenden Stück Atzung nach. Phylipp zog erneut die Strippe an sich und warf das Federspiel ein letztes Mal hoch. Wieder folgte der Falke dem verlockenden Luder, fing es geschickt in seinen Krallen und flog zurück auf die behandschuhte Faust von Phylipp. Hier kröpfte er das ergatterte Fleischstück.

»Ich sehe, du hast nichts vergessen in den langen Monaten der Mauser«, sagte Phylipp stolz. »Weil du so klug bist, darfst du mich auf die Jagd begleiten.«

Der Falke blickte ihn aufmerksam an, als ob er ihn verstünde.

Phylipp wandte sich dem Jagemeister Hugo zu und besann sich wieder auf das unterbrochene Gespräch. Bereits seit einer Stunde erwog er mit Hugo und Johann das Für und Wider einer Einkesselung des Hirsches bei der bevorstehenden Jagd.

»Der Kaiser ist selbst ein Meister der Jagdkunst«, stellte Phylipp fest. »Bei ihm hat jede Kreatur das Recht zur Freiheit, und ich kann nur hoffen, dass der Gesandte in seinem Geiste handelt.«

»Indes, durch die verborgenen Tücher, die wir spannen, gebieten wir dem Hirsch Einhalt und gewinnen für uns die Gewähr, dass er auch erlegt wird«, versuchte der Jagemeister seinen Herrn zu überzeugen.

»Bedenkt auch, dass der Gesandte bei guter Laune gehalten werden soll, kann doch seine Meinung über Euch und Eure Gäste von äußerster Wichtigkeit sein«, stimmte nun auch Johann ein. »Ist nicht er es, der von unserem Herrn, dem Kaiser, als Nächster erhört wird? Wäre es deshalb nicht geschickt, ihn den Hirsch erlegen zu lassen?«

»Niemals«, donnerte Phylipp zurück. »Niemals soll ein Jagderfolg so von mir erzwungen werden. Hört Ihr, niemals!« Er machte ein paar energische Schritte durch den Marstall. Wie zu sich selbst sagte er: »Diese Jagd ist eine willkommene Abwechslung nach dem langen Sommer. Es wird meiner Frouwe große Freude machen, ihre Gäste zu bewirten, und auch mir wird die Gesellschaft gut tun. Nie könnt' ich solch einen schönen Anlass durch die Vortäuschung einer freien Hatz verderben lassen.« Erregt riss er die Tür zum Stall auf und trat ins Freie. »Es ist entschieden, und kein Wort mehr darüber.«

Dichte, graue Nebelschwaden empfingen ihn draußen. Etwas Beklemmendes lag in der Luft, das sich auch durch das aufgeregte Hin und Her der Dienerschaft nicht verscheuchen ließ.

Das Geklapper von Pferdehufen unterbrach die düsteren Gedanken des Burgherrn. Elisabeth und ihr Gemahl, Dietrich von Frentz, ritten über die Zugbrücke, gefolgt von einigen Knappen und Mägden.

Auch Hedewich hatte das Ankommen der Gäste gehört und lief ihnen aus der Burg entgegen. Mit einem Blick auf die finstere Miene ihres Gemahls, der eben aus dem Marstall getreten war, dachte sie: Hoffentlich wird es Dietrich gelingen, Phylipps Stimmung etwas aufzuhellen! Dietrich war bekannt für sein Geschick im Umgang mit Pfeil und Bogen und daher stets zur Jagd willkommen.

»Oh, ich freue mich so, Euch zu sehen!«, rief sie den Ankommenden entgegen und strahlte über ihr schmal gewordenes Gesicht.

Der zurückliegende Sommer war zwar schön und warm gewesen, doch waren die Abende lang, und außer dem Sticken und Wirken am Wandteppich hatte es keine Abwechslung für die junge Frau gegeben. Vor allem aber nagte die Sorge um ihren Gemahl an ihr. Seit der Gesandte angekündigt worden war, hatte sich Phylipps Wesen sonderbar verändert. Er war oft so tief in sich gekehrt, dass sie glaubte, er nehme sogar ihre Anwesenheit kaum mehr wahr. Hoffentlich würde das große Jagdfest ihn aufheitern! Auch sie selbst sehnte sich nach Tanz und Musik und dem Lachen unbeschwerter Tage.

Phylipp gesellte sich zu Dietrich und Elisabeth. Er umarmte den Freund, dann verbeugte er sich vor Elisabeth und küsste ihr die Hand. Als er die Fröhlichkeit spürte, mit der seine junge Frau die

Freunde begrüßte, huschte ein Lächeln über sein Gesicht und erhellte für Augenblicke seine düstere Miene.

»Lasst uns zuerst zu den Hundestallungen gehen, Ihr müsst unbedingt unsere Hunde sehen«, sagte Hedewich vergnügt und ging schon vor den Freunden her über den Innenhof zum rückwärtigen Teil der Burg. »Sie raufen und toben, dass es eine reine Freude ist!«

Sie waren bei Phylipps Meute angekommen, die sich in den Zwingern vor den Ställen tummelte.

»Phylipp hat die Ställe vergrößern und in jeden einen Kamin einbauen lassen«, erklärte Hedewich, »damit sich die nass geschwitzten Hunde nach der Jagd erholen können ... Ja, meine Gute, du bist die Allerbeste!«

Zärtlich streichelte sie Stella über den Kopf, die ihre geliebte Herrin sogleich gewittert hatte und schwanzwedelnd am Zaun emporsprang.

»Sie ist wirklich die Beste der Meute«, erklärte Hedewich zu den Freunden gewandt, »und hat uns bereits zwei gute Würfe geschenkt!«

Dietrich nickte anerkennend. »Das Wesentliche an einer guten Jagd sind die Hunde«, stellte er fest. »Und Eure sind wirklich ganz vortrefflich.« Er zeigte auf die Bracken mit ihren muskulösen, gerade gestellten Läufen. »Die weißen sind besonders feurig und unternehmungslustig!«

»Und so naseweis«, fügte Elisabeth lächelnd hinzu. Nur zu gerne hätte auch sie an der Jagd teilgenommen, doch durch ihre nahende Niederkunft wurde sie daran gehindert.

»Mich dünkt, die Winte sind Eure Lieblinge?«, sagte Hedewich zu ihrer Freundin. »Sie sehen ja auch wirklich edel aus und sind von großer Kraft und Schnelligkeit!«

»Sie sind wie geschaffen dazu, das Wild auf offenem Gelände zu verfolgen – auch wenn sie nur schlecht wittern und sich ausschließlich aufs Auge verlassen«, erklärte Phylipp, der sich zu den dreien gesellt hatte. »Ich selbst mag am liebsten die ernsten Schweißhunde. Sie können die Fährte des verletzten Stücks am besten aufnehmen.«

»Schaut nur, ihre lange Schnauze mit der hängenden Oberlippe.« Hedewich zeigte lachend auf die von Phylipp genannten Hunde.

»Das gibt ihnen ein fast griesgrämiges Aussehen und einen ständig besorgten Blick.« Zu Phylipp gewandt sagte sie: »Aber vermutlich sind es ihre Klugheit und ihr treues Wesen, die Ihr besonders schätzt.«

»Es ist wirklich so«, bestätigte Phylipp mit einem Lächeln. »Genau wie beim Menschen auch sind dies die Eigenschaften, die mir am meisten bedeuten.« Er nahm Hedewichs Hand und drückte sie so leicht, dass nur sie es merkte.

Sie erwiderte seine Liebkosung und freute sich, dass ihr Mann ihr endlich wieder ein wenig Aufmerksamkeit zuteil werden ließ.

In angemessenem Abstand war ihnen der Jagemeister gefolgt.

»Jedes Tier hat seine Aufgabe«, schaltete er sich ein. »Nur ein gelungenes Zusammenwirken ihrer verschiedenen Fähigkeiten ermöglicht ein gutes Ergebnis.«

»Wie viele Hunde zählt Eure Meute?«, wollte Dietrich wissen.

»Die Muttertiere sind stark und gesund und haben ihre Welpen ohne Verlust großgezogen. So zählt die Meute an die sechzig Stück«, erwiderte Phylipp mit Stolz.

Gemeinsam beobachteten sie noch eine Weile die Arbeit der Hundeknechte, die die Tiere an diesem Vortag der Jagd noch einmal liebevoll pflegten – ihnen behutsam über die Läufe strichen, ihre Seite an der Herzgegend befühlten und die Kälte und Feuchtigkeit ihrer Nasen prüften. Unterdessen schoben andere Knechte fahrbare Pritschen, auf denen die reinlichen Tiere in der Nacht ihre Notdurft verrichtet hatten, aus den Ställen und streuten neues Stroh ein.

»Wie schätzt Ihr den Hirsch für die morgige Hatz?«, wandte sich Dietrich an den Jagemeister, in dessen Verantwortung nicht nur die Ausbildung der Hunde lag, sondern auch die Vorbereitung der gesamten Jagd, die Aufstellung der Jagdfolge, die Ermittlung des Wildes und der Vorschlag des freizugebenden Hirsches.

»Ein prächtiger Sechzehnender ist's, edler Herr.«

Eben wollte Hugo das Tier näher beschreiben, da hörten sie erneut das Geklapper herannahender Pferde. Diesmal musste es sich um eine größere Gruppe handeln. Über die Zugbrücke kamen sie und zogen noch einen Wagen hinter sich her.

Hedewich lief ihnen freudig entgegen. »Meine liebe Gesine, Adelheid und der Herr Alwin!«

Unter den Eingetroffenen befanden sich auch der Graf und die Gräfin von Maubach sowie die beiden Herren von Reifferscheid. Auf diese beiden Brüder, Felix und Hubertus, hatte sich Hedewichs Bruder Johann besonders gefreut. Sogleich eilte er zur Begrüßung herbei. Dabei entging Hedewich nicht, dass er Gesine ein wenig länger als geziemend betrachtete.

Das war Hedewich mehr als recht. Sie vermutete schon lange, dass Johann liebevolle Gedanken für ihre beste Freundin hegte. Ihr Bruder hatte sich aus dem schwächlichen Knaben von einst zu einem stattlichen jungen Mann von achtzehn Jahren entwickelt. Als Knappe hatte er bei Phylipp begonnen, doch durch die Schwertleite hatte er im letzten Jahr seine Erhebung zum Ritter erfahren. Hedewich war sehr stolz auf ihn.

Und für Gesine wird es langsam Zeit, einen würdigen Ehemann zu finden, überlegte sie. Schließlich ist sie schon sechzehn, so alt wie ich, doch ich bin bereits zwei Jahre verheiratet!

»Lasst uns hineingehen«, sagte sie laut und begleitete ihre Gäste in die Burg. »Ich habe schon früh in allen Räumen Feuer anfachen lassen. Es ist so ein ungemütlicher Tag heute. Hoffentlich ist uns der Himmel morgen zur Jagd freundlicher gesinnt!«

Der Nachmittag verging mit der Ankunft weiterer Gäste. Endlich, bei Einbruch der Dämmerung, waren alle bis auf den Gesandten eingetroffen und hatten ihre Schlafstätten bezogen. Einige der Gäste hatten eigene Zelte mitgebracht, die eilig aufgebaut wurden, andere zogen in die Kammern, die Hedewich für sie hatte vorbereiten lassen. Die große Schar von Knappen und Mägden, die ihre Herrschaft begleiteten, war in einem eigens hierfür bereitgestellten Zeltlager untergebracht.

Als es dunkel geworden war, versammelten sich alle geladenen Jagdgäste im großen Saal. Benigna hatte dafür gesorgt, dass unzählige Kerzen jede Ecke erleuchteten. Sie verbreiteten, zusammen mit dem wärmenden Feuer im Kamin, eine behagliche Stimmung im Saal.

»Lasst rasch die Tafeln auftragen«, ordnete Hedewich an.

Sogleich kamen die Diener mit den Tragen, auf denen sich Berge von Fleisch und Brot, Wein und Met und noch allerlei Köstlichkeiten türmten. Benigna freute sich, ihre junge Freundin so vergnügt zu sehen. Tatsächlich waren alle fröhlich, selbst Phylipp vergaß für Augenblicke seine Sorgen.

»Spielt auf zu unserem Gaudium«, ermunterte er die Musikanten. »Lasst vergnügliche Weisen hören!«

Er verneigte sich vor Hedewich und forderte sie galant zum Tanz auf. Sie erhob sich sogleich, und ihre Augen glänzten vor Freude, als sie an seinem Arm zur Tanzfläche schritt.

Schon taten es ihnen die ersten Gäste nach und erhoben sich ebenfalls zum Tanze, da ertönte plötzlich das Signal eines Hornes, und das Donnern galoppierender Hufe kündigte die Ankunft weiterer Gäste an. Die Musik brach jäh ab, und die Gespräche verstummten. Alle schauten zur Tür. Eine Gruppe von Männern stürmte in den Saal. Phylipp löste sich von Hedewichs Arm, um ihnen entgegenzugehen, da hielten sie bereits vor ihm an.

»Es grüßt Euch der Graf Waldemar von Elmt«, sprach ein Herold und wies mit einer ausladenden Geste hinter sich, »der Gesandte unseres Herrn, des Kaisers Friedrich von Staufen.«

Ein großer, prächtig gekleideter Herr trat vor. Sein grüner Umhang war aus feinster Wolle gewirkt, und bei jeder Bewegung leuchtete das kostbare Futter aus blassroter Seide.

»Welch vornehme Herrschaft«, flüsterte Hedewich ihrer Vertrauten Benigna zu. »Seht nur den kostbaren Mantel.«

Benigna nickte fast unmerklich. Der Gesandte war ein Mann von erlesenem Geschmack. Er hatte die wertvolle Röte der Koschenille gewählt. Die Farbe der Krappwurz war ihm wohl zu leuchtend und gewöhnlich.

Unterdessen schritt Graf Waldemar auf Phylipp zu und begrüßte ihn mit einer förmlichen Verbeugung.

»Mit mir ist der Herr von Kürenberg, ein wahrlich begnadeter Poet. Trotz seines hohen Alters nimmt er es auf sich, die Lande zu bereisen.«

»Der Herr, unser Gott, gab mir einen gesunden Körper und einen regen Geist«, sagte der von Kürenberg und verbeugte sich leicht. »Ich fühle mich verpflichtet, das Leben von allen Seiten zu beobachten. So gibt meine Feder das Vernommene wieder, auch wenn nicht jedermann meine Worte versteht.«

Der Graf runzelte fragend die Stirn, ging jedoch nicht auf die Worte ein. Vielmehr zeigte er auf den jungen Mann zu seiner Rechten.

»Mein Herold, der Herr Markus vom Stein.«

Auch vom Stein verbeugte sich tief. Phylipp erwiderte den Gruß und führte die Herren zu seinen Gästen, um sie ihnen vorzustellen. Stolz blickte Graf Waldemar auf sie herab und machte vor jedem der Herren nur die Andeutung einer Verneigung. Den Frauen allerdings küsste er zart die Fingerspitzen und schaute den hübschesten von ihnen, besonders Gesine und Adelheid, lange in die Augen. Verwegen fielen ihm dabei seine schwarzen, glänzenden Locken in die Stirn.

Als ihm alle vorgestellt waren, räusperte er sich und sagte im Befehlston zu Phylipp:

»Ich überbringe Euch eine Botschaft unseres Herrn und Kaisers. Führt mich also in einen Raum, wo wir vertraulich sprechen können, und lasst Eure Diener eilig Speise und Trank für uns auftragen. Die unangenehme Witterung hat das Reisen beschwerlich gemacht, und uns dürstet und hungert.«

Phylipp missfiel die Unhöflichkeit des Grafen Waldemar, doch konnte er nicht umhin, ihn und seine Begleiter wie gefordert in einen Nebenraum zu führen. Hedewich war entsetzt über den Ton und die Selbstherrlichkeit, mit welcher der Gast über ihre Dienerschaft bestimmte. Trotzdem ließ sie eine Tafel mit Speisen und Wein nachtragen.

»Unverschämt! Mit welchem Recht gibt er hier Anweisungen? Solch ein Benehmen kann und werde ich nicht gutheißen!« Johann war hitzig aufgesprungen und wollte dem Gesandten in den anliegenden Saal folgen. Dabei stieß er versehentlich seinen Zinnbecher um. Eine blutrote Weinlache breitete sich auf dem Tafeltuch aus, und es tropfte langsam zu Boden.

Wie erstarrt saß die Gesellschaft an der Tafel. Niemand wagte etwas zu sagen. Sogar die Musikanten hielten inne und wirkten mit einem Mal gänzlich fehl am Platze.

Hedewich legte ihre Hand auf den Arm ihres Bruders. »Beruhige dich«, flüsterte sie. »Bedenke, der Gesandte ist unser Gast, somit liegt es an uns, ihn nach seinem Wunsche zu bewirten!«

In der plötzlich eingetretenen Stille war jedes ihrer Worte deutlich zu vernehmen.

Nur langsam löste sich die Betroffenheit unter den Gästen. Doch die Stimmung von zuvor wollte sich nicht wieder einstellen.

Draußen war unterdessen ein starker Wind aufgezogen, der durch die Ritzen in den Fensterläden kalte Zugluft hineinblies. Einige der Kerzen flackerten und gingen schließlich aus, und in den Erkern entstanden dunkle Schatten. Schon verabschiedeten sich die ersten der Gäste für die Nacht. Auch Hedewich erhob sich.

»Meine lieben Freunde«, sagte sie, bemüht, ihrer Stimme einen sorglosen Klang zu geben, »der Abend neigt sich bereits, und der Morgen beginnt allzu früh. Mich dünkt, es ist an der Zeit zu ruhen, und ich wünsche Euch allen einen erholsamen Schlaf.«

Noch lange lag Hedewich in dieser Nacht wach. Phylipp kam nicht zu ihr, und eine wachsende innere Anspannung quälte sie. Doch irgendwann fiel sie in einen unruhigen Schlaf.

Durch ein sanftes Rütteln wurde sie am Morgen geweckt. Es war Phylipp.

»Regt Euch, meine Liebe«, sagte er leise zu ihr, »der Tag beginnt, und es ist Zeit, sich für die Jagd vorzubereiten.«

Hedewich schlug die Augen auf und erschrak. Seine Haut war grau und müde, und tiefe Ringe gruben sich um seine Augen. Er hatte offensichtlich nicht geschlafen.

»Was betrübt Euch so?«, fragte sie.

Er seufzte tief. »Der Gesandte wird die anwesenden Herren beim heutigen Bankett ansprechen. Seine Nachricht lässt uns keine Zeit und duldet auch keine Widerrede. Ich fürchte, das bedeutet für uns eine längere Trennung.«

»Trennung?«, wiederholte sie ungläubig. »Was soll das bedeuten?«

»Ihr werdet es heute Abend erfahren«, unterbrach er sie, »aber so viel kann ich Euch jetzt schon sagen: Schwere Zeiten kommen auf uns zu, und nur der allmächtige Gott wird wissen, wie lange sie dauern.«

Kaum hatte er den Raum verlassen, kam Benigna herein.

»Lasst Euch helfen«, sagte sie und reichte Hedewich einen Becher mit dampfendem Kräutertee. »Unten im großen Saal sind bereits einige Eurer Jagdgäste versammelt. Es wird für Euch Zeit, sie zu begrüßen.«

Mit Benignas Hilfe kleidete sich Hedewich rasch an und ging hinunter. Nachdem sie alle Anwesenden begrüßt hatte, gesellte sie sich zu ihren Freundinnen Adelheid, Gesine und Elisabeth.

»Wisst Ihr schon, was der Gesandte zu verkünden hat?«, wurde sie sogleich von ihnen befragt.

»Ich denke, es hat etwas mit einer Reise zu tun, aber ich weiß auch noch nichts Genaueres«, gab sie leise zurück.

Phylipp klatschte in die Hände und bat um Gehör. »Ehrenwerte Jagdgäste, liebe Freunde«, rief er mit einer Fröhlichkeit, die aufgesetzt wirkte, »die Hunde sind bereit. Möge die Hatzjagd beginnen!«

Draußen begrüßte sie ein Tag, der ähnlich unwirtlich wie der vorangegangene zu werden versprach. Die dichten Wolken ließen die Sonne gar nicht durchkommen, und feiner Nieselregen fiel herab.

Hedewich warf immer wieder verstohlene Blicke zu ihrem Gatten, der ins Gespräch mit Graf Waldemar vertieft war. Sie fröstelte. Lag es an der nassen Kälte in der Luft oder an der kalten Ausstrahlung dieses prächtig gekleideten Gesandten? Sie wusste es nicht.

Entschlossen drehte sie sich zu Elisabeth um, die im Toreingang stand, und rief ihr zu: »Ich werde am frühen Nachmittag zurückkommen! Dann bleibe ich bei dir und leiste dir Gesellschaft.«

Elisabeth nickte und winkte dankend zurück. Noch lange blieb sie im Tor stehen und sah der prachtvollen Gesellschaft nach.

Adelheid und Gesine ritten im Damensattel. Zum Schutz gegen die kalte Feuchtigkeit hatten sie die Kapuzen tief in die Stirn gezogen und ihre wollenen Umhänge fest um sich gewickelt. Die Herren vor ihnen trugen über eng anliegenden Bundhauben den spitzen Jagdhut. Allen voran ritten Phylipp und Graf Waldemar, dicht gefolgt von Johann, der ihr Gespräch mit anhörte.

»Wie ich sehe«, ließ der Graf vernehmen, »verfügt Ihr über eine recht ansehnliche Meute.« Gönnerhaft setzte er noch hinzu: »Ich hoffe auf einen starken Hirsch mit ausgeprägtem Geweih!«

Phylipp nickte. »Ihr werdet zufrieden sein«, erwiderte er höflich.

Johann spürte, wie seine Wut gegen diesen Grafen zunahm. Insgeheim war er nun ausgesprochen froh darüber, dass Phylipp sich nicht auf den Vorschlag eingelassen hatte, das Jagdergebnis zugunsten des Gesandten zu beeinflussen. Sollte dieser so sehr von sich selbst überzeugte Gast doch unter ehrenhaften Bedingungen seine Jagdfähigkeiten unter Beweis stellen! Er, Johann, würde jedenfalls alles daransetzen, ihm zuvorzukommen und den Hirsch selbst zu erlegen.

Graf Waldemar mochte mit seinen prunkvollen Gewändern den Kopf mancher Edelfrouwe verdrehen. Er jedoch würde ihm beweisen, dass es nicht allein auf den äußeren Glanz ankam. Dem Grafen gebührte jetzt eine gehörige Lektion!

Auch hoffte Johann insgeheim, Gesine mit dem ersehnten Jagderfolg zu beeindrucken.

Hörner wurden geblasen, und der Jagemeister gab mit den kräftigen Leithunden die Richtung an. Bald war die Gruppe im Wald verschwunden.

Elisabeth ging wieder in den Kaminsaal hinein. Sie fühlte sich in den letzten Wochen immer sehr schnell erschöpft und freute sich nun doch darüber, ihre Ruhe zu haben. Aufatmend ließ sie sich am Kamin nieder und beobachtete die tanzenden Flammen. Wie Zungen schnellten sie empor. Die Wärme des prasselnden Feuers entspannte sie und machte sie schläfrig.

Sie träumte von einer Jagd. Dunkel sah sie das tropfende Geäst der regennassen Bäume vor sich und roch den modrigen Dunst der schwammigen Erde. Sie hörte die Signale der Jagdhörner und fühlte die rhythmischen Bewegungen des galoppierenden Rosses unter sich. Als das gejagte Tier tödlich getroffen ins Unterholz krachte, erwachte sie ruckartig. Sie musste sich erst wieder in ihrer Umgebung zurechtfinden. Ihr war, als hätte sie sogar das Krachen gehört. Aber es war wohl nur ein Holzscheit, das im Feuer umfiel.

Elisabeth rieb sich die Augen und streckte sich. Außer einigen Dienern war niemand zu sehen. Sie beschloss, sich ein wenig die Beine zu vertreten, und schritt über die Treppe hinauf in Hedewichs Gemach, in dem sie gemeinsam am Wandteppich zu wirken pflegten. Dort lag die Handarbeit über einen Tisch ausgebreitet. Seit dem letzten gemeinsamen Sticken waren noch einige neue Motive hinzugekommen. Elisabeth nahm den Wandteppich in die Hände und genoss die samtige Weichheit des Stoffes. Ein sonderbarer Duft entströmte ihm. Das Ziehen im Rücken, das die Schwangere in den letzten Wochen so oft geplagt hatte, verschwand plötzlich wie durch ein Wunder.

Versonnen ging sie weiter und entdeckte auf einer Truhe am Fußende des Bettes die Blumen, die Hedewich bei ihrer Hochzeit erhalten hatte: eine weiße und eine rote, mit einem goldenen Band umschlungen und zusammengehalten. Elisabeth fiel auf, dass die weiße Blume leicht verfärbt, die rote aber immer noch genauso frisch wie vor zwei Jahren wirkte. Sie nahm beide Blumen in die Hand, roch daran und erkannte den gleichen Duft, der ihr so heilsam aus dem Teppich entgegengeströmt war.

Erst weit nach Mittag kam Hedewich endlich zurück.

»Elisabeth«, rief sie, »ich bin hier unten und ganz durchnässt. Komm doch zu mir an den Kamin und erzähl mir, wie du dir die Zeit vertrieben hast.« Elisabeth kam ihrer Freundin mit schweren Schritten entgegen.

»Sicher war's bei mir nicht so aufregend wie bei dir«, lächelte sie. »Ich gestehe, ich bin für eine Zeit vor dem warmen Feuer eingeschlafen. Erzähl lieber, wie es dir erging!«

Sie zogen eine Bank nah an das Feuer und setzten sich darauf. Ausführlich erzählte Hedewich ihrer Freundin den Verlauf der Jagd:

»Die Leithunde stöberten mit ihren feinen Nasen nach der Spur des Hirsches. Aber wir waren schon einige Zeit unterwegs, ohne den ausgesuchten Hirsch gesehen zu haben. Dann sahen wir ihn plötzlich, Elisabeth, er war wahrlich prächtig! Wie eine Erscheinung stand er bewegungslos mitten auf einer Lichtung. Als er uns wahrnahm, blickte er mit stolz erhobenem Kopf auf – ein gewaltiger

Sechzehnender!« Hedewichs grüne Augen sprühten vor Eifer. »Die Parforcepeitschen knallten, und die Leithunde wurden aufgehalten. Und dann, als die Meute herbeigeführt war, ertönte die Anjagdfanfare, das Zeichen für die Hunde zur ausdauernden Hatz.«

»Wem ist es denn gelungen, den Hirsch zu erlegen?«, wollte Elisabeth wissen.

»Johann war als Erster zur Stelle«, erwiderte Hedewich. »Im wilden Ritt ist er vorgeprescht, dicht dahinter der Graf von Elmt. In einigem Abstand sind Phylipp und die anderen gefolgt.«

»Und du, wo warst du?«, fragte Elisabeth.

»Ich habe mich etwas zurückgehalten, wollte ich doch unserem Gast den Vortritt gewähren.« Ein unmutiger Schatten legte sich auf Hedewichs Gesicht. »Der Hirsch verschwand im Dickicht, wurde bald aber wieder erblickt und weitergejagt. So vergingen einige Stunden. Doch schien der Hirsch ebenso wenig zu ermüden wie wir. Die Hunde waren schon ganz außer sich. Da wurde der Hirsch erneut gesichtet. Und dann ...« Hedewichs Augen verfinsterten sich. »Dann spannte Johann seinen Bogen und zielte direkt auf das Blatt des Tieres. Im gleichen Augenblick wurde er vom Grafen von Elmt rüde in die Seite gerempelt. Natürlich verfehlte der Pfeil sein Ziel.«

»Das kann doch nicht sein!«, meinte Elisabeth entrüstet.

»Ich habe es genau gesehen«, bekräftigte Hedewich aufgeregt. »Ein teuflisches Grinsen lag auf seinem Gesicht. Dann zielte auch er. Und sein Pfeil traf. Krachend fiel das stolze Tier zusammen und blieb leblos im Unterholz liegen.«

Eine Weile schwiegen beide Frauen.

»Haben die anderen dieses niederträchtige Gebaren des Herrn Waldemar mitbekommen?«, fragte Elisabeth schließlich.

»Ich weiß es nicht. Mir jedenfalls war die Freude an dem Ausflug gründlich verdorben. Deshalb bin ich vor der Zeit zu dir zurückgekehrt.«

Mit nur mühsam unterdrücktem Zorn setzte sie hinzu: »Johann kann von Glück reden, dass er nicht vom Ross gefallen ist und sich verletzt hat! Dieser Graf von Elmt ist durch und durch widerlich und unritterlich! Und unwaidmännisch ist er auch!«

Bevor Elisabeth ihre Freundin beruhigen konnte, hörten sie von draußen Hufklappern und Stimmen. Die ersten Jagdgäste kamen zurück.

»Ein kapitaler Hirsch, gratuliere Euch zum Jagdglück«, ließ die Stimme des Herrn vom Stein vernehmen.

An seiner Seite ging der ältere Herr von Kürenberg. Er sagte nichts, sondern runzelte nur die Stirn, als ob ihm die eben gehörten Worte missfielen.

Nach und nach trafen auch die anderen Jäger ein und unterhielten sich lebhaft über den erfolgreichen Tag. Nur einer blieb still und schlich unbemerkt davon: Johann. Hedewich hatte ihn gesehen und folgte ihm unbemerkt in seine Kammer.

»Ein unangenehmer Geselle, der Graf von Elmt«, meinte sie und legte tröstend einen Arm um ihren Bruder.

»Er ist nicht nur unangenehm – hinterlistig und gemein ist er auch noch!«, brach es aus Johann heraus. Wütend schlug er mit der geballten Faust gegen die Tür eines schweren Holzschranks.

Hedewich fuhr erschrocken zusammen. Sie liebte ihren älteren Bruder, doch sein hitziges Temperament machte ihr Sorgen.

»Ein Glück, dass wir den Grafen morgen los sind«, versuchte sie Johann zu besänftigen. »Nimm dir sein Benehmen also nicht so zu Herzen. Im Wald ist ja noch reichlich Wild vorhanden.« Und mit einem Blick auf seine durchnässten Beinkleider fügte sie hinzu: »Entledige dich deiner nassen Kleidung und ruhe dich noch ein wenig vor dem heutigen Abend aus. Wer weiß, ob nicht die Frouwe deiner Träume dich heute noch erhört?«

Johann errötete, doch dann lachte er, und seine tiefblauen Augen bekamen wieder Glanz. »Mein Schwesterlein, du kannst wohl das Kuppeln nicht ganz lassen?«, scherzte er und kniff sie in die Seite.

Am Abend versammelten sich alle Gäste im großen Saal, und die Tafeln mit den Speisen wurden gebracht. Hedewich, die es sich tatsächlich nicht nehmen ließ, ein wenig an der Zukunft ihres Bruders mitzuwirken, hatte ihm den Platz neben ihrer Freundin Gesine zugewiesen.

Der Abend entwickelte sich heiter. Die Gäste aßen und tranken und tauschten sich über ihre Jagderlebnisse aus, während der Mundschenk aus vollen Krügen nachfüllte und das Gesinde immer neue Platten herbeibrachte, angetrieben von der alten Magd Katharina.

»Voran, voran«, rief sie unermüdlich. »Auch einen feinen Gesandten hungert und dürstet es!« Leise setzte sie hinzu: »Aber bedient ihn nicht zu gut, sonst bleibt er noch länger!«

Hedewich hoffte, nur sie hätte die letzten Worte vernommen. Verlegen schaute sie sich um und begegnete dem Blick des Herrn von Kürenberg. Er nickte ihr fast unmerklich zu, und seine Augen drückten stille Verehrung aus. Hedewichs Verlegenheit wuchs. Errötend wandte sie sich ab.

Auch der Poet drehte sich in die andere Richtung. Sein Tischnachbar zur Linken, Felix von Reifferscheid, sprach eben mit Phylipp über dessen Falken.

»Ich merke, wie sehr Ihr Eure Falken schätzt«, schaltete sich der Herr von Kürenberg in das Gespräch ein. »Auch ich bewundere ihre scharfen Augen und beobachte sie oft bei ihren kühnen Flügen. Ich bitte Euch, erzählt mir mehr über ihre Aufzucht«, bat er Phylipp.

Darauf ging Phylipp nur zu gerne ein. So war er auch der Pflicht entbunden, sich mit seinem Gegenüber, dem Gesandten des Kaisers, zu unterhalten. Der saß unterdessen brütend und still an der Tafel und schenkte den aufgetragenen Köstlichkeiten kaum Beachtung. Als die süßen Speisen gebracht wurden, erhob er sich unvermittelt. Die Gesellschaft verstummte schlagartig.

»Ehrenwerte Gäste, verehrter Herr von Vey und Frouwe Hedewich«, begann er mit seiner tiefen Stimme. »Ich hatte Euch gebeten zusammenzukommen, denn ich bringe eine Botschaft unseres Herrn und Kaisers. So hört, was ich Euch in seinem Namen zu verkünden habe.«

Gespannt blickten alle zu ihm auf.

»Wie Ihr wisst, wurde unser aller Herr Anno Domini 1220 von Papst Honorius zum Kaiser gekrönt. Daran war allerdings eine Bedingung geknüpft, nämlich, dass er einen weiteren Kreuzzug ins Heilige Land führe. In der *Confoederatio cum principibus ecclesiasticis* musste unser Herr zugunsten der hohen geistlichen Fürsten auf wichtige Krönungsrechte verzichten. Mit Sorgen und Argwohn folgt er den Machtansprüchen der Kirche, denn er findet, dass sie sich zu viel in das weltliche Geschehen einmischt. Auch ist es seine Überzeugung, dass sie durch Verfolgung und Vernichtung grausam gegen das ihm so wichtige Recht des freien Glaubens verstößt.«

Unruhe verbreitete sich im Saal.

»Wer hat den Obrigen der Kirche denn die Rechte und dadurch auch die Macht dazu erteilt, wenn nicht er?«, rief Dietrich.

»Oder hat er sich durch seine Versprechen gar die Krone erhandelt?«, ergänzte Gerhard von Dollendorf.

»Der freie Glaube, den unser Kaiser seinen arabischen Freunden gewährt, ist nichts weiter als die Duldung einer gefährlichen Verbreitung heidnischer Lehren!« Das war die entrüstete Stimme des Grafen von Maubach. »Nieder mit den Sarazenen!«

Da erhob sich Phylipp. »Eure Zurufe unterbrechen den Grafen von Elmt und entsprechen nicht unseren höfischen Gepflogenheiten«, mahnte er. »Ich bitte Euch, lasst den Grafen sein Wort weiterführen.«

Graf Waldemar dankte mit einem huldvollen Kopfnicken und setzte seine Rede fort: »Nach dem Ableben von Honorius fand unser Kaiser in dessen Nachfolger Papst Gregor erneut einen ihm feindlich gesonnenen Kirchenmann. Dieser drängte zum Einhalten des längst überfälligen Versprechens, und so rüstete sich der Kaiser in diesem Jahr mit seinen Mannen, um erneut ins Heilige Land aufzubrechen. Der Kreuzzug stand aber unter einem schlechten Stern, denn eine Seuche, die auch unseren Kaiser an sein Lager fesselte, brach aus, und der Kreuzzug scheiterte. Erbost sprach der Papst den Kirchenbann gegen unseren Kaiser aus.«

Ein Raunen ging durch die Gesellschaft.

»So haltet ein«, rief Graf Waldemar, »und hört, wovon ich Euch künde: Der Kaiser ruft Euch alle auf, ihm zum erneuten Kreuzzug zu folgen. Das Unterfangen, das in diesem Jahr so kläglich gescheitert ist, soll spätestens im nächsten, Anno Domino 1228, seine Fortführung finden. Mit Euch sollen die stärksten Eurer Männer kommen und Euch nach Brindisi folgen, wo vierzig Galeeren bereitstehen.«

»Wie können wir das verstehen?«, rief Johann mit unverhohlenem Spott in der Stimme. »Ein gebannter Kaiser soll ausziehen, um die heiligen Stätten von der Macht der Ungläubigen zu befreien?«

Einige der Anwesenden stimmten in seine Zweifel ein. Nur Phylipp schwieg. Er dachte an seine gestrige Unterredung mit Graf Waldemar, der ihn über die Entwicklungen im Kaiserreich unterrichtet hatte: Der Kaiser hatte nach dem Tod seiner geliebten Frau Konstanze von Aragon Anno 1225 in zweiter Ehe Isabelle von Brienne zur Frau genommen. Sie war außerdem Erbin des Königreichs Jerusalem. Aber diese Ehe hielt nicht lang, denn Isabelle starb nach nur zwei Jahren.

»Das bedeutet doch«, hatte Phylipp eingeworfen, »dass sich unser Kaiser Friedrich fortan zu Recht auf den kaiserlichen Urkunden auch als König von Jerusalem bezeichnen darf!?«

Obwohl er persönlich den Beweggründen seines Kaisers nicht immer traute und darin vor allem kühles Machtstreben erkannte, bewunderte er doch zutiefst dessen Bildung und Kultur. Aufgewachsen in dem von Griechen und Juden, Sarazenen und Christen bevölkerten Sizilien, war Friedrich tief geprägt von der orientalischen Lebensweise. Er sprach fließend Arabisch und kannte die größten Mathematiker und Dichter seiner Zeit.

»Da Ihr so viel Einsicht habt, werdet Ihr sicher auch wissen, wie vertraut unserem Kaiser die Lehren der arabischen Philosophen sind?«, hatte der Gesandte gefragt. »Einer von ihnen, Ibn Rushd, ist ihm besonders nahe. Er ist auch bekannt als Heilkundler und Naturforscher.«

»Ich habe tatsächlich bereits von ihm gehört«, erwiderte Phylipp. »Bestreitet er nicht in seinen Lehren die göttliche Schöpfung und Vorsehung?«

»Ihr seid gut unterrichtet.« Der Graf hatte anerkennend genickt. »Er versucht der moslemischen Glaubensrichtung neue Inhalte zu geben, gewinnt aber dadurch zahlreiche Feinde, und nicht nur in seinen eigenen Reihen.«

»Ich kann es mir denken«, hatte Phylipp gesagt. »Auch die streng gläubigen christlichen Priester und Theologen sprechen sich gegen ihn aus, und die Meinung, die sie von Ibn Rushd haben, übertragen sie gleichfalls auf den Kaiser.«

»Ihr habt es erfasst! Nur ein siegreicher Kreuzzug kann die Meinung der Kirchenfürsten zu seinen Gunsten beeinflussen«, bestätigte der Gesandte. »Als König von Jerusalem dürfte die Einnahme des Heiligen Landes für unseren Kaiser ein leichtes Spiel sein. Und wenn ein paar Ungläubige dabei sterben, wen soll's schon kümmern?«

So schillernd die Geschichten um Friedrich auch sein mochten, so unbestreitbar war auch seine glänzende Redegewandtheit. Vielleicht, so hoffte Phylipp, wird die Verbindung einer geschickten Vorgehensweise mit seinem Verstehen der orientalischen Denkweise es uns ermöglichen, ohne Erhebung des blutigen Schwertes das Heilige Land zu gewinnen?

Das lauter werdende Stimmengewirr um ihn herum riss ihn aus seinen Gedanken. Erneut rief er laut um Ruhe.

»Meine Freunde, Ihr habt die Worte des Gesandten unseres Kaisers gehört. Wir alle sind persönlich angesprochen und verpflichtet, ihm zu folgen. Nicht zu Unrecht wird der Kaiser von unseren Gelehrten auch *stupor mundi* genannt, das Erstaunen der Welt. So schenken wir ihm unser Vertrauen und versuchen erneut, nach Jerusalem zu gelangen.«

Sofort brach ein heftiger Tumult unter den Tafelgästen aus. Rufe der Empörung mischten sich mit zögernder Zustimmung. Einige der Frouwen setzten sich zusammen und tuschelten aufgeregt.

Da erhob sich der Gesandte noch einmal: »Nun, edle Frouwen und Herren, bei aller Höflichkeit erlaubet mir doch noch eine Bemerkung!«

Langsam ebbten die Gespräche ab, und gespannte Ruhe kehrte ein. Alle Augen richteten sich auf den Grafen von Elmt, der eine kurze Pause machte und die allgemeine Aufmerksamkeit sichtlich genoss, bevor er herablassend erklärte:

»Ihr habt keine Wahl. Die Worte unseres Herrschers sind ein Gebot, und diesem gilt es bedingungslos zu folgen!«

Er grüßte noch einmal stolz in die Runde und zog sich zurück.

In der Kemenate saß Hedewich noch lange mit Phylipp auf ihrem Lager. Sie fühlte sich niedergeschlagen und von großer Angst erfüllt. Das, woran sie nie hatte denken wollen, war eingetreten: Bald würde sie sich ohne ihren Gemahl zurechtfinden müssen. Und dass ausgerechnet dieser verhasste Gesandte die Nachricht überbracht hatte!

»Der Gesandte gefällt mir so wenig wie Euch«, sagte Phylipp leise. »Seine Beweggründe sind selbstsüchtig, ich vermute, sie dienen der Bereicherung seiner eitlen Person mehr als der Befreiung des Heiligen Landes. Doch der Kaiser ruft.«

»Aber – was soll nur aus uns werden?«, wandte Hedewich ein. »Die arme Elisabeth muss sogar ihr Kindlein zur Welt bringen, ohne zu wissen, ob es je den Vater kennen wird!«

Phylipp legte fürsorglich seinen Arm um ihre Schultern. »Ihr habt viel gelernt, Hedewich, im Kloster und bei mir«, sagte er. »Ich bin davon überzeugt, dass Ihr in der Lage seid, unseren Hof zu bewirtschaften und die Burg gut zu führen. Und was Elisabeth betrifft – warum nehmt Ihr sie nicht bis zu ihrer Niederkunft bei Euch auf? Benigna wird ihr sicher in ihrer Stunde zu helfen wissen.«

»Und Ihr? Was ist, wenn Euch etwas zustößt?« Hedewich konnte ihre Tränen nicht mehr zurückhalten.

Phylipp schloss sie in seine Arme und küsste ihr eine Träne von den Wangen, so wie er es einst in ihrer Hochzeitsnacht getan hatte.

»Seht«, sagte er schließlich und zog etwas aus seinem Hemd. »Ich führe immer Euer Tuch bei mir! Es wird mich beschützen, da bin ich mir ganz sicher! Mit Gottes Hilfe werde ich bald wohlbehalten zu Euch zurückkehren.«

Hedewich aber blieb voller Zweifel. Als sie endlich erschöpft in Phylipps Armen einschlief, schluchzte sie gelegentlich im Schlaf. Phylipp war von diesen Zeichen ihrer Liebe besonders berührt. In ihrer Sorge um ihn fühlte er wie nie zuvor ihre Zuneigung. Er vermutete zwar, dass ihre Liebe eher der eines Kindes zu seinem Vater als einer Frau zu ihrem Mann glich. Gleichwohl war er dankbar dafür.

Übergangslos wurde die Nacht zum Tage – einem Tag, noch grauer und düsterer als die Tage zuvor. Wieder hatte Phylipp keinen Schlaf gefunden. Als er das Bett verließ, um den Gesandten zu verabschieden, teilte ihm sein Marschall mit, Graf von Elmt sei bereits abgereist.

»Er lässt Euch ausrichten, dass er sich auf Euch verlässt«, sagte der Marschall. »Ihr wüsstet schon, sagte er, was damit gemeint sei.«

In den Worten schwang eine Drohung mit, die Phylipp nur allzu deutlich verstand.

Aber noch etwas sei mitzuteilen, fuhr der Marschall fort. Der Herr von Kürenberg habe ausdrücklich seine Bewunderung für den herrlichen Falken des Burgherrn ausgedrückt.

»Diese Bewunderung hat ihn hingerissen, und er fertigte dieses Schriftstück für Euch an. Er trug mir aber auf, Euch zu sagen, es sei ein Lied, das er bereits vor langer Zeit vervollständigt hätte. Seine Verehrung für Eure Frouwe, sagte er, würde besonders Ausdruck im ersten Vers finden. Denn sie habe ihn mit ihrer Schönheit und ihrer Klugheit tief beeindruckt.«

Phylipp nahm das Pergament dankend entgegen. Nachdem der Marschall sich verabschiedet hatte, entfaltete er die Rolle und las:

Ich zog mir einen Falken länger denn ein Jahr.
Als er von mir gezähmt und mir nach Wunsche war
und ich um sein Gefieder goldene Bänder wand,
steil stieg er in die Lüfte und flog in anderes Land.

Phylipp von Vey ging in eine kleine Stube neben dem großen Saal. Hier brannte bereits im Kamin ein Feuer, doch vermochte es Phylipp nicht zu wärmen. Sorgenvoll ging er auf und ab und nahm schließlich in der Fensternische Platz. Immer wieder las er die Zeilen. Sie berührten ihn merkwürdig tief. Und plötzlich stand ihm eine Szene während der Jagd wieder vor Augen: Herr von Kürenberg war nahe an seine Seite geritten, und Phylipp hatte ihm die seidenen Riemen gezeigt, die Hedewich für den Falken golden bestickt hatte.

Da hatte der Poet leise, nur für Phylipp hörbar, gesagt: »Eure Frouwe ist nicht nur schön und klug, mehr noch: Sie deutet Euch mit vielen kleinen Zeichen ihre Ehrerbietung an. Ihr könnt wahrlich stolz auf sie sein, denn trotz ihrer Jugend beweist sie ein tiefes Empfinden.« Und unvermittelt hatte er hinzugefügt: »Ihr werdet den prächtigen Falken doch sicher mit Euch nehmen?«

Phylipp hatte sofort gewusst, dass er sich damit auf den bevorstehenden Abschied bezog. Nachdenklich ließ er jetzt seinen Blick noch einmal über das Pergament in seiner Hand gleiten.

»*Und flog in anderes Land*«, las er leise. »Wie mag dies alles nur enden?«

Schließlich gab er sich einen Ruck. Er rollte den Text wieder zusammen und verbarg ihn tief im Inneren einer schweren Eichentruhe. Ich werde ihn Hedewich nicht zeigen, beschloss er. Es würde sie nur beunruhigen.

In diesem Augenblick betrat Johann die kleine Stube. Mit festen Schritten kam er auf Phylipp zu.

»Kommt und lasst uns die anstehenden Vorbereitungen besprechen«, sagte er, und seinem ungewohnt bleichen Antlitz war anzusehen, dass auch er mit sich rang. »Die Unruhe des gestrigen Abends ist unter den Herren noch zu spüren«, setzte er mit fester Stimme hinzu. »Wir dürfen sie jetzt nicht sich selbst überlassen!«

Phylipp nickte und schritt seinem Schwager voran in den Kaminsaal. Bis lange in den Nachmittag hinein erörterten die Männer die unerwartete Wendung in ihrem Leben, während die Frauen sich mit Hedewich und Benigna in das Frauengemach zurückgezogen hatten. Schließlich wurde der gemeinsame Aufbruch auf zwei Monate nach dem Fest der Geburt Christi festgelegt.

Gefährliche Reise

Der November und der Januar brachten kalte Winterstürme, und das dazwischen liegende Weihnachtsfest kam und ging fast unbemerkt. Seit dem Bankett zu Ehren des Gesandten war die Musik auf der Burg verstummt. Das ständige Klopfen des Schmiedes begleitete nun die Tage, und der helle Ton seines Hammers war bis über die Burgmauern hinaus zu vernehmen. Bald fand sich kein Raum in der Scheune und den Stallungen, der nicht angehäuft war mit Schwertern und Helmen, mit Pfeilspitzen und Pferdegeschirr.

»Ich habe lang mit mir gerungen«, sagte Phylipp an einem Morgen, als er und Hedewich die Burg hinter sich gelassen hatten und nebeneinander über die verschneiten Felder ritten. »Der Gedanke, Euch verlassen zu müssen, bricht mir fast das Herz. Doch haben mir die vielen Stunden der Einkehr und des Gebets nun endgültig die Gewissheit gebracht: Die Abreise lässt sich nicht mehr aufschieben.«

Aus Hedewichs ohnehin blassem Gesicht wich alle Farbe. »Wie könnt Ihr von Aufbruch sprechen, wenn der Frühling noch so fern ist«, wandte sie ein und versuchte, das Zittern in ihrer Stimme zu verbergen. »Der Februarius hat doch erst begonnen! Die Berge sind sicher noch lange nicht schneefrei!«

Phylipp warf ihr einen besorgten Blick zu. Ihm war nicht entgangen, dass seine junge Frau in den letzten Monaten ihre unbekümmerte Fröhlichkeit verloren hatte. Angst war ihre ständige Begleiterin geworden. Manches Mal, wenn sie sich unbeobachtet glaubte, erschien sie ihm wie erstarrt. Eigentlich hatte er sie mit diesem Ausritt durch die friedliche, schneebedeckte Landschaft ablenken und auf hellere Gedanken bringen wollen. Ach, was wollte er nicht alles tun, um sie wieder wie früher unbeschwert lachen und leben zu sehen! Doch es half nichts, er musste seiner Pflicht gegenüber der Obrigkeit nachkommen, so wie er es bei seiner Erhebung in den Ritterstand vor Gott und dem Kaiser gelobt hatte.

»Ihr habt ja Recht. Zum jetzigen Zeitpunkt könnten wir die Berge wirklich nicht überqueren.« Nachdenklich strich er seinem Rappen über die dampfende Flanke. »Bedenkt jedoch, der Weg dorthin ist lang und voller Gefahren. Wegelagerer könnten uns überfallen, Krankheiten uns heimsuchen. Ach, kleine Hedewich, es gibt so viele unvorhersehbare Dinge, die uns aufhalten und daran hindern könnten, unser Ziel rechtzeitig zu erreichen. Auch werden wir nur langsam vorankommen, denn die Tage sind noch kurz, und wir müssen unsere Kräfte für das Überwinden der steilen Gipfel schonen.«

Hedewich erwiderte nichts. Still ritt sie neben Phylipp her und kämpfte gegen die eisige Klammer der Angst an, die sich immer enger um ihre Brust zog. Warum nur musste er den Treueid leisten?, fragte sie sich immer wieder. Und warum nur musste Gott ihn ausgerechnet ins »Outreland« schicken, ins andere Land, fernab von christlichen Sitten und Bräuchen? Sie wusste, es gab darauf keine Antwort. Und doch würde sie sich niemals damit abfinden können, dass ihr Mann dem Kaiser ins ferne Jerusalem folgte! Was mochte ihn erwarten? Und wie sollte sie nur ohne ihn auskommen?

Phylipp hatte auf das Gebot des Gesandten hin eine Vielzahl seiner Männer aufgerufen, sich ihm anzuschließen. Es waren ausnahmslos solche von guten Kräften und jungem Alter: achtzehn seiner Bauern, zwei Schmiede, der Sohn des Müllers, ein Schneider, ein Werkzeugmacher, ein Lederer und aus dem Gesinde vier Knappen und Diener. Auch sein Jagemeister Hugo, einer der Falkner und zwei Hundeknechte waren aufgerufen und natürlich sein Schwager Johann, der den Tag des Aufbruchs kaum erwarten konnte. Bei dem Gedanken an den Tatendurst ihres Bruders entfuhr Hedewich ein Seufzer. Was erhoffte Johann sich nur von dieser Reise? Abenteuer, Ehre, ritterlichen Ruhm? Ach, wie gerne würde sie auf all dies verzichten, wenn sie nur ihre Lieben bei sich behalten könnte!

»Es ist mein Entschluss, morgen aufzubrechen«, hörte sie Phylipps feste Stimme neben sich. »Die Vorbereitungen sind abgeschlossen, und es gibt keinen Grund mehr, den Abschied zu verzögern!«

Die Sonne war inzwischen höher gestiegen und ließ die verschneiten Felder wie verzaubert glitzern. Hedewich bemerkte nichts davon.

»So ist dies unser letzter gemeinsamer Tag«, murmelte sie, ohne aufzublicken.

»Unser letzter?« Phylipp brachte sein Pferd zum Stehen und deutete mit ausgestrecktem Arm auf einen Vogel, der weit oben am Himmel kreiste. »Seht Ihr den Vogel dort?«, fragte er. »Auch er fliegt weite Strecken und kehrt doch immer in seine gewohnte Umgebung zurück.« Er lächelte ihr aufmunternd zu. »Habt ein wenig Geduld, mein Kleines, bald werde ich wieder bei Euch sein. Ich bin gewiss, dass dann noch viele wunderbare gemeinsame Tage auf uns warten!«

»Meint Ihr wirklich?« Hedewich hob den Kopf und schaute ihn an.

Er nickte entschlossen, doch ihre großen grünen Augen spiegelten den Zweifel, den sie tief in sich spürte. Stumm wendeten sie ihre Pferde und lenkten sie zurück zur Burg.

Im Untergebäude neben dem Stall wurde Hedewich schon voller Ungeduld von ihrem Bruder erwartet. Er wollte ihr seine neue Ritterrüstung vorführen. Außer Phylipp war er der Einzige, der eine volle Panzerung besaß. Sie war äußerst teuer gewesen und entsprach etwa dem Wert von fünfundvierzig Kühen.

»Allein für diese metergroße Fläche hat mein Würcher achtundvierzigtausend kleine Ringe benötigt!« Mit unverhohlenem Stolz wies Johann auf das Kettenhemd, das der kunstfertige Saarwürcher für ihn angefertigt hatte. Nachdem er den Gambeson, das dick gepolsterte Untergewand, übergestreift hatte, rief er: »Kommt schon, Schwesterlein, helft mir doch, das Kettenhemd überzuziehen!«

Hedewich wunderte sich, dass er so etwas Schweres überhaupt tragen konnte. Schon schlüpfte seine rechte Hand in den Handschuh, der direkt am Armling befestigt war.

»Ein Glück nur, dass du noch nicht die kräftige Statur von Phylipp erlangt hast«, bemerkte Hedewich, während sie ihm beim Umschnallen der Beinlinge behilflich war. »So wird dein Kettenpanzer nicht ganz so schwer wiegen wie seiner.«

»Immerhin doch über fünfzig Pfund«, erwiderte Johann stolz und machte eine Bewegung, dass sein ganzer Körper klirrte und sie beide lachen mussten. »Jetzt bring mir noch die Haube, den Waffenrock und meinen Schild!«

Als er schließlich fertig vor ihr stand, musste Hedewich anerkennend zugeben, dass er wahrhaft ritterlich aussah. Sein Waffenrock war in zwei Farbgängen grün gefärbt worden. Das Wappen, ein silberner Löwe von dreizehn silbernen Schindeln umgeben, war gut erkennbar auf den Waffenrock eingestickt und wiederholte sich auch auf der grünen Pferdekuvertüre. Das gleiche Wappen fand sich auf seinem Schild, und der Löwe selbst zierte seinen Helm.

»Dieser Helm eignet sich doch nur fürs Turnei«, wunderte sich Hedewich. »Wird der Kreuzzug dir denn Gelegenheit zum Tjosten bieten?«

»Na ja«, gab Johann zögernd zu, »für die Schlachten nehme ich den Topfhelm.«

»Und für die Eitelkeit den Turneihelm!« Hedewich lächelte und kniff ihrem Bruder schelmisch in die Seite.

Dann jedoch wurde sie wieder ernst und zeigte auf die Truhe, auf welcher der abgerundete Topfhelm stand. Er war genau auf den Kopf ihres Bruders angepasst und wies am hinteren Teil einen Nackenschutz auf. Auch die Eisenplatten, die zum Schutz der Schultern, Knie- und Armgelenke auf das Kettenhemd aufgeschnallt werden konnten, lagen auf der Truhe. Nachdenklich ging Hedewich auf die Truhe zu, die sie einst als einen Teil ihrer Aussteuer mitgebracht hatte, und fuhr mit ihrem Finger über die kunstvoll verzierte Vorderseite. Hier war der stolze Adler, das Wappen derer von Are und Hochstaden, sorgfältig eingeschnitzt.

»Warum führst du nicht das Wappen unseres Vaters?«

»Das hat seinen Grund«, antwortete Johann mit bedeutungsvoller Miene und beugte sich, so gut es seine Rüstung zuließ, zu Hedewich hinab. »Als unsere Mutter bei deiner Geburt starb …«

Hedewich nickte erstaunt. Worauf wollte er hinaus? Über all die Jahre war der Tod der Mutter mehr wie ein unsichtbares Band zwischen den Geschwistern gewesen, doch hatten sie sich gescheut, offen miteinander darüber zu reden.

»... zählte ich erst zwei Jahre, und ich erinnere mich nur ganz undeutlich an sie«, fuhr Johann nun im Verschwörerton fort. »Aber stell dir vor, kürzlich erschien mir eine Frau im Traum. Sie war es, unsere Mutter, da bin ich mir ganz sicher, denn sie bat mich, das Wappen ihrer Familie, der Herzöge von Limburg, zu führen! Dann, sagte sie, wäre sie immer bei mir und könnte mich schützen!«

»Oh, sprich weiter«, drängte Hedewich gespannt, »wie sah sie aus?«

»Wunderschön war sie«, Johanns unvermittelt weiche Stimme bildete einen merkwürdigen Gegensatz zu seiner ritterlichen Panzerung, »schlank und edelmütig, mit langem kastanienfarbenem Haar. Und ein zarter Duft begleitete sie, desgleichen ich noch nie wahrnahm.«

Zum ersten Mal seit dem Besuch des Gesandten spürte Hedewich, wie der Angstdruck von ihr wich und ein warmes Gefühl sie durchströmte. Oh ja, diese geheimnisvolle Frau kannte sie auch, und sie war ihr lieb und vertraut.

»Sag es bitte keinem, auch nicht deiner Freundin Gesine«, bat Johann und errötete. Mit einer Hand schob er seine Kettenhaube in den Nacken und fuhr sich durch seine schwarz glänzenden Locken. »Sie würde mich zweifellos nur auslachen.«

Hedewich versprach Stillschweigen. Und dann erzählte sie ihrem Bruder von ihren eigenen Träumen und Erscheinungen, denen immer ein feiner Nebel voranging. Auch das Tuch, das Phylipp stets bei sich führte, erwähnte sie:

»Stell dir vor, ich habe in der Nacht vor meiner Vermählung geträumt, dass mir diese unbekannte Frau ein Tuch brachte, und am nächsten Morgen – du magst mir das glauben oder nicht – fand ich das Tuch auf meinem Kissen! Ich habe es Phylipp geschenkt, so wie sie es mir aufgetragen hatte. Seitdem trägt er es immer an seinem Herzen.«

Dass sie Zeuge geworden war, wie sich Phylipp eines Nachts am

Kamin verzweifelt der schönen Frau anvertraut hatte, behielt sie jedoch für sich.

»So bestätigt sich nun durch dich, was ich schon seit langem ahne«, schloss sie erleichtert. »Unsere Mutter kümmert sich immer noch fürsorglich um uns. Ihr können wir vertrauen! Sie wird dich auf eurer Kreuzfahrt beschützen, damit euch nichts geschehe. Das spüre ich jetzt ganz gewiss!«

Feierlich gaben sich die Geschwister die Hand und versprachen einander, ihr Geheimnis für immer zu wahren.

»Ich lasse Euch meine Hunde«, sagte Phylipp wenig später zu Hedewich, die sich zusammen mit Benigna zu einer Unterredung mit ihm im Saal eingefunden hatte, »denn Ihr wisst gut mit ihnen umzugehen. Und vier der Pferde lasse ich Euch auch.«

Hedewich lächelte ihn an. Der Gedanke an die Tiere erleichterte ihr den Abschied.

»Als alleinige Burgherrin werdet Ihr künftig viele zusätzliche Pflichten ausüben müssen«, fuhr Phylipp ernst fort. »Aber die Frauen in den Dörfern kennen ihre Aufgaben. Ihre Kinder werden jetzt noch mehr als sonst zupacken müssen, schließlich gilt es, im Frühjahr die Felder zu bestellen und die Arbeiten in Haus und Hof zu verrichten. Mein treuer Wilhelm wird Euch bei der Aufsicht zur Seite stehen – und auch auf Benigna könnt Ihr Euch verlassen, da bin ich mir sicher.«

Benigna nickte und schlug das dicke Haushaltsbuch auf, in das sie alle anfallenden Arbeiten einzutragen pflegte.

»Seht, Herr«, sagte sie, »ich schreibe jede Eurer Anweisungen hier auf. Ihr müsst Euch keine Gedanken machen. Es wird geschehen, wie Ihr wollt.«

Phylipp warf ihr einen dankbaren Blick zu. Dann wandte er sich wieder Hedewich zu. »Denkt daran, die Dachschindeln überprüfen zu lassen. Nach jedem Sturm werden einige locker, und wenn sie abfallen, regnet es hinein!« Unbewusst nahm er Hedewichs schmale, kühle Hand in seine große, warme und streichelte sie. »Ihr werdet manches Mal eine Euch unbekannte Härte anwenden müssen, vor allem, wenn Ihr die Gesellen aussucht, die zuweilen an unsere Tür pochen und um Arbeit bitten. Denkt daran, sparsam zu sein, und lasst Euch nicht nur von Eurem Herzen leiten! Zu viele Mannen sind unterwegs, als dass wir sie alle ernähren könnten.«

Hedewich schlug verlegen die Augen nieder. In diesem Punkt war sie mit ihrem Mann nicht immer einer Meinung. Gerade jüngst hatte sie aus Mitleid bei ihm Fürsprache gehalten, als wieder ein zerlumpter Vagabund um Einlass gebeten hatte. Phylipp jedoch hatte sich nicht erweichen lassen, denn er erkannte rasch, wann es sich bei einem Bittsteller um einen Trunkenbold oder Tagedieb handelte. Mit solchem Gesindel hatte er keine Geduld und wies es zuweilen barsch ab. Immerhin hatte Hedewich dafür gesorgt, dass dem Bettler Speise und Trank vorgesetzt wurde, und auch Wegzehrung für die nächsten Tage hatte der Mann von ihr bekommen. Das würde sie auch in Zukunft so halten.

»Kümmert Euch um den Verkauf unserer Ernte und schaut den Bauern auf die Finger, damit sie ihren Zehnt pünktlich entrichten«, mahnte Phylipp unverändert ernst und eindringlich. »Denen aber, die krank sind oder die ihre Frau oder Kinder verlieren, lasst Milde zukommen, und geizt nicht mit Eurer Hilfe, wo sie angebracht erscheint.«

Hedewich seufzte. »Wie soll ich das nur alles bewerkstelligen? Die Burg muss in Ordnung gehalten werden, das Mauerwerk geflickt. Das Brauen, das Backen und das Schneidern sollen übersehen werden …«

»Wir werden äußerst gewissenhaft über alle Einnahmen und Ausgaben Buch führen«, mischte sich Benigna mit ihrer dunklen, singenden Stimme in das Gespräch ein.

Trotz der einfachen grauen Wollkleider, die sie bevorzugte, wirkte sie edel, und ihre Haut schimmerte wie Bernstein im dämmerigen Winterlicht. Sie ist so ganz anders als alle anderen Nonnen damals im Kloster, ging es Hedewich durch den Kopf.

Auch Phylipp schaute Benigna nachdenklich an. Die ausgeglichene und gewissenhafte Art dieser geheimnisvollen Nonne würde seiner Frau gut tun. Doch ganz beruhigt war er nicht. Auf Hedewich lastete künftig eine große Verantwortung, und so vieles musste noch vor seiner Abreise geregelt werden! Von Unruhe getrieben erhob er sich, schob seinen schweren Eichenstuhl beiseite und schritt gedankenverloren auf und ab.

Auch Hedewich hatte sich von ihrem Stuhl erhoben, und ihre Augen folgten dem Auf- und Abschreiten ihres Mannes. Benigna legte ihren Arm tröstend um die schmalen Schultern der Freundin und Herrin und bedeutete ihr, sich wieder neben sie an den Kamin zu setzen.

»Habt keine Sorge, Herr«, sagte sie lächelnd zu Phylipp gewandt. »Ich werde Hedewich stets zu Hilfe sein.«

»Eure Anwesenheit und Unterstützung schätze ich sehr«, erwiderte Phylipp und nahm wieder neben seiner jungen Frau Platz. »Denkt stets daran, Hedewich, dass meine Abwesenheit Euch zu klugem Handeln in allen Lebenslagen zwingt! Eure Jugend treibt Euch manchmal zu ungestümen Taten. Ich kenne Eure Streifzüge zu Pferde, wenn Ihr im wilden Galopp durch die Auen jagt ...« Ein verständnisvolles Lächeln glitt über sein Gesicht. Doch wurde er sogleich wieder ernst. »Ab morgen seid Ihr die alleinige Herrin über all meine Güter, und Euer Auftreten muss diesem Stande entsprechen!«

So ernst hatte er noch nie mit Hedewich gesprochen. Plötzlich wurde ihr bewusst, wie behütet sie bisher bei ihm gewesen war.

Phylipp wandte sich wieder an Benigna: »Mein Freund, Herr Dietrich von Frentz, lässt Euch seinen Dank aussprechen, dass Ihr seiner Frouwe in ihrer Stunde behilflich sein wollt. Ihr wisst, es ist ihre erste Niederkunft, und sie ängstigt sich sehr.«

»Ich werde mich nach Kräften um sie kümmern«, sagte Benigna. »Wisst Ihr denn, wann wir ihr Eintreffen erwarten können?«

»Gestern brachte ein reitender Bote Nachricht von ihrem Gemahl. Morgen wird er mit ihr anreisen.«

»Habt Ihr auch Nachricht von unserem Vater?« Johann, der die letzten Sätze mitgehört hatte, betrat den Saal. Er hatte mittlerweile seine Rüstung gegen eine wadenlange Kotta aus feinstem hellgrauem Wolltuch eingetauscht.

Phylipp bedeutete seinem Schwager, sich zu ihnen zu setzen.

»In der Tat«, bestätigte er, »als Stiftsherr über Wingarden und Novum Monasterium in Eiflia hält er sich in diesen Tagen in Münstereifel auf. Er muss dort noch letzte Vorkehrungen treffen und geeignete Männer für die Reise nach Brindisi aussuchen. Wir werden also einen kleinen Umweg nehmen und ihn im Monasterium aufsuchen.«

Noch lange saßen sie vor dem Kamin zusammen und berieten sich. Dann, nach einer frühen Abendmahlzeit, zog sich Hedewich zurück. Sie fühlte sich zerschlagen und wollte kein Wort mehr über den anstehenden Abschied hören. Auch das Feuer in ihrer Kemenate vermochte sie nicht recht zu wärmen. Schnell entledigte sie sich ihrer Kleider und schlüpfte unter die schwere Oberdecke.

Als Phylipp ihr endlich folgte, stellte sie sich schlafend. Er sollte nicht merken, welche Angst sie verspürte. Eine Weile stand er an ihrem Lager und betrachtete sie still. Zwischen ihren langen, dichten Wimpern schimmerten Tränen. Behutsam beugte er sich über seine Frau und nahm sie in seine Arme. Da brach Hedewichs Zurückhaltung wie ein Damm, und sie begann hemmungslos zu weinen.

»Weint nicht, kleine Hedewich, dies ist unser Schicksal«, sagte er leise.

Langsam strich er über ihre festen Brüste, küsste ihren Hals und das Kreuz, das sie seither nie abgelegt hatte. Es schimmerte matt im Schein der einzigen Kerze.

»Dieses Kreuz, das Ihr tragt, ist besetzt mit den Rubinen meiner Liebe«, raunte er in ihr Ohr. »Sie werden glänzen in tiefem Rot als Zeichen meiner immer währenden Treue, solange ich lebe. Sollte ich jedoch sterben, werdet Ihr es wissen, denn dann erlöschen die Rubine und werden blass und glanzlos.«

»Sprecht nicht vom Tode«, schluchzte Hedewich. »Ohne Euch ist auch mein Leben sinnlos!«

Sie drückte sich noch enger an ihn und spürte seine schwellende Männlichkeit. Auch wenn ihm bewusst war, dass ihre Empfindungen nicht dem heftigen Strom seiner Liebe entsprachen, vertieften ihre Worte sein Verlangen. Er küsste sie wieder und wieder und kostete die Süße ihrer Lippen. Sie aber schlang ihre Schenkel um die seinen und sog seine Lust in sich auf, und ihre Vereinigung war innig und vollkommen.

In der Nacht hatte es noch tiefer gefroren. Schwache Sterne am Himmel kündigten einen Tag von klirrender Kälte an. Unten im Burghof trafen langsam die Männer ein, und Phylipp ließ für alle ein kräftiges Frühstück bereiten.

Bald schon brachten die Diener die Tafel, auf der sich dampfende Schüsseln mit Suppe und Fleisch, grobe Brote und ganze Laibe Käse befanden. Auch Krüge mit heißem gewürztem Met und Wein wurden gereicht, und die Männer und ihre Familien griffen dankbar zu.

»Bevor wir dieses letzte gemeinsame Mahl einnehmen«, rief Hedewich mit tapfer beherrschter Stimme, »lasst uns noch einmal zusammen das Brot brechen und ein Gebet für die heile Rückkehr unserer Männer sprechen!«

Schlagartig verstummte das aufgeregte Stimmengewirr, und alle beugten das Haupt. Auch Dietrich und seine Frau hatten sich bereits an der Tafel eingefunden, und neben Elisabeth saß ihre Schwester Gesine, die sie überraschend mitgebracht hatte. Hedewich entging nicht, wie sehr ihr Bruder sich über die unerwartete Anwesenheit der jungen Frau freute. Während der Mahlzeit war er der Einzige, der munter und nahezu ohne Unterlass redete, und Gesine warf ihm immer wieder bewundernde Blicke zu.

Phylipp ging indes von einem zum anderen, prüfte hier, ob die Truhen fest genug auf die Pferde geschnallt waren, vergewisserte sich dort, dass die Waffen und Kampfausrüstungen vollständig waren. Als er alles zu seiner Zufriedenheit vorfand, trat er auf einen Mauervorsprung an der Zugbrücke und rief laut:

»Männer, die ihr mir nach Brindisi folgt, stellt euch auf!«

Jäh kam Bewegung in die Tafelrunde. Die Frauen umarmten weinend ihre Männer, Kinder klammerten sich an ihre Väter. Dietrich strich Elisabeth zum Abschied über die Schultern und verbeugte sich noch einmal würdevoll vor ihr. Johann, unvermittelt ernst geworden, schaute lang in die Augen von Gesine, bevor er ihre Hand ergriff und an seine Brust presste. Dann wurden die gesattelten Rösser gebracht, und Johann stieg auf. Phylipp aber ging zu Hedewich, deren faltenreicher, pelzgefütterter Wollumhang sie noch zierlicher erscheinen ließ, als sie ohnehin geworden war.

»Ihr seid heute besonders schön«, flüsterte er ihr zu und nahm ihre beiden Hände in die seinen. »Der Anblick Eures ernsten Gesichts wird mich immer begleiten. Dass ich Euch jetzt verlassen muss ...« Seine Stimme brach ab. »Ihr müsst mir glauben«, setzte er schließlich hinzu, »einen solch schweren Schritt tat ich noch nie!«

Hedewich wagte kaum zu atmen. Benigna stand im Toreingang ganz in ihrer Nähe, um sie aufzufangen, falls sie zusammenbrechen sollte. Doch sie blieb aufrecht und wirkte gefasst. Welche Kraft sie doch hatte.

Dann ging alles ganz schnell. Phylipp saß auf und nahm seinen Falken auf die Faust. Hedewich deutete auf die goldenen Bänder, die der Vogel um die Klauen trug.

»Wenn er sich hoch in die Lüfte erhebt und die seidenen Bänder hinter ihm fliegen«, sagte sie so leise, dass nur er es hören konnte, »fliegen meine Gedanken mit ihm, immer in Eurer Nähe.«

... und ich um sein Gefieder goldene Bänder wand, steil stieg er in die Lüfte und flog in anderes Land, ging es Phylipp durch den Sinn. Das Minnelied des Herrn von Kürenberg! Hedewichs Worte riefen es ihm noch einmal deutlich in den Sinn. Doch er behielt seine Gedanken für sich und sagte seiner jungen Frau nichts davon. Stattdessen nahm er ihr Tuch aus seinem Hemd.

»Und Euer Tuch dient mir als wertvollstes Pfand«, gab er zärtlich zurück.

Noch einmal umfingen seine Augen ihre zerbrechliche Gestalt. Dann wandte er sich ab und übernahm die Leitung der Gruppe. Zu Fuß und zu Pferde bewegten sie sich durch das Burgtor hinaus in den anbrechenden Tag – die Herrschaften und die große Schar ihres Gefolges. Den Kopf der bunten Gruppe bildeten Phylipp und Johann, dicht gefolgt von Dietrich von Frentz. In der Mitte waren die schwer bepackten Lasttiere, und zum Schluss folgten die Unfreien, die ihrem Herrn in jeder Lage treu und tapfer zu dienen hatten.

Das scharfe Knacken von splitternden Ästen klang, als würde etwas endgültig zerreißen. Dann waren sie verschwunden, verschluckt vom dunklen Wald. Nur die Spuren im gefrorenen Schnee zeugten von der großen Schar Männer, die ihrem Kaiser gehorsam in ein ungewisses Schicksal folgten.

Der Weg führte durch eine ebene Landschaft. Bereits nach einigen Stunden erreichten sie die Außenmauern von Münstereifel. Hier stießen sie auf eine Gruppe von Männern, die singend und betend zu Fuß unterwegs waren. Sie trugen große Schlapphüte und einen Stab in der Hand.

»Wer seid Ihr«, fragte Johann, »und wohin führt Euch Eure Reise?«

»Wir sind Pilger auf dem Jakobswege nach Spanien und kommen weit von Norden. Jetzt wollen wir das Monasterium besuchen und in der Kirche von St. Chrysanthus und Daria beten.«

»Chrysanthus und Daria?«, wiederholte Johann mit gerunzelter Stirn. »Waren das nicht die beiden römischen Märtyrer, die für ihren Glauben starben?«

»So ist es«, bestätigte der älteste der Pilger. »Das war im dritten Jahrhundert nach unserem Herrn Jesus Christus. Ihre Überreste werden als Reliquie in der Kirche aufbewahrt. Bei diesen Heiligen möchten wir um Schutz für unsere Pilgerreise bitten. Danach wollen wir ohne Verzögerung unseren Weg fortsetzen.«

»Das Monasterium ist auch unser Ziel«, mischte sich Phylipp ein. »Wenn Ihr uns begleiten mögt, können wir Euch den Weg zeigen.«

Die Pilger dankten und schlossen sich Phylipps Gruppe an.

»Schlagt hier an der Mauer ein kleines Lager auf«, wies Phylipp seine Mannen an. »Gebt aber Acht, keinen zu behindern, der in die Stadt einkehrt oder aus ihr kommt. Und wartet auf uns. Wir werden am frühen Nachmittag zurück sein!«

Bald darauf ritten er, Johann und Dietrich durch das große Stadttor von Münstereifel. Die Pilger folgten ihnen in einiger Entfernung zu Fuß. Zügig erreichten sie das Monasterium, wo sich die Pilger zum Gebet in der Kirche versammelten. Die drei Freunde wurden unterdessen von einem älteren Stiftsherrn zu Gerhard von Are gebracht, der sie herzlich begrüßte.

»Seid ihr alle bereit für den Kreuzzug?«, wollte Gerhard wissen. »Erzählt mir doch von euren Begleitern und von den Gerätschaften und Waffen, die ihr mitführt!«

Sie tauschten sich ausgiebig über alles aus, was seit dem Besuch des Gesandten vorbereitet worden war. Gerhard von Are war ebenso wenig von dem Grafen von Elmt angetan wie seine Freunde. Doch fühlte auch er sich gezwungen, dem Ruf seines Kaisers nachzukommen.

»Ich muss noch einige Belange hier regeln«, sagte er schließlich, »und kann daher noch nicht sofort aufbrechen. Phylipp, beschreibt mir doch die Strecke, die Ihr zu nehmen gedenkt. Vielleicht gelingt es mir noch, Euch einzuholen.«

»Wenn wir es schaffen, bald aufzubrechen, sollten wir übermorgen das Ahrtal erreichen«, erklärte Phylipp. »Der Ahr will ich folgen bis nach Sinzig.«

»Sinzig ist eine schöne Stadt. Ich kenne sie gut«, warf Gerhard ein. »Weißt du, Johann«, sagte er zu seinem Sohn gewandt, »bereits der Großvater unseres Kaisers, wegen seines roten Bartes Barbarossa genannt, pflegte auf seinem Weg in die Pfalz dort zu rasten.«

»Wollen wir dort einige Tage bleiben?«, fragte Johann hoffnungsvoll. Er hatte noch nie eine größere Stadt gesehen und versprach sich davon das, was er das »wahre Leben« nannte.

»Unsere Vorräte reichen für eine gute Weile, sodass wir in Sinzig nur wenig hinzukaufen werden. Ein längerer Aufenthalt wird also nicht nötig sein«, antwortete Phylipp. Als er Johanns Enttäuschung bemerkte, setzte er lächelnd hinzu: »Bangt nicht, wir werden noch viele prächtige Städte erleben.«

»Und Ihr, Dietrich?«, wandte sich Gerhard an den Dritten im Bunde. »Werdet Ihr mit Eurem Gefolge Phylipp und Johann begleiten?«

»Nein«, gab Dietrich bedauernd zurück. »Ich muss erst wieder nach Hause und meine Gefolgschaft zusammenstellen. Dann hoffe ich jedoch, Phylipp und Johann in Basel wiederzutreffen.«

Phylipp beugte sich vor und zeigte auf das Pergament, das er inzwischen ausgerollt und auf einem Tisch unter dem Fenster ausgebreitet hatte. Es war die Karte, auf der er sorgfältig seinen Reiseplan eingezeichnet hatte.

»So verhält sich also unser Weg«, erklärte er. »In Sinzig stoßen wir an den Rhein und folgen ihm in Richtung Süden bis nach Speyer. Dort werden wir einige Tage rasten können, bevor wir den Weg nach Basel fortsetzen. Erst nach Beginn der Schneeschmelze wird es uns möglich sein, etwas weiter südlich die Berge zu überqueren.«

»Das wird eine lange und sicherlich beschwerliche Reise«, sagte Gerhard besorgt. »Sprecht mir auch von den Vorkehrungen, die Ihr in Satzvey vorgenommen habt.« Er legte seine Hand auf die Schulter von Phylipp und sah ihn eindringlich an. »Wie, lieber Freund, soll meine Tochter nur diese Zeit ohne Euch gefahrlos durchstehen?«

Phylipp nickte. »Eure Sorge ist auch die meine«, sagte er und blickte seinen Schwiegervater ernst an. »Ich ließ Hedewich in der Obhut meines treuen Marschalls Wilhelm. Trotz seines Alters ist er noch kräftig, und seine Erfahrung wird ihr in manch unvorgesehener Lage eine Hilfe sein.«

»Ihr seid wahrlich nicht nur ein guter Freund und Schwiegersohn«, erwiderte Gerhard anerkennend, »Ihr seid auch ein guter und liebender Ehemann. Sagt noch, wie verhält sich die Nonne, die Hedewich damals aus dem Kloster begleitete – Benigna, so dünkt mich, war ihr Name?«

»Sie steht Hedewich wie eine Mutter zur Seite und ist ihre engste Vertraute«, erklärte Phylipp. »Auch mir ist ihre Anwesenheit stets angenehm, denn Benigna ist zurückhaltend und warmherzig zugleich.« Zögernd fügte er hinzu: »Und doch ... Ich kann mich des Gefühls nicht erwehren, dass diese Frau ein Geheimnis in sich birgt.«

»Ein Geheimnis?« Gerhard runzelte fragend die Stirn.

»Irgendetwas an ihr ist anders als bei den anderen Frouwen. Es ist nicht nur die Farbe ihrer Haut, die selbst in den langen Wintermonaten nie ganz verblasst ...« Phylipp schlug ein Bein über das andere und stützte nachdenklich den Ellenbogen auf. »Es ist auch ihr Wissen. Manches Mal erzählt sie uns Geschichten wie Märchen aus dem orientalischen Outreland. Und in jeder Geschichte verbirgt sich eine Botschaft. Ich frage mich oft, woher sie solche Geschichten kennt?«

Gerhard lag insbesondere das Ergehen seiner Tochter am Herzen. »Glaubt Ihr denn, sie wird Hedewich in Eurer Abwesenheit Trost und Beistand gewähren?«

»Mehr noch als dies. Sie wird Hedewich eine unschätzbare Hilfe sein«, antwortete Phylipp überzeugt. »Glaubt mir, Benigna ist weise, sparsam und äußerst gebildet.«

Gerhard schaute seinem Schwiegersohn fest in die Augen. »Dann möchte ich Euch nicht länger aufhalten«, sagte er und erhob sich. »Mit Gottes Hilfe werden wir in Brindisi alle wohlbehalten wieder zusammenkommen.«

Er umarmte Phylipp und schloss dann seinen Sohn Johann in die Arme.

»Folge stets den Anführungen deines Schwagers«, mahnte er ihn. »Seine ritterliche Manier ist vorbildlich und seine Erfahrung auf Reisen unschätzbar!«

Er wandte sich zu Dietrich und drückte ihm freundschaftlich die Hand. »Möge Gott uns schützen, bis wir uns wiedersehen!«

Am Tor der Stadt angekommen, verabschiedete sich Dietrich von seinen beiden Freunden, um allein den Rückweg anzutreten. Phylipp und Johann trafen kurz darauf im Lager ein. Auch die Pilger hatten sich bereits wieder dort eingefunden.

»Lasst uns versuchen, noch eine gute Strecke zurückzulegen, bevor es dunkel wird«, rief Phylipp den Wartenden zu.

Schnell war alles zusammengepackt, und der Tross setzte sich wieder in Bewegung.

Als die Dämmerung einbrach, gelangten die Männer zu einer kleinen Kapelle. Im Inneren war ein schlichtes Kreuz und rechts und links davon jeweils eine silberne Jakobsmuschel auf blauem Grund angebracht.

»Hier wollen wir einige Tage bleiben, um uns durch Gebete zu sammeln«, sagten die Pilger. »Eine Rast wird uns gut tun, denn wir sind bereits viele Wochen unterwegs.«

Phylipp hingegen trieb seine Leute weiter vorwärts, denn sie mussten bald einen Lagerplatz finden. Als sie schließlich eine geeignete Stätte in einer Waldschonung gefunden hatten, war es schon fast dunkel. Hastig errichteten sie ihre Zelte kreisförmig um das Lagerfeuer und legten sich auf ihre Felle.

Der nächste Tag brach trüb und feuchtkalt an. Die Männer sattelten unverzüglich wieder auf und setzten ihren Weg fort. Allmählich veränderte sich die Landschaft, wurde steiniger und ermöglichte nur noch ein langsameres Vorankommen. Dann war das Ahrtal erreicht. Zu beiden Seiten des Flusses erhoben sich hohe Steinwände. Kalt pfiff der Wind durch die nackten Felsen, und die Männer zogen ihre Umhänge enger um sich. Schweigsam und in sich gekehrt ritten und gingen sie voran. An einer Flussbiegung hörten sie hinter sich ein gewaltiges Knacken. Johann drehte sich blitzschnell um und sah eine Bewegung.

»Seht Euch vor!«, schrie er.

Da war bereits ein Mann in Lederpanzerung aus dem Unterholz gesprungen. »Gebt Euch zu erkennen und sagt, wohin des Weges!«, fuhr er sie forsch an.

»Wir folgen dem Geheiß unseres Kaisers. Habt Ihr denn keine Kenntnis davon?«, gab Johann unerschrocken zurück.

»Haltet Eure Zunge in Eurem Maule, auf dass Euer Atem die Luft um Euch nicht verpeste«, rief der Mann. »Sonst muss ich Euch mitnehmen. Wisst Ihr denn nicht, dass Ihr Euch auf dem Grund und Boden meines Herrn Flörkin von Landskron befindet? Mir ist nicht zu Ohren gekommen, dass er Euch hierzu hat laden lassen!«

Er lachte laut und höhnisch.

Johann hob seinen Arm, um den unverschämten Lümmel zu schlagen, doch Phylipp hielt ihn zurück: »Haltet ein, der Mann hat Recht!« Er wandte sich zu dem Fremden: »Der Herr von Landskron ist mir wahrlich bekannt, doch kann ich nicht behaupten, dass mir seine Bekanntschaft genehm ist. Sein Onkel jedoch, Herr Otbert, ist ein wirklicher Edelmann, was sich über seinen Neffen nicht gerade behaupten lässt.«

»Schweigt, ich warne Euch«, johlte der Mann, und aus dem Gehölz sprang ein Dutzend finstere Gestalten. »Entrichtet den Wegezoll, und tut dies schnell, bevor wir es uns anders überlegen!«

»Wegezoll?«, fragte Johann. »Ja, ist das denn rechtens?«

»Ha, ha!« Die Lippen des Wegelagerers verzogen sich zu einem bösen Grinsen. »Welche Freude, heute mal einen so lustigen Schelm erwischt zu haben!« Mit hässlich veränderter Stimme setzte er hinzu: »Voran, wird's bald?«

Phylipp zeigte auf ein bepacktes Ross und ließ sich von seinem Knappen einen Lederbeutel mit klingenden Münzen bringen. Den warf er dem Mann vor die Füße.

»Nehmt und gebt diesen Beutel Eurem Gebieter! Und sagt ihm, er kommt von Phylipp von Vey, der in Ehrensache für den Kaiser unterwegs ist.«

Die Männer stürzten sich auf den Beutel und machten den Weg frei. Alle aus Phylipps Gefolge waren froh, dass diese Angelegenheit so glimpflich zu Ende gegangen war.

Nach einem weiteren Tag sahen sie die ersten Behausungen von Sinzig. Sie schlugen kurz vor der Stadt erneut ihr Lager auf. Johann brannte darauf, gleich weiter in die Stadt zu reiten, doch Phylipp befahl in einem Ton, der keinen Widerspruch zuließ: »Mir reichen drei Knechte, um die Vorräte aufzustocken. Johann, bleibt Ihr bei den Mannen und seid wachsam! Räuberische Banden halten sich gern in der Nähe der Stadt auf.« Johann konnte seine Enttäuschung kaum verbergen. Doch nach dem Erlebnis an der Ahr sah er ein, dass es notwendig war, besonders Acht zu geben. So murrte er zwar ein wenig, hütete aber das Lager aufmerksam, bis Phylipp zurückkam. Es gab keine Zwischenfälle mehr, und sie setzten ihren Weg sogleich fort.

Eine knappe Woche waren sie bereits unterwegs, und immer noch machte ihnen das Wetter das Vorwärtskommen schwer. Schneeschauer wechselten sich mit regelrechten Stürmen ab. Dazwischen lagen einzelne schöne Stunden, deren blasse Sonne sie jedoch kaum zu wärmen vermochte. Phylipp hatte eine gute Art, mit seinen Männern umzugehen. Er trieb sie stetig an, doch immer so, dass es nicht zu viel für sie wurde. Jeden Tag gingen und ritten sie, solange das Wetter es zuließ. Noch wurde es früh dunkel und spät hell, sodass sie nur in kleinen Etappen weiterkamen. Auch brauchte das Auf- und Abbauen des nächtlichen Lagers seine Zeit. Doch an manchen Tagen hatten sie das Glück, Höhlen zu finden, in denen sie trocken nächtigen konnten. Phylipp drängte nicht zur Eile, denn ab Basel würde die Reise beschwerlicher werden; da wollte er seine Männer gesund und guten Mutes wissen.

Sechzehn Tage nach der Abreise von Satzvey sahen sie die Mauern von Speyer. Wieder ließ Phylipp ein Lager vor dem Stadttor aufschlagen.

»Na, Johann«, sagte er und gab seinem Schwager einen aufmunternden Stoß, »kommt schon! Oder steht Euch nicht der Sinn danach, die Stadt mit mir zu erkunden?«

Das ließ sich Johann nicht zweimal sagen! Er war sofort bereit zum Aufbruch, hatte er sich doch nichts sehnlicher gewünscht, als endlich das zu erleben, wovon die älteren Ritter so häufig erzählten.

Und schon sein erster Eindruck enttäuschte ihn nicht: Eine mächtige Mauer umgab die Stadt, durch deren Tor sich ein buntes Volk von Händlern und Tagelöhnern, Soldaten und Rittern, Marktfrauen, Bettlern und vielen weiteren Menschen drängte. Johann und Phylipp mischten sich unter die Menge und ließen sich langsam in die Stadt treiben. Dahinter eröffnete sich eine für Johann ganz fremde und neue Welt.

Dass Speyer eine wichtige Handelsstadt war, hatte er bereits von Phylipp erfahren. Doch was er nun sah, übertraf all seine Vorstellungen. Die hölzernen Häuser waren bunt durcheinander gewürfelt, ganz so, als ob der Zufall entschieden hätte: Hier gesellte sich ein vornehmer Bau Wand an Wand zu einer ärmlichen Behausung, dort lehnte sich eine einfache Werkstatt an den steinernen Erker eines offensichtlich wohlhabenden Bürgers. Verwinkelte Gassen mündeten in Hinterhöfe, in denen es laut und farbenfroh zuging.

»Ihr werdet staunen, wie viele verschiedene Handwerker sich hier in Zünften zusammengetan haben«, meinte Phylipp an seiner Seite. »Jede Zunft hat ein eigenes Viertel.«

Soeben befanden sie sich im Viertel der Gerber und Lederer. In den offenen Werkstätten konnten sie beobachten, wie die Felle bearbeitet und aus der rohen Haut äußerst feine Sättel und Ledertaschen, Stiefel und Gürtel hergestellt wurden. Sie ritten über eine Kreuzung und befanden sich im Viertel der Metzger. Johann wunderte sich sehr, dass hier auch selbständige Frauen als Metzgerinnen vertreten waren. Nur wenig weiter sah er Frauen, die Gewürze verkauften, in der nächsten Gasse waren es Schuhmacherinnen und Frauen, die in eigenen Werkstätten Metalle verarbeiteten.

»Mit der Hilfe Barbarossas«, erklärte Phylipp lächelnd, als er Johanns verblüffte Miene sah, »ist die Macht der Kirche zurückgedrängt worden zugunsten einer Stärkung der bürgerlichen Freiheiten. Deshalb seht Ihr hier so viele verschiedene Berufe, auch solche, die von Frauen alleine ausgeführt werden.«

Als sie schließlich zum Dom gelangten, gab es erneut Anlass zum Staunen für den jungen Ritter: Dies war das größte Gebäude, das er je gesehen hatte! Auf dem weiten Vorplatz stand ein Markt, und eine große Menge von Menschen drängte sich vor den Ständen. Sichtlich beeindruckt nahm Johann das Durcheinander von Sprachen, Trachten und Gewandungen wahr, denn die Händler stammten aus den verschiedensten Ländern. Nicht wenige waren Juden, insbesondere die Ärzte und Heiler.

Johann entdeckte immer Neues, das er seinem Freund und Dienstherrn aufgeregt zeigte, und Phylipp schmunzelte, erzählte und erklärte und freute sich an der lebhaften Aufgeschlossenheit seines Schwagers, die ihn so an seine junge Ehefrau erinnerte. Wie sehr fehlte ihm Hedewich doch! Heimlich griff er unter seinem Umhang in das warme Wollgewebe seiner Kotta und fühlte wieder das Tuch, das sie ihm einst geschenkt hatte. Ihm war, als könnte er daran die Wärme ihrer Haut spüren, und ein liebevolles Lächeln legte sich auf seine Lippen.

Der Tag neigte sich bereits, die Schatten wurden länger. Phylipp zwang sich, die Gedanken von Hedewich zu lösen und sich um ein Nachtquartier zu kümmern.

»Ich kenne eine gute Taverne mit Namen ›Zum Wolfe‹, sagte er zu Johann gewandt, der mit glänzenden Augen hinter ihm ritt. »Die Küche ist besonders schmackhaft, und wir können dort auch nächtigen. Zuerst jedoch wollen wir uns reinigen. Kommt, es gibt ganz in der Nähe ein vorzügliches Badehaus. Ihr werdet staunen!«

Sie ritten zunächst in die Taverne, wo sie ihre Pferde und das Packzeug abgaben, und gingen dann die wenigen Schritte zu Fuß zum Badehaus. Durch dessen halb geöffnete Fensterläden quoll warmer Dampf. Über der Eingangstür schwang an einer Kette ein Schild mit einer aufgemalten roten Rose.

Johann hatte noch nie eine Badestube besucht. Zögernd blieb er vor der Tür stehen.

»›Zur roten Rose‹«, murmelte er. »Das ist ein recht unsittlicher Name. Was sich wohl hinter dieser Tür verbergen mag?«

»Was zögert Ihr? Ihr werdet es gleich erfahren!« Lachend zog Phylipp die Tür auf.

Innen empfing sie feuchtwarme, fast stickige Luft. Sie durchquerten einen kleinen Vorraum und wurden von einer kräftigen Frau begrüßt, die, so schien es Johann, nur unwesentlich älter als er selbst sein mochte. Unter ihrer Haube kringelten sich die Haare, und ihr gerötetes Gesicht war mit einer feinen Schweißschicht benetzt.

»Tretet ein, edle Herren«, rief sie ihnen herzlich entgegen, »und folgt mir zu den Zubern!«

Phylipp und Johann gingen hinter ihr her in die eigentliche Badestube. Auf einem Podest standen hölzerne Wannen, die mit heißem Wasser gefüllt waren, und in fast jeder Wanne saßen ein oder mehrere Männer. Johann und Phylipp entledigten sich ihrer Kleider und gaben sie der freundlichen jungen Magd.

»Mein Name ist Mechthild«, sagte sie mit ihrer wohltönenden Stimme und lächelte Johann an.

Er lächelte unbefangen zurück und wunderte sich, dass er sich seiner Nacktheit nicht schämte. Noch nie, seit er sich erinnern konnte, hatte er so gänzlich unbekleidet vor einem Weib gestanden.

»Ich stehe Euch zu Diensten«, fuhr sie fort, und ihr Lächeln vertiefte sich noch. »Mögt Ihr in diesen Zuber einsteigen?«

Phylipp und Johann setzten sich zusammen in den Holzzuber, den sie ihnen zuwies, und tauchten genüsslich in das warme Wasser ein. Nach der Kälte des Tages und den vielen aufregenden Eindrücken empfand Johann dieses Bad als herrlich entspannend. Hinzu kam, dass die blonde Mechthild sich seiner annahm und ihn schrubbte, bis seine Haut kräftig rot durchblutet war.

Währenddessen hatte Phylipp angefangen, sich mit einigen der anderen Besucher zu unterhalten. Als er merkte, dass Johann schläfrig wurde, riet er ihm: »Lasst Euch von Mechthild in den angrenzenden Raum bringen. Dort wird sie Euch mit duftenden Ölen einreiben und durchwalken. Sie ist eine Meisterin ihrer Künste, das könnt Ihr mir glauben!«

Johann war sofort einverstanden. Bereitwillig ließ er sich von Mechthild in ein gewärmtes Tuch einwickeln und folgte ihr in einen anderen Raum. Dieser war ebenfalls warm, aber nur spärlich beleuchtet und mit einigen Holzliegen ausgestattet.

»Legt Euch auf den Bauch und ruht Euch aus«, sagte sie leise, und Johann folgte ihr nur allzu gern.

Sie nahm einen tönernen Krug mit Öl und goss etwas davon in ihre Hände, um es zu wärmen. Dann begann sie seine Waden und Schenkel zu reiben und zu kneten und arbeitete sich langsam, aber kräftig seinen Körper hinauf. Als sie sein Gesäß erreichte, strich sie nur sanft darüber, um sich gleich seinem Rücken zu widmen. Tief beugte sie sich über ihn, und er spürte entzückt, wie ihre Brüste durch das dünne Tuch ihres Gewandes seine Schultern berührten.

Seine Gedanken wanderten zu der liebreizenden Gesine. Als er zum Abschied ihre Hand an seine Brust presste, hatte sie den Druck liebkosend erwidert … Und der Blick aus ihren tiefblauen Augen … welch unbekannte Wonnen mochte er verheißen? Ein leichter Schauer durchfuhr ihn. Ob sie jetzt auch gerade an ihn dachte?, fragte er sich schläfrig und verlor sich in seinen Träumen.

Plötzlich hörte er eine tiefe Stimme, die ihm bekannt vorkam und ihn sofort aufschrecken ließ. Sie gehörte einem Mann, aber er konnte die Worte nicht verstehen. Lachend gab eine helle Frauenstimme Antwort. Jetzt öffnete sich die Tür, der Mann kam herein und legte sich auf eine Liege am anderen Ende des Raumes.

»Du bist wahrlich ein wollüstiges Mägdlein«, hörte Johann ihn sagen. »Zier dich nicht und lass mich von deinen Brüsten kosten! Wenn sie so süß wie deine Lippen schmecken, verheißen sie himmlische Freuden.«

Ein lautes Kichern folgte, und Johann konnte nicht umhin, den Kopf zu heben und genauer hinzusehen. Was er sah, ließ ihn zusammenzucken und sich schnell wieder hinlegen.

»Was ist mit Euch?«, fragte Mechthild, während ihre Hände weiter sanft um seine Schultern kreisten. »Ihr seid ganz fahl geworden, ist Euch nicht gut?«

»Wer ist dieser Mann?«, flüsterte Johann. »Mich dünkt, ich kenne ihn, und seine Bekanntschaft birgt keine guten Erinnerungen.«

»Oh, dieser Gast ist oft bei uns, und immer fragt er nach Gudrun, die ihn gar bei Laune hält. Früher, bevor sie bei uns war, hat er oft geflucht, wenn eine Magd ihm nicht recht gefolgt ist. Und Schläge hat er auch genügend ausgeteilt! Gudrun aber weiß ihn zu bezirzen!«

Wie zur Bestätigung war ein erneutes Kichern zu vernehmen. Gudrun sprang auf und lief lachend weg, der Mann ihr hinterher. Der Schein des Lichtes, der aus der geöffneten Tür auf sein Antlitz fiel, genügte Johann, um jeden Zweifel zu beseitigen.

»Der Graf von Elmt!«, entfuhr es ihm. »Ich dachte, er wäre im Dienst des Kaisers unterwegs. Was bringt ihn denn hierher?«

»Oft haben wir ihn nicht gesehen in letzter Zeit. Und froh sind wir schon darüber«, antwortete Mechthild, und ihre Stimme klang auf einmal besorgt. »Meist bringt er noch einen düsteren Kumpan mit. Habt Ihr vielleicht schon von ihm gehört? Sein Name ist Kuno von Schaumburg. Der übertrifft des Grafen Grausamkeiten noch um ein Weites!«

»Lasst ab von mir, holdes Weib! Ich muss sofort auf zu meinem Herrn«, rief Johann und sprang ungestüm von der Liege.

Inzwischen hielten sich nur noch wenige Männer in dem Raum mit den Zubern auf. Von einem wurde Johann angesprochen.

»Seid Ihr der junge Ritter Johann, in Begleitung meines Freundes Phylipp von Vey?«

»Wer möchte das von mir wissen?«, entgegnete Johann vorsichtig.

»Mein Name tut nichts zur Sache«, antwortete der Mann. »Wisset nur, dass Euer Herr Euch in süßen Träumen wähnte und nicht stören wollte. So lässt er Euch ausrichten, Ihr möget ihm nachkommen in die Taverne.«

Johann bedankte sich und zog sich rasch an. Schnellen Schrittes eilte er zum Gasthaus und trat ein. In die rauchgeschwängerte Luft mischten sich köstliche Düfte nach gebratenem Fleisch. Jetzt erst merkte der junge Ritter, welchen Hunger er hatte. Suchend blickte er sich in der überfüllten Taverne um. An einem Ecktisch erspähte er Phylipp endlich. Auch Phylipp hatte ihn gesehen und winkte ihm munter zu.

»Seit einer Stunde sitze ich hier und unterhalte mich recht vergnüglich mit diesen beiden Herren«, begrüßte er seinen Schwager und stellte ihm die beiden Tischgenossen vor. Mit einem Augenzwinkern setzte er hinzu: »Erzählt! Wie ist's Euch ergangen mit Mechthild in der ›Rose‹?«

Johann errötete. »Gut, gut«, stammelte er, »Mechthild hat gar fein das Öl verrieben und meinen Körper von oben bis unten durchgeknetet.«

Diese Worte entlockten dem älteren der beiden Tischnachbarn ein lautes Lachen.

»Nein, nein, nicht so, wie Ihr denkt!« Johann wurde das Gespräch peinlich. Rasch schwenkte er um: »Phylipp, ich muss Euch berichten, wen ich in der ›Rose‹ sah! Ich weiß nur nicht …« Er blickte zögernd zu den beiden Männern, die mit am Tisch saßen.

»Sprecht nur weiter«, sagte Phylipp unbekümmert. »Diese Herren sind beide ehrenwert.«

»Ihr wart sicherlich schon fort«, setzte Johann an, »da kam in meinen Raum ein Herr, den Ihr kennt. Ihr werdet es nicht glauben, um wen es sich handelte!«

Phylipp wollte antworten, doch Johann unterbrach ihn. »Es war der Gesandte des Kaisers, Graf Waldemar von Elmt! Und wie er sich benahm, war ganz und gar unedel!«

Bei diesen Worten wurde der ältere Tischnachbar ernst. »Erlaubt mir, mich vorzustellen«, sagte er mit einer angedeuteten Verbeugung zu Johann. »Ich bin Pater Pankratius, und dieser junge Mann, mein Begleiter, ist Arbeo von Eyll. Wie ich von Eurem Herrn weiß, seid Ihr der junge Graf von Are und Hochstaden, der sich auch Herzog von Limburg nennt. Sprecht schnell, denn es ist von äußerster Wichtigkeit: War der Graf von Elmt in Begleitung eines Mannes?«

»Nein«, antwortete Johann verwundert. »Aber die holde Maid, die sich um mich kümmerte«, er errötete wieder, »sprach von einem üblen Gesellen, der ihn öfter begleitet. Sein Name sei Kuno von Schaumburg, sagte sie.«

Jetzt war es an Phylipp, sein Erstaunen zu zeigen. »Kuno … Kuno, ja, der Gleiche wird es sein! Ein wahrlich gefährlicher Kumpan.«

Dampfende Schüsseln wurden gebracht, und die Herren unterbrachen ihr Gespräch.

Als der Wirt sich wieder entfernt hatte, sagte der Pater leise: »Die Wände haben Ohren, und überall gibt es bezahlte Spitzel. Gebt daher Acht auf Eure Worte! Doch nun lasst uns speisen und unbekümmert den Abend verbringen. Weitere Gespräche sollten wir nur an einem sicheren Ort führen.«

Sie begannen zu tafeln, doch die unbeschwerte Stimmung, die den Abend anfangs begleitet hatte, war verschwunden, und so zog man sich gleich nach dem Essen zurück, nicht ohne sich für den morgigen Tag im Lager von Phylipp verabredet zu haben.

Kuno von Schaumburg

Ein unsanftes Rütteln weckte Johann früh am nächsten Morgen. »Kommt schon und folgt mir in die Wirtsstube«, flüsterte Phylipp in sein Ohr. »Aber gebt Acht, dass unsere Zimmergenossen nicht geweckt werden!«

Dieser Mahnung hätte es nicht bedurft. Die drei anderen Gäste waren, voll des köstlichen Mets, erst zu später Stunde in das gemeinsame Schlafgemach gestolpert und gaben noch immer unüberhörbare Schnarchgeräusche von sich.

Johann gähnte und reckte sich.

»Mir ist, als hätte ich die ganze Nacht kein Auge zubekommen«, sagte er und rollte sich von der strohgefüllten Matratze.

Fröstelnd rieb er sich die Arme. Zum Schlafen hatte er lediglich sein leichtes Linnenhemd anbehalten und spürte nun die Kälte in dem kleinen, zugigen Dachraum. Schnell schlüpfte er in seine Beinlinge und zog das Wollhemd über.

In der Wirtsstube unten herrschte trotz der frühen Stunde bereits ein betriebsames Kommen und Gehen. Johann gesellte sich zu Phylipp und einigen anderen Reisenden an einen der blanken Holztische gleich neben dem Kamin. Ein großer dampfender Kessel hing dort über dem Feuer. Es duftete nach würziger Fleischbrühe.

»He, Junge«, rief Phylipp dem Sohn des Wirts zu. »Schenk uns jedem einen Becher Brühe ein und tu noch kaltes Fleisch und Brot dazu!«

Johann blickte suchend um sich. »Soll ich die beiden Herren von gestern Abend wecken?«, fragte er.

»Der Pater und Arbeo sind zur Nachtruhe zurück ins Kloster gegangen«, erklärte Phylipp leise. »Wir sollten nicht zu lange beim

Frühstück verweilen, damit wir vor ihnen in unserem Lager eintreffen.«

Schnell aßen sie den kalten Braten und leerten ihre Becher. Zum Abschied reichte Phylipp dem Wirt einen Silberling. Dann sattelten sie ihre Pferde und ritten aus der Stadt.

Der kühle Morgennebel wich bald einer schwachen Wintersonne, die sie jedoch kaum zu wärmen vermochte. Als sie die Stadtmauer hinter sich gelassen hatten, ritt Phylipp voran und wies den Weg zum nahe gelegenen Wald. Schweigsam trabten sie nebeneinander her, bis sie ihre Zelte sahen. Phylipp hatte sein Zelt bei der Ankunft etwas abseits aufgebaut, im Schatten einer ausladenden Tanne. So konnte er zwar alle anderen Zelte gut im Blick behalten, blieb aber selber geschützt und unbeobachtet.

Ein junger Knappe näherte sich und nahm sich der beiden Pferde an.

»Macht ein großes Feuer vor meinem Zelt und bringt Speis und Trank«, ordnete Phylipp an. »Wir erwarten zwei Besucher, denen wir unsere Gastfreundschaft entgegenbringen wollen.«

Das Feuer war kaum entfacht, da ließ lautes Wiehern alle aufhorchen. Als Erster galoppierte Arbeo von Eyll über die kleine Lichtung. Auf dem Nacken seines Pferdes glänzte der Schweiß, und unter den Zügeln hatte sich feiner, heller Schaum gebildet.

»Er hat sein Ross mächtig getrieben«, murmelte Johann kopfschüttelnd und ging dem Gast entgegen.

»Warum so eilig?«, fragte er, nachdem er Arbeo willkommen geheißen hatte.

»Die Stadt ist voll von unsäglichem Gesindel«, antwortete der junge Adelige und fuhr sich mit beiden Händen durch seine dunklen, vom Wind zerzausten Locken. »Wir wollten verhindern, dass uns jemand folgt. Sogar im Wald tummeln sich Banden von Schurken und Dieben!«

Johann tat die Worte mit einer geringschätzigen Geste ab. »Mir ist kein Bösewicht aufgefallen«, sagte er. »Im Gegenteil, das Treiben in der Stadt gefiel mir sehr, allein auf dem Marktplatz und in den verschiedenen Vierteln ...«

»Und besonders im Badehaus!« Phylipp hatte sich dazugesellt

und die letzten Worte vernommen. »Unser neuer Freund hat aber Recht. Die Zeiten sind gefährlich. Ihr werdet noch lernen müssen, Euch nicht blenden zu lassen.«

Jetzt traf auch der Pater ein. Er wirkte sichtlich angestrengt.

»Lieber Arbeo«, sein Atem kam in dampfenden Stößen, »Eure Geschwindigkeit ist nichts für einen alten Mann!«

»Darf ich Euch helfen?« Johann griff sofort nach dem Zaumzeug seines Pferdes. »Übergebt mir Eure Zügel und lasst mich Eure Steigbügel halten.«

Dankbar schwang sich der Mönch aus dem Sattel und ließ sich schwer zu Boden gleiten.

»Meine alten Knochen!«, stöhnte er. »Bei dieser feuchtkalten Witterung fühle ich jeden Knochen einzeln!«

Phylipp bot dem Pater seinen Arm zur Stütze, doch das wurde dankend abgelehnt.

»Verweichlichen möcht ich trotz allen Zwickens und Zwackens nicht«, entgegnete er mit einem verschmitzten Lächeln. »Aber einen Schemel nah am Feuer, den würd ich jetzt nicht verwehren!«

Phylipp und Johann brachten ihre beiden Gäste zum Lagerfeuer und ließen warmen gewürzten Wein auftragen. Phylipp wartete, bis der junge Knecht außer Hörweite war, dann sprach er einen Trinkspruch auf die Gesundheit aller aus. Die vier Männer rückten noch ein wenig näher zusammen, und der Pater nahm den Faden des vorabendlichen Gesprächs wieder auf:

»Nachdem wir nun Freunde geworden sind und uns an einem Ort befinden, der mir sicher erscheint«, vorsichtig schaute er sich noch einmal nach allen Seiten um, »sollt Ihr hören, was ich Euch über Kuno von Schaumburg zu sagen habe.«

Er hatte den Namen sehr leise, fast flüsternd, ausgesprochen. Doch ein Knacken in der Nähe ließ alle aufschrecken. Unwillkürlich blickten sie sich ebenfalls um. Aber es war nur ein Reh gewesen, das nun, selbst erschrocken, über die Lichtung weglief und im Dickicht verschwand.

»Unsere ungeteilte Aufmerksamkeit ist Euch sicher«, sagte Johann und beugte sich gespannt vor.

»Alles begann acht Jahre nachdem unser Kaiser Friedrich Barbarossa in Kleinasien ertrunken war«, fing der Pater an und rückte seinen Schemel näher ans Feuer. Die anderen taten es ihm gleich.

»In einem Fluss ertrank er«, ergänzte Phylipp. »Das war Anno 1190.«

Der Pater nickte und wandte sich ihm zu. »Wie Ihr sicherlich auch wisst, machte sich der Dänenkönig Knut die Streitigkeiten zwischen Otto dem Welfen und dem Stauffer Phylipp zunutze und eroberte weite Gebiete im Norden. Die Truppen des Dänen waren wild und ungezähmt, und viele der Burgen und Dörfer wurden unter ihrer Belagerung zerstört. So auch die Heimat von Kuno. Aber ich greife vor. Lasst mich ganz am Anfang beginnen …«

Der Pater nahm einen großen Schluck aus seinem tönernen Becher und sammelte sich.

»Im Jahre des Herrn 1168 wurde ich in einem kleinen Dorf im Norden nahe Bosau geboren, nicht unweit des großen Plöner Sees«, begann er schließlich mit seiner volltönenden Stimme. »Ich war der dritte und jüngste Sohn adliger Eltern. Gemäß der Tradition meiner Familie wurde der jüngste männliche Nachfahre ins Kloster gegeben, um hier eine standesgemäße Bildung zu erfahren. Dies war mir nur recht, da ich mich wenig zum Rittertum eignete. Ich kam also zu den Zisterziensern nach Schleswig, ins Land der Juten. Schnell wurde ich dort des Lesens und Schreibens kundig und widmete mich dem Studium der Libri sacri. Ich legte im Laufe der Jahre alle meine Gelübde ab und akzeptierte mein frommes Leben als Mönch. Nur in manchen Nächten, wenn die einsame Wache in der Kapelle sich endlos zog, fragte ich mich, wie die anderen Menschen lebten, in der Welt hinter den Klostermauern …«

Eine Pause entstand. Der Pater strich sich bedächtig über seinen grauen Bart. Hoch über den Köpfen der Männer rauschten die Tannen und bogen sich im aufkommenden Wind. »An einem stürmischen Herbsttag rief mich unser Abt zu sich«, fuhr Pater Pankratius schließlich fort. »›Seitdem ich Euch kenne‹, sagte mein guter Abt, ›habt Ihr Euch als treu und wissbegierig erwiesen. Mehr noch, Ihr habt alles gelernt, was ich Euch lehren konnte. Insgeheim sah ich in Euch gar meinen Nachfolger. Ihr müsst also wissen, Pankratius, dass ich Euch nur ungern ziehen lasse.‹

Ich fragte mich, was diese Worte bedeuten sollten. Hatte ich mir vielleicht unbewusst eine Verfehlung zuschulden kommen lassen? Doch dann erfuhr ich die wahre Absicht des Abts: Der Graf von Schaumburg hatte bei ihm vorgesprochen. Seine Frouwe Christine war fromm und gottesfürchtig, er selbst ihr treu und sehr zugetan. Doch rief ihn sein Dienstherr, der Herzog von Sachsen, oft zu sich, sodass er seine liebe Frouwe häufig allein lassen musste. Da wünschte er sich, sie in der Obhut eines geistigen Beistands zu wissen.

Der Abt, der immer nur mein Bestes wollte, sah darin eine günstige Gelegenheit, meinen weiteren Werdegang zu unterstützen. So begab ich mich, inzwischen 28-jährig, nach Nordalbingen, in das Gebiet nördlich der Elbe, und sprach beim Grafen von Schaumburg vor. Ich wurde herzlich empfangen und sogleich als Hauspfaffe aufgenommen. Fortan hatte ich mich um das Seelenheil der edlen Frouwe Christine zu kümmern. Sie wünschte sich innigst noch weitere Kinder. Trotz langer Ehe hatte das Paar bis dahin nur einen Sohn, der gerade vier Jahre zählte. Er sah aus wie ein kleiner Engel, sein rundes Gesichtchen von hellen Locken umrahmt. Immerzu war er fröhlich und von seinen Eltern innigst geliebt.«

Der Pater schwieg wieder und versank tief in die Vergangenheit.

Johann räusperte sich. »Und Kuno?«, erinnerte er. »Wolltet Ihr nicht von diesem üblen Burschen erzählen?«

Pater Pankratius richtete sich auf. »Ich weiß, ich hole aus. Doch wie anders ist das Unbegreifliche, das folgte, verständlich zu machen? So habt noch einen Augenblick Geduld, Ihr werdet gleich wissen, worauf es hinausläuft …

Die nächsten Jahre waren für mich voller Besinnung und Ruhe. Gräfin Christine war von hohem Geiste, und es war eine Freude, mit ihr die Bibel zu studieren. Eines Tages, zwei Winter und zwei Sommer waren vergangen, wurde die frohe Mitteilung verkündet, dass sie wieder guter Hoffnung sei. Sie aber hatte in ihren Träumen schlimme Vorahnungen. Als ihre Stunde nahte, bat sie auch mich, ihr beizustehen.

Es wurde eine schwere Geburt. Drei Tage quälte sich meine Gräfin, und als ihre Kraft gänzlich versiegt schien, wurde ein kleines, runzeliges Knäblein geboren, so schwach, dass es kaum einen Laut von sich gab. Ich taufte es in der gleichen Stunde, denn wir glaubten, es müsse sterben. Es erhielt den Namen Kuno von Schaumburg, Graf von Holstein und Stormarn.«

Johann sprang auf und riss dabei seinen Schemel ungestüm um.

»Kuno von Schaumburg?«, wiederholte er. »Doch nicht etwa der grausame Kumpan des Grafen von Elmt?«

»Gemach, gemach!«, sagte Phylipp und legte eine Hand beruhigend auf Johanns Schulter. »Ihr müsst lernen, Eure Ungeduld zu zügeln, sonst rennt sie mit Euch davon wie ein irres Ross. So nehmt wieder Platz und gebt dem Pater Euer Gehör.«

Johanns Gesicht glühte schamrot. Kaum wagte er den Pater anzusehen. Rasch richtete er den umgekippten Schemel auf und setzte sich wieder.

»Habt Nachsicht mit ihm, guter Pater«, fügte Phylipp noch hinzu. »Seine Jugend lässt ihn noch gar unbeherrscht handeln.«

Pater Pankratius nickte abwesend. Seine Gedanken weilten in einer anderen Zeit.

»Die Freude, die meine Gräfin an der Geburt dieses kläglichen Geschöpfes hatte«, setzte er seine Erzählung fort, »war offensichtlich so groß, dass es ihr gelang zu genesen – was niemand für möglich gehalten hätte. Auch Kuno gewann an Kraft und Gewicht und wuchs zu einem fröhlichen Kind heran. Vier weitere Jahre vergingen. Immer noch folgte der Graf dem Ruf seines Herzogs und war oft für Wochen oder gar Monate mit ihm unterwegs. Kam er dann zurück, rief er immer als Erstes nach seinen Söhnen. Adalbert stand dann scheu vor ihm, denn er bewunderte seinen Vater sehr. Kuno aber rannte mit leuchtenden Augen auf ihn zu und sprang ihm in die Arme. Ja, er war wirklich der Liebling der Familie. Auch ich habe dem kleinen Kuno oft zu viel nachgesehen und war manches Mal über Gebühr streng mit dem zurückhaltenderen Adalbert.« Der Pater bekreuzigte sich. »Gott der Vater möge mir vergeben.«

»Ihr habt sicher richtig gehandelt«, versuchte Phylipp den Mönch aufzumuntern. »Aber erklärt uns doch, wie es dazu kam, dass sich Kuno so änderte? Sein Name steht für Schrecken und Gefahr, ist dieser Raubritter doch durch und durch verrucht und durchtrieben!«

»Gewiss«, bestätigte Pankratius, »gewiss. Jedoch liegt es nicht in unserem Ermessen, darüber zu befinden. Jesus Christus, unser Herr, wird am Tage des Jüngsten Gerichts sein Urteil fällen. Und glaubt mir, nichts ist so schwer, als einen Menschen dem Fürsten der Hölle zuzuschreiben. Denn vieles geschieht, was wir nicht kennen, und vieles, das wir zu kennen meinen, ist so doch nicht geschehen.«

Johann, dessen Wangen noch von Phylipps Vorwurf brannten, konnte nicht umhin, ungeduldig einzuwerfen: »Ihr sprecht in Rätseln! Wer ist dieser Kuno und was hat er für Beweggründe?«

»Es war ein wunderschöner Tag«, setzte der Pater unbeirrt seinen Bericht fort. »Die kahlen Bäume hatten plötzlich einen grünen Hauch bekommen, und die Luft war unerwartet milde. Nach dem langen Winter im Norden empfanden wir diesen Vorboten des Frühlings umso dankbarer. Kuno tobte im Hof mit einer Schar junger Hunde, und auch Adalbert spielte ausgelassen. Der Graf und die Gräfin hatten sich eine Bank in die Mittagssonne bringen lassen, und ein Troubadour, der gerade die Lande durchreiste, spielte leise auf seiner Laute. Doch plötzlich bebte und donnerte die Erde von unzähligen trommelnden Hufen. Ein Heer von wüsten Nordmännern ritt ein, lange schwarze Peitschen schwingend. Oh, mein Gott!«

Von seinen Gefühlen überwältigt, brach der Pater ab.

Die drei anderen Männer schauten schweigend ins Feuer. Ein Holzscheit fiel polternd nieder und sprühte Feuerfunken um sich. Das schien den Pater wieder zurück in die Gegenwart zu holen.

»Adalbert wurde als Erster gefasst«, sagte er so leise, dass seine Zuhörer die Worte kaum verstanden. »Vor den entsetzten Augen seiner Eltern riss ihn ein starker Hüne an den Haaren. Der Junge wehrte sich, schlug um sich und schrie. Der Grobian jedoch lachte nur höhnisch, und mit einem Hieb schlug er dem Jungen den Kopf vom Leibe. Anschließend band er den Kopf mit einem Riemen an seinen Sattel. Der Graf hatte sich schützend über seine Frau geworfen und versuchte gleichzeitig, sein Schwert aus der Scheide zu ziehen. Aber die Lage war hoffnungslos. Mit Geschrei und Gelächter zerrten ihn zwei weitere Nordmänner zu Boden und rammten ein Schwert in sein Herz. Anschließend spießten sie ihn auf einen Holzpfahl. Noch lange schwangen seine Beine hin und her wie im gespenstischen Tanze. Drei andere Männer fielen über die Gräfin her. Sie wurde mitten in den Hof gezogen, ihre Kleider wurden ihr in Fetzen vom Leib gerissen, und als sie nackt vor ihnen auf der Erde lag ...«

Wieder konnte der Pater nicht weiterreden. Seine Augen waren in die Ferne gerichtet.

»Wie seid Ihr diesem Grauen und Elend entkommen?«, fragte Johann ungewohnt sanft.

»Ich kann es Euch nicht sagen«, antwortete der Pater mit gebrochener Stimme. »Ich weiß nur, dass ich lief wie besessen, in meinen Armen Kuno haltend. Alles war voller Blut, doch wir beide blieben wie durch ein Wunder unversehrt. Kuno hatte zwar eine leichte Verletzung an der Schläfe, jedoch nicht von bedrohlicher Art. Ich schaute über meine Schulter und sah die ersten roten Feuerzungen, die nach kurzer Zeit das ganze Gebäude auffraßen. Ich rannte mit Kuno zu einer nahe gelegenen Höhle im Wald. Dort versteckten wir uns bis zum Morgengrauen.«

Der Pater erhob sich und ging schleppend einige Schritte. Dann stellte er sich vor seine sprachlosen Zuhörer, mit dem Rücken zum Feuer, und sagte:

»Kuno regte sich nicht und war wie erstarrt. Nur sein Atem verriet, dass er noch lebte. Ich selber konnte keinen klaren Gedanken fassen und saß diese ganze Nacht lang grübelnd an seiner Seite. Dann, kurz bevor der Himmel sich zum Morgen erhellte, breitete sich eine unheimliche Stille aus, die alles verschlang. Kein Vogel war zu hören, kein Tier und kein Mensch. Es schien, als ob der Tod jeden Laut, alle Freude und alles Glück mit sich genommen hätte.

Gegen Morgen fiel Kuno in einen tiefen Schlaf. Dies kam mir gelegen, denn ich sah mich gezwungen zurückzukehren, um zu sehen, ob vielleicht noch etwas zu retten war. Kuno aber wollte ich nicht noch einmal dem Anblick seiner niedergemetzelten Familie aussetzen, und so ließ ich ihn für kurze Zeit allein.

Bald schon erreichte ich die Stätte des Grauens. Der Gestank des stockenden Blutes vermischte sich mit dem beißenden Geruch des verkohlenden Holzes. Überall lagen Leichen oder deren Reste. Der sanfte Lautenspieler war in Stücke zerhackt. Die Diener und Knappen, die nicht im Feuer umgekommen waren, lagen verstreut im Hof wie zum grausigen Gruße vor ihrer nackten Herrin. Mit meinen letzten Kräften hob ich den Grafen von seinem Marterpfahl und legte ihn in eine Kuhle, die für einen neuen Stall bereits ausgehoben worden war. Neben ihn legte ich die Gräfin, deren Blöße ich mit Stofffetzen zudeckte. Als Letztes legte ich Adalberts Reste zwischen die beiden. Bei meinem Leben gelobte ich, mich um ihren geliebten Kuno zu kümmern. Dann segnete ich sie und verscharrte sie, so gut ich konnte. Das Haus oder das, was noch davon übrig war, war offensichtlich ausgeraubt worden und dann dem Feuer zum Opfer gefallen. Kuno und ich konnten auf keinen Fall mehr dort bleiben. Ich beschloss, in das Kloster nach Schleswig zurückzukehren. Der Abt würde uns sicherlich helfen.«

Der Pater schien in Gedanken den Weg noch einmal nachzugehen, denn er hatte sich erhoben und begann stetig auf und ab zu wandern.

»Der Weg zum Kloster war aber noch sehr lang«, warf Johann ein. »Hattet Ihr denn noch die Kraft dazu?«

Der Pater nickte. »Bis nach Schleswig sollten wir auch nicht kommen«, bestätigte er. »Nach einem Tag bereits überholte uns ein Reiter, der schon einige Male zu Gast bei meinem Herrn gewesen war. Es handelte sich um den Grafen von Oldenburg. Als er uns sah, sprang er entsetzt vom Pferd. Mir war gar nicht bewusst, was für ein schreckliches Bild ich mit dem Kind auf dem Arm geboten haben musste. Ich fühlte mich nur unendlich gealtert und müde. Als ich in knappen Worten erzählte, was geschehen war, wies mich der Graf an, ich solle mich mitsamt dem Kind auf sein Pferd setzen und mit zu ihm kommen. Ich nahm seinen Vorschlag dankend an. Gegen Abend trafen wir auf seiner Burg ein. Der Graf bot uns an zu bleiben – und wir blieben viele Jahre. Es waren Jahre, die ganz und gar anders verliefen als in Nordalbingen. Die Gräfin hätte nicht gegensätzlicher sein können als meine gute Herrin Christine. Innig zu beten lag ihr nicht, sie kümmerte sich mehr um die irdischen Freuden als um die des Geistes. Gesegnet war die Edelfrouwe mit einer Schar gesunder Kinder, doch kümmerten sich Ammen und Mägde rum sie. Die Gräfin merkte nicht einmal, ob es ihnen gut ging oder schlecht. Das Äußere dieser Edelfrouwe war gar lieblich und reizvoll, indes ihre Seele so leer wie ein Fass ohne Wein, und die Verehrer, die sich um sie scharten, wechselten wie die Gezeiten im Meer.«

Der Pater seufzte tief und nahm seinen Platz am Feuer wieder ein. Phylipp nutzte die Pause, um nach den Knappen zu rufen.

»Bringt eine Tafel«, befahl er ihnen, »und Wein und eine ordentliche Suppe! Unsere Gäste hungert und durstet es, ist die Mittagszeit doch längst vorüber.«

Die Runde wartete stumm, bis alles aufgetischt war. Dann sprach Pater Pankratius ein kurzes Gebet, und die Schüsseln mit der dampfenden Fleischsuppe wurden herumgereicht. Erst jetzt löste sich die Anspannung unter den vier Männern. Sie ließen sich die heiße Suppe schmecken, und das Gesicht des Paters gewann wieder an Farbe.

»Mir ist vieles über Kuno erzählt worden«, sagte Phylipp, »doch wusste ich nichts von seiner Herkunft. Wenn Ihr mögt, werter Pater, erzählt weiter.«

Der Pater nickte und wischte sich den Mund mit einem Zipfel seiner Kutte.

»Kuno und ich blieben also im Hause des Grafen von Oldenburg, trotz allem, was mir dort nicht zusagte. Anfänglich war ich von einer lähmenden Erschöpfung beherrscht, und jeder Gedanke an eine zukünftige Planung schien mir unmöglich. Später war es die Gewohnheit, die uns hielt – schließlich ging es uns nicht schlecht, und Kuno hatte Gesellschaft genug in seinem Alter.

Schnell vergingen die Jahre, und Kuno entwickelte sich zu einem prächtigen und kräftigen jungen Mann. Äußerlich war er nicht von den schrecklichen Ereignissen seiner Kindheit gezeichnet. Nur eine kleine Narbe, wie ein aufgehender Mond, hatte sich in seine linke Schläfe gegraben.«

Arbeo zuckte so heftig zusammen, dass er seinen Weinbecher umwarf. Der tönerne Becher rollte über die Tafel und fiel zur Erde, wo er in mehrere Stücke zerbrach.

»Verzeiht!« Der junge Edelmann sprang auf, um die Scherben aufzusammeln. »Es war die Narbe, die mich so erschreckt hat!«

Phylipp, dem Arbeo bereits vorher durch sein Schweigen aufgefallen war, nahm sich vor, ihn im Blick zu behalten. Warum brachte die Narbe eines ihm unbekannten Mannes ihn so aus der Fassung?

»Auch wenn Kuno äußerlich bestens gedieh«, fuhr der Pater unterdessen fort, »so war doch eine Veränderung in ihm vorgegangen. Aus dem fröhlichen, lachenden Kinde von einst wurde ein mürrischer, düsterer Jüngling. Er ging am liebsten allein auf die Jagd. Inzwischen war er auch ein ausgezeichneter Schütze geworden und erlegte immer die größte Anzahl vom Wild. Mir schien jedoch, dass es nicht nur die Freude am Jagen war, die ihn trieb. Etwas anderes hatte sich in ihm ausgebreitet, und das machte mir Angst.«

Ein Knappe kam und wischte den umgekippten Wein auf. Er nahm die leeren Schüsseln und die Scherben mit und brachte sodann noch Brot und kalten Braten nach.

»Eines Tages, Kuno war wieder allein aufgebrochen, folgte ich ihm unbemerkt«, sprach der Pater weiter, als sie wieder unter sich waren. »Tiefer und tiefer ging er in den Wald, dunkler und dichter wurde das Unterholz. Kuno bemerkte mich nicht. Plötzlich blieb er stehen. Ich schlich mich vorsichtig heran und spähte durch das Laub. Das Bild, das sich mir da bot, erfüllte mich mit Entsetzen: In einem hölzernen Käfig hockte ein Wesen von der Statur eines Menschen, jedoch mit einem zotteligen Pelz bedeckt, ähnlich dem eines Wolfes. Das Gesicht, wenn man davon sprechen konnte, war schmutzverkrustet. Kuno nahm einen Zweig, steckte ihn zwischen die Streben des Käfigs und versuchte, das Wesen damit zu ärgern. Es fing an, auf und ab zu hüpfen und laut zu kreischen.

›Da, nimm endlich, was dir gebührt, du dreckiger Teufel!‹, schrie Kuno. Er griff in seine Tasche und zog etwas Blutiges heraus, das er dem Geschöpf vor die Füße warf. Dann lachte er schallend, machte kehrt und ging zurück, wie er gekommen war. Der Mensch-Wolf beugte sich gierig vor und fing an, laut schmatzend zu fressen. Ich näherte mich vorsichtig und fühlte, wie mir das Blut in den Adern stockte. Was das Wesen dort so gierig verschlang, waren nichts anderes als die Reste eines kleinen Welpen – es war das Lieblingstier des jüngsten Sohnes unserer Gräfin!«

»Wie kann das denn sein?«, rief Johann empört. Unwillkürlich erinnerte er sich, wie er einst den Welpen Stella von seiner Schwester Hedewich anvertraut bekommen hatte. Niemals hätte er Stella etwas antun können!

»Ja«, gab der Pater zurück, »auch ich war erschüttert und nahm mir vor, Kuno nicht mehr aus den Augen zu lassen. In der nächsten Zeit merkte ich, dass Kuno immer nur das nahm, was einem anderen Kind etwas bedeutete. War es ein Tier, wurde es auf das Grausamste von ihm erlegt. Besondere Freude machte es ihm, wenn das betreffende Kind Zeuge davon wurde. Dann lachte er wie ein Teufel! Später nahm er sich größere Werte, und als ich an einem lauen Sommerabend Zeuge einer unkeuschen Tat zwischen ihm und unserer Herrin wurde, beschloss ich, ihn zu verlassen. Zu sehr hatten die Ereignisse seiner Kindheit ihn gezeichnet, zu sehr war er verdorben worden. Dass ich allerdings das Wort nicht halten konnte, das ich seinen armen Eltern ins Grab mitgegeben hatte, betrübt mich bis zum heutigen Tage.«

Das Gesicht des Paters, das sonst so viel Güte ausstrahlte, hatte einen verbitterten Zug angenommen.

»Entschuldigt mich bitte«, sagte er und stand auf. »Ich fühle mich müde und möchte mich zurückziehen.«

Phylipp nickte verständnisvoll. Er erhob sich, begleitete den Pater in sein Zelt und ließ ein warmes Lager für ihn bereiten.

»Das ist ja eine abscheuliche Geschichte«, sagte Johann, der noch mit Arbeo am Feuer saß. »Kein Wunder, dass Kuno so geworden ist.«

»Verständlich mag es sein«, antwortete Arbeo, »nicht verzeihlich aber ist, wie er sich nun anderen gegenüber verhält.«

Phylipp, der eben zurückkam, hörte noch die letzten Worte.

»Und das schon seit geraumer Zeit«, stimmte er zu. »Kuno von Schaumburg ist mir früher bereits einmal begegnet. Das war vor ungefähr fünf Jahren in einem kleinen Ort am Fuße der Alpen. Den Namen des Ortes habe ich vergessen, nie wieder war ich dort. Das Auftreten von Kuno indes ist meinem Gedächtnis erhalten geblieben.«

Seine Miene verdüsterte sich.

»Es war in einem Wirtshaus«, erinnerte er sich. »Kuno war angetrunken und sprach laut mit einer Schar übler Gesellen. Offensichtlich verfügte er über ein beträchtliches Vermögen, denn er hielt alle aus und bestellte ein Gericht nach dem anderen. Lockeres Weibsvolk war auch anwesend, und mit zotigen Bemerkungen steckte Kuno ihnen Münzen zu. Er protzte laut von Errungenschaften und Eroberungen, und ich beschloss, ihn nicht weiter zu beachten, denn ich dachte mir, er sei nur ein Maulheld. Nicht lange nach dieser Begegnung verbreitete sich die Nachricht von einer Bande rauer Genossen, die durch Brandschatzungen und Plünderungen von sich reden machten. Ihr Anführer hieß Kuno, und man sprach ihm besonders üble Gräueltaten zu.«

»Was bringt ihn aber in Verbindung zum Grafen von Elmt?«, überlegte Johann laut.

»Genau das möchte ich auch wissen!« Phylipp nickte grimmig. »Wie können wir das herausfinden?«

Für eine Weile wurde es still am Feuer. Dann übernahm Arbeo das Wort.

»Ich möchte Euch etwas vorschlagen«, begann er. »Ihr seid dem Grafen bekannt und könnt kaum Erkundigungen über ihn einholen, ohne dass er es erfährt. Besonders nicht in Speyer, da er hier noch verweilt. Bei mir ist das anders. Mich kennt er nicht, und mich würde er auch nicht mit Euch in Verbindung bringen. Ich schlage vor, allein in die Stadt zurückzukehren, um mich umzuhören. Vielleicht wäre das Badehaus ein geeigneter Ort, um mit der Suche zu beginnen, was meint Ihr?«

»Und wenn Ihr ihn findet«, fragte Johann, »was würdet Ihr ihm denn sagen?«

»Ich würde ihn in ein Gespräch verwickeln, auf ihn eingehen und ihm meine Aufmerksamkeit vortäuschen. Vielleicht würde es ihm schmeicheln, und er wäre bereit, mit mir in die Taverne zu gehen. Nach einigen Bechern Met lässt es sich bekanntlich leichter sprechen.«

»Gar kein schlechter Gedanke«, meinte Phylipp. »Der Graf ist eitel. Das ist seine schwache Stelle. Aber passt auf. Er hat einen scharfen Geist und eine noch schärfere Zunge!«

Jetzt hatte Arbeo keine Ruhe mehr. Alsbald verabschiedete er sich und ritt zurück in die Stadt. Johann war sichtlich betrübt, dass er ihn nicht begleiten durfte, aber Phylipp hatte entschieden, dass dies zu gefährlich sei.

»Auch Ihr seid dem Gesandten bekannt, und unser Vorhaben könnte nur zu schnell misslingen!«

»Wer ist eigentlich dieser Arbeo von Eyll?«, fragte Johann, als der Edelmann sich zu Pferde entfernt hatte.

»Das würde ich auch gern wissen«, antwortete Phylipp nachdenklich. »Habt Ihr bemerkt, mit welcher Aufmerksamkeit er die Geschichte von Kuno verfolgte?«

»Ja, und dann, als der Pater auf die Narbe zu sprechen kam ... Was hat ihn derartig erregt, dass er den Becher umstieß?«

Phylipp runzelte die Stirn.

»Sobald der Pater sich erholt hat, müssen wir ihn hierzu befragen«, sagte er. »Aber jetzt lasst uns erst einmal den Nachmittag nutzen, um die Fleischvorräte wieder aufzufüllen.«

Johann war sofort bereit. »Versuchen wir unser Glück bei den Sauen?«

Phylipp stimmte zu.

Als die Dämmerung einsetzte, war es ihnen tatsächlich gelungen, eine mittlere Sau zu erlegen. Phylipp wies zwei seiner stärksten Männer an, das Tier aus dem Wald ins Lager zu tragen. Johann hingegen beschloss, nach dem Pater zu sehen.

Er betrat das Zelt von Phylipp und fand Pater Pankratius dort kniend in tiefem Gebet.

»Verzeiht mir«, sagte Johann befangen. »Ich wollte Euch nicht stören.«

»Kommt nur herein, Ihr stört keineswegs«.

Ächzend erhob sich der Pater. Sein Gesicht wirkte entspannt, er lächelte sogar. »Ich danke Euch für Eure Gastfreundschaft, doch fürchte ich, meine Erinnerungen haben mich tiefer hinabgerissen, als ich es für möglich gehalten hätte. Es war doch alles so lange her ...«

»Eure Geschichte hat uns gefesselt«, sagte Johann und erzählte, wie auch Phylipp einst die Bekanntschaft von Kuno gemacht hatte. »Deshalb fanden wir es richtig, dass Arbeo sich jetzt allein in der Stadt nach Kuno erkundigt. Nur er ist Kuno und dem Grafen von Elmt unbekannt.«

Pater Pankratius hob fragend seine Augenbrauen, doch bevor er etwas sagen konnte, schlug Phylipp das Zelt auf und trat ein.

»Ich sehe, Ihr habt Euch erholt!«, stellte er erfreut fest. »Ich habe im Nebenzelt eine Tafel aufstellen lassen. Lasst uns dort Platz nehmen und gemeinsam speisen.«

Im viereckigen Nebenzelt breitete ein Kohletopf wohlige Wärme aus. Auf der Tafel standen Krüge mit Wein und Platten mit dampfendem Braten zwischen brennenden Kerzen. Auch krustiges Brot und deftiges Schmalz lockten, und die drei Männer zögerten nicht zuzugreifen.

Schließlich kam Phylipp auf die Frage, die ihn bereits den ganzen Tag beschäftigte.

»Wie seid Ihr zu der Bekanntschaft mit Eurem Begleiter gekommen?«, fragte er den Pater. »Kennt Ihr Arbeo schon lange?«

»Nein, das nicht«, erwiderte Pankratius. »Ich kann aber für ihn bürgen. Neulich besuchte ich meinen alten Freund, den Bischof von Speyer, und traf Arbeo dort, denn die Familien sind verwandt. Später, als Arbeo gegangen war, erzählte mir der Bischof von ihm, er sei ein sehr gebildeter junger Mann von edler Herkunft. Stellt Euch vor, er hat sogar einige Zeit im Süden des Reiches gelebt, in Palermo!«

»Das ist in der Tat ungewöhnlich«, meinte Phylipp, »hält sich doch unser Kaiser dort bevorzugt auf. Vielleicht ist er ihm gar begegnet!«

»Mehr noch als dies«, antwortete Pankratius. »Da Arbeo auch gewandt in der Sprache der Araber ist, hat er am Leben des Hofes teilgenommen.«

»Welch ein Glück für ihn, dass er die blumige Sprache der Orientalen versteht. Ihre Gedichte und höfischen Lieder sind ein wahrer Genuss«, sagte Phylipp anerkennend. »Mir sind sie leider nur als Übersetzungen bekannt.«

»Auch für Arbeo sind sie eine Quelle der Inspiration«, erwiderte der Pater. »Er verfasst eigene Minnelieder, schreibt sie nieder und illuminiert sie auch selber.«

»Ein Poet, ein Zeichner, ein Sprachenkenner, ein königlicher Günstling – welch edle Mischung«, warf Johann mit hochgezogenen Brauen ein. »Das klingt ja fast zu schön, um wahr zu sein!«

Verwundert sah Phylipp zu seinem Schwager. Wieso äußerte er sich so argwöhnisch?

»Ja, er scheint wahrlich sehr begabt zu sein«, entgegnete der Pater ruhig. »Ich kann aber nur die Worte des Bischofs wiedergeben. Ich selbst bin Arbeo erst gestern im Wirtshaus zufällig wieder begegnet. Als Ihr an unseren Tisch kamt, tranken wir gerade zusammen einen Begrüßungsbecher.«

»Für eine flüchtige Bekanntschaft ist er aber sehr bemüht, uns zu helfen«, meinte Phylipp nachdenklich. »Fast sogar über Gebühr …«

»Vielleicht hegt er ja eigene Absichten, die uns verborgen sind«, fügte Johann hinzu. »Ich auf jeden Fall werde ihn gut im Auge behalten.«

Die nächsten Tage vergingen langsam. Pankratius, der sich als ausgezeichneter Schachspieler erwies, freute sich, in Phylipp einen ebenbürtigen Gegner gefunden zu haben, und auch Johann konnte ihn durch sein Geschick überzeugen.

Es gab aber auch Stunden, in denen Phylipp von einer unbestimmten Unruhe getrieben wurde. Ihm war, als sollten diese Tage die letzten seiner unbekümmerten Freiheit sein. Rastlos schwang er sich auf sein Pferd und ritt durch den Wald. Wenn er sich unbeobachtet wusste, holte er Hedewichs Tuch aus seinem Hemd. Der süße Blütenduft haftete immer noch an ihm und vermittelte ihm ihre Nähe.

»Oh Hedewich«, seufzte er voller Sehnsucht, »wie sehr vermisse ich dich!«

Vier Tage zählten sie bereits, und immer noch kein Zeichen von Arbeo. Johann bedrängte Phylipp, ihn selbst in die Stadt reiten zu lassen.

»Was kann mir zustoßen, so sagt schon? Schließlich hat uns der Graf von Elmt selber aufgerufen, diese Reise anzutreten. Sollte er mich tatsächlich sehen, wird er sich also nicht wundern.«

Doch Phylipp ließ sich nicht erweichen. Johann musste im Lager bleiben. Am fünften Tage endlich, beim Einbruch der Abenddämmerung, kam Arbeo zurück.

»Wie ist's Euch ergangen?«, fragte ihn der Pater, und Phylipp fügte sogleich hinzu: »Ihr wirkt angestrengt! Nehmt diesen Platz ein und lasst uns erfahren, was Euch geschah.«

Nur Johann hielt sich zurück. Er konnte Arbeo nach wie vor nicht recht trauen. Doch die Neugier trieb ihn schließlich, sich ebenfalls dazuzusetzen.

»Der Gesandte ist ein übler Bursche, aber er ist auch sehr vorsichtig und hütet seine Zunge und sein Gebaren«, berichtete Arbeo seufzend. »Ich traf ihn tatsächlich in der ›Rose‹, aber es gelang mir anfangs nicht, mit ihm ins Gespräch zu kommen. Er muss mich aber bemerkt und Erkundigungen über mich eingeholt haben. Nach zwei weiteren Tagen nämlich ließ er eine Magd mit einer Nachricht zu mir kommen. Der hohe Herr habe sich über mich erkundigt und lasse fragen, ob ich die Güte hätte, ihm einen Besuch in der Taverne abzustatten.

Anfangs zierte ich mich. Er sollte ja nicht merken, dass ich nur darauf gewartet hatte! Dann aber ließ ich mich zu einem Besuch überreden und folgte der Magd zur Taverne des ›Goldenen Eber‹. Da ging es sehr laut zu. Weiber und Männer saßen zusammen und tranken und scherzten. Ich wurde in einen Nebenraum gebeten. Hier, auf einem prachtvollen Lager, lag der Graf von Elmt. Er war in einen kostbaren Mantel aus Samt gehüllt, gebettet auf seidene Kissen. Zwei Mägde reichten ihm Getränke und Speisen, und eine dritte, vielleicht diese Gudrun, von der Ihr spracht, rieb ihm die Füße mit wohlduftenden Ölen ein. Mit einer Handbewegung bedeutete er mir, Platz zu nehmen. Dann klatschte er in die Hände, und zwei weitere Mägde kamen. Sie schoben mir mein Hemd von den Schultern und begannen mir den Rücken und die Schultern einzureiben und rhythmisch zu kneten.«

Johann spürte bei diesen Worten, wie das Blut mächtig in seinen Adern pulsierte. Mit einem Mal war der Abend bei Mechthild wieder lebendig, und zugleich stand das liebliche Antlitz Gesines vor seinen Augen.

Arbeo war die Unruhe des jungen Ritters nicht entgangen.

»Ich muss gestehen, es war ein recht wohliges Gefühl«, fuhr er mit einem leisen Lächeln zu Johann fort. »Der Gesandte ließ mir zu trinken bringen, dann sagte er: ›Ihr seid Arbeo von Eyll, so ist's mir zugetragen worden. Von edler Herkunft, gebildet und in mehreren Sprachen bewandert. Viele standesgemäße Ehrenmänner trifft man ja nicht in dieser Stadt.‹ Dabei lächelte er, doch es war ein kaltes Lächeln ohne jede Freundlichkeit.

Ich stimmte ihm zu, und es folgte eine recht angeregte Unterhaltung. Der Graf von Elmt ist ein weit gereister Mann, von hohem Stande und geschliffenem Geist. Auch schien er meine Gesellschaft zu schätzen, denn er erzählte von einer Tafelei, die er am nächsten Abend veranstalten wollte, und lud mich dazu ein. Ich sagte natürlich zu, bot sich hier doch vielleicht die Gelegenheit, auf die ich wartete.«

Wie fein und gebildet er sich ausdrückt, dachte Johann insgeheim. Schon vorstellbar, dass er tatsächlich Poet ist und am arabischen Hofe verkehrt hat. Und doch barg dieser blendend aussehende Edelmann irgendein Geheimnis, und es verdross Johann, dass er dem Rätsel nicht näher kam.

»Das Fest am nächsten Abend war äußerst üppig gestaltet«, erzählte Arbeo unterdessen weiter. »Nur edle Frouwen und Herren waren gebeten, alle aufs Kostbarste gewandet. Und es gab Gaukler und Narren, die Kunststücke vorführten. Die Speisen waren ebenso erlesen wie die Weine, und im Verlauf des Abends wurde zum Tanz aufgespielt. Ich benahm mich unauffällig, sprach mal mit diesem, mal mit jenem, tanzte mit den Edelfrouwen und gab mir den Anschein, mich sehr gut zu unterhalten. Insgeheim beobachtete ich den Grafen. Er war ein vollendeter Gastgeber, zuvorkommend den edlen Damen gegenüber, wenngleich in meinen Augen ein wenig *zu* zuvorkommend. Auch den Herren begegnete er höflich, behielt zu ihnen aber stets einen gewissen Abstand.«

»Und Kuno?«, unterbrach Johann ungeduldig. »So sagt uns doch endlich, ob Ihr auch ihn angetroffen habt?«

Arbeo schüttelte den Kopf. »Nach dem Mann mit der Narbe habe ich vergeblich gesucht. Kuno war nicht da und wurde auch von keinem erwähnt.«

Enttäuscht blickte Johann zu Boden. Wenn Phylipp ihm doch nur die Erlaubnis gäbe, sich selbst auf die Suche nach dem Raubritter zu machen!

»Nach viel Geselligkeit und Tanz«, fuhr Arbeo fort, »es muss schon recht spät gewesen sein, bemerkte ich, dass der Graf im Begriff war, den großen Saal zu verlassen. Keiner der Anwesenden schien es zu bemerken. Ich beschloss, ihm nach kurzer Zeit zu folgen.«

Johann zog scharf den Atem ein. »Hat Euch denn keiner dabei gesehen?«

»Ich war sehr vorsichtig«, erwiderte Arbeo ernst, »und hatte Glück. Unbemerkt schlüpfte ich durch dieselbe Tür, durch die auch der Graf verschwunden war, und fand mich auf einem spärlich beleuchteten Gang. Einige weitere Türen gingen rechts und links davon ab. Ich lauschte vor jeder nach seiner Stimme, doch nichts war zu hören. Dann, als ich schon glaubte, der Graf wäre mir entwischt, hörte ich tatsächlich hinter der letzten Tür angeregtes Getuschel. Zuerst wurde leise gesprochen. Dann wurde eine Stimme lauter, und wütende Wortfetzen drangen zu mir heraus.

›Er mag glauben, er sei schlau wie ein Fuchs!‹ Dies war unverkennbar die Stimme des Grafen. ›Listig ist er, doch nicht scharfsinnig wie ich!‹

Gerade rechtzeitig konnte ich mich in einen Erker drängen, da wurde die Tür aufgerissen, und der Graf von Elmt kam eilends heraus, gefolgt von einem großen Mann, den ich bisher noch nicht gesehen hatte.

›Sag deinem Herrn‹, rief der Graf, ›er solle sich vorsehen. So geht niemand mit mir um, auch nicht Kuno von Schaumburg!‹«

Der Pater konnte seine innere Anspannung nicht verbergen. Unaufhörlich ließ er den Rosenkranz durch seine Finger gleiten, während Arbeo weitererzählte:

»›Meine Macht reicht bis zum Kaiser‹, rief der Graf von Elmt. ›Ein Wort von mir, und dein Herr ist vernichtet!‹

Der Mann stammelte und wandte ein: ›Der Herr von Vey befindet sich bereits weit weg, und seine Frouwe ist jung und unerfahren. Es wäre ein Kinderspiel, meinte mein Herr, die Burg und alle angrenzenden Ländereien einzunehmen.‹

›Und dieses Kinderspiel wollte Euer Herr wohl alleine austragen!‹ Wie Peitschenhiebe klangen die höhnischen Worte des Grafen«, schloss Arbeo mit besorgter Miene.

»Was soll das bedeuten?«, rief Phylipp angespannt. Er packte Arbeo an den Schultern und schüttelte ihn. »So sprecht endlich weiter!«

»Der Mann – war ein Bote von Kuno«, erklärte Arbeo, nachdem er sich aus Phylipps Griff befreit hatte. »Er hatte sichtlich große Angst, stammelte Entschuldigungen und winselte um Erbarmen.

›Nicht nur der Herr von Vey befindet sich auf Reisen‹, zischte der Graf von Elmt. ›Auch mich wähnt Euer Herr außer Reichweite. So ist es nur sein Unglück, dass ich von diesem Plan erfahren habe. Abgemacht war, dass ich anführe und er ausführt. So aber muss ich glauben, er wolle mich hintergehen!‹ Der Bote konnte sich vor lauter Zittern kaum noch auf den Beinen halten. ›Mein Herr ist doch viel zu weit weg, um jetzt nach Satzvey zu können‹, hielt er verzweifelt dagegen. ›Ihr wisst doch, dass er sich dem Deutschen Ritterorden angeschlossen hat, um sich in dessen Schatten die Gebiete im Nordosten des Reiches zu sichern.‹ ›So sagt er, gewiss‹, erwiderte der Graf. ›Doch ist Burg Satzvey ihm zu wichtig, um die Gunst der Stunde nicht zu nutzen. Jetzt, da sie unbeschützt ist. Ich kenne Kuno von Schaumburg! Er wird beides versuchen, die Schätze im Norden mit denen im Westen zu vereinen. Sag ihm, er soll seine Überlegungen gut vorbereiten, damit ihn die Gier nach mehr Reichtum nicht am Ende leer ausgehen lässt. Fehler darf er nicht machen. Von Fehlern nämlich habe ich nichts.‹ Dann schickte er ihn weg mit den Worten: ›Und jetzt geh, geh und verschon mich mit deinem Anblick! Was bist du nur für ein elendiger Hund!‹ – Ich muss gestehen«, Arbeo seufzte erneut tief auf, »ich war froh, dass weder der Graf noch der Bote mich bemerkt haben!«

Phylipp rang sichtlich damit, an sich zu halten.

»Und ich gewährte diesem Herrn noch meine herzliche Gastfreundschaft!« Seine Hand, mit der er den Griff seines Schwertes umklammerte, war weiß vor Anspannung. Er blickte erst zum Pater und dann zu Arbeo. »Ihr habt zwar Kuno nicht gefunden, aber das, was Ihr gehört habt, bestätigt meine schlimmsten Befürchtungen!«

»So ist es«, nickte der Pater bekümmert. »Kuno ist äußerst gefährlich und treibt ein abgekartetes Spiel mit dem Grafen.«

Phylipp nickte ihm zu. »Ich danke Euch sehr, dass Ihr Euch so für uns einsetzt!« Dann wandte er sich an seinen Schwager: »Johann, mir scheint, wir müssen unsere Ziele ändern.«

»Wie meint Ihr das?«

»Wir müssen Kuno aufhalten, bevor er noch mehr verwüstet und Eure Schwester, meine geliebte Frouwe, tötet. Die Lage könnte nicht ernster sein.«

»Auch ich sehe das so«, bestätigte Arbeo. »Ich habe mir einige Gedanken gemacht, wie wir vorgehen sollten.«

Schon wieder möchte er uns helfen! Warum nur diese übersteigerte Anteilnahme?, schoss es Phylipp durch den Kopf.

Als ob er seine Gedanken erraten hätte, erwiderte Arbeo: »Das, was ich Euch empfehlen möchte, ist wohl überlegt. Und es hat einen tieferen Grund. Um ihn zu verstehen, müsst Ihr allerdings mehr wissen – über mich und was mir vor acht Monaten in Palermo widerfuhr …«

Die Weissagung der Roten Zara

Phylipp ließ die Abendtafel auftragen, doch keiner der Männer aß mit großem Appetit. Die Stimmung war aufgeladen wie vor einem Sturm. Arbeos Bericht über Kuno und den Grafen von Elmt stand bedrohlich im Raum, und alle warteten mit Spannung auf das, was der junge Adelige ihnen weiter zu erzählen hatte.

»Es würde mich nicht wundern«, nahm Arbeo nach dem Mahl das Wort wieder auf, »wenn Ihr Euch in den letzten Tagen bei Pater Pankratius über mich erkundigt hättet!«

Prüfend schaute er von Phylipp zu dessen jungem Schwager. Johann fühlte sich ertappt und blickte verlegen zu Boden.

»Ah, dachte ich's mir doch!«, nickte Arbeo. »Es ist schließlich Euer gutes Recht zu wissen, wem Ihr Eure Gastfreundschaft anbietet.«

»Ihr habt einen tadellosen Leumund«, wehrte Phylipp ab. »Eure Familie ist ehrenwert, und die Tatsache, dass Ihr bei Eurem Verwandten, dem Bischof, ein hohes Ansehen genießt, ist mir Gewähr genug. Außerdem habe ich eine ganz gute Kenntnis der menschlichen Natur, und Eure, so muss ich sagen, war mir sogleich angenehm.«

»Ihr werdet Euch aber sicher fragen, warum mich Kuno derart kümmert?«, forschte Arbeo nach.

Wieder war es Johann, der seine Meinung gleich kundtat: »Gut taten wir daran, Euch nach ihm suchen zu lassen! Auch wenn uns Eure Ergebnisse verstören. Doch frage ich mich in der Tat, warum Euch Kuno etwas bedeuten soll?« Er beachtete nicht den warnenden Blick, den Phylipp ihm zuwarf. »Und was schließlich kümmern Euch unsere Sorgen?«

»So schweigt doch endlich!«, fuhr Phylipp dazwischen. »Versteht Ihr denn gar nichts? Es geht um Hedewich. Sie ist in Gefahr, und Euer Geplapper kostet uns nur kostbare Zeit.«

Pater Pankratius erkannte, dass das Gespräch eine unheilvolle Wendung zu nehmen drohte. Rasch erhob er sich und machte das Kreuzzeichen über jedem der Männer.

»Gelobt sei Jesus Christus!«

Mit einem gütigen Lächeln wandte er sich an Phylipp: »Entsinnt Ihr Euch nicht? Auch in der Nähe unseres Herrn weilte ein ungeduldiger Jünger mit Namen Thomas. So manches Mal sprach er hastig und nach seinem Herzen, ähnlich wie ich es auch jetzt bei Eurem jungen Verwandten fühle. Mir scheint durchaus, dass es ihn bekümmert, seine Schwester in Gefahr zu sehen. So sehr, dass er es sogar auf sich nimmt, Euch zu erzürnen. Eine solch wichtige Angelegenheit aber wie der Schutz Eurer Frouwe muss gut durchdacht sein. Lasst uns deshalb jetzt hören, was Arbeo zu sagen hat.«

Johann, der bei dem Tadel seines Schwagers hochrot angelaufen war und schon aus dem Zelt stürzen wollte, ließ sich von dem guten Pater beruhigen und setzte sich wieder auf seinen Schemel. Arbeo und der Pater taten es ihm gleich und rückten in seine Nähe. Phylipp legte noch einige Kohlen auf die Glut, dann gesellte er sich zu den drei Männern.

»Ich verstehe Euch ja, Johann«, sagte er versöhnlich und reichte ihm die Hand. »So lasst uns die heftigen Worte vergessen, die doch nur unserer Besorgnis entsprangen!«

Dankbar nahm Johann die Friedensgeste an.

Phylipp ließ sich neben Pater Pankratius nieder. Zu Arbeo gewandt, fügte er hinzu: »Aber ich muss gestehen, dass auch ich mich frage, welche Bedeutung Kuno von Schaumburg für Euch hat.«

Arbeo nickte. »Ihr sollt es sogleich erfahren«, sagte er. »Doch muss ich dazu ein wenig ausholen. Wie Ihr wisst, habe ich als Kind am Hofe unseres Kaisers gelebt. Mein Vater war ein edler Herr, gebildet und weit gereist. Er war der arabischen Sprache kundig, und zwischen ihm und unserem Kaiser entwickelte sich eine tiefe Freundschaft. Beide verband die Liebe zur Kultur des Morgenlandes, und oft tauschten sie sich aus bis tief in die Nacht.«

Phylipp nickte ihm aufmerksam zu. Auch Johann lauschte mit Spannung und fühlte sein Misstrauen gegenüber dem fremden Adeligen schwinden.

»Anno 1212, ich zählte gerade sieben Jahre, rief mein Vater mich eines Tages zu sich«, fuhr Arbeo fort. »Er erzählte mir, dass ein neuer König mit Namen Friedrich in Mainz gekrönt werden solle. Mein Vater wollte mich zur Krönung mitnehmen, er meinte, ich hätte lange genug bei den Zofen gelebt.«

»Bei den Zofen?«, wiederholte Johann verwundert.

»Ja. Meine gute Mutter war schon früh an einem tückischen Fieber verstorben«, erklärte Arbeo geduldig, »und mein Vater befand sich des Öfteren auf Reisen, wie ich schon sagte. So wurde ich von Zofen aufgezogen.«

Eine Pause entstand. Johann dachte daran, wie er selbst viel zu früh die geliebte Mutter verloren hatte, und fühlte plötzlich Verbundenheit zu Arbeo.

»Die Krönung war ein unvergessliches Erlebnis«, nahm Arbeo den Faden wieder auf, und seine eisblauen Augen glänzten. »Was für ein Aufgebot an Pracht! So viele Fürsten und Bischöfe waren da, so viele edle Herren und kostbar geschmückte Frouwen! Und inmitten all dieser verdienten Leute stand ein König, der gerade einmal achtzehn Lenze zählte!«

»In der Tat«, murmelte Phylipp, »Friedrich war bei seiner Krönung sogar noch jünger als Johann heute!« Lächelnd schaute er zu seinem Schwager hinüber. »Auch ich wohnte damals der Krönung bei. Und ich weiß noch gut, wie der jugendliche König durch seine offene Art sofort die Herzen der Menschen für sich erobert hat!«

»Ich war damals noch zu jung, um mich an alles zu erinnern«, gestand Arbeo. »Aber auch ich war zutiefst beeindruckt vom König und seinem Hofe, und ich schwor mir, später auch einmal wie mein Vater die Welt zu bereisen, fremde Sprachen zu lernen, ferne Länder zu sehen und in der Nähe solch außergewöhnlicher Könige zu leben. Mein Vater erkannte meinen Wissensdrang und nahm mich in den nächsten Jahren oft mit auf seine Reisen. Nur wenn er Friedrich selber begleitete, blieb ich daheim. Dies sollte sich jedoch ändern. Wir schrieben das Jahr 1220 …«

»Dieses Jahr war auch für mich von großer Bedeutung«, mischte sich der Pater ein, der bis dahin schweigend Arbeos Erzählung gelauscht hatte. »Erlaubt mir, einige Worte dazu zu sagen.«

Arbeo nickte höflich.

»Anno 1220 hatte ich Kuno bereits verlassen und war wieder in mein Kloster zurückgekehrt«, erinnerte sich der Pater. »Der Abt empfing mich mit offenen Armen, doch fühlte ich mich bedrückt und konnte mich nicht mehr recht in das besinnliche Klosterleben einfinden. So kam es mir nur gelegen, dass der Abt mir vorschlug, ihn nach Rom zu begleiten. Damals war Honorius III. Papst in Rom, und er krönte Friedrich feierlich zum Kaiser, zum Imperator des Sacri Imperii Romani, des Heiligen Römischen Reichs.«

»Und danach?«, fragte Arbeo. »Seid Ihr wieder zurück ins Kloster gegangen?«

»Nein.« Ein Schatten verdüsterte das freundliche Gesicht des Paters. »Nein, meine innere Unruhe trieb mich umher. Ich fühlte mich schuldig, mein Gelöbnis gegenüber den Eltern von Kuno nicht eingehalten zu haben. So begab ich mich auf Pilgerfahrten, um Sühne zu erlangen.«

Stille trat ein. Die Männer blickten gedankenverloren in die Kohleglut.

»Es ist merkwürdig, wie sich manchmal unser Schicksal entwickelt«, seufzte der Pater. »Wäre ich nicht 1220 nach Rom gegangen, wer weiß, wo ich mich heute befände.«

»1220 war auch das Jahr, in dem meine kleine Schwester ins Kloster kam«, erinnerte sich Johann.

»Wo sich ihr ganzes Leben änderte …«, fügte Phylipp schmunzelnd hinzu.

»Auch für mich sollte dieses Jahr die Wende bringen«, nahm Arbeo wieder seine Erzählung auf. »Der Kaiser, dem mein Vater stets treu gedient hatte, begab sich an seinen Hof nach Sizilien und bat meinen Vater nachzukommen. So kam es, dass ich meine Heimat verließ und nach Palermo gelangte.«

»Welch wunderbare Fügung«, staunte Johann. »Stimmt es wirklich, dass der Kaiser verschleierte Hofdamen um sich hält, eine schöner als die andere? Und werden diese Damen tatsächlich von schwarzen Riesen bewacht, denen die Manneskraft genommen wurde?«

»Dies und noch vieles mehr ist wahr«, antwortete Arbeo. »Oft habe ich die schwarzen Eunuchen gesehen. Sie begleiten die Schönheiten, wenn sie in ihren verhangenen Sänften auf den Rücken der Kamele durch die Stadt getragen werden.«

»Die ganze Pracht des Hofes«, warf Phylipp ein, »entfaltet sich aber erst, wenn unser Kaiser auf Reisen geht. Dann führen leichtfüßige arabische Rösser seinen Tross an, Sarazenen halten Leoparden und Panther an schweren Ketten, es folgen Elefanten und langhalsige Giraffen, Affen und Bären. Und immer dabei ist ein buntes Volk in seidenen Gewändern.«

»Am prächtigsten jedoch ist der Kaiser selbst!« Arbeos blaue Augen blitzten auf. »Wenn er auf seinen stolzen Rappen aufsteigt …«

»Es ist das feurigste unter allen Rössern und trägt zu Recht den Namen *Drache*. Fürwahr ein prächtiges Tier«, bestätigte Phylipp.

Johann warf ihm einen bewundernden Blick zu und nahm sich vor, seinen Schwager bei nächster Gelegenheit zu fragen, woher er so viel über den Kaiser und sein fremdartiges Leben wusste.

»Dies war für mich wahrlich eine aufregende Zeit!«, erzählte Arbeo weiter. »Jeder Tag brachte neue Erfahrungen, und ich lernte eifrig, so viel ich nur konnte. Doch Anno 1225 änderte sich mein Schicksal jäh.«

»Ihr spielt sicher auf die neue Verbindung zwischen unserem Kaiser und Isabelle de Brienne an«, sagte Phylipp. Zu Johann gewandt erklärte er: »Ihr müsst wissen, Friedrichs geliebte Frouwe Konstanze war drei Jahre vorher verstorben. Nun musste eine neue Verbindung geschaffen werden, um die Geschicke im Kaiserreich günstig zu beeinflussen.«

»Ob Friedrich Konstanze wirklich liebte, sei dahingestellt«, mischte sich Pater Pankratius ein. »Schließlich war er bei der Eheschließung erst fünfzehnjährig und ein ungestümer Jüngling, der sich mehr um Rösser und Jagd als um die höfischen Sitten kümmerte. Die um zehn Jahre ältere und tiefgläubige Konstanze war zuerst abgestoßen von ihrem rauen Gatten. Im Laufe der Zeit änderte sich aber sein Benehmen, und seine Gewohnheiten verfeinerten sich. Es entwickelte sich wohl eine tiefe Zuneigung zwischen den beiden, aufgebaut auf dem Fundament gegenseitiger Wertschätzung. Ein Sohn entsprang dieser Ehe.«

»Und wer ist Isabelle de Brienne?«, fragte Johann.

»Die zweite Gattin des Kaisers. Als sie Friedrich in Brindisi ehelichte, war sie noch jünger als Hedewich bei unserer Hochzeit«, lächelte Phylipp. »Aber die Ehe hielt nicht lang. Im letzten Jahr, kaum mehr als zwei Jahre nach ihrer Hochzeit, starb Isabelle nach der Geburt ihres Sohnes Konrad. Als Erbin des Königreichs Jerusalem war sie jedoch von hohem Wert für Friedrich.«

»Ich verstehe nicht ganz …«, sagte Johann.

»Passt auf«, sagte Phylipp, »ich werde es Euch erklären: Als Friedrich die junge Isabelle ehelichte, waren über zehn Jahre seit seiner Krönung zum deutschen König in Mainz vergangen, und seine kaiserliche Krönung durch den Papst in Rom lag auch schon fünf Jahre zurück. Nun wartete der Papst auf die Einlösung des versprochenen Kreuzzugs. Aber Friedrich wollte das Heilige Land friedlich gewinnen. Das Erbe seiner Gattin kam ihm dabei gelegen. Doch bitte, Arbeo, sprecht weiter«, wandte er sich wieder zu Arbeo. »Wir sind gespannt auf Eure Ausführungen!«

»Es ist wichtig, dass die damalige Entwicklung verstanden wird.« Arbeo lächelte. »Dies habt Ihr vorzüglich erklärt.«

Johann griff nach dem Krug mit Rotwein, füllte die Becher und verteilte sie unter den Männern. Arbeo nahm den Wein dankend entgegen.

»Wieder wurde ein prachtvolles Fest ausgerichtet, wie Ihr gesagt habt, in Brindisi«, fuhr er fort. »Mein Vater kränkelte zu dieser Zeit bereits sehr, ließ sich aber nicht davon abbringen, die Reise anzutreten. Dieses Fest wollte sich keiner entgehen lassen!«

Lächelnd hob er seinen Becher, und sie tranken miteinander.

»Von überall kamen sie her, die Kalifen und Sultane, die christlichen Kirchenfürsten und die hohen Herren und Frouwen!«, erzählte Arbeo dann weiter. »Auf den Märkten trafen kostbare Gewürze ein, deren Namen Ihr sicher noch nie vernommen habt. Golden bestickte Seide und Brokate wurden angeboten, und auf den offenen Plätzen wetteiferten Astrologen um die günstigste Zukunftsdeutung.«

»Unsinn«, fuhr Pater Pankratius auf. »Heidnischer Unsinn! Ich werde nie verstehen, wie ein so gelehrter Herr wie unser Kaiser Wert auf die Deutung der Sterne legen kann!«

»Die Weisung des Schicksals, von der auch ich einiges halte, ist ein seltenes Talent. Ihr werdet noch sehen, was ich damit meine«, erwiderte Arbeo nachdenklich.

Dann nahm er den Faden seiner Erzählung wieder auf.

»Am Abend vor der Vermählung schlenderte ich durch die Gassen von Brindisi. Die Sterne standen wie zum Greifen nahe am tiefschwarzen Himmel. Überall waren Menschen, die sich in verschiedenen Sprachen unterhielten, aus den Tavernen hörte man Trinksprüche auf das Wohl des kaiserlichen Paares, und an den Straßenecken saßen Gruppen von Männern und spielten orientalische Würfelspiele.«

»Kanntet Ihr Euch denn aus in dieser Stadt?«, fragte Phylipp.

Arbeo schüttelte den Kopf. »Brindisi war mir neu, und ich ließ mich ziellos treiben. Eine Gasse schlängelte sich in die nächste, und auch aus den offenen Fenstern drangen Worte verschiedenster Sprachen. Irgendwann verspürte ich Hunger und entschloss mich, dem einladenden Duft, der mir aus einem Tor entgegenkam, zu folgen. Ich gelangte in einen Innenhof, der von rot blühenden Pflanzen eingerahmt war. An manchen Zweigen hingen goldene Früchte, zum Teil schon aufgeplatzt, und ihr Inneres quoll purpurn hervor.«

Mehr zu sich selbst murmelte Phylipp: »Wie die Äpfel am Bäumchen von Benigna.«

Keiner beachtete seine Worte, denn schon sprach Arbeo weiter: »Der Boden des Innenhofs war mit farbigen Steinen ausgelegt, in Grün, Weiß und Blau, in der Mitte plätscherte ein Brunnen. An niedrigen Tischen saßen Menschen auf Kissen. Ein Diener, der einen großen, safranfarbenen Turban trug, führte mich zu einem eigenen Tisch und brachte mir einen Becher mit dem süßen Tee der Minze. Dann verbeugte er sich und ging grüßend rückwärts von dannen. Lange wurde ich nicht alleine gelassen, denn schon näherte sich ein zweiter Diener mit einem Tablett voller dampfender Schüsseln. Ich aß und trank und war recht vergnügt, freute ich mich doch auf den morgigen Tag der Hochgezit.«

Er lächelte und nahm erneut einen Schluck aus seinem Becher.

»Ich muss schon eine gute Stunde dort gewesen sein, als eine Trommel und eine Flöte die Ankunft von Musikanten ankündigte. Dann kamen sie herein, drei oder vier an der Zahl. Ihre Musik war betörend, und als der Krumme Zink seine klagenden Laute von sich gab, erschien durch das Tor eine verschleierte Frau. Sinnlich wie eine Schlange bewegte sie sich zu der Musik. Bald nahm sie den Schleier von ihrem Haupt, und ihre langen schwarzen Locken legten sich um ihre schweren Brüste, die kaum durch das knappe Oberteil gehalten wurden. Dazu schwangen ihre Hüften langsam im Takt der Musik.«

Johann warf einen verstohlenen Blick zu Pater Pankratius hinüber. Dass es Frauen gab, die sich so unkeusch verhielten! Doch weder der Pater noch Phylipp ließen sich etwas anmerken. Sie hörten Arbeo zu, der völlig in seine Erzählung versunken schien.

»Die Tänzerin hatte mich so gefesselt, dass ich nichts anderes mehr um mich wahrnahm. Auf leichten Füßen schwebte sie von Tisch zu Tisch. Als sie mich erreichte, zögerte sie kurz, beugte sich an mein Ohr und flüsterte: ›Gebt Acht, die Rote Zara kommt. Ihr seid auserkoren, ihre Botschaft zu erfahren.‹ Einmal noch schwang sie ihre Hüften. Dann klatschte sie in die Hände und war mit ihren Musikanten schnell verschwunden.«

»Arbeo, ich mag es nicht glauben!« Jetzt konnte der Pater nicht länger an sich halten. »Ihr werdet doch nicht die Worte einer gottlosen Gassentänzerin beachtet haben?«

»Das waren genau meine Empfindungen, werter Pater«, antwortete Arbeo ruhig. »Doch wartet ab, was dann geschah.«

Ein kalter Luftzug wehte in das Zelt, als ein junger Knecht mit einem Sack voll Kohle hereintrat.

»Edle Herrschaften«, sagte er, »erlaubt mir, Euer Kohlebecken nachzufüllen, damit Euch die Kälte nicht belästige.«

Phylipp nahm die Unterbrechung zum Anlass, noch einmal alle Becher mit dunklem Rotwein aufzufüllen. Als der Knecht seine Arbeit verrichtet hatte, begleitete Arbeo den jungen Mann zum Zelteingang und wartete, bis er außer Hörweite war. Erst dann kam er zu seinem Platz am warmen Kohlebehältnis zurück und wandte sich erneut an seine Gefährten, die ihn aufmerksam anschauten.

»Ich wusste nicht, was die Tänzerin meinte, und ich wollte auch nicht darüber nachdenken. Es war so ein wunderbarer, warmer Abend, ich saß einfach da und hing meinen Träumen nach. Mit einem Mal wurde ich durch ein sanftes Streichen zurück in die Gegenwart geholt. Ich blickte auf und sah in die schwarzen Augen einer jungen Frau. Ein schimmernder Schleier verdeckte nur wenig ihre langen schwarzen Haare. Hinter ihrem Ohr steckte eine Blume von einem der Büsche. Sie hatte die gleiche rote Farbe wie ihr bodenlanger Rock. Allerlei glänzende Ornamente und winzige Spiegel waren auf diesen Rock gestickt, sodass er bei jeder Bewegung funkelte wie die Sterne am Himmel. Die Frau hatte meine Hand genommen und strich vorsichtig mit ihren Fingern an der Innenseite entlang. Als ich sie erschrocken zurückziehen wollte, hielt sie sie fest.

›Edler Herr‹, flüsterte sie, ›schenkt mir bitte Euer Gehör!‹«

Der Pater räusperte sich missbilligend und setzte eine strenge Miene auf.

»Sie sagte, sie hätte lange nach mir gesucht, um mir ihre Botschaft zu bringen«, fuhr Arbeo unbeirrt fort. »Doch dies wäre dafür nicht der rechte Ort.«

»Arbeo, Ihr überrascht mich wirklich! Wie könnt Ihr glauben, dass diese heidnische Frau geheimnisvolle Botschaften für Euch hätte? Wahrscheinlich war sie nur auf die Großzügigkeit Eures Geldsäckchens aus!« Listig zwinkerte der Pater Phylipp zu.

»So war es nicht!«, entgegnete Arbeo unwillig. »Wenn Ihr die Güte hättet, mich nicht zu unterbrechen, könnte ich Euch weiter berichten.«

Pater Pankratius' Miene wurde augenblicklich ernst, und er schwieg betroffen.

»Wie ein gejagtes Tier schaute die Frau um sich. Dann rief ein Gast von einem der anderen Tische: ›Die Rote Zara ist's!‹ Und ein anderer: ›Schert Euch zum Teufel, mit dem Ihr im Bunde seid!‹

Die Rote Zara? Wer mag das wohl sein?, fragte ich mich verwirrt. Ich hatte noch nie etwas von ihr gehört und verstand nicht, warum alle so aufgebracht waren. Da drückte sie mir etwas in die Hand.

›Damit Ihr mich wiedererkennt‹, hauchte sie. ›Dies ist mein Merkmal.‹ Damit sprang sie auf und lief aus dem Tor. Ich öffnete meine

Hand. Darin lag eine rote Blume, die gleiche, wie sie die Rote Zara im Haar hatte! Ratlos fragte ich einen der Gäste, ob er mir erklären könne, wer diese Frau sei und warum alle so aufgebracht gegen sie waren. Er blickte mich erstaunt an. Niemand wisse zwar, wo die Rote Zara herstamme, meinte er. Ich solle mich aber vor ihr hüten, denn sie habe das dritte Auge, und Unheil sei ihr Gevatter. – Mit einem Mal war der Zauber des Abends verflogen. Es war bereits spät, und ich beschloss, mein Lager aufzusuchen.«

Der Pater war aufgestanden und ging kopfschüttelnd auf und ab.

»Astrologen, Tänzerinnen und geheimnisvolle Worte. Das kann ich nicht gutheißen!«

»Seid so gut und setzt Euch wieder«, sagte Arbeo gelassen. »Die Geschichte ist noch nicht zu Ende. Ich hoffe doch, Euch nicht zu langweilen?«

Johann konnte seine Anspannung nicht länger verbergen.

»Ich verstehe immer noch nicht«, platzte es aus ihm heraus, »was Eure Geschichte mit Kuno zu tun hat und mit der Gefahr, in der sich meine Schwester befindet!«

»So leiht mir weiter Eure Aufmerksamkeit, und Ihr werdet es erfahren«, sagte Arbeo.

Phylipp machte eine beschwichtigende Geste zu Johann und dem Pater, dann nickte er Arbeo aufmunternd zu:

»Fahrt fort, Arbeo, Eure Geschichte langweilt durchaus nicht. Im Gegenteil, wir sind gespannt, welche weiteren Erfahrungen Ihr in Brindisi gemacht habt!«

»An jenem Abend geschah nicht mehr viel. Ich legte eine silberne Münze auf meinen Tisch und machte mich auf den Heimweg. Am nächsten Morgen erwähnte ich meinem Vater gegenüber nichts …«

»Das war wohl auch besser so«, brummte Pater Pankratius und setzte sich schwerfällig wieder auf seinen Schemel.

»… denn ich wollte ihn nicht beunruhigen.« Arbeo ließ sich nicht beirren. »Früh schon waren wir auf den Beinen, um uns für die festliche Trauung vorzubereiten. Die Hochgezit selber war außerordentlich prunkvoll und voller Würde zugleich. Anschließend wurde ein Bankett gehalten, desgleichen ich nie zuvor und nie wieder erlebt habe! Speise um Speise wurde gereicht, Musikanten spielten auf, und Gaukler und Narren unterhielten uns mit ihren Scherzen. Als die Tafel aufgehoben wurde und die Gäste zu tanzen begannen, trat ich kurz hinaus, um ein wenig die frische Abendluft zu genießen. Der nächtliche Garten war menschenleer. Nur der Mond beleuchtete die Wege und ließ vereinzelte weiße Blumen wie Silber glänzen.«

Gedankenverloren legte Arbeo seine linke Hand auf die kleine Ledertasche, die er stets an seinem Gürtel befestigt mit sich trug. Wie von selbst spielten seine Finger mit der Schnalle, öffneten sie und schlossen sie wieder.

»Ich folgte einem der Gartenwege und dachte über die Ereignisse der letzten Nacht nach. Dann wollte ich mir die Blume noch einmal ansehen, die ich am Vorabend achtlos in meinen Lederbeutel getan hatte. Ich holte sie hervor. Sonderbar, sie wirkte gar nicht verwelkt, und noch immer haftete ein süßer, schwerer Duft an ihr. Plötzlich bewegte sich etwas hinter einem steinernen Löwen zu meiner Rechten, und die Rote Zara trat mir entgegen! Ich muss einen erschreckten Laut von mir gegeben haben, denn sie legte einen Finger auf ihre Lippen und zischte mir zu, ich möge still sein. Offensichtlich hatte sie Angst, jemand könne sie bemerken. Dann fing sie an zu sprechen.

Traurig sagte sie, die Menschen täten ihr Unrecht. Sie hätten Angst vor ihren Weissagungen und wollten sie aus der Stadt jagen. Dabei sage sie nur die Wahrheit. Die aber könne wohl kaum einer vertragen. Ein bitterer Unterton klang aus ihren Worten, und sie tat mir Leid, wie sie da so zart und zerbrechlich im Mondenschein vor mir stand. Ich versprach ihr, sie nicht zu verraten.«

Der Pater ließ den Rosenkranz sinken, den er durch seine Finger hatte gleiten lassen, und bekreuzte sich rasch.

»Wie ist es ihr gelungen, unbemerkt in den Park des Kaisers einzudringen?«, fragte Johann aufgebracht.

»Das hatte auch mich verwundert«, gab Arbeo zu. »Schon deshalb konnte ich nicht umhin, ihr meine Aufmerksamkeit zu schenken. Sie sprach von ihrer Gabe, Dinge voraussehen zu können. Dies sei gleichzeitig ihr Fluch, meinte sie, denn nicht immer sähe sie Gutes im Schicksal der Menschen. Deshalb werde sie gefürchtet und verfolgt.«

Wie aus der Tiefe eines verlorenen Traums sprach Arbeo mit rauer Stimme.

»Sie nahm meine Hand und öffnete sie flach. Vorsichtig fuhr sie mit ihrem Finger entlang den Linien. Sie beugte ihren Kopf, und ich spürte den süßen Duft der roten Blüte, die sie hinter ihrem Ohr trug. In einem Traum, den sie hatte, habe sie mich in Gefahr gesehen, sagte sie, und als sie mich dann letzte Nacht in der Taverne getroffen hatte, da habe sie gespürt, dass sie mich warnen müsse.«

»Mein Gott, Arbeo!«, entfuhr es Johann. »Was um Himmels willen sollte Euch denn bevorstehen?«

»Als Erstes sagte sie mir den Tod eines mir nahen Mannes voraus. Mir ging ein kalter Schauer über den Rücken, musste ich doch an meinen Vater denken. Ich würde einige Jahre rastlos umherziehen, sagte sie weiter. Fremde Länder würde ich bereisen. Viele Frauen würden mich betören, ohne je mit mir zarte Bande zu knüpfen. Jetzt folgte sie mit ihrem Finger dem Netz meiner Handlinien. Dann stockte sie und sagte noch leiser als bisher, dass ein mächtiger Mann meinem Leben die entscheidende Wendung geben würde. Er sei in allen Landen gefürchtet, denn er stünde im Bunde mit dem Bösen. Sie brach ab, und ich fürchtete schon, sie wolle nicht weitersprechen. Doch dann sagte sie – ich erinnere mich an jedes einzelne Wort –, das Äußere dieses Unbekannten sei ansprechend, und nicht jeder erkenne ihn als das, was er sei. Indes seine linke Schläfe ziere eine kleine Narbe in der Form eines aufgehenden Mondes!«

»Die Narbe!«, rief Johann verblüfft aus.

Auch der Pater und Phylipp schauten sich überrascht an.

»Damit beendete die Rote Zara ihre Weissagung. ›Allah sei mit Euch‹, sagte sie noch und schlüpfte lautlos davon. Ich war zutiefst erschüttert. Rasch begab ich mich wieder zu den Feierlichkeiten und versuchte, das Geschehene zu vergessen.«

Arbeo wirkte sichtlich mitgenommen. Mit leiser Stimme fuhr er fort:

»Die nächsten Monate brachten in der Tat eine gesundheitliche Verschlechterung bei meinem Vater. Ich holte einen Medicus nach dem anderen, doch keinem gelang es, ihn zu heilen. Bald darauf verstarb er, so wie es vorausgesagt worden war.«

»Aber Ihr spracht doch vorhin selbst bereits von seiner Schwäche«, wandte der Pater ein. »So hat sich nur ereignet, was gemäß Gottes Willen kommen musste.«

»Das mag sein«, erwiderte Arbeo. »Doch wie wusste die Rote Zara überhaupt von meinem Vater und wie von seinem Tode?«

»Und wie erst vom Mann mit der Narbe?«, setzte Johann erregt nach. »Die Beschreibung dieses halbmondförmigen Mals passt doch genau auf Kuno. Jetzt verstehe ich auch, wieso der Bericht des Paters vor Tagen Euch derart in Aufregung versetzt hat!«

»Ihr wollt doch nicht etwa diesen Worten Glauben schenken?«, empörte sich der Pater.

»Es sind noch zu viele Fragen offen«, mischte sich Phylipp besonnen ein. »Schließlich kann es sich auch um zufällige Übereinstimmungen handeln.«

Mit mühsam unterdrückter Erregung öffnete Arbeo jetzt seine Ledertasche und zog etwas daraus hervor.

»Und dies?«, brach es ungeduldig aus ihm heraus. »Soll das etwa auch ein bloßer Zufall sein?«

Arbeo ging zuerst auf den Pater, dann auf Phylipp und schließlich auch auf Johann zu und hielt ihnen ein zartes Etwas entgegen, das im fahlen Licht rötlich schimmerte.

»Das ist die Blüte der Roten Zara! So frisch ist sie, als wäre alles erst gestern geschehen. Dabei liegen diese Ereignisse doch bereits vier Jahre zurück!«

Ein süßer Duft breitete sich im Zelt aus, der Phylipp an die geheimnisvolle Nonne Benigna erinnerte. Und merkwürdig, auch in Hedewichs Brautstrauß war neben einer weißen Lilie eine rote Blüte eingebunden gewesen, welche dieser fremdländischen Blume in Arbeos Hand vollkommen glich. Die weiße Lilie im Brautstrauß war längst verwelkt, doch die rote Blüte hatte seit der Hochzeit nicht aufgehört zu blühen, weshalb Hedewich ihren Brautstrauß auch über all die Jahre hinweg aufbewahrt und wie einen Schatz gehütet hatte. Ach, Hedewich! Der Gedanke an sie tat unendlich gut und schmerzte zugleich so tief. Er vermisste sie so!

Laut sagte er: »Ich muss gestehen, die Ereignisse, von denen Ihr uns erzählt, scheinen sich nahtlos zusammenzufügen. Bei aller Hochachtung«, er deutete eine Verbeugung zum Pater an, »bin doch auch ich fest davon überzeugt, dass es Dinge auf Erden gibt, die wir nicht nachvollziehen können. Die Worte der Roten Zara sind ein deutliches Zeichen. Wir sollten sie nicht leichtfertig abtun!«

»Ihr sprecht mir aus dem Herzen«, rief Arbeo erleichtert. »Nun werdet Ihr verstehen, warum ich Kuno aufsuchen muss!« Er sprang auf und stellte sich vor den Pater. »Seitdem Ihr die Geschichte von Kuno und seinen schrecklichen Erlebnissen erzählt habt, wurde mir klar, dass dieser Mann derjenige ist, den ich finden muss. Die Rote Zara sagte, ein mächtiger Mann würde mein Leben verändern. Ein Mann, der im Bündnis mit dem Bösen steht. Ein Mann mit einer Narbe, wie Ihr sie beschrieben habt. Ein Mann, der auch für unsere Freunde hier eine große Gefahr birgt.«

»Nun beruhigt Euch wieder, guter Freund«, riet der Pater eindringlich. »Was habt Ihr vor?«

»Der Drang in mir ist unbändig, den Narbigen endlich zu treffen«, erwiderte Arbeo. Entschlossen wandte er sich an Phylipp und Johann. »Auch Euch könnte mit meinem Vorhaben gedient sein. Mit Eurer Erlaubnis reite ich morgen gleich los, um Kuno zu suchen.«

»Unsere Erlaubnis braucht Ihr nicht«, erwiderte Phylipp. »Jedoch scheint mir Euer Vorhaben nicht ausreichend durchdacht. Auch wird mir nun einiges deutlicher über den Grafen von Elmt und seine Absichten. Er ist zwar kaiserlicher Gesandter, doch auch ein Verbündeter von Kuno.«

»Er erfüllt des Kaisers Instructio und ruft uns alle zum Kreuzzug«, rief Johann empört. »Dabei ist aber seine eigene Habgier die treibende Kraft, denn er weiß nur zu gut, welche Ländereien sich einnehmen lassen, wenn die Herrschaft verreist ist.«

»Kuno führt aus, was der Graf anführt«, bestätigte Phylipp grimmig. »Und dem Vernehmen nach bereitet ihm die gewissenhafte Ausführung sogar große Freude! Mir graut bei dem Gedanken, was Hedewich geschehen könnte, sollte sie ihm in die Hände fallen!«

»Deshalb muss Kuno aufgehalten werden, seht Ihr!«, rief Arbeo.

»So denkt nach und seht selbst«, gab Phylipp ruhig zurück. »Kuno hat eine große Gefolgschaft und einen gefährlichen Anführer. Ihr aber seid allein. Ich habe einen besseren Vorschlag, hört mein Vorhaben …«

In den nächsten Stunden besprachen sie sich eifrig. Schließlich musste Arbeo zugeben, dass Phylipps Vorhaben mehr Sinn machte.

»Morgen schon wollen wir das Lager abbrechen«, fasste Phylipp zusammen. »Johann und ich werden zusammen mit meinen Mannen die Suche nach Kuno aufnehmen. Der Graf von Elmt ist uns keine große Gefahr. Er befindet sich doch selbst noch auf Reisen, um sich um den Kreuzzug zu kümmern. Mit Gottes Hilfe werden wir Kuno finden und zum ritterlichen Kampfe herausfordern. Inzwischen reitet Ihr, Arbeo, zusammen mit dem Pater nach Satzvey, um Hedewich zur Seite zu stehen, sollten wir gegen Kuno unterliegen.«

Die Stunde war bereits fortgeschritten, als sie sich endlich zur Nachtruhe begaben. Kein Laut störte die Stille im dunklen Wald um das Lager. Dennoch schliefen die vier Männer kaum. Gleich als der Morgen dämmerte, ordnete Phylipp den Abbau des Lagers an. Nach einem hastigen Frühstück sattelten die Männer auf und machten sich auf den Weg. Die erste Strecke ritten sie gemeinsam durch den winterlichen Wald. Johann, der vor Tatendurst brannte, führte die Gruppe an, dicht gefolgt von Arbeo. Phylipp ritt gleichauf mit dem Pater.

»Welche Richtung werdet Ihr einschlagen?«, wollte der Pater wissen. »Wo die Suche nach Kuno beginnen?«

»Wenn Graf Waldemar seine Schachzüge nach einem Muster vollzieht«, überlegte Phylipp, »dann müsste er Kuno immer dorthin schicken, wo ein Ritter sein Gut schon vor langer Zeit verlassen hat. Ich weiß, wo der Gesandte herkam, bevor er uns in Satzvey besuchte, also werde ich seine Spuren dort verfolgen.«

Sie waren an einer Kreuzung angekommen, an der sich ihre Wege trennten. Arbeo und der Pater ritten nach Westen in die Richtung von Satzvey, während Phylipp mit Johann und den anderen Männern den Weg nach Norden einschlug.

Lange noch schaute Phylipp den beiden Reitern nach, die auf seine Heimat zusteuerten. Er hatte seinen pelzverbrämten Umhang fest um sich geschlungen, und doch konnte er nicht verhindern, dass eine beklemmende Kälte von ihm Besitz ergriff.

Im Spiegel der Wahrheit

Schweigend ritt Arbeo neben dem Pater über das hart gefrorene Gelände. Er hatte sich nur widerstrebend von Phylipp und dessen Gefolgschaft getrennt. Einerseits war er natürlich gerne bereit, seinen neuen Freunden zu helfen, andererseits jedoch fühlte er sich zutiefst enttäuscht, dass Johann an seiner Stelle Phylipp begleiten sollte. Gleichwohl verstand er Phylipps Sorge um Hedewich.

»Seht nur«, hatte Phylipp noch am gestrigen Morgen im Lager gesagt und den Gästen voller Stolz seinen Falken vorgeführt. »Die goldenen Bänder, die der Vogel an seinen Fesseln trägt, hat meine kleine Hedewich in langen Stunden für mich bestickt.« Bei diesen Worten war ein warmer Glanz in seine Augen getreten. »Sie stehen für das Band der Liebe, das uns beide verbindet.«

Er liebt seine Frouwe mehr als alles in seinem Leben, dachte Arbeo. Es muss mir eine Ehre sein, ihm zur Seite zu stehen. Und trotzdem.

»Ihr brütet gar finster«, sprach ihn plötzlich Pater Pankratius von der Seite an. »Ich weiß, dass Euch unser Vorhaben nicht zusagt. Aber was hätten wir beide gegen Kuno und seine Männer ausrichten können? Phylipps Vorschlag war schon weise überlegt, glaubt mir!«

»Mir gehen gleichwohl die Worte der Roten Zara nicht aus dem Kopf!« Nur mit Mühe gelang es Arbeo, seine Erregung zu unterdrücken. »So lange habe ich den Mann mit der Narbe gesucht. So nahe war ich meinem Ziel!«

Der Pater erwiderte nichts darauf. Eine Weile ritten sie wieder schweigend.

»Ich kann einfach nicht verstehen, warum Phylipp nicht mich anstelle von Johann mitgenommen hat«, murmelte Arbeo schließlich, mehr zu sich selbst.

»Vergesst nicht«, gab der Pater zu bedenken, »dass Johann, obwohl ebenbürtig mit Phylipp, auch in seinem Dienste steht. So ist es nur rechtens, dass er mit ihm zusammen gegen Kuno aufbricht. Ist es doch schließlich auch Johanns Schwester, deren Leben gefährdet ist.«

»Und mein Schicksal, das von Kuno bestimmt wird!«, rief Arbeo ungehalten.

»Die Wege des Herrn sind manchmal schwer zu verstehen«, antwortete der Pater. »Ihr solltet lieber Euer Schicksal in seine Hände geben, statt Euch von den rätselhaften Worten dieser Heidin irreführen zu lassen. Mir scheint, Ihr seid ganz besessen von ihr. Lasst uns für Euren Seelenfrieden beten. In nomine patris et filii et spiritus sancti, amen.«

Geistesabwesend bekreuzigte sich Arbeo und verfiel wieder ins Grübeln.

Inzwischen hatten sich die frühen Wolken am Himmel verdichtet, und vereinzelt fielen schwere graue Schneeflocken. Der Pater fröstelte und zog sich die Kapuze tiefer ins Gesicht. Nur das Geräusch der Hufe und das gelegentliche Schnauben der Pferde unterbrachen die düstere Stille.

Pankratius fühlte die Verzweiflung seines jungen Begleiters, und sosehr ihn auch dessen Erlebnisse mit jener heidnischen Frau befremdeten, so sah er es doch als seine seelsorgerliche Pflicht an, Arbeo damit nicht allein zu lassen.

»Vier Jahre sind seit der Weissagung vergangen«, nahm er behutsam den Faden wieder auf. »Sagt mir, habt Ihr jene Frau noch einmal gesehen?«

»Niemals«, antwortete Arbeo. »Ich suchte lange nach ihr, doch ohne Erfolg.«

In Gedanken versunken strich er über den Nacken seines Pferdes.

»Nachdem mein Vater verstorben war, verließ ich Palermo«, sagte er dabei. »Der erste Teil der Weissagung war ja durch den Tod meines Vaters eingetroffen. Konnte es sein, fragte ich mich, dass es den Mann mit der Narbe wirklich gab? Und wenn ja: Wie sollte er mein Schicksal bestimmen?«

Der Pater schüttelte bei diesen Worten unmutig den Kopf. Doch er war froh, dass es ihm endlich gelungen war, seinen Begleiter aus der Beklemmung zu locken. Deshalb unterbrach er ihn nicht.

»Ich musste die Rote Zara finden«, fuhr Arbeo, ganz in seine Erinnerungen vertieft, fort. »Ich packte das Nötigste auf ein Begleitpferd und machte mich wieder auf nach Brindisi. Dort streifte ich durch die Stadt und suchte die Gassen, denen ich in jener Nacht so zufällig gefolgt war. Aber wie ich auch suchen mochte, sie blieben mir verborgen, jeder verwinkelte Weg endete nur in einem weiteren Hinterhof.«

»Befand sich das Teehaus nicht im Viertel der Araber?«, fragte Pankratius nach. »Ihr seid doch der arabischen Sprache mächtig und hättet die Menschen dort fragen können!«

»Sicherlich«, nickte Arbeo. »Ich schilderte vielen Leuten das Teehaus mit dem gefliesten Boden und dem plätschernden Brunnen. Auch die duftenden Pflanzen, die den Innenhof umrahmten, beschrieb ich, doch nur Kopfschütteln war allenthalben die Antwort. Zuletzt fragte ich nach der Roten Zara, und wieder konnte mir niemand helfen. Wäre da nicht die rote Blume gewesen, die sie mir zugesteckt hatte, so hätte ich wohl noch an meinem Verstand gezweifelt.«

Er griff in seine lederne Tasche und zog die Blume heraus.

»Seht selber, sie duftet noch immer und ist so frisch wie eben gepflückt!«

Der Pater runzelte die Stirn. »Ihr behauptet wirklich, sie sei schon vier Jahre alt?«

»Ich sagte es ja bereits gestern«, erwiderte Arbeo. »Könnt Ihr jetzt verstehen, weshalb ich den Worten dieser ungewöhnlichen Frau Glauben schenke?«

Nun war es an Pater Pankratius, in tiefes Schweigen zu fallen. Fast teilnahmslos ließ er seinem Pferd die langen Zügel. Arbeo hörte ihn ab und zu murmeln und schloss daraus, dass der alte Mönch betete.

Langsam legte sich die Dunkelheit über den Wald.

»Nur ungern störe ich Eure Versenkung, doch wird es Zeit, ans Nachtlager zu denken«, machte sich Arbeo schließlich bemerkbar. »Seht, dort ist ein Heuschober, dort könnten wir übernachten.«

Er zeigte auf einen Schuppen, der in einiger Entfernung auf einer Lichtung stand.

Der Pater zuckte zusammen.

»Verzeiht«, sagte er. »Ich habe viel nachgedacht und den Herrn um Erleuchtung gebeten. Eure Geschichte hat mich sehr beunruhigt. Aber Ihr habt Recht, lasst uns hier die Nacht verbringen.«

Der Schober war trocken und barg reichlich Stroh, auf dem sie sich einrichten konnten. Sie sattelten die beiden Pferde ab und befreiten das Begleitpferd von seinen Lasten. Dann nahmen sie einige Hände voll der goldgelben Halme und rieben die dampfenden Pferdeleiber damit trocken.

Als die Tiere versorgt waren, teilten sie das Brot und das kalte Fleisch, das ihnen Phylipp als Vorrat mitgegeben hatte, und legten sich, fest eingewickelt in ihre Umhänge, zum Schlafen nieder. Das leise Atmen der Pferde und die Wärme, die die Tiere abgaben, wirkten beruhigend auf ihre Sinne, und so fielen sie schon bald in einen tiefen und erholsamen Schlaf.

Klar und hell brach der nächste Morgen an. Endlich hatte sich die Wintersonne einen Weg durch die dichten Wolken gebahnt und tauchte die Natur in ein freundliches Licht.

Die Nacht hatte dem Pater sichtlich gut getan. Er wirkte ausgeruht und kräftig, wie weggeblasen war seine sorgenvolle Miene. Arbeo, den die gedrückte Stimmung des Vortages sehr belastet hatte, beschloss, kein Wort mehr über die Rote Zara zu verlieren.

»Ein schöner Morgen verheißt uns einen guten Tag«, begrüßte er seinen Begleiter und reichte ihm einen Kanten dunkles Brot und ein großes Stück von dem harten Würzkäse.

Nachdenklich kauten beide.

»Phylipp hat uns den Weg genauestens beschrieben«, sagte Arbeo zwischen zwei Bissen. »Mit ein wenig Glück werden wir heute eine gute Strecke zurücklegen können!«

Gestärkt setzten sie ihre Reise fort. Der Wald lichtete sich langsam. Hier und da stießen sie auf kleine Dörfer, in denen sie auch Verpflegung und Unterkunft fanden.

Das gute Wetter hielt an, und so vergingen die nächsten Tage unbeschwert. Sie kamen schnell voran. Schon nach einer knappen Woche waren sie nur noch einen Tagesritt von den Stadtmauern von Sinzig entfernt.

»Ein Glück, dass wir lediglich ein Packtier führen«, meinte Arbeo. »Das gestattet uns ein wesentlich rascheres Weiterkommen, als es Phylipp mit seiner großen Gefolgschaft möglich ist.«

»Wäre nicht die Bedrohung durch Kuno, hätte ich die Reise in Eurer Gesellschaft noch mehr genossen«, lächelte der Pater.

Arbeo nickte. »Wir müssen rasch zum Schutze der jungen Frouwe nach Satzvey«, erwiderte er. »Doch dürften wir unserem Ziele nun nicht mehr so fern sein. Was haltet Ihr davon, wenn wir ein wenig in Sinzig rasten?«

»Ein guter Gedanke, Arbeo!«, freute sich der Pater. »Ich bin so lange Strecken ohne Rast nicht mehr gewohnt, und meine alten Knochen schmerzen. Auch nähert sich Laetare, das Freudenfest. Sicher wird dazu ein großer Markt in der Stadt abgehalten. Ich muss zugeben, dass mir ein paar warme Speisen und einige Becher Wein jetzt wirklich munden könnten!«

Das Stadttor von Sinzig war weit geöffnet. Einige Reisende lagerten vor den Stadtmauern, andere drängten hinein. Arbeo und der Pater reihten sich geduldig in die vorwärts strömende Menge ein.

Umringt von Händlern und Bauern gelangten sie schließlich in die Stadt. Als Erstes eröffnete sich ihnen das Viertel der Beckenschläger. Aus gelbem Messing formten die Handwerker ihre Kessel und Becken, und das Schlagen ihrer Hämmer klang hell und fröhlich. Daneben befand sich das Viertel der Heftler. Überall wurde eifrig gehandelt.

»He, guter Mann, was kosten Eure Nadeln?«

Die Frage kam offensichtlich von einem Schneider, denn der Heftler rief vergnügt zurück: »Nur das Beste für Euch, Kotzenmacher! Und dabei fast geschenkt, ich sag's Euch!«

Arbeo und der Pater ließen sich von einem Viertel zum anderen treiben. Neben den Böttchern hatten sich die Papiermacher angesiedelt, und hier befanden sich auch die Briefer, die gegen ein Entgelt Texte schrieben und Initialen ausmalten.

»Haltet inne«, sagte Pankratius zu seinem jungen Begleiter, »und lasst uns hier eintreten! Ich kenne diesen Handwerker als einen der besten der Stadt. Seine Kunst wird Euch sehr erfreuen.«

Sie banden ihre Pferde an einem Pfosten fest und gingen durch die offene Tür. In einem niedrigen Innenraum, der durch viele Kerzen hell erleuchtet war, saß ein Mann an einem breiten, hölzernen Tisch. Überall waren Farben und Pinsel verteilt, und Stapel von geschöpftem Papier lagen auf einem niedrigen Regal. In einer Ecke brannte der Kamin und verbreitete eine wohlige Wärme im Raum.

»Seid gegrüßt, Brevarius!«, sagte der Pater.

Der Mann drehte sich um, und ein breites Lächeln ging über sein Gesicht.

»Ah, der gute Pater Pankratius!« Mit ausgestreckten Händen kam er auf seine Besucher zu. »Welche Freude, Euch wiederzusehen! Ist's doch schon eine gute Weile, seit Ihr mich zuletzt besucht habt. Und wen bringt Ihr da mit?«

Pankratius stellte die beiden einander vor.

»Setzt Euch und trinkt einen Becher mit mir«, lud der Briefer den Pater ein. »Wie schön, Euch so wohlauf zu sehen!« Auch Arbeo bat er, Platz zu nehmen: »Ein Freund des Paters ist auch mir stets willkommen!«

Schon brachte ein junger Gehilfe einen Krug und tönerne Becher, und der Briefer schenkte ein. Während er sich mit dem Pater über die jüngsten Geschehnisse in Sinzig austauschte, schaute sich Arbeo im Raum um. Was er sah, gefiel ihm.

Der Pater hat Recht, dachte er. Dieser Brevarius versteht seine Kunst gar vorzüglich.

Er nahm ein Blatt in die Hand und betrachtete es anerkennend. Hier war mit Gold, Rot und tiefem Blau die Initiale eines Schriftsatzes ausgemalt, offensichtlich der Anfang eines Psalms. Wunderschön rankten sich Blüten und Blätter um den kunstvoll gestalteten Buchstaben.

Arbeo legte das Blatt zurück und nahm ein weiteres zur Hand, auf dem ebenfalls ein großer Buchstabe zu sehen war. Auf ihm saßen wie auf einer Leiter bunte Vögel, dazwischen wanden sich Trauben, Beeren und leuchtend blaue Blumen.

»Ich sehe, meine Arbeit fesselt Euch«, hörte er den Briefer hinter sich.

»Eure Illuminationen sind wunderbar«, sagte Arbeo voll aufrichtiger Bewunderung.

»Mir ist bekannt, dass auch Ihr, Arbeo, viel von diesem Handwerk versteht«, bemerkte der Pater mit seinem gütigen Lächeln. »Mein Freund, der Bischof von Speyer, erzählte mir von Eurer Gabe. So weiß ich, dass Ihr gut mit dem Pinsel, aber auch mit dem geschriebenen Worte umgehen könnt.«

Aufmerksam hatte der Schriftmaler zugehört.

»Wenn dem so ist«, sagte er zögernd, »könnt Ihr mir vielleicht einen Dienst erweisen.«

Arbeo blickte ihn fragend an.

»Ein reicher Herr brachte mir mehrere Blätter, auf denen ein Minnelied für seine holde Frouwe geschrieben steht. Ich sollte die Blätter neu beschriften und ausmalen. Mein Gehilfe war aber unachtsam und legte die Papiere einfach neben die Tür. Als ein Wind kam, blies er die Blätter wild durcheinander. Einige flogen sogar in die Gasse. Jetzt ist mir nur der Anfang des Liedes verblieben, und ich fürchte die Wut meines Auftraggebers, für die er wohl bekannt ist.«

»Zeigt her«, sagte Arbeo sofort, nahm das Papier entgegen und las die wenigen Zeilen:

»Wer's je vermochte oder vermag,
bei der Geliebten zu liegen,
vor den Aufpassern nicht verborgen,
der muss nicht, weil es Morgen ist,
von dannen streben …«

Die Fortsetzung fehlte.

»Lasst mich nachdenken«, sagte Arbeo. »Dies Lied ist mir wohl bekannt, es ist ein Werk des Herrn von Eschenbach. Wolfram von

Eschenbach«, wandte er sich erklärend an den Pater, »war ein begnadeter Minnesänger, der, soviel ich weiß, vor wenigen Jahren verstarb.« Er runzelte die Stirn. »Wartet! Gleich habe ich es ...«

Die beiden Männer schauten ihn gespannt an.

»... von dannen streben«, wiederholte Arbeo leise, dann erhellte sich seine Miene, und er setzte den Text fort:

»... er kann den Tag abwarten:
man muss ihn nicht wegführen
um seines Lebens willen.
Ein offen süßes Eheweib
kann solche Minne geben.«

Der Brevarius strahlte und schloss Arbeo erleichtert in die Arme.

»Ich danke Euch, ich danke Euch von ganzem Herzen! So ist mein Auftrag gerettet. Ihr aber habt etwas bei mir gut!«

Mit einem herzlichen »Auf ein baldiges Wiedersehen« verabschiedeten sich Arbeo und Pater Pankratius, nicht ohne versprochen zu haben, vor ihrer Abreise noch einmal hereinzuschauen.

»Da habt Ihr meinem Freund einen wahren Dienst erwiesen«, schmunzelte der Pater zufrieden, als sie wieder auf die Gasse traten.

»Jetzt aber sollten wir uns nicht mehr ablenken lassen und nach einem geeigneten Quartier suchen«, mahnte Arbeo.

Sie lösten die Zügel vom Pfosten, saßen auf und folgten der schmalen Gasse. Nicht weit entfernt fanden sie eine Taverne, aus deren Fenstern es verlockend duftete. Sie fragten um ein Nachtquartier nach, wurden aufgenommen und konnten sich schon bald an einer dicken, dampfenden Suppe erfreuen. Trotz der Fastenzeit war die Suppe nicht ganz fleischlos, der Koch hatte sie mit fetten Brocken vom Schweinebauch angereichert.

Mit leisem Erstaunen sah Arbeo, wie wohl der Pater es sich munden ließ.

»Ich frage mich schon seit längerem, wie Ihr in der Fastenzeit mit sichtlichem Genuss auch Fleisch zu Euch nehmen könnt?«, bemerkte er lächelnd.

»Für Reisende hat der gute Heiland Verständnis«, zwinkerte der

Pater ihm zu. »Und gegen einen guten Krug Roten hat er sicher auch nichts einzuwenden!«

Am nächsten Morgen begleitete Arbeo den Pater bis zum großen Marktplatz vor der Kirche, dann trennten sich ihre Wege. Der Pater wollte beim Bischof vorsprechen, während Arbeo beschloss, einen Streifzug durch die Stadt zu unternehmen.

»Eine gute Idee«, nickte ihm Pankratius zu. »Überall werden Vorbereitungen für das Fest in zwei Tagen getroffen. Geht nur und schaut Euch gründlich um, es wird Euch gefallen! Wir treffen uns später wieder in der Kirche.«

Genau in der Mitte der vorösterlichen Fastenwochen gelegen, verhieß das Laetare-Fest eine willkommene Unterbrechung der kargen Zeit. Ganz wie es der Pater vorausgesagt hatte, boten die dicht gedrängten Marktstände ein buntes Bild. Mit Tannengirlanden wurden kleine Bühnen für die Auftritte der Troubadoure und Gaukler geschmückt, und über dem Markt lag der Duft von frisch gebackenem Brot und in heißem Fett schwimmenden süßen Küchlein.

Mit Vergnügen schaute Arbeo dem Treiben eine Weile zu, bevor er in eine der kleinen Gassen einbog. Hier eröffnete sich ihm das Viertel der Apotheker und Ärzte. Getrocknete Gewürze und Pulver lagen aus, und bärtige Juden diskutierten eifrig mit ihren christlichen Kollegen. Sogar Männer in arabischer Tracht sah Arbeo. Er schlenderte vorbei und freute sich an den Gesprächsfetzen, die in den verschiedensten Sprachen an sein Ohr drangen.

»Kommt zu mir, wenn Eure Darmwinde übel riechen und Euch schmerzen«, rief einer der Medici. Und ein anderer: »Nur bei mir findet Ihr Linderung der zwickenden Plagegeister im Schädel!«

Bald gelangte Arbeo zu einem kleinen Platz, von dem mehrere Gassen abzweigten. Ziellos wählte er eine und fand sich in einem Viertel wieder, das nicht wie die vorigen von einzelnen Zünften geprägt war, sondern eine bunte Mischung der verschiedensten Gewerbe erkennen ließ. So hatte sich neben dem Seiler ein Altbutzer angesiedelt, der durchgescheuerte Stiefel und Schuhe flickte, daneben befand sich ein Fassbinder, auch Küfer genannt, und neben diesem ein Seifensieder. In der hintersten Ecke, vor einer Abbiegung, blitzte etwas in der Mittagssonne. Neugierig folgte Arbeo dem Licht und stand vor der Werkstatt eines Spieglers.

Hier glitzern wahrlich Meisterwerke!, dachte er anerkennend und trat ein.

»Gott zum Gruße, werter Catoptrix«, sagte er.

Das alte Männchen, das gekrümmt und vornüber gebeugt an einer Werkbank saß, erwiderte weder den Gruß, noch drehte es sich nach ihm um. Sonderbar, dachte Arbeo. Aber wenigstens macht der Alte nicht den Anschein, sich durch meine Anwesenheit gestört zu fühlen. So blieb er auf der Türschwelle stehen und besah sich den Raum. An den Wänden hingen Spiegel in allen Größen, manche aus hochpoliertem Metall, andere aus Glas. Einige Spiegel waren silbern oder golden gerahmt, andere standen ungerahmt in hölzernen Regalen. Ein besonders auffallend glänzender Glasspiegel hing gleich neben der Eingangstür. Ein paar Sonnenstrahlen verfingen sich in ihm und wurden in alle Richtungen reflektiert.

Das ist das Licht, das mich anzog, dachte Arbeo und versuchte, den Alten erneut anzusprechen. Doch der zeigte immer noch keine Regung.

Da beschloss Arbeo, sich allein umzusehen, und trat vor den gläsernen Spiegel. Welch selten schöne Arbeit, dachte er und fuhr mit einem Finger über den sorgfältig ziselierten Silberrahmen. Vorsichtig nahm er den Spiegel von der Wand und blickte hinein.

Ein markantes Gesicht umrahmt von dunklen Locken blickte ihm entgegen. Er sah seine großen blauen Augen, beschattet von langen schwarzen Wimpern, die schmale Nase und die vollen Lippen. Doch plötzlich trübte sich sein Blick. Leichte Schleier überzogen die Oberfläche und vernebelten seine Sicht. Wie in Wolken tauchten fremde Formen und Farben auf und verdichteten sich auf der matt gewordenen Scheibe des Spiegels.

Arbeo sah eine Stadt, die ihm bekannt vorkam, mit verwinkelten Straßen. Menschen in leichter Sommerkleidung schlenderten umher, und ein offenes Tor lud in einen Hinterhof ein. Auf dem Boden waren blaue und grüne Steine ausgelegt, die ein vertrautes Schlangenmuster bildeten. Im Hof blühten Blumen in leuchtendem Rot, Arbeo meinte sogar ihren süßen Duft wahrzunehmen. Er sah Menschen plaudernd an kleinen Tischen sitzen. Eine einzelne Gestalt saß alleine abseits und lauschte einer Spielmannsgruppe.

Das bin ich, in dem Hof in Brindisi!, durchfuhr es Arbeo. Wie kann dies nur möglich sein?

Vor Schreck zitterten seine Hände so stark, dass ihm der Spiegel entglitt und laut scheppernd in Tausende von Stücken zersprang.

Arbeo fühlte eine Berührung und zuckte zusammen. Unbemerkt hatte der alte Mann sich ihm genähert und ihm eine Hand auf seinen Arm gelegt.

»Ich hatte Euch schon gesehen«, krächzte er.

Arbeo entschuldigte sich mit unsicherer Stimme für seine Ungeschicklichkeit und wollte gerade ansetzen, den Preis des Spiegels zu erfragen, als der Alte abwinkte:

»Erspart Euch die Worte, ich kann sie nicht hören. Ich sehe aber alles, was um mich geschieht, und durch die Kraft meiner Spiegel noch so manches mehr!«

Arbeo zog eine Hand voll Münzen aus seiner Tasche. Er fühlte sich beschämt und wollte wenigstens für seinen Schaden aufkommen.

»Macht Euch keine Gedanken um den Verlust meines Spiegels. Er wäre jetzt sowieso blind und nutzlos geworden«, sagte der Spiegler. »Er hat seine Dienste getan, denn er hat Euch die Wahrheit gezeigt.«

Mit diesen Worten schlurfte der alte Mann zurück zu seiner Werkbank, kehrte Arbeo den Rücken und nahm seine Arbeit wieder auf.

Arbeo verließ den Raum und ging eilends zurück zum Marktplatz. Hier hatte sich die Menschenmenge gelichtet, denn der Nachmittag war schon dem Abend gewichen.

»Ihr habt Euch aber lange in der Stadt herumgetrieben«, empfing ihn der Pater lächelnd vor der Kirche. Doch dann fiel ihm auf, wie verändert sein Freund wirkte. »Wie seht Ihr denn aus? Was ist Euch geschehen, dass Ihr so blass wirkt? Ist Euch nicht wohl?« Doch Arbeo schwieg. Zu deutlich war ihm noch in Erinnerung, wie der Pater seinen Unmut über die Erlebnisse in Brindisi bekundet hatte. Besser, ich behalte alles für mich, als Pankratius noch einmal zu verärgern, dachte Arbeo und wandte seine Augen verlegen ab.

Eine Weile gingen die beiden Männer schweigend nebeneinander her. Doch der Pater war viel zu feinfühlig, um nicht zu spüren, dass seinen Freund etwas bekümmerte.

Um ihn aufzumuntern, schlug er vor: »Arbeo, mein Freund, der Bischof hat mir von den Laetare-Feierlichkeiten berichtet. Morgen, in der Stunde vor Mitternacht, die den Samstag vom Sonntag trennt, wird er einen Gottesdienst halten. Anschließend ist die Fastenzeit für den Sonntag gebrochen, und ab dem Morgen wird auf dem Markt allerlei Speis und Trank und noch vieles andere zur Belustigung angeboten. Kommt, mein Freund, schaut ein wenig fröhlicher, vor uns liegt eine gute Zeit!«

Arbeo fühlte sich immer noch aufgewühlt, wollte seinem Begleiter aber nicht die Stimmung verderben.

»Mir schmerzt nur ein wenig der Kopf«, sagte er. »Seid mir nicht böse, wenn ich mich bald zurückziehe!«

Er fühlte sich so erschöpft, als hätte er einen harten Kampf hinter sich, und suchte schon bald nach der Abendmahlzeit sein Lager auf. Der Pater folgte ihm. In dieser Nacht schliefen beide unruhig.

Als sie anderntags zusammen bei einem kargen Frühstück saßen, sah Arbeo immer noch bleich aus, und um seine Augen hatten sich dunkle Schatten gelegt.

»Was haltet Ihr davon, wenn wir dem Brevarius wieder einen Besuch abstatten?«, schlug der Pater vor. Insgeheim hoffte er, Arbeo dadurch von seinem Grübeln abzulenken. »Vielleicht kann er noch einmal Eure Hilfe gebrauchen?«

Sein Gegenüber stimmte gedankenverloren zu, froh, auf diese Weise zumindest für einige Stunden dem prüfenden Blick des Paters zu entgehen.

Sie machten sich auf den Weg. Der Brevarius freute sich sichtlich, als sie bei ihm eintraten.

»Ich schulde Euch noch einen Gefallen«, sagte er sofort zu Arbeo. »Habt Ihr darüber nachgedacht?«

»Nun«, antwortete Arbeo zögernd, »Ihr schuldet mir nichts, denn Euch behilflich zu sein ist mir eine Freude! Aber vielleicht könnt Ihr mir eine Auskunft erteilen?«

Pankratius erkannte den dringenden Unterton in der Stimme seines Freundes, tat aber unbeteiligt. Was mochte Arbeo so sehr beschäftigen?

»Gern, wenn ich kann«, lächelte der Brevarius. »Worum geht es?«

»Gestern bin ich durch die Gassen Eurer Stadt gestreift«, begann Arbeo langsam. Es fiel ihm ungewohnt schwer, die rechten Worte zu finden. »Ich bin durch verschiedene Viertel gekommen und habe viele Dinge gesehen, die mich anzogen. Aber vor allem wurde ich durch den Glanz eines Spiegels angelockt und gelangte in die Werkstatt eines Catoptrix. Sein Benehmen hat mich jedoch befremdet, und auch seine Worte. Wisst Ihr etwas über diesen Mann?«

»Nur einen Spiegler haben wir in unserer Stadt, und der ist wahrlich ein Meister ...« Der Brevarius runzelte die Stirn. »Vor vielen Jahren wurde er von einem tückischen Fieber befallen, von dem er sich lange nicht erholt hat. Das Fieber, so sagen die Leute, hat sein Wesen verändert. Manch einer hörte ihn nachts schreien und toben, und nach und nach wurde er sogar von jedem Medicus gemieden. Sein Weib hat ihn aufopferungsvoll gepflegt, bis auch sie vom Fieber befallen wurde und starb.« Er fröstelte plötzlich. »Aber setzt Euch doch, ich muss mich nur rasch um das Feuer kümmern.«

Arbeo räumte einen Stapel Blätter von einem der Holzhocker und nahm Platz. Auch der Pater fand einen freien Stuhl und ließ sich darauf nieder. Unterdessen ging der Briefer zum Kamin und legte ein paar kräftige Scheite nach.

»Sprecht weiter«, drängte Arbeo, als der Schriftmaler sich wieder seinen Gästen zuwandte. »Damit ist's doch nicht getan, ich sehe es Euch an!«

»Ihr habt Recht«, erwiderte der Briefer, und sein sonst so fröhliches Gesicht wirkte plötzlich ungewohnt ernst. »Die Geschichte geht wirklich noch weiter. In der Nacht vor ihrem Tode nämlich ließ die Sterbende eine weise Frau zur Hilfe holen, von der gesagt wurde, sie hätte Kenntnis von magischen Kräutern.« Unwillkürlich verfinsterte sich der Blick von Pater Pankratius, und er fühlte in der Tasche seiner Kutte nach seinem Rosenkranz.

»Die Magd, die zu der Heilerin ausgeschickt wurde, hat mir selber erzählt, was in jener Nacht geschah ...«, murmelte der Brevarius.

Durch das schmale Fenster wehte ein eisiger Windhauch und blies einige Kerzen in dem kleinen Raum aus. Arbeo und der Pater rückten ihre Hocker näher zum Kamin, während der Brevarius rasch aufstand, die Fensterritzen mit Stoff abdichtete und die Kerzen wieder anzündete.

»Als die Kräuterkundige das Haus betrat, fand sie den Spiegler teilnahmslos in sich zusammengesunken«, erzählte er dabei. »Er saß neben dem Bett seiner Frau, aber er rührte sich nicht. Die kranke Frau richtete sich mühsam auf und flehte die Heilerin an, sich um ihren Mann zu kümmern, nur sie könne ihm noch helfen. Jede Nacht würde er toben und wüten, um dann beim Morgengrauen in eine tiefe Ohnmacht zu fallen. Die Kräuterkundige merkte, dass auch sie dem Spiegler nicht helfen konnte. Aber seiner Frau gab sie zur Beruhigung eine besondere Mixtur, und daraufhin fiel sie bald in einen ruhigen Schlaf, aus dem sie nicht mehr erwachte.«

»Das Weib hätte besser nach einem Geistlichen gerufen«, warf der Pater ein, »um ihrer armen Seele den Frieden zu spenden! Aber verzeiht meine Unterbrechung, Brevarius, und fahrt bitte fort.«

»In der Tat ließ die Kräuterkundige nach einem Pfaffen rufen«, erwiderte der Briefer und ließ sich an dem breiten, hölzernen Tisch nieder. »Die Arznei, die sie der armen Sterbenden gab, sollte ihr nur den Weg in die andere Welt ein wenig erleichtern.«

»Hat der Spiegler das Hinwegscheiden seines Weibes überhaupt wahrgenommen?«, fragte Arbeo.

»So genau kann das niemand sagen«, antwortete der Briefer. »Bekannt ist nur, dass der Pater die Verstorbene segnete, bevor er zum Spiegler trat. Dann schickte er die Magd hinaus und blieb mit seinem jungen Messner alleine im Raum. Was nun folgte, sollte wohl kein anderer sehen. Aber die Magd hat durch eine Ritze in der Tür gespäht und konnte mir deshalb alles erzählen.«

Unruhig begann der Briefer, mit einem Stückchen Kohle schwarze Kreuze auf ein zerknittertes Papier zu zeichnen.

»Der Pater bekreuzigte den Spiegler auf die Stirn und sprach Worte, die die Magd nicht verstand«, erzählte er dabei weiter. »Sie hörte aber den schweren Atem, zuweilen auch das Stöhnen des Spieglers. Dann besprengte der Pater den Leib des Kranken mit geweihtem Wasser. In diesem Augenblick kam ein schweres Poltern aus dem Raum. Die Magd rannte hinein und sah den Spiegler in einer schrecklichen Verfassung. Immer und immer wieder warf er sich von Seite zu Seite, dabei stieß er sogar einen schweren Holzschemel um. Dann bäumte er sich auf. Seine Augen traten aus den Höhlen, und er spie eine stinkende Flüssigkeit aus. Voller Entsetzen lief die Magd aus dem Hause. Der Pater aber segnete den Catoptrix erneut, und als er dies tat, ertönte ein gellender Schrei. So hoch und durchdringend war er, dass er das Gehör aller Anwesenden durchbrach, sodass sie fortan taub blieben.«

Der Pater hielt das hölzerne Kreuz seines Rosenkranzes fest in seiner Faust. »Wie hieß der Pater, der die arme Seele erlöste?«, wollte er wissen.

»Es war Pater Aloisius«, sagte der Brevarius, »doch geschah dies alles vor langer Zeit. Nur der junge Messner, der ihm damals diente, lebt noch als alter Bruder, zurückgezogen im Kloster des Bischofs.«

»Ich kannte Pater Aloisius«, sagte Pankratius bedächtig. »Er war ein erleuchteter Denker und ein guter Mann. Vor einigen Jahren wurde er in die Ewigkeit berufen. Was aber geschah mit dem Spiegler?«

»Seine Genesung ging langsam voran«, erwiderte der Briefer. »Etwas in ihm schien gebrochen. Er ging kaum noch unter Menschen und kümmerte sich nur noch um seine Kunst. Vor seiner Krankheit waren es nur schlichte metallene Spiegel, die er anfertigte. Sie zeichneten sich nicht sonderlich aus. Nach seiner Genesung aber widmete er sich hauptsächlich der Herstellung von Spiegeln aus Glas. Sie waren so schön, dass schon bald von weither Menschen kamen, um sie zu erwerben.«

»Ja«, nickte Arbeo. »Seine Spiegel sind wirklich einzigartig. Solche Fertigungen habe ich noch nie …«

»Das Merkwürdige daran«, unterbrach ihn der Briefer, »ist nur, dass er diese Glasspiegel niemandem verkauft. Er sagt, die Menschen könnten die Wahrheit nicht ertragen, die ihnen darin offenbart wird. So arbeitet er für sich, veräußert hin und wieder einen metallenen Spiegel und lebt zurückgezogen in seiner lautlosen Welt.«

Eine Weile trat Schweigen ein. Dann jedoch gab sich der Pater einen Ruck und erhob sich.

»Lasst uns zur Kirche gehen und uns mit Gebeten auf den mitternächtlichen Gottesdienst vorbereiten«, schlug er seinem jungen Begleiter vor. »Brevarius, habt Dank für Eure Gastfreundschaft!«

Wortlos machten sie sich wieder auf den Weg zum Marktplatz.

»Guter Pater, geht Ihr schon mal vor und macht Euch keine Sorgen um mich«, sagte Arbeo, als sie vor der Kirche angelangt waren. »Ich weiß, Ihr seid über mein Benehmen betrübt. Aber ich muss jetzt ein wenig alleine sein, um nachzudenken.«

Der Pater schaute ihn nur fragend an.

»Ich verspreche Euch, dass ich um Mitternacht hier in der Kirche bin«, setzte Arbeo rasch hinzu und drückte dem Pater fest die Hand.

Dann drehte er sich um und entfernte sich eilends.

Stunde um Stunde lief Arbeo durch die Gassen der Stadt. Er fühlte eine Verwirrung in sich, die sich nicht mehr abschütteln ließ. Schließlich beschloss er, zurück zur Kirche zu gehen, um zusammen mit Pater Pankratius den Gottesdienst zu feiern.

Das Gotteshaus war dunkel, nur eine Kerze brannte auf dem Altar. Wolken von Weihrauch lagen in der Luft und deuteten darauf hin, dass zuvor eine Andacht abgehalten worden war. Pankratius kniete allein, in tiefem Gebet, vor dem Altar.

Arbeo bekreuzigte sich und kniete sich neben dem Pater nieder. Pankratius blickte kurz auf und nickte ihm zu. Die Erleichterung, die er spürte, war ihm deutlich anzusehen.

Nach und nach kamen immer mehr Menschen herein, und als die letzte Stunde des Tages einsetzte, war die Kirche dicht gefüllt. Mit Würde trat der Bischof vor das Kreuz am Altar, und die Worte der Liturgie erklangen. Beim letzten Psalm schlug die große Glocke zwölfmal und läutete den Laetare-Sonntag ein.

Die Menschen strömten aus der Kirche und gingen fröhlich schwatzend in ihre Häuser. Sie freuten sich auf die Abwechslung, die der Sonntag in die strenge Fastenzeit brachte. Auch Arbeo fühlte sich leichter. Er entschied, nicht mehr über den Vorfall mit dem Spiegel zu grübeln, und so begaben sich beide Männer ruhiger als in der Vornacht auf ihr Lager.

In der Frühe erwachte Arbeo von dem Geräusch lauter Stimmen und hastender Schritte. Er streckte sich und rüttelte den noch schlafenden Pater wach.

»Lasst uns zum Marktplatz gehen und sehen, was uns dort geboten wird«, sagte er vergnügt und erhob sich von seinem Lager.

Mit Freude bemerkte der Pater, dass sein Freund wieder heiter und ausgeruht wirkte. Schnell wuschen sie ihre Gesichter in einer Wasserschale, zogen sich zur Feier des Tages frische Linnenhemden an und traten sogleich auf die Straße hinaus.

Fast die ganze Stadt war auf den Beinen, und alle eilten zum Marktplatz. Zwischen den Marktständen wurden dampfende Gerichte angeboten – gesottenes Fleisch, dicke Suppen und allerlei Gebäck und Brot.

»Seht nur, der Ballonenmacher!« Arbeo zeigte lachend auf einen Stand mit Lederbällen. »Mit solchen Bällen hab ich als Kind am liebsten gespielt.«

Nebenan stellte der Zeidler seine Honige aus, ein wenig weiter wurden bunte Bänder und Stoffe feilgeboten. Bürsten und Besen gab es, Kerzen und hölzerne Schalen, tönerne Krüge und Becher und duftende Gewürze. An einem Stand blieb der Pater stehen. Hier wurden Rosenkränze und Kreuze angeboten und auch Pilgerstäbe und andere Devotionalien. Unterdessen kaufte sich Arbeo an einem anderen Stand eine Brotstange und biss sofort hungrig hinein.

Er ließ sich kauend an den bunten Ständen vorbeitreiben und merkte gar nicht, dass er bereits vom Pater getrennt war. Lustige Gaukler liefen über den Markt, und Troubadoure sangen auf der Bühne.

Irgendwann fiel Arbeo doch auf, dass der Pater längst nicht mehr an seiner Seite war. Ich werde ihn schon wieder finden, dachte er und ließ sich weiter mit dem Gedränge vorwärts treiben. Vor einem Stand hatte sich eine Traube von Menschen gebildet. Neugierig stellte sich Arbeo dazu. Rasseln und Schellen wurden hier angeboten, ein dunkelhäutiger Fremdling pries seine Waren an, und eifrig wurde um jedes einzelne Teil gefeilscht.

Arbeo wollte sich gerade wieder abwenden, als er aus dem Augenwinkel eine Bewegung wahrnahm. Schnell drehte er seinen Kopf, da war es wieder: der Schatten von einer jungen Frau! Kaum hatte er ihn wahrgenommen, da verschwand der Schatten auch schon um die Ecke.

Warum er auf einmal den unbändigen Drang fühlte, der Frau zu folgen, wusste Arbeo sich später nicht mehr zu erklären. Er rannte einfach wie getrieben hinter ihr her und merkte nicht einmal, wie er dabei unsanft gegen vorbeigehende Menschen stieß. Am Ende der Standreihe wusste er nicht weiter und schaute sich nach allen Seiten um. Wieder fühlte er die huschende Bewegung der jungen Frau mehr, als dass er sie sah, und setzte ohne zu zögern seine Verfolgung fort. Von einem Gang zum anderen lief er, bis er schließlich an eine Mauer kam. Hier führte kein Weg mehr weiter. Keuchend lehnte er sich gegen die Steine und wischte sich die feuchten Haare aus der Stirn.

Auf einmal hörte er ganz in seiner Nähe ein Kichern. Erschrocken schaute er auf. Lachend kam ihm die junge Frau entgegen und zeigte mit ihrem beringten Finger auf ihn. Dann wirbelte sie herum, und die glitzernden Spiegel auf ihrem roten Rock tanzten wie Sterne vor seinen Augen.

Arbeo fühlte seine Kräfte schwinden und sank in sich zusammen.

Als er wieder zu sich kam, war es schon dunkel geworden. Viele Stunden mussten vergangen sein. Verwirrt richtete Arbeo sich auf.

»Wo bin ich?«, rief er. »Ist hier jemand?«

Mit Mühe konnte er die Umrisse eines Stuhls und einer Truhe ausmachen und fühlte, dass er auf einem Strohlager lag. Durch ein kleines Fenster hoch oben in der Wand sah er den klaren Nachthimmel. Unzählige Sterne funkelten munter, und ihr flackernder Schein brachte ihm alles Geschehene wieder in Erinnerung.

»Habt Acht«, rief er. »Hört mich denn keiner?«

Mit wackeligen Beinen stand er auf und ging zur Tür. Gerade wollte er sie aufstoßen, als sie von außen geöffnet wurde.

»Ich sehe, Ihr seid wieder zu Euch gekommen.«

Eine kleine, krumme Gestalt trat in den Raum. Sie trug eine braune Mönchskutte und hielt eine Kerze in der Hand. Tiefe Ringe umgaben die Augen, die aus hohlen Wangen auf ihn schauten.

Arbeo wich unwillkürlich zurück.

»Ihr braucht keine Angst vor mir zu haben«, sprach der Mönch mit unerwartet angenehmer Stimme. »Ich bin nur ein alter Mann Gottes, krumm und bucklig.«

»Aber – wie bin ich denn zu Euch gelangt?«, fragte ihn Arbeo. »Ich weiß nichts mehr, nur dass ich mich auf einmal so schwach gefühlt habe wie noch nie.«

Erneut taumelte er und ließ sich auf sein Lager sinken.

»So ganz bei Kräften seid Ihr noch immer nicht, wie mir scheint«, erwiderte der Mönch. »Legt Euch wieder hin, dann werde ich Euch alles berichten.«

Arbeo tat, wie ihm geheißen.

»Euer guter Freund, Pater Pankratius, war es, der Euch fand. Zuerst vermutete er, Ihr hättet zu viel des Mets genossen. Ihr wart in eine so tiefe Bewusstlosigkeit gefallen, dass er nichts anderes wusste, als Euch hierher bringen zu lassen. Ihr befindet Euch in unserem Kloster. Bischof Balthasar ist unser Abt.«

»Ich – ich habe keinen einzigen Becher geleert«, stammelte Arbeo. »Doch fühle ich mich so schwach, und mir brennt die Kehle, als hätte ich ein ganzes Gelage hinter mir.«

»Ihr habt viele Stunden in der Kälte verbracht. Es war bereits später Nachmittag, als Ihr gefunden wurdet. Ihr habt Euch wahrlich ein hohes Fieber zugezogen. Viele schlechte Träume hat es Euch beschert. Noch niemals habe ich einen Menschen so schreien hören wie Euch.«

»Wie lange liege ich denn bereits hier?«, fragte Arbeo halb beschämt, halb verwundert.

»Seit drei Tagen und drei Nächten. Bei Tag haben Euer Begleiter und ich uns in der Wache an Eurem Lager abgelöst. In den dunklen Stunden setzten wir Bruder Fredericus zu Euch. Er hat in seiner Jugend einige Erkenntnisse in der Betreuung von Bewusstlosen erlangt. Durch einen unglücklichen Umstand verlor er jedoch sein Gehör. So haben ihn Eure unruhigen Ausbrüche nicht gestört, und er konnte Euch in der Not gut beistehen.«

Der Mönch legte ihm seine kühle, trockene Hand auf die Stirn. »Ich sehe, Ihr seid auf dem Wege der Genesung, das Fieber ist gewichen. Ruht Euch noch aus, ich hole nur schnell Pater Pankratius herbei.«

Arbeo legte sich zurück. Bruchstückhaft tauchten seine Träume wieder vor ihm auf: das Erlebnis beim Catoptrix, das ihm die Nacht in Brindisi wieder ganz nahe gebracht hatte, die Begegnung mit der jungen Frau, deren roter Rock über und über mit aufgestickten Spiegeln bedeckt war, das Locken ihres beringten Fingers … Was nur hatte sie ihm sagen wollen?

Er verspürte ein Stechen in der Seite und drehte sich um. Irgendetwas drückte durch die Tasche seines Hemdes. Vorsichtig fühlte er hinein und stieß auf etwas Hartes. Er zog es heraus und sah einen verknitterten Zettel, der um einen kleinen Gegenstand gewickelt war. Er entfaltete den Pergamentfetzen.

»Euer Weg ist der richtige!«, las er in hastig aufgekritzelten Lettern.

Dann sah er, was der Zettel verborgen hatte. Es war ein kleiner glitzernder Spiegel, umgarnt mit einem glänzend rotgoldenen Faden.

Drei Weggefährten

Schnelle Schritte im Gang vor der Zellentür kündigten den Besuch von Pater Pankratius an. Arbeo legte den Spiegel hastig in das kleine Papier zurück, faltete es zusammen und versteckte es wieder in seinem Hemd. Gerade rechtzeitig tat er dies, denn schon wurde die Tür aufgestoßen, und Pankratius stand vor seinem Lager.

»Pater Benedikt berichtet, dass es Euch besser geht«, sagte er, und seine Stimme drückte Erleichterung aus. »Ich habe mir schreckliche Sorgen gemacht und die ganze Nacht in der Kirche gebetet. Gedankt sei Maria, der Heiligen Mutter Gottes, für ihre gütige Hilfe.« Er bekreuzigte sich.

Arbeo folgte seinem Beispiel. »Ich danke Euch für Eure Fürsorge«, sagte er, »und entschuldige mich zugleich für die Mühe, die ich Euch bereitet habe.«

»Mein guter Freund«, unterbrach ihn der Pater sanft, »es ist doch selbstverständlich, dass ich Euch zur Seite stehe. Dafür braucht Ihr Euch niemals zu bedanken.«

Abrupt hielt er inne. Arbeo spürte, dass er noch etwas hinzufügen wollte, es aber doch unterließ.

»Ruht Euch noch aus«, sagte er nur. »Der gute Pater Thomas, der sich um die Klosterküche kümmert, wird Euch eine wärmende Speise bringen. Sobald Eure Kräfte zurückkehren, sollten wir unseren Weg fortsetzen.«

Er segnete das Lager, dann wandte er sich ab und verließ den Raum.

Nachdem Arbeo die dicke Suppe gegessen hatte, die ihm bald darauf gebracht wurde, fiel er in einen heilsamen und traumlosen Schlaf.

Am nächsten Morgen fühlte er sich erfrischt und wieder bei Kräften. Am liebsten wäre er sofort aufgebrochen. Doch sowohl Pankratius als auch der Bischof mahnten zur Vorsicht und überredeten ihn, wenigstens noch eine Nacht im Kloster zu verweilen.

Nachdem auch diese Nacht ohne besondere Vorkommnisse vergangen war, war Arbeo nicht mehr aufzuhalten. Gleich nach der Vigil, dem Frühgebet der Mönche, stand er reisefertig vor der Klosterkirche.

»Die Stunde ist günstig! Besser habe ich mich lange nicht gefühlt«, empfing er Pankratius, der in Begleitung des Bischofs aus der Kirche kam. Ohne eine Antwort des Paters abzuwarten, machte er eine Verbeugung vor dem Bischof: »Ich bin Euch und den Brüdern sehr zum Dank verpflichtet!«

Der Bischof nickte wohlwollend.

»Ich sehe ein, dass Ihr weitermüsst«, meinte er bedauernd zu seinem Freund Pankratius. »Aber Ihr wisst ja: Ihr seid mir jederzeit willkommen! Und Euch«, wandte er sich lächelnd an Arbeo, »hoffe ich das nächste Mal bei besserer Verfassung zu sehen!«

Er begleitete seine beiden Gäste noch bis zum Stall. Dort tauchte bald darauf auch Pater Thomas auf. Er hatte aus seiner Küche harten Käse, frisches, krustiges Brot und einen Korb verschrumpelter Mostäpfel für die Reisenden mitgebracht. All dies wurde dem Packpferd aufgeschnallt, zusammen mit einigen fest verschlossenen Krügen des klostereigenen Weins.

Noch einmal bedankten sich Arbeo und Pankratius für die herzliche Gastfreundschaft der Mönche, dann schwangen sie sich in die Sättel und verließen die Stadt.

Schon nach kurzer Zeit merkte Arbeo, dass er doch noch geschwächt war. Seine Glieder schmerzten bei jedem Schritt seines Pferdes, und dazu spürte er einen stechenden Schmerz im Kopf. Er versuchte, sich nichts anmerken zu lassen, und biss die Zähne zusammen, dass die Wangenknochen hervortraten.

Dem Pater entging nicht, wie bleich sein Begleiter geworden war und welche Anstrengung das Reiten für ihn bedeutete. Mit Sorge dachte er daran, dass sie schon bald damit rechnen mussten, den berüchtigten Raubrittern von Landskrone zu begegnen. In seinem jetzigen Zustand hatte Arbeo keine Aussicht, einen Kampf zu überstehen!

»Lasst uns eine kurze Rast einlegen und unsere nächsten Schritte überlegen«, bat Pankratius. »Ich will ja nicht klagen, aber meine alten Knochen wollen bei diesem Wetter nicht mehr so, wie ich gern will!«

Arbeo nickte erleichtert und wies auf eine Lichtung in einiger Entfernung vor ihnen.

»Da vorne ist ein kleines Dorf. Vielleicht können wir dort irgendwo einkehren.«

Beim Näherkommen stellte sich heraus, dass das Dorf nur eine Ansammlung von wenigen ärmlichen Katen war. Ein Gasthaus gab es hier nicht. Daher hielt der Pater gleich vor der ersten Hütte an.

»Lasst uns hier um Einlass bitten«, schlug er vor. »Wenn wir mit den Menschen dort unser Mahl teilen, werden sie uns einen Platz am warmen Feuer sicher nicht verwehren.«

Arbeo war einverstanden. Während er noch damit beschäftigt war, die Pferde anzubinden, klopfte der Pater an die einfache Holztür.

»Wer des Weges?«, rief eine freundliche Stimme von drinnen.

Schon wurde die Tür geöffnet, und eine rundliche Frau mittleren Alters erschien auf der Schwelle.

»Gute Frouwe«, sagte der Pater. »Ich segne Euch und alle, die in Eurem Hause wohnen. Gelobt sei Jesus Christus.«

Sie machte das Kreuzzeichen und blickte fragend von Pankratius zu Arbeo, der neben den Pater getreten war.

»Wir sind nur zwei harmlose Reisende«, lächelte Pankratius, »und wollten Euch bitten, uns Einlass zu gewähren, damit wir uns kurz bei Euch ausruhen können.«

Die Frau schien dem Pater zu vertrauen, denn sie öffnete bereitwillig die Tür und ließ die Männer eintreten.

Warme, stickige Luft schlug ihnen entgegen. Mitten auf der lehmgestampften Erde des einzigen Raumes brannte lodernd ein offenes Feuer. Der Rauch konnte nur unvollständig durch die kleine Öffnung in der Decke abziehen und füllte den Raum mit beißendem

Geruch. Die Augen der Männer begannen zu brennen. Nur mit Mühe konnten sie Einzelheiten im Raum wahrnehmen.

Über dem Feuer hing ein dampfender Topf an einem Dreibein. Ein magerer Junge mit zerzaustem Haar stand dicht neben der Feuerstelle und rührte mit einem langen Holzlöffel in einer blubbernden Suppe. Drei weitere Kinder hockten auf dem Boden und blickten die unerwarteten Besucher erschrocken an.

»Markus«, rief die Frau dem Jungen am Feuer zu, »leg den Löffel beiseite und hol schnell zwei Becher.«

Der Junge tat, wie ihm geheißen, und gab seiner Mutter die Becher. Sie füllte sie mit Wasser aus einem tönernen Krug und reichte einen Becher dem Pater, den anderen Arbeo.

»Viel kann ich Euch nicht bieten«, sagte sie entschuldigend. »Aber sagt mir doch, wer Ihr seid und wohin Euch der Weg führt.«

»Ich bin Pater Pankratius, und dies ist mein Weggefährte Arbeo von Eyll«, übernahm der Pater die Vorstellung.

»Ah, vornehme Herrschaft«, meinte die Frau und wischte sich verlegen die Hände an der Schürze ab. »Mein Name ist Maria. Die Leute hier nennen mich einfach die Witwe. Mein guter Mann Karl ging letztes Jahr von uns, und seitdem ist das Leben noch um einiges härter für uns geworden.« Sie seufzte. »Jetzt muss ich den Acker bestellen und die Früchte, die ich ernte, zum Markt bringen. Viel bleibt nicht über, um die Jungen zu ernähren, aber sie sind gut und helfen mir so, wie sie können.«

Mit liebevollem Stolz blickte sie auf ihre Kinder. Dann wandte sie sich wieder an die beiden Männer.

»So setzt Euch doch auf die Bank und teilt einen Teller dünne Suppe mit uns!«

»Gute Frouwe, das ist mehr, als wir annehmen möchten«, erwiderte Arbeo. »Wir bitten nur, uns kurz bei Euch aufwärmen zu dürfen, bevor wir unsere Reise wieder fortsetzen. Hier«, er öffnete seine lederne Tasche und griff hinein, »kommt und nehmt von unseren Speisen! Wir wollen gern mit Euch und Eurer Familie teilen.«

Jetzt wagten sich auch die anderen drei Kinder aus dem Hintergrund hervor.

»Ich bin Matthäus.« Der Älteste, ein etwa fünfzehnjähriger Junge, war aufgesprungen und zerrte auch seine beiden Geschwister hoch, die vielleicht fünf und sechs Jahre zählen mochten. »Und die da sind Johannes und Lukas!«

»Dann sind ja alle vier Evangelisten versammelt!« Der Pater schmunzelte wohlwollend. »Ich sehe, Ihr seid eine fromme Familie. Ich werde Euch in meine abendlichen Gebete aufnehmen.«

Sie setzten sich auf die Bank und teilten, was sie hatten: Brot und Käse und ein wenig von dem Dörrfleisch, das sie noch von Phylipp übrig hatten. Für die Kinder war es ein Festmahl, und auch Maria griff bereitwillig zu.

Wieder fragte sie, wohin die Reise sie führe. Als sie hörte, dass die Männer der Ahr folgen wollten, wiegte sie bedenklich den Kopf:

»Ich kann Euch nur warnen vor den Rittern der Landskrone. Sie nehmen einen hohen Wegezoll und gehen nicht zimperlich mit denen um, die nicht zahlen wollen. Kürzlich erst ...«, sie brach ab. »Markus, erzähl du es ihnen!«

Der Angesprochene wischte sich verlegen eine Haarsträhne aus der Stirn. »Ja-a, also, vor zwei Tagen war ich im Wald, mit meinem Pfeil und Bogen«, begann er zögernd.

»Bist du still!«, zischte sein älterer Bruder und stieß ihn mit dem Ellenbogen in die Seite.

Markus errötete und hielt erschrocken inne.

»So sprich schon, mein Junge«, ermunterte ihn der Pater. »Ich kann mir schon denken, was du im Wald gesucht hast!« Er deutete auf den dampfenden Kessel. »Das Wildern wird hier sicherlich hoch bestraft. Doch sieh mich als deinen Beichtvater an, der dein Geheimnis für immer wahren wird.«

»Ja, dann ...« Der Junge blickte unsicher zu seiner Mutter. Als auch sie ihm aufmunternd zunickte, gab er sich einen Ruck und begann mit immer festerer Stimme zu erzählen:

»Zwei Männer habe ich beobachtet. Sie waren nicht reich, denn sie hatten keine Rösser bei sich. Jeder hatte nur einen Stock, auf den er sich gestützt hat. Außerdem hatten sie große Schlapphüte auf dem Kopf, gegen den Schnee. Auf einmal wurde ihnen der Weg von starken Männern versperrt. Wüst sahen die aus und gebrüllt haben sie: ›Anhalten‹! und ›Wegezoll zahlen!‹ Die beiden haben alles gegeben, was sie nur konnten. Die Räuber waren aber damit nicht zufrieden und haben die beiden zu Boden geworfen. Dann haben sie sich über sie hergemacht und alles geraubt, was sie finden konnten, sogar ihre warmen Umhänge. Mit den Schwertern haben sie nach ihnen geschlagen, und in die Seiten haben sie ihnen getreten und sie ausgelacht …«

Markus hatte sich zunehmend in Fahrt geredet, und die Empörung stand ihm in das ehrliche, jungenhafte Gesicht geschrieben.

»Dann sind sie weggelaufen, haben die beiden Männer einfach am Wegesrand liegen lassen. Mehr tot als lebendig waren die zwei. Sie konnten sich kaum noch voranschleppen«, schloss er und zuckte hilflos die Achseln.

Pater Pankratius und Arbeo hatten aufmerksam zugehört. Für eine Weile trat Schweigen ein.

»Ich bin überzeugt, der Junge spricht rechtens«, sagte der Pater dann. »Auch Phylipp hat uns eindringlich vor diesen Wegelagerern gewarnt. Ich schlage vor, wir reiten quer durch den Wald.«

Arbeo nickte. »Ein guter Vorschlag«, stimmte er zu. »Nur kennen wir uns hier in der Gegend nicht aus und können uns im dunklen Wald leicht verirren …«

»Oh, ich kenne den Weg, edler Herr. Ich kenne alle Wege hier in den Wäldern!«, warf Markus eifrig ein.

»Ruhe«, fuhr ihn seine Mutter an. »Unterbrich die ehrwürdigen Herren doch nicht mit deinem vorlauten Geschwätz!«

»Haltet ein, gute Witwe. Mir kommt da gerade ein Gedanke …«, sagte Pankratius und strich sich bedächtig über den Bart. »Wenn Euer Sohn die Wahrheit spricht, so könnte er uns einen wirklichen Dienst erweisen. An einer großzügigen Gegenleistung soll es nicht fehlen!«

Die Mutter zuckte überrascht zusammen, während Markus und seine Brüder mit offenen Mündern zum Pater blickten.

»Ich sehe, Ihr seid eine ehrliche Familie«, erklärte der Pater. »Ich erkenne aber auch, dass Ihr viele Entbehrungen durchmachen müsst, um zu überleben. Daher schlage ich Euch vor: Gebt uns Euren Sohn Markus als Führer mit. Er kann dann bei uns bleiben und sich als unser Knecht verdingen. Wenn er strebsam ist und sich Mühe gibt, kann ich ihn sogar das Lesen und Schreiben lehren.«

Markus blickte den Pater fragend an, während sein großer Bruder ihn halb neidisch, halb betrübt von der Seite anschaute. Die beiden Jüngsten verstanden nicht recht, was hier vor sich ging. Ängstlich rückten sie näher an die Mutter heran, die ihre Arme auf die Tischplatte gestützt hatte und den Kopf in den Händen verborgen hielt. Sie schien nachzudenken. Ab und zu seufzte sie tief.

Endlich richtete sie sich auf.

»Es fällt mir nicht leicht«, sagte sie langsam. »Ich kenne Euch ja kaum ... Und Markus ist mir eine wichtige Hilfe hier.«

»Aber ich bin ja auch noch da!«, schaltete sich der Älteste ein. »Wenn es sein muss, kann ich für zwei arbeiten, Mutter!«

Die Mutter lächelte und fuhr ihrem Ältesten liebevoll über den dunklen Haarschopf.

»Zugleich hättet Ihr einen Hungrigen weniger«, gab Arbeo zu bedenken. »Und Euren Markus wüsstet Ihr versorgt und in guten Händen. Wir könnten ihn Euch sogar bei Gelegenheit zurückschicken, damit Ihr seht, wie er sich macht ... Immerhin führt uns die Reise nicht ans Ende der Welt«, setzte er lächelnd hinzu. »Nur nach Burg Satzvey, kaum einen Wochenritt von hier entfernt!«

»Nach Burg Satzvey reitet Ihr?« Die Miene der Witwe hellte sich auf. »Die Leute erzählen, der Herr dort sei gut zu seinen Knechten. Soviel ich weiß, ist da auch Josef im Dienste ... Markus, du erinnerst dich doch an deinen Vetter?«

Erklärend wandte sie sich wieder an Pater Pankratius. »Josef ist nämlich der Älteste meiner Base – ja, da wäre mein Markus in guter Gesellschaft!« Ihre Bedenken schienen plötzlich wie weggeblasen. »Auch bei Euch wüsste ich ihn wahrlich in guten Händen.« Sie blickte den Pater vertrauensvoll an. »Ihr scheint mir ein guter Mann zu sein, fromm und großzügig dazu, was man wohl nicht von jedem Pfaffen sagen kann!«

Pankratius lächelte verstohlen und nickte Markus zu, dessen Wangen vor Aufregung glühten.

»Bitte, lass mich mitgehen, Mutter«, flehte der Junge. »Ich verspreche, ich werde dich nicht enttäuschen!«

»Mein guter Junge!« Die Mutter schaute ihn wehmütig an und seufzte nochmals tief auf. »Aber wer weiß, vielleicht bedeutet das ja eine glückliche Wendung für dich. Dein Wissensdrang ist groß, und hier kann dich keiner lesen und schreiben lehren ...«

So war es beschlossen.

»Pack deine Sachen, Markus, und mach dich bereit«, sagte Arbeo.

Der Junge ließ sich das nicht zweimal sagen. Kaum eine Minute später stand er mit einem kleinen Bündel vor den beiden Männern.

»Ich bin fertig«, verkündete er und schaute mit glänzenden Augen in die Runde.

»Gut. Am besten wirst du das Packtier nehmen.« Arbeo erhob sich und nickte der Mutter zu. »Euch, Witwe, danken wir für Eure Gastfreundschaft! Doch jetzt sollten wir wirklich weiter.«

»Ja, die Zeit ist günstig, denn der Nachmittag ist noch nicht fortgeschritten«, stimmte Pankratius zu und erhob sich ebenfalls.

Er ging zu den drei Jungen, die zu Hause bleiben würden, und zeichnete jedem ein Kreuzzeichen auf die Stirn.

Als er zu Maria kam, sagte er: »Macht Euch keine Sorgen, gute Frau«, und segnete auch sie. »Es fügt sich alles nach den Wünschen unseres Herrn.«

Sie traten aus der kleinen Kate ins Freie und atmeten tief die kalte, feuchte Märzluft. Markus wurde nun doch ein wenig mulmig zumute. Noch nie hatte er sein Zuhause verlassen, von den kurzen Tagesausflügen in den Wald einmal abgesehen. Ungewohnt zärtlich umarmte er zuerst seine Geschwister, dann die Mutter, die ihn fest an sich drückte.

»Lebt wohl!« Er machte sich rasch los, ging auf das Packtier zu und nahm es am Zügel.

»Folgt mir nur!«, sagte er mit heiserer Stimme zum Pater und Arbeo, die schon aufsaßen. »Dies hier ist der Weg!«

Noch einmal drehte er sich um und hob die Hand zum Abschied.

»Passt gut auf die Mutter auf!«, rief er zurück.

Dann zog er seine Mütze auf, trieb das Packtier an und führte Arbeo und Pankratius in den Wald.

Lange noch stand Maria mit den verbliebenen Kindern in der Tür und winkte den drei Weggefährten nach, bis ein eisiger Wind sie wieder hinein in die Kate trieb.

Der Wind brachte stechenden Graupel, der hart auf die kahlen Bäume und gefrorenen Wege schlug. Schon bald waren die Abdrücke, die die schweren Rösser hinterließen, zugedeckt und der Junge mitsamt den Reitern vom dunklen Gezweige der Tannen verschluckt.

»Ich zeige Euch meine Höhle«, rief Markus nach hinten. »Da finden wir Unterschlupf, bis das Unwetter vorbei ist!«

Er führte die beiden Reiter zu einem dunklen Felsen, an dessen Fuße dichtes Dornengestrüpp wucherte. Nach oben hin hoben sich die glatten Steinwände glänzend vor dem grauen Himmel ab.

Markus hielt gleich vor dem Gebüsch an.

»Kommt näher und helft mir! Hinter diesem Buschwerk befindet sich der Eingang.«

Arbeo sprang sofort ab, reichte dem Pater seine Zügel und folgte dem Jungen. Gemeinsam schoben sie die Äste beiseite und sahen den Eingang der Höhle. Breit war er nicht, aber doch groß genug, dass auch noch die Pferde hindurchpassten.

»Kommt ruhig näher«, rief Arbeo dem Pater zu. »Markus hat einen günstigen Platz für uns gefunden. Hier können wir gut übernachten.«

Im Inneren der Höhle war es finster und kalt, aber wenigstens trocken. Der Junge fand eine Lunte auf dem Boden, entzündete sie geschickt und gab sie als Fackel an Arbeo weiter. Dann ging er wieder nach draußen, um dem Pater behilflich zu sein.

Unterdessen schritt Arbeo aufmerksam durch die Höhle. Sie erwies sich als weitaus größer, als er anfänglich vermutet hatte. Seine Fackel flackerte und warf gespenstische Schatten auf die zerklüftete Höhlenwand.

Auf einmal schrie Arbeo auf. Sein Schrei drang so durchdringend und entsetzt nach draußen, dass Pankratius und Markus die Pferde stehen ließen, wo sie waren, und eilends herbeikamen.

Wie erstarrt stand Arbeo im hinteren Bereich der Höhle und deutete in eine Felsnische.

»Was ist dort?«, fragte Markus leise.

Arbeo legte seinen Finger auf den Mund. »Der Mann, siehst du nicht?«, flüsterte er.

Jetzt bemerkten auch seine Begleiter die zusammengekauerte Gestalt in der Nische.

»Wieso regt er sich nicht?«, wunderte sich Pankratius.

Arbeo zuckte die Achseln und machte ein paar Schritte auf den Mann zu.

»Vorsichtig«, warnte der Pater leise, »vielleicht handelt es sich um eine Falle!«

Auf leisen Sohlen näherte sich Arbeo der Gestalt. Markus und der Pater folgten ihm.

Der Mann lag da, als ob er schliefe. Sein großer Schlapphut war ihm vom Kopf gefallen und lag unweit von ihm auf der Erde, neben einem Wanderstock. Arbeo berührte den Schlafenden vorsichtig an der Schulter, dann rüttelte er ihn. Der Mann rührte sich nicht. Da bückte sich Arbeo hinab und leuchtete ihm ins Gesicht.

»Gott steh mir bei! Er lebt nicht mehr!« Er hielt die Fackel höher, um den grausigen Fund zu beleuchten. »Seht nur, wie entsetzlich er zugerichtet ist!«

Pankratius und der Junge bückten sich ebenfalls zu dem Toten hinab, der mit starr aufgerissenen Augen vor ihnen lag.

Kopfschüttelnd drückte der Pater dem Mann die Augen zu. Dann blickte er an dessen Körper entlang.

»Seht die blutige Spur auf der Erde«, sagte er. »Das deutet auf eine schwere Verwundung hin.«

Tatsächlich klaffte tief in der Schulter des Unbekannten eine Wunde, wie von einem Schwert zugefügt.

»Wer mag dieser Mann sein?«, murmelte Arbeo mehr zu sich selbst. »Hier sind weder Beutel noch Tasche, in denen wir einen Hinweis auf seine Herkunft finden könnten.«

»Da, in seiner Hand ...« Mit zitternden Fingern zeigte Markus auf den Toten.

»Du hast Recht«, sagte Pankratius. »Der Mann hält etwas fest umklammert. Versucht es ihm zu entnehmen.«

»Hier – nimm!« Arbeo reichte die Fackel an den Jungen und machte sich daran, die Hand des Toten zu öffnen. Mit einiger Mühe gelang es ihm.

»Es ist ein Stofffetzen«, sagte er verwundert.

»Das ist die blaue Muschel der Jakobspilger«, erkannte Pankratius sofort. »Wie die Pilger sie immer auf ihren Umhängen tragen. Das war sicher einer der Männer, von denen Markus uns berichtet hat.«

Markus nickte. »Wo mag der andere sein?«, murmelte er mit leisem Schauder.

»Vielleicht ist es ihm gelungen zu entkommen«, überlegte Arbeo. »Wie habgierig müssen die Landskroner Raubritter sein, wenn sie nicht einmal die frommen Jakobspilger verschonen!«

Pankratius kniete neben dem Toten nieder und gab ihm seinen Segen.

»Morgen wollen wir ihn beerdigen. Jetzt lasst uns beten für den Frieden seiner armen Seele.«

Die Kälte ließ die Nacht in der Höhle schier endlos werden. Auch der Atem der ruhenden Tiere und die Ausdünstungen ihrer Leiber vermochten den großen Raum nicht zu wärmen. Lange vor Morgengrauen stapfte Arbeo zum Eingang und ging hinaus.

Auch Pankratius lag wach. Als Arbeo wieder hereinkam, richtete der Pater sich auf und rieb sich die kalten Hände.

»Der Wind hat sich gelegt«, sagte der junge Edelmann. »Aber die Erde ist hart gefroren. Es wird uns nicht möglich sein, den Armen zu bestatten.«

Das sah der Pater ein. Er ging zu dem Toten hinüber, bedeckte sein Gesicht mit einem Stück Leinentuch und sprach nochmals einige Gebete.

Markus, der als Einziger in dieser Nacht Schlaf gefunden hatte, regte sich, von der Unruhe geweckt, und blinzelte verschlafen in die ungewohnte Umgebung.

»Es wird Zeit, diesen Ort zu verlassen«, drängte Arbeo. »Mach die Pferde bereit, Markus, und führ sie nach draußen.«

Sofort sprang der Junge auf, reckte sich und ging an die Arbeit.

Draußen empfing sie ein trüber Morgen. Nebelschwaden verhüllten die Sicht, und unter den Füßen knirschte leise der Graupel.

»Die Luft ist klamm und feucht«, stöhnte Pankratius. »Meine Knochen spüren das Wetter schon lange im Voraus, und was sie mir sagen, verheißt nichts Gutes. Wir sollten schauen, dass wir so schnell wie möglich vorankommen!«

Wieder folgten sie dem Jungen, der sie sicher durch das Dickicht führte. So ritten sie einige Stunden, doch der Himmel wurde kaum heller, und die Feuchtigkeit des Nebels fraß sich durch die Kleidung. Plötzlich vernahmen sie ein fernes Rauschen.

»Hört Ihr den Fluss?«, fragte Markus. »Bald kommen wir zu einer Anhöhe. Wenn der Nebel nicht wäre, könnten wir den Strom sehen.«

Wie aufs Stichwort brach gleich darauf der Nebel auf, und sie erkannten, dass sie sich in der Nähe eines Abgrundes befanden. Als sie vorsichtig näher ritten, sahen sie auch den Fluss tief unten.

»Weit hinter uns«, Markus wies mit einer Geste zurück, »ist die düstere Burg Landskrone. Nun kann uns nichts mehr geschehen!«

Erleichtert folgten sie der Spur des Flusses und sahen die Weinstöcke an den Hängen. Allmählich lichtete sich der Wald.

»Gleich verlassen wir mein Revier«, stellte Markus fest. »Dann müsst Ihr die Führung übernehmen!«

Als sich die folgende Nacht ankündigte, war weit und breit keine Unterkunft in Sicht. Nur eine kleine Gruppe schief gewachsener Bäume und dorniger Büsche am Rande eines gurgelnden Bachs versprach etwas Schutz vor dem Wind zu geben, der eisig über die Wiesen und Anhöhen pfiff.

»Komm, Markus, hilf mir das Zelt aufschlagen«, rief Arbeo. »Es ist zwar eng, aber wenn wir zusammenrücken, werden wir alle darin Platz finden.«

Mit der geschickten Hilfe des Jungen war das gelbrot gestreifte Rundzelt bald aufgebaut.

»Nehmt meinen fellbespannten Sattel als Stütze für Euren Kopf«, forderte Arbeo den Pater auf, »und macht es Euch so bequem wie möglich. Inzwischen werden Markus und ich versuchen, auch für die Pferde ein windgeschütztes Plätzchen zu finden.«

Arbeo und Markus drückten einige der morschen Zweige im dichten Buschwerk beiseite und fanden tatsächlich noch eine wenig bewachsene Stelle, die für die drei Pferde Platz bot.

»So wird es gehen!« Arbeo nickte dem Jungen freundlich zu. »Jetzt müssen die Pferde noch versorgt werden. Führ sie zuerst zum Wasser und pflock sie dann dort an der Wiese fest. Ein paar gefrorene Halme sind ein besseres Fressen für sie als gar keines. Später kannst du sie hier für die Nacht anbinden. So, jetzt lauf schon! Ich kümmere mich inzwischen um ein kleines Lagerfeuer.«

Nachdem die Pferde schließlich für die Nacht untergebracht waren und sich die drei Weggefährten am Lagerfeuer den letzten Rest Käse und Brot geteilt hatten, krochen sie ins Zelt und fielen, erschöpft und durchgefroren, in einen unruhigen Schlaf.

Die folgenden Tage brachten keine Änderung der Witterung. Nebelschwaden hingen wie nasse Spinnennetze an den drei Reisenden, und die Feuchtigkeit machte ihre Mäntel schwer. Noch zwei Mal mussten sie im Zelt übernachten, ein andermal hatten sie Glück und fanden einen leer stehenden Stall.

An kleinen Dörfern kamen sie vorbei, wo sie gelegentlich den weiteren Weg nach Satzvey erfragten. Doch die Menschen hier waren abweisend, der kargen Landschaft angepasst. Die Erde wirkte wie ausgestorben. Kein Reh, kein Wildschwein, nicht einmal ein Vogel zeigte sich ihnen. Sogar die Geräusche wirkten wie erstickt in dieser grauen, eintönigen Natur.

Pankratius und Arbeo sprachen nicht viel und schienen ihre Kräfte schonen zu wollen. In der Tat kamen sie nur langsam voran, denn dem Pater machte die feuchte Kälte zu schaffen, und auch Arbeo fühlte sich noch nicht gänzlich genesen.

Doch bekümmerte ihn nicht nur seine körperliche Schwäche. In Wirklichkeit machte sich Arbeo viele Gedanken. Immer wieder fasste er in seine Tasche und fühlte die kühle, silberne Scherbe zwischen seinen Fingern. Sie war der einzige Beweis dafür, dass das Erlebte in Sinzig nicht nur ein Gespinst seiner fiebrigen Träume war. Was nur hatte das alles zu bedeuten?

Je mehr er über die letzten Wochen grübelte, desto klarer schien ihm, dass sein Leben von einer höheren Macht gelenkt wurde. Lange schon hatte er nicht mehr an puren Zufall geglaubt. Jetzt jedoch erkannte er, dass er sich auf einem eindeutigen Weg befand, dessen Ziel ihm allerdings noch verborgen blieb. Da war Pankratius und dessen

Verbindung zum Mann mit der Narbe, da waren der Graf von Elmt und seine unehrbaren Bündnisse mit eben dem gleichen Mann und schließlich Phylipp und dessen dringende Bestimmung, die wiederum im Zusammenhang mit Kuno von Schaumburg stand. Alle diese Männer, die ihm bis vor kurzem noch unbekannt gewesen waren, hatten eine Bedeutung für sein Leben. Aber welche? Warum nur konnte er seine Zukunft nicht selbst in die Hand nehmen und sich dem Mann mit der Narbe stellen? Und was mochte ihn wohl in Satzvey erwarten, als Beschützer der jungen Frouwe seines neuen Freundes?

So verging Stunde um Stunde und Tag um Tag. Die drei Gefährten kamen ihrem Ziel stetig näher, nicht jedoch Arbeo einer Lösung seiner Fragen.

»Oh, Arbeo, Eure Gedanken graben gar tiefe Furchen in Eure Stirn. Ich hoffe nur für Euch, da sind nicht auch ebensolche Furchen in Eurer Seele?«, versuchte Pankratius lächelnd seinen Freund aufzumuntern. »Ich sehe förmlich Eure Fragen, sie strömen mir entgegen wie eine dunkle Wolke!«

»Ihr habt die Gabe, mein Unbehagen zu erkennen«, gab Arbeo zurück. »Ach, könntet Ihr mir nur auch die Antwort geben, die ich schon so lange suche!«

»Wie wäre es, Ihr würdet versuchen, sie dort zu finden, wo sie am nächsten liegt?«, erwiderte Pankratius.

»Ihr sprecht in Rätseln«, sagte Arbeo. »Ich denke aber, Ihr meint, dass es an mir liegt, meine Fragen selbst zu lösen?«

»Es wird der Tag kommen, da gibt es keine Fragen mehr«, lächelte der Pater. »Aber bis dahin ist Zeit – Zeit, mein Freund, um mit offenen Augen durchs Leben zu gehen und im Geringsten alles zu finden!«

Er wies mit ausgestreckten Armen in die Weite.

»Seht nur, wie sich die Landschaft langsam verändert. Sechs Tage sind's erst, seit wir Sinzig und die Gegend um die Ahr verließen. Aber die Hügel und Wälder gehen langsam in weite Felder und Wiesen über, da sind Häuser und die ein oder andere Burg, und der Nebel ist endlich gewichen! Man kann wieder durchatmen!«

»Trotzdem wirkt diese Gegend nicht sonderlich einladend«, bemerkte Arbeo düster, »eher verlassen, wie ausgestorben.«

»Wie weit mag es noch sein bis Satzvey?«, schaltete Markus sich ein.

»Gemäß den Beschreibungen und Zeichnungen, die uns den Weg weisen«, antwortete Pankratius, »müssten wir heute noch die Tore von Satzvey ...«

»Da seht«, unterbrach ihn der Junge aufgeregt, »seht doch den hohen Turm da vorne!«

»So beschrieb mir Johann die Zievel«, nickte Arbeo. »Sie gehört dem Herrn Balduin von Daun und seiner Frouwe Johanna. Dann liegt unser Ziel ganz nah.«

Er fühlte sich sehr erleichtert, obwohl er niemals zugeben würde, wie sehr ihn die Reise angestrengt hatte.

Ermutigt trieben die Männer ihre Pferde an. Jetzt, da die hügelige Landschaft sich ebnete, kamen sie schneller voran. Bald ritten sie an der Burg Zievel vorbei, deren hoher Turm wie ein mahnender Finger in den kalten grauen Märzhimmel ragte. Sie durchquerten noch einen kleinen Wald, und dann standen sie am Tor der vieltürmigen Burg Satzvey.

Wie erstarrt saß die Burg auf ihrer Insel, inmitten des gefrorenen Weihers. Die Zugbrücke war hochgezogen und verstärkte den abweisenden Eindruck noch. Keine Menschenseele war weit und breit zu erblicken.

»He da, ist da jemand? Wir sind Freunde und bitten um Einlass!«, rief Arbeo laut, ohne sich viel Hoffnung zu machen, dass ihn jemand hörte.

Doch er täuschte sich. Es dauerte nicht lange, da kam aus einer Spalte in einer der Außenmauern eine Männerstimme:

»Gebt Euch zu erkennen. Wer ist Euer Herr?«

»Wir kommen im Namen Eures Herrn, des Edlen Phylipp von Vey«, rief Arbeo zurück. »Wir bringen Neuigkeiten von ihm, die für Eure Herrin, die Edelfrouwe Hedewich, bestimmt sind.«

Jetzt mischte sich eine zweite Stimme ein, diesmal von einer Frau: »Mach schnell, Peter! Lass die Brücke herab und gewähr ihnen Einlass. Sie kommen von unserem Herrn!«

An ächzenden Ketten senkte sich langsam die Brücke herab, und

Arbeo und Pankratius ritten in den Burghof. Markus, der sich von seinem Packross geschwungen hatte und es wieder wie anfangs am Lederriemen führte, folgte ihnen in geziemendem Abstand.

Der Innenhof wirkte genauso leblos wie die ganze Burg. Wo waren die Menschen, die hier wohnten und ihren Handwerken nachgehen sollten? Kein Rauch stieg aus dem Backhaus auf, kein Funkenflug kam von der Schmiede. An einem der Türmchen hing ein rotweißer Fensterladen schief in den Angeln, nur noch von einem Scharnier gehalten.

Unbemerkt von den Männern hatte sich das schwere Eichentor zum Haupthaus geöffnet, und eine schmale Frau war auf die Schwelle getreten. An ihr vorbei stürmte ein großer, weißer Jagdhund auf die Reisenden zu. Schwanzwedelnd beschnüffelte er zuerst den Pater und dann nicht minder neugierig den jungen Edelmann.

»Ich sehe, Ihr seid uns wohl gesonnen«, sagte die Frau, und ihr blasses, schmales Gesicht nahm ein wenig Farbe an. »Stella spürt unfehlbar, wenn es jemand nicht gut mit mir meint. Sie ist mir eine treue Beschützerin. Doch sprecht, wer seid Ihr und welche Nachricht bringt Ihr mir von meinem Manne?«

Arbeo verbeugte sich tief vor der jungen Frau. Zart erschien sie ihm und unendlich schutzbedürftig.

»Ich bin Arbeo von Eyll, und dies ist Pater Pankratius«, sagte er. »Der Junge mit dem Packross ist unser treuer Knecht Markus.«

Ernst schaute ihn die junge Frau aus ihren grünen Augen an. Dann ging ihr Blick zu Pankratius.

»Ich bin Hedewich von Vey«, sagte sie freundlich. »Tretet ein aus der Kälte und seid mir willkommen!«

Hinter ihr trat der Marschall ins Freie und rief einen kräftigen Knecht herbei.

»Josef, komm und kümmere dich um den jungen Markus! Zeig ihm den Weg zu den Stallungen.«

Einen Augenblick stutzte der Knecht, als er seinen Verwandten sah, dann ging ein breites Grinsen über sein Gesicht.

»Vetter Markus! Dich hat mir der Himmel geschickt!« Er schlug ihm freundschaftlich auf die Schulter. »Siehst aus, als könntest du einen ordentlichen Teller Suppe brauchen! Komm am besten gleich mit mir in die Küche.«

Pankratius und Arbeo nickten sich zufrieden zu, während sie Hedewich durch das Tor ins Innere des Hauses folgten. Um den Jungen brauchten sie sich keine Sorgen zu machen, er war hier gut aufgehoben!

Sie traten in einen dunklen Saal. Fast alle Fensterläden waren wegen der Kälte geschlossen. Nur durch ein Fenster, das mit einer eingeölten Tierhaut bespannt war, konnte ein wenig Tageslicht in den Raum eindringen.

An der Kopfseite des Saals brannte ein Feuer, dessen Flammen tanzende Schatten auf die gegenüberliegende Wand warfen. Eine schlanke Frau erhob sich von der Bank, die vor dem Kamin stand, und kam mit leichten Schritten auf die Eintretenden zu. Im ersten Moment dachte Arbeo, es sei vielleicht Hedewichs Mutter. Aber als er näher hinsah, erkannte er an dem schlichten Gewand, dass es sich um eine Nonne handeln musste. Sie war mit Stickarbeiten beschäftigt gewesen. Jetzt nickte sie den Besuchern freundlich zu und verließ den Raum.

»Setzt Euch ans Feuer«, lud Hedewich die Männer ein. »Ich werde Euch schnell heißen Met bringen lassen. Aber zuerst sagt mir, welche Nachricht bringt Ihr?«

Als die beiden nicht sogleich antworteten, schaute sie angstvoll zu Pankratius.

»Guter Pater, ich fühle eisige Angst in meiner Brust. Es ist Phylipp doch nichts geschehen? Oder etwa Johann, meinem Bruder?«

»Beruhigt Euch«, erwiderte der Pater mit seiner gütigen Stimme. »Beiden geht es gut. Euer Gemahl lässt Euch inniglichst grüßen. Kein Tag vergeht, an dem er nicht Euren Namen erwähnt. Mit jeder Geste lässt er spüren, wie sehr er Euch verehrt.«

Hedewich lächelte, und ihre Augen gewannen Glanz.

»Einen zahmen Falken hält er bei sich, von goldglänzendem Gefieder«, fügte Arbeo hinzu und konnte seinen Blick nicht von ihr wenden. »Des Öfteren sah ich Phylipp in seinem Lager auf und ab gehen, ganz in Gedanken verloren. Den Falken trug er auf seiner Faust und strich ihm zärtlich über sein Federkleid.«

Hedewich schaute Arbeo neugierig an. Wie gepflegt er sprach und wie anmutig er sich bewegte.

»Und wenn Phylipp den Falken in die Lüfte steigen ließ«, nahm Pankratius den Faden auf, »sah er ihm fast untröstlich nach! Manchmal zeigte er dann auf die goldenen Bänder, die dem Vogel hinterherflogen, und erzählte, Ihr hättet sie bestickt und sie ihm zum Abschied mitgegeben.«

Hedewich senkte den Blick und seufzte voll süßer Erinnerung.

»So sagt mir, wohin ihn die Wege jetzt führen«, drängte sie dann. »Ich spüre, Eure Nachricht ist von großer Bedeutung.«

Schweren Herzens erzählte der Pater, wo er und Arbeo Johann und Phylipp vor vier Wochen getroffen hatten. Von dem Besuch im Badehaus sprach er und auch von dem Gesandten des Kaisers. Hedewich hörte aufmerksam zu.

»Schon beim ersten Anblick des Grafen von Elmt ahnte ich Schlimmes«, meinte sie schließlich nachdenklich. »Auch Stella knurrte nur, wenn sie ihn in meiner Nähe witterte. Doch ich unterbreche Euch, bitte fahrt fort.«

Als der Pater auf Johanns Ungeduld zu sprechen kam, musste Hedewich schmunzeln. Ja, so kannte sie ihren Bruder auch! Tief berührt war sie hingegen, als sie merkte, welche Sorgen er sich offensichtlich um sie machte. Auch sie vermisste sein heiteres Wesen.

»Wer ist dieser Kuno von Schaumburg?«, fragte sie erschrocken, als sein Name zum ersten Mal fiel. »Ich entsinne mich nicht, jemals von ihm gehört zu haben.« Nur mit Mühe gelang es ihr, die aufkommende Angst zu verbergen. Unruhig rieb sie sich die zitternden Hände.

Da erzählte der Pater von seiner Verbindung zu Kuno, ohne jedoch näher auf die grausamen Einzelheiten einzugehen. Doch unwillkürlich verdüsterte sich sein Antlitz, und es war nicht zu übersehen, wie sehr er noch immer unter der Vergangenheit litt.

»Ich musste ihn aufgeben«, schloss er. »Ich konnte einfach nichts mehr für ihn tun!«

»Ihr habt Euer Bestes gegeben«, sagte Arbeo. Und an Hedewich gewandt fuhr er fort: »Ich mochte Euren Bruder auf Anhieb, und Euer Gemahl ist ein wahrer Edelmann!« Lächelnd erzählte er von dem kleinen Wortgefecht zwischen Phylipp und Johann. »Euer Bruder war sehr enttäuscht, dass er mich nicht begleiten durfte. Am liebsten wäre er ohne Verzögerung ins Badehaus gestürmt, um den Gesandten zur Rede zu stellen!«

»Ja, so ist er immer!« Auch Hedewich lächelte, und ihre grünen Augen blitzten auf.

Wie schön sie ist, dachte Arbeo und zwang sich, seinen Blick von ihr zu wenden.

Während er weiter von den zurückliegenden Ereignissen berichtete, kam die Nonne zurück und setzte sich an Hedewichs Seite. Als Arbeo auf seinen Aufenthalt in Palermo und seine Kenntnis der arabischen Sprache zu sprechen kam, gab sie einen leisen Laut der Überraschung von sich. Arbeo fuhr unbeirrt fort, Pankratius jedoch warf der Nonne einen prüfenden Blick zu. Merkwürdig, warum berührte sie das so?

Seine Begegnung mit der Roten Zara erwähnte Arbeo mit keinem Wort, und auch seine Erlebnisse mit dem Spiegler verschwieg er. Lediglich von seiner Erkrankung sprach er kurz, als Grund für die verzögerte Abreise.

»Jetzt wisst Ihr alles«, beendete er schließlich seine Erzählung.

Für eine Weile trat Schweigen ein. Erst als sich die Nonne erhob, wurde die Stille unterbrochen.

»Ah, Benigna, ich habe Euch gar nicht bemerkt, so sehr war ich vertieft in die Neuigkeiten, die uns unsere Gäste brachten.« Auch Hedewich erhob sich. »Erlaubt mir, dass ich Euch Benigna vorstelle, meine engste Vertraute und Freundin seit unserer gemeinsamen Klosterzeit!«

Pankratius und Arbeo standen ebenfalls auf und begrüßten die Nonne höflich.

Sie hat eine freundliche Ausstrahlung, und die tiefen Falten um ihre Augenwinkel deuten auf Fröhlichkeit und Lachen, dachte der Pater. Aber wie undurchschaubar schwarz ihre Augen sind, wie zwei Seen, tief und ohne Grund!

Arbeo empfand ähnlich, doch mehr noch verwunderte ihn der ungewöhnliche Farbton ihrer Haut. Er erinnerte an blasse Oliven aus dem fernen Sizilien. Wie seltsam!

Benigna flüsterte Hedewich etwas ins Ohr.

»Oh, wie unaufmerksam von mir«, rief daraufhin Hedewich. »Ihr seid sicher hungrig und durstig. Es ist Zeit fürs Abendmahl!« Sie klatschte in die Hände. »Marschall, lasst die Tafel bringen und die Speisen auftragen. Und vergesst nicht die Krüge mit unserem besten Wein!«

Als sie sich gesetzt hatten, bat Hedewich den Pater, die Speisen zu segnen. Im Sinne der Fastenzeit waren es einfache Gerichte, die auf Tellern und Platten angeboten wurden: gesottener Fisch, eine Brühe von winterlichen Rüben und Wurzeln und frisches, noch warmes Brot aus der Backstube, dazu Butter und ein würziger Käse vom Schaf und schließlich ein mit Honig gesüßter Brei aus Grieß.

Hedewich hatte sichtlich Freude daran, wie gut es ihren Gästen schmeckte. Sie selbst griff nur spärlich zu, obwohl Benigna sie immer wieder dazu ermunterte. Größer als der Hunger auf Speisen war ihr Hunger auf ein wenig Abwechslung und menschliche Gemeinschaft.

»Es wird mir gut tun, Euch in meiner Nähe zu wissen«, sagte sie lächelnd zu Pankratius. »Ganz still ist es hier geworden, seit auch meine Freundin, Elisabeth von Frentz, uns kürzlich verlassen hat.« Wehmut trat in ihre Augen, als sie hinzufügte: »So ein liebes Kindlein hat sie geboren. Ach, Benigna, war es nicht wonnig?«

Im Laufe des Abends entwickelte sich eine rege Unterhaltung. Hedewich berichtete von ihrem Leben und von den Schwierigkeiten, mit denen sie täglich zu kämpfen hatte. Dabei wandte sie sich insbesondere an den Pater, der Ruhe und Besonnenheit ausstrahlte und die Erfahrung des Alters spüren ließ.

Es ist gut, diesen väterlichen Ratgeber an meiner Seite zu wissen, dachte sie. Wie weise hat Phylipp entschieden, als er ihn mir sandte!

Der Wandteppich

Pankratius und Arbeo fühlten sich wohl auf Burg Satzvey. Allmählich bildete sich ein fester Tagesablauf in der kleinen Gemeinschaft heraus. Angefangen wurde stets mit einem stillen Gebet. Nach der ersten Mahlzeit setzten sich Benigna und Hedewich mit den beiden Gästen zusammen, um den weiteren Verlauf des Tages zu besprechen. Meist nutzten sie dann den Vormittag, um bei Tageslicht wichtige Arbeiten auf der Burg vorzunehmen.

So war es unter der Anleitung des Paters gelungen, den schief hängenden Fensterladen am Außentürmchen wieder zu befestigen, und Pankratius war es auch, der auf die Nässe aufmerksam machte, die vor allem die Holzbalken an der Ostseite der Burg anfaulen ließ. Durch das offene Fenster waren Regen und Schnee nach innen gedrungen, und aus der Pfütze, die sich dort ansammelte, tropfte es stetig durch den Boden in den darunter liegenden Abort.

Pankratius schlug vor, Sägespäne und Holzmehl auf die nassen Stellen zu streuen, um die Feuchtigkeit aufzusaugen, und Hedewich sorgte dafür, dass der Vorschlag sofort umgesetzt wurde.

»Gut, dass Ihr den Schaden noch rechtzeitig erkannt habt«, sagte sie dankbar. »Meint Ihr, der kleine Raum wird wieder ganz trocken?«

Pankratius fuhr mit einer Hand über die nasse Wand. »Wenn die Sonne wieder scheint und der Raum gut gelüftet wird, dürfte der Schaden bald behoben sein«, nickte er zuversichtlich.

Nach der Mittagsmahlzeit pflegte sich der Pater zurückzuziehen. Wenn sich Hedewich nicht selber für eine Rast in ihre Kemenate begab, war dies die Zeit, die sie für Ausflüge zu den Dörfern benutzte, um sich getreu ihrem Versprechen nach dem Wohl der verbliebenen Alten, Frauen und Kinder zu erkundigen. Meist begleitete Benigna sie dabei.

Immer deutlicher spürten die beiden Frauen, wie schmerzlich die Dörper unter der Abwesenheit ihrer kräftigen Männer litten. Sogar die Kinder wurden stiller und verkrochen sich ängstlich in ihren armseligen Behausungen. Hedewich fühlte die Schwermut der ihr anvertrauten Menschen bei jedem Besuch mehr und litt darunter, dass sie ihnen so wenig helfen konnte.

Besonders sorgte sie sich um die alte Sophie, die alleine und etwas abseits von den anderen Dorfbewohnern lebte. Ihr einziger Sohn war mit Phylipp gezogen, und Hedewich merkte schon seit geraumer Zeit, wie die Frau allmählich all ihren Lebensmut verlor. Eines Tages wollte sie ihr einen Korb mit Brot und kaltem Fleisch von der vorabendlichen Tafel vorbeibringen. Auch einen Krug Wein, mit Kräutern versetzt, hatte sie zur Stärkung für die alte Sophie eingesteckt. Doch als sie an die Tür der kleinen Kate klopfte, kam im Gegensatz zu sonst keine Antwort von drinnen. Benigna stieß voll schlimmer Vorahnungen die Tür auf, und die beiden Frauen traten ein. Rasch mussten sie erkennen, dass sie nichts mehr für Sophie tun konnten. Die alte Frau lag verkrümmt auf dem Lehmboden vor ihrer Pritsche. Sie musste schon vor einigen Tagen verstorben sein.

Hedewich bat den Pater, das Begräbnis abzuhalten, und er kam dieser Aufgabe so einfühlsam und tröstlich nach, dass Hedewich wieder einmal dem Himmel für diesen Beistand dankte.

Von nun an begleitete Pater Pankratius die beiden Frauen regelmäßig in die Dörfer. Mit seiner ruhigen, besonnenen Art gewann er schon bald das Vertrauen der Leute und vermochte ein wenig Zuversicht in ihre schweren, düsteren Tage zu bringen.

Arbeo beteiligte sich nicht an diesen Ausflügen. Er zog es vor, zusammen mit dem jungen Knecht Markus durch die Wälder zu reiten. Markus erwies sich als ausgezeichneter Schütze, und mit Hilfe der weißen Bracke Stella, die mit ihrem ausgeprägten Spürsinn alle Fährten fand, gelang es ihnen, Hirsche, Säue und Hasen zu jagen. So herrschte nie Mangel in der Küche, und besonders die jungen Mägde hegten insgeheim eine schwärmerische Verehrung für den jungen, kraftvollen Edelmann.

Äußerlich war es eine friedliche Zeit, eintönig und still. Nur die Jagd und die Besuche bei den Dörpern brachten ein wenig Unterbrechung in die langen Wintertage. Doch war unterschwellig immer die Angst vor Kuno und seinen dunklen Absichten gegenwärtig.

Die meiste Zeit verbrachten Hedewich und Benigna mit ihrer Arbeit am Wandteppich. Schweigend saßen sie beieinander, Stunde um Stunde, und oft gesellte sich der Pater zu ihnen.

Er war beeindruckt von ihrer Arbeit. »Ich kenne weiß Gott viele Kirchen und habe auch verschiedene Klöster besucht, wo ich kostbar bestickte Antependien und Dorsalien zu sehen bekam. Aber eine solch schöne Arbeit wie die Eure ist mir noch nie unter die Augen gekommen!« Er zeigte auf eine Jagdszene. »Wenn ich nicht irre, ist dies Eurer Gemahl, der die anderen Reiter anführt.«

»Ja, an diesem Bild habe ich gleich nach unserer Hochzeit angefangen zu arbeiten. Jetzt ist es fertig gestellt«, erwiderte Hedewich mit leisem Stolz.

»Ihr habt sein Antlitz hervorragend wiedergegeben«, begeisterte sich der Pater. »Die hohen Wangenknochen kommen ausgezeichnet zur Geltung, auch seine lange, schmale Nase ist unfehlbar wiederzuerkennen, ebenso eine gewisse Güte, die sich in seinen Augen und in seiner Haltung widerspiegelt.«

Hedewich lächelte und freute sich über das Lob.

Der Pater beugte sich vor, um besser zu sehen. »Sagt, ist das nicht sein Lieblingsfalke, den er auf der Faust bei sich trägt? Ich erkenne sogar die Bänder, die Ihr ihm um die Fesseln geschlungen habt, als Zeichen Eurer Liebe.«

Hedewich nickte wehmütig. Während sie sich wieder ihrer Arbeit widmete, wanderten ihre Gedanken zu Phyilipp und Johann, und plötzlich spürte sie die drückende Stimmung, die sie seit dem Abschied von ihrem Mann quälte. Damals hatten sich die dunklen Wintertage wie ein Stein auf ihr Gemüt gelegt. Grau an grau hatte sich ein Tag an den nächsten gereiht, und schon das morgendliche Aufstehen hatte sie Überwindung gekostet. Ihr ganzes Dasein in dieser eingefrorenen, leblosen Landschaft war ihr so sinnlos erschienen.

Sie gab sich innerlich einen Ruck. Du hast jetzt keinen Anlass mehr, dich diesen trüben Stimmungen hinzugeben!, ermahnte sie sich. Immerhin ist der Pater an deiner Seite – und auch Arbeo. Unwillkürlich legte sie die Nadel beiseite. Ob die beiden tatsächlich gegen Kuno und seine finstere Mannschaft ankommen würden? Ach, wäre doch Phylipp wieder da und Johann!

Ein Räuspern ließ sie aufblicken. Ganz gegen seine Gewohnheit hatte sich Arbeo zu den stickenden Frauen und Pater Pankratius gesellt.

»Sprecht zu mir von Eurer Kunst«, sagte er leise zu Hedewich und strich mit seiner langen, schmalen Hand über die kostbare Bordüre mit den goldroten Granatäpfeln.

Verwirrt blickte Hedewich ihn an. Es geschah selten, dass Arbeo das Wort an sie richtete, im Gegenteil, er hatte sich in den letzten Wochen immer mehr von ihr zurückgezogen, manchmal hatte sie sogar den Eindruck, er ginge ihr absichtlich aus dem Weg. Sicher war es ihm lästig, immer nur in der Gesellschaft von zwei Frauen und einem alten Pater zu sein! Vermutlich erwartete er sehnlichst Phylipps Rückkehr, die ihn endlich von dem Versprechen, sie zu schützen, erlöste. So hatte sie gedacht und sich das Verhalten des Edelmannes erklärt. Doch jetzt, unter dem eindringlichen Blick seiner eisblauen Augen, wurde sie unsicher, und zarte Röte überzog ihr schmales Gesicht.

Arbeo konnte seine Augen nicht von ihr wenden. Wie schön sie war, er hatte niemals eine Frau wie sie gesehen – so zart und schutzbedürftig, zugleich aber auch so stark und eigenständig, so kultiviert und doch zugleich ganz natürlich. Und manchmal blitzte eine faszinierende Ungezähmtheit in ihr auf, ja Wildheit ...

Benigna warf den beiden einen besorgten Blick zu. Seit seiner Ankunft hatte sie Arbeo insgeheim beobachtet. Auch wenn er sich immer weniger an ihren Gesprächen beteiligte, so spürte sie umso deutlicher die sinnliche Kraft, die von ihm ausging, ganz besonders in Hedewichs Nähe. Auch wie er Hedewich ansah, wenn er meinte, niemand würde es bemerken, blieb der klugen Nonne nicht verborgen. Sie behielt ihre Eindrücke jedoch für sich und hoffte nur, dass Hedewich weiterhin von alldem nichts ahnte.

Jetzt hatte Hedewich ihre Unbefangenheit wiedergewonnen. Auch wenn es sicherlich nur die Höflichkeit war, die den jungen

Adeligen dazu trieb, auch einmal an ihrer Arbeit Anteil zu nehmen, so schaffte er es damit wenigstens, sie von ihren düsteren Gedanken abzulenken.

»Die Bilder auf dem Teppich betreffen mein Leben«, erklärte sie Arbeo freundlich. »Seht hier, die Bauern und ihre Kinder bei der Ernte. So sind sie mir schon in meiner Kindheit auf der Nürburg begegnet, und andere von hier sind dazugekommen ...«

»Unter den Jagdgästen sehe ich einige bekannte Gesichter«, lächelte Arbeo und zeigte auf Phylipp und Johann. »Die Geschicklichkeit Eurer zarten Hände ist wahrlich erstaunlich. Solch eine feine Arbeit sah ich noch nie.«

Hedewich spürte, wie ihr erneut die Röte ins Gesicht schoss, und senkte rasch die Augen. Mehr noch als seine Worte brachte sie plötzlich seine männliche Nähe in Verlegenheit, die ganz unbekannte, verwirrende Gefühle in ihr auslöste.

Laut sagte sie: »Ihr schmeichelt mir«, und wandte sich unsicher der Nonne zu. Deren ruhiger, tiefer Blick brachte sie wieder ins Gleichgewicht.

»Benigna ist mir eine große Hilfe«, setzte sie erleichtert hinzu, »und der Faden, den sie mir gibt, trägt das Seine zum Gelingen bei. Er ist so fein und reißt doch nie. Wenn ich ihn in der Nadel habe, meine ich fast, die Stiche würden von alleine ausgeführt, so leicht geht mir die Arbeit von der Hand.«

Arbeo nickte aufmerksam. »Und was wird aus dieser Stelle?«

Er deutete auf die Mitte des Teppichs. Hier war der Unterstoff leer und unbearbeitet, nur einige Striche, mit Kohle gezeichnet, ließen schemenhaft erkennen, dass eine Landschaft entstehen sollte.

»Ich weiß es noch nicht«, gestand Hedewich. »Diese Stelle ist noch frei und muss sich erst entwickeln. Aber seht«, sie zeigte auf die rechte Seite, »hier ist die Burg und das Tor, durch das Ihr täglich reitet. Dahinter sind die Gärten und die blühenden Wiesen, so sieht es im Sommer bei uns aus.«

»Und dieses Wesen?« Arbeo zeigte auf das weiße Einhorn, das durch das Tor auf die Wiese hinaustrat. »Das ist ein reizvolles Tier, mit seinem geschwungenen einzelnen Horn. Kennt Ihr seine Bedeutung?«

Benigna schaltete sich ein. »Damit hat es seine besondere Bewandtnis«, sagte sie. »Erlaubt mir, Euch dazu eine Geschichte zu erzählen.«

»Gern.« Arbeo zog seinen Stuhl näher an das Feuer und wandte sich aufmerksam der Nonne zu.

Auch der Pater, der seit Arbeos Erscheinen ein wenig abwesend gewirkt und mit halb geschlossenen Augen im Lehnstuhl vor sich hin meditiert hatte, beugte sich vor und lauschte gespannt.

»In einem fernen Land lebte ein mächtiger und sehr reicher Sultan«, begann Benigna mit ihrer dunklen, weichen Stimme. »Er hatte viele Frauen in seinem Harem, einer jedoch war er besonders zugetan. Sie war schön und anmutig, und als sie ihm den lang ersehnten Sohn schenkte, schien sein Glück vollkommen.«

Sie ließ die Nadel sinken, und ihre Augen verloren sich in weiter Ferne.

»Eines Tages meldete sich beim Sultan ein Bote«, erzählte sie weiter. »›Mein Herr, der über das Reich hinter den Bergen herrscht, kündigt seinen Besuch an‹, sagte er. ›Als Gastgeschenk lässt er Euch die schönste seiner Sklavinnen bringen, die Euch treu und ergeben dienen soll.‹ Damit drehte sich der Bote zur Tür und klatschte in die Hände. Eine Frau von unvergleichlicher Schönheit trat in den Raum. Ihre schwarzen Haare glänzten wie Ebenholz, und ihre roten Lippen erinnerten an die süßen Kirschen, die im Garten hinter dem Palast von den Bäumen hingen. Sie war in hauchzarte Stoffe gehüllt, und bei jeder Bewegung schimmerte verheißungsvoll und makellos ihre glänzende Haut hindurch. Der Sultan war beeindruckt. ›Richtet Eurem Herrscher meinen Dank aus‹, sagte er. ›Sein Besuch ist mir willkommen.‹«

Arbeo blickte die Nonne verwundert an. Was ist das nur für eine Geschichte?, dachte er. Wie kann eine Nonne, die ihr Leben behütet im Kloster verbrachte, eine so gute Kenntnis von Sultanen und Sklavenbräuchen erlangen? Doch behielt er seine Gedanken für sich und hörte weiter aufmerksam zu.

»Als die Lieblingsfrau des Sultans die neue Sklavin sah«, fuhr Benigna fort, »fragte sie: ›Welche Ursache sieht der König darin, Euch solch eine anmutige Sklavin zu schicken? Seid auf der Hut, ich wittere eine Falle.‹ Doch der Sultan war bereits verblendet. Tagein, tagaus bestand er auf der Anwesenheit der Schönen, die ihm unendlich süße Melodien auf einer Flöte vorspielte und sich dazu geschmeidig im Tanze bewegte.«

Pankratius runzelte die Stirn und berührte das Kreuz des Rosenkranzes in seiner Kutte. Eine höchst merkwürdige Geschichte für eine Nonne, dachte auch er, doch ebenso wie Arbeo hütete er sich, sein Befremden zu zeigen.

Benigna war so vertieft in ihre Erzählung, dass sie die Unruhe der beiden Männer nicht bemerkte.

»Nach einer Weile vergaß der Sultan sogar seine Lieblingsfrau und den Sohn, den sie ihm geboren hatte. Die Verschmähte spürte, wie ihr Herz brach. Sie wurde schwächer und schwächer und hatte Angst zu sterben.«

Hedewich seufzte mitfühlend. Benigna schaute ihre Herrin lächelnd an und fuhr, den Blick auf sie gerichtet, fort:

»Eines Tages rief die Lieblingsfrau des Sultans eine Zauberin zu sich. ›Ich spüre, dass es mir nicht mehr lange vergönnt ist zu leben‹, sagte sie ihr. ›Mein Sohn aber soll es gut haben. Nehmt ihn fort von hier und schützt ihn vor der Tücke der Leidenschaft. Nichts soll seine Reinheit trüben.‹ Die Zauberin nahm das Kind und brachte es in einen verborgenen Garten …«

Jetzt sah sich Pankratius doch gezwungen einzugreifen.

»Ich muss doch sehr bitten«, sagte er ungewohnt streng. »Ihr wisst doch hoffentlich, dass die Kirche nichts von derartigen Erzählungen hält!?«

Benigna zuckte zusammen und schien wie aus einem Traum zu erwachen.

»Lieber Pater«, bat sie leise, »habt nur ein wenig Geduld, dann werdet ihr erkennen, dass die Geschichte ein Gleichnis birgt. Dem wird sogar die Mutter Kirche nichts entgegenzuhalten haben.«

»Ich hoffe es nur«, brummte der Pater und ließ sich wieder zurück in seinen Lehnstuhl sinken.

Benigna blickte erneut zu Hedewich hinüber, die ihr aufmunternd zuwinkte.

»Erzählt schon, wie ging es weiter?«, fragte sie gespannt.

»Nun, drei Jahre vergingen, in denen der Sultan sich nur noch seiner Leidenschaft zu der schönen Sklavin widmete«, nahm Benigna den Faden wieder auf. »Er vernachlässigte sein Reich und die Verteidigung seiner Grenzen. So war es schließlich ein Einfaches für den König, einzudringen und das Volk des Sultans zu unterjochen.«

»So hatte seine Lieblingsfrau mit ihrer Warnung doch Recht«, warf Hedewich ein. »Bei der Sklavin handelte es sich tatsächlich um eine Falle.«

»Aber – was hat dies mit dem gehörnten Ross zu tun?«, erinnerte Arbeo.

»Wartet nur ab«, gab Benigna ruhig zurück. »Die Geschichte geht noch weiter: Die Frau des Sultans und Mutter des Kindes war inzwischen gestorben. Der junge Prinz jedoch lebte in seinem wunderschönen verwunschenen Garten. Durch den Garten rauschte ein silberner Bach, in dem sich bunte Fische tummelten. Am schönsten waren die roten. Wenn die Strahlen der Sonne sich in ihren Flossen verfingen, schillerten und glitzerten sie wie lebende Edelsteine. Kamen sie in Schwärmen an die Oberfläche, schien der Bach wie gülden zu fließen.«

Benignas Augen hatten wieder ihren verträumten Glanz angenommen. Sie schien in Gedanken weit weg zu sein. Als im Kamin ein Holzscheit lautstark umfiel und alle zusammenzucken ließ, bemerkte sie es nicht einmal.

»Im Garten war es das ganze Jahr über warm. An den Bäumen wuchsen köstliche Früchte, die so reif waren, dass eine Berührung genügte, um sie aufplatzen zu lassen, und die blühenden Sträucher dufteten betörend. In den Büschen lebten Vögel mit blauem und grünem Gefieder. Ihr Gesang klang verlockend und süß. Flogen sie hoch in den klaren Himmel, erzeugte ihr Flügelschlag eine kühlende Brise, und die Baumwipfel rauschten im Einklang dazu. Auch andere Tiere lebten in dem Garten, listige Affen, schnelle Gazellen und tiefschwarze Panther …«

Über welch ungewöhnliche Kenntnisse diese Frau verfügt, staunte Arbeo erneut und lauschte gespannt dem Fortgang der Geschichte.

»Alle lebten friedlich nebeneinander und waren liebevolle Spielgefährten für den heranwachsenden Prinzen.« Benigna strich sanft mit dem Zeigefinger über den Teppich. »Er war zufrieden mit seinem Leben in dem schönen Garten, denn er kannte nichts anderes als die Tiere, die er sah, und die Früchte, die er kostete. Oft saß er am Ufer des rauschenden Baches und beobachtete die Fische und die zarten Libellen, und die Tage flossen gleichmäßig wie der Bach dahin. Immer war der Himmel blau, beschattet nur hier und da von weißen, bauschigen Wolken. Bis zu dem Tag, an dem alles anders wurde.«

Benigna hielt einen Augenblick inne. Als sie weitersprach, hatte ihre Stimme einen noch tieferen, geheimnisvollen Klang.

»Die Büsche teilten sich und durch ihre Öffnung trat eine junge Frau. Sie trug ein fließendes Gewand aus hellblauer Seide, und ihre langen Haare waren locker von einem grünen Band zusammengefasst. An einem goldenen Riemen führte sie ein weißes Ross mit einem langen gedrehten Horn in der Mitte seines Kopfes. Genau so, wie es dieses Ross trägt.«

Lächelnd schaute sie von Pankratius zu Arbeo und schließlich zu Hedewich.

»Ich weiß, Ihr habt Euch immer über dieses Tier gewundert. Auch der junge Prinz war sehr erstaunt, hatte er doch solch ein schönes Wesen noch nie zuvor gesehen. Schüchtern ging er auf die Frau zu. ›Mein Ross dürstet‹, sagte sie, ›und ich verspüre Hunger. Dürfen wir uns bei Euch erfrischen?‹

Der Prinz führte sie zum Bach und tränkte das Einhorn. Für die Schöne brachte er eilends die reifsten Früchte seines Gartens. Er setzte sich in ihre Nähe, zog seine Flöte hervor und entlockte ihr Melodien, die von einem ihm selbst unbegreiflichen Schmerz sprachen und zugleich von einem Glück, das ihm noch nie beschert worden war. Nach einer Weile sah er, dass die Frau eingeschlafen war, und er wagte sich näher an sie heran. Vorsichtig, um sie nicht zu wecken, berührte er ihr Haar und, als sie sich nicht regte, auch den rosigen Schein ihrer Wangen. Da erwachte sie und setzte sich auf. Ihr Gewand verrutschte dabei und entblößte eine Brust, so weiß wie der Schnee auf den Bergen.«

Der Pater räusperte sich und blinzelte verlegen zu Hedewich. Sie war jedoch so gebannt von der Erzählung, dass sie seinen Blick gar nicht bemerkte.

»Der Prinz konnte nicht umhin und benetzte ihre dunkle Knospe mit seinen Lippen. Dann schaute er in ihre Augen, so groß und so blau wie die Weite des Himmels. Sie aber stand auf und ging zu ihrem Einhorn. ›Eure Zeit ist noch nicht gekommen‹, sagte sie. ›Zähmt zunächst die Begierde, die sich wie ein Tier in Euch regt. Nur dann wird der Garten der Lust Euch mannigfaltig seine Früchte bescheren.‹ Damit schwang sie sich auf das Ross und verließ den Garten so, wie sie ihn betreten hatte.«

»Und der junge Prinz«, entfuhr es Arbeo, »durfte nur kosten und doch nicht genießen?«

Benigna lächelte ihm zu. »Er verließ den Garten, der ihm auf einmal nicht mehr genügte«, antwortete sie geduldig. »Getrieben von einer brennenden Sehnsucht suchte er die Frau mit dem Einhorn. Viele Jahre vergingen, aber der Prinz fand sie nicht. Sieben Meere überquerte er und sah Sirenen und Nymphen, die ihn mit ihrem Gesang lockten. Doch er blieb standhaft. Sieben Wälder durchquerte er und hörte das Flüstern der betörenden Feen. Doch blieb er beharrlich und standhaft. Sieben Gebirge und sieben Länder durchreiste er und traf auf viele liebreizende Frauen, die ihn lockten. Doch immer noch suchte er nach der Erfüllung seiner Sehnsucht und blieb standhaft.

Eines Tages kam er wieder zurück zu seinem Garten. Er betrat ihn und sah die Jungfrau, die inmitten eines Rosenbeetes saß. Neben ihr graste friedlich das Einhorn. Die junge Frau blickte den Prinzen an, so als hätte sie ihn erwartet. ›Eure Standhaftigkeit hat mich überzeugt‹, sagte sie. ›Ihr habt es vermocht, Eure Begierde in reine Liebe zu verwandeln. Jetzt seid Ihr bereit, die Früchte zu ernten.‹

Da ging er auf sie zu, und sie öffnete ihre Arme und empfing ihn. Das Einhorn aber verließ den Garten und ward nie mehr gesehen.«

Das Geräusch eines ruckartig zurückgeschobenen Stuhles unterbrach die eingetretene Stille.

»Ein wahrlich reizendes Märchen«, sagte Arbeo schroff und machte ein paar erregte Schritte durch den Raum. »An dergleichen erinnere ich mich nur aus meiner Heimat in Palermo. Ich frage mich, woher Ihr solche Geschichten kennt?«

Als Benigna nichts erwiderte, fügte er hinzu: »Es ist bereits spät. Ich wünsche Euch eine gute Nacht und bitte mich zu entschuldigen.«

Er wandte sich ab und verließ den Raum.

Erschrocken blickte Hedewich vom Pater zu Benigna. »Was ist denn in ihn gefahren? Es war doch nur eine unschuldige Geschichte!«

»Ganz so unschuldig ist diese Geschichte nun auch nicht«, antwortete der Pater bedächtig. »Offensichtlich hat sie unseren Freund empfindlich berührt. Aber macht Euch keine weiteren Gedanken darüber. Mit Eurer Erlaubnis werde auch ich mich zurückziehen und wünsche Euch einen erholsamen Schlaf.«

Als sie allein waren, fuhr Hedewich nachdenklich mit ihrem Finger an dem Spruchband entlang, das unter dem Einhorn zu sehen war: *Tugendsam und keusch komme ich zu Euch.*

»Jetzt verstehe ich, warum Ihr dieses Tier gewählt habt«, murmelte sie.

Die Nonne nickte ernst. »Als Zeichen Eurer Jungfernschaft brachte ich es in den Teppich ein, den wir damals im Kloster gemeinsam begonnen haben. Das Abbild Eures Lebens, Eurer Taten und Eurer Erkenntnisse soll dieser Wandteppich ja werden.« Sie stand auf und rieb sich fröstelnd die Arme. »Aber jetzt lasst uns auch schlafen gehen, Hedewich. Der Abend ist bereits weit fortgeschritten.«

Verwundert und nachdenklich ließ sich Hedewich in dieser Nacht auf ihrem Lager nieder. Doch noch während sie die Geschehnisse dieses Abends wieder vor sich ablaufen ließ, fiel sie in einen tiefen, traumlosen Schlaf. Sie schlief so fest, dass sie nicht einmal das Ächzen des hölzernen Gebälks wahrnahm. Und auch nicht die Schritte auf der dunklen Treppe.

Nachdem Pankratius sich lange schlaflos auf seinem Lager hin und her gedreht hatte, beschloss er, in die Kapelle zu gehen. Dort vor dem Kreuz würde es ihm sicher leichter fallen, zur Ruhe zu kommen und seine Gedanken zu ordnen. Vorsichtig öffnete er die Kammertür und lauschte in den Flur hinaus. Täuschte er sich oder ging da wirklich jemand leise die Treppe hinunter? Noch leiser schlich Pankratius hinterher.

Das Feuer im Saal war bereits heruntergebrannt. Im schwachen Licht der glühenden Scheite sah der Pater den Wandteppich, der noch immer auf der Truhe vor dem Kamin lag, wo Hedewich ihn abgelegt hatte. Tief über den Teppich gebeugt stand Arbeo und strich mit einer Hand sacht über die Stickereien. Als Pankratius sich seinem Freund näherte, zuckte er erschrocken zusammen.

»Was macht Ihr hier, mitten in der Nacht?«, fragte Arbeo wie ertappt.

»Eine gute Frage«, antwortete der Pater, »die ich auch an Euch richten möchte.«

Arbeo ließ sich langsam auf einen hölzernen Schemel sinken. Er legte seinen Kopf in die Hände und blickte wortlos nach unten.

»Die Geschichte der Nonne. War sie es, die Euch so aufgewühlt hat?«, fragte Pankratius ohne Umschweife. »Seht mich an, Arbeo! Glaubt Ihr, ich hätte nicht bemerkt, wie sehr Ihr Euch in den letzten Wochen verändert habt? Ihr seid kaum noch bei uns. Nur zu den Mahlzeiten zeigt Ihr Euch. Aus meinem Fenster sehe ich aber oft, wie Ihr tief in Gedanken versunken über den Hof hinaus in die Einsamkeit wandelt. Ja, Euch selbst umgibt eine tiefe Einsamkeit, die ich bisher noch nie an Euch bemerkte. Es ist nicht die heilige Einsamkeit, die Frieden schenkt. Es ist eine andere, dunkle, bedrohliche Einsamkeit, die mir ganz und gar nicht gefällt!«

»Guter Pater, Ihr wisst doch, ich schreibe und male«, wehrte Arbeo ab. »Auf meinen einsamen Spaziergängen versuche ich nur meine Gedanken zu ordnen, um sie dann rechtens aufschreiben zu können.«

Der Pater zog die Brauen hoch. »Ah, das Dichten ist es, was Euch beschäftigt! Und wann, sprecht, wann gedenkt Ihr Eure Lieder vorzutragen?«

Ein Ruck ging durch Arbeo. Er schüttelte entschlossen den Kopf. »Niemals! Niemals kann ich sie vortragen. Sie würden mein Innerstes preisgeben.«

»Ja, wenn Ihr etwas verbergen müsst, ist es wohl besser, Ihr lasst Eure Empfindungen bei Euch.« Sorgenvoll strich sich der Pater durch den Bart. »Ich kann nur noch einmal sagen: Mir gefällt nicht, was ich sehe, und ich empfehle Euch: Seid wachsam und beherrscht Eure Gefühle! Sonst könnten sie eine Kraft entwickeln, die Unheil erwirkt.«

Arbeo erwiderte nichts darauf. Bewegungslos saß er vor der sterbenden Glut, eine Hand auf dem Teppich, den er gedankenverloren streichelte, und starrte vor sich hin.

Der Pater wandte sich seufzend ab und ging in die Kapelle. Dort kniete er nieder und betete lange für den Seelenfrieden seines Freundes.

Von nun an zog sich Arbeo noch mehr zurück. An der Südseite der Burg war er auf einen kleinen, leeren Raum gestoßen und hatte sich mit Hedewichs Erlaubnis einen Tisch und einen Stuhl unter das Fenster stellen lassen. Das einfallende Licht der länger werdenden Tage war günstig. Hier wollte er schreiben und seine Schriftstücke illuminieren.

Viele Stunden verbrachte er so, und oft lag Stella zu seinen Füßen. Während der Jagden des Winters hatte sie ihn lieben und ihm folgen gelernt, und auch er freute sich an ihrer Nähe. Doch zu der erhofften inneren Ruhe fand er nicht.

Warum quäle ich mich so?, fragte er sich immer wieder und wusste doch den Grund. Ihn einzugestehen aber war mehr, als er sich erlauben konnte und wollte.

Zwei Monate waren seit der Ankunft von Arbeo und Pankratius ins Land gegangen. Gelegentlich waren Bettler und wandernde Mönche zur Burg gekommen, um nach Almosen zu fragen oder einen guten Teller Suppe zu erbitten. Immer hatte sich Hedewich selbst um sie gekümmert und gehofft, dabei irgendetwas von ihrem Mann zu erfahren. Doch der Winter wandelte sich zum Frühling, ohne dass eine Botschaft von Phylipp auf Burg Satzvey eingetroffen wäre. Auch von Kuno und seinen gefährlichen Kumpanen gab es keinerlei Lebenszeichen.

Langsam weckten die ersten warmen Tage die wilden Wiesenblumen aus ihrem Winterschlaf. Wie ein Teppich aus Sonnenstrahlen breiteten sich bald die gelben Blüten des Besenginsters über die Felder und Auen rund um Burg Satzvey, und Distelfalter und Schwalbenschwanz flatterten träge von Zweig zu Zweig.

»Die Tage sind lang und die Nächte lau«, meinte Hedewich, als sie an einem dieser milden Maimorgen gemeinsam an der hellen Frühstückstafel saßen. Die Fenster des Saals waren weit geöffnet und ließen eine wohltuende Wärme herein.

»Auch das Reisen ist nicht mehr so beschwerlich«, fuhr sie fort. »Ich habe mir deshalb überlegt, meine liebsten Freundinnen nach Satzvey zu bitten. Es wird sicher kein Fest wie in früheren Tagen, jetzt, da unsere Männer nicht hier sind ...« Für einen Augenblick erlosch der unternehmungslustige Glanz in ihren Augen. Doch dann hob sie entschlossen den Kopf. »Aber die jungen Frauen sind fröhlich, und ihr Lachen wird uns allen gut tun.«

Sogleich wurde der Knecht Josef beauftragt, die Einladungen zu überbringen. Markus sollte ihn begleiten.

»Euer erster Besuch gilt der Frouwe Elisabeth von Frentz und ihrer Schwester Gesine«, ordnete Hedewich an.

Nach ihrer Niederkunft war Elisabeth auf die elterliche Burg Smideheim zurückgekehrt, wo auch ihre Schwester Gesine von Dollendorf weilte. Hedewich erklärte den beiden Knechten den Weg über die Anhöhen der Eifelwälder, den sie noch von ihrer eigenen einstigen Reise von der heimatlichen Nürburg ins Kloster her kannte.

»Bei dieser Witterung wird es euch ein Leichtes sein voranzukommen«, meinte sie. »Ein halber Tagesritt ist's nur von hier. Aber lasst euch nicht von den schwarzen Menschen erschrecken«, fügte sie hinzu und schmunzelte in Erinnerung an ihren ersten Eindruck von der armseligen Köhlergemeinschaft. »Sie leben tief im Smideheimer Forst, umgeben von Rauch und Qualm. Doch ohne sie und ihre wertvolle Kohle wären unsere Männer kaum genügend für den Kreuzzug gerüstet gewesen.«

Kurz überschattete sich ihre Miene. Doch dann gab sie sich einen Ruck und erklärte den beiden Knechten den genauen Weg von Smideheim nach Nörvenich.

»Ihr müsst der Urft folgen, bis sie sich mit der Olef vereint. Dann reitet ihr in Richtung Norden bis Zülpich, und kurz darauf am Nettebach entlang bis Nörvenich. Dort sprecht ihr die Einladung für Adelheid von Gürtzgen aus.« Sie lächelte, als sie an ihre lebhafte Freundin dachte. »Die Frouwe Adelheid wird Euch den Rückweg erklären, weit ist er nicht. Wenn alles gut geht, erwarte ich euch in vier Tagen zurück!«

Die beiden Knechte freuten sich auf den Ausflug und liefen gleich in die Stallungen, um die Pferde zu satteln. Mit allerlei Proviant versorgt, den die alte Katharina ihnen zugesteckt hatte, machten sie sich schließlich auf den Weg.

Hedewich schaute ihnen noch nach, bis sie hinter der Wegbiegung verschwanden. Dann ging sie wieder in den Saal zurück und winkte Benigna, sie in die Küche zu begleiten, um die nötigen Vorbereitungen für Speise und Trank zu besprechen.

»Wisst Ihr noch, als der Gesandte uns damals besuchte, habt Ihr der Köchin ein köstliches Rezept gegeben«, sagte sie. »Habt Ihr nicht noch ein weiteres für eine außergewöhnliche süße Speise? Etwas, was sonst noch keiner hier kennt?«

Benigna dachte nach. »Doch, mir fällt da etwas ein. Es war eine beliebte Speise in meinem Elternhaus. Eure Freundinnen kennen sie sicher nicht.«

Begeistert klatschte Hedewich in die Hände. »Ja, ja, genau das möchte ich! So sprecht: Was ist der Name Eurer geheimnisvollen Speise, und wie wird sie zubereitet?«

»Ma'muniya, heißt sie«, lächelte Benigna. »Sie war eine der Lieblingsspeisen des Kalifen Ma'mun …«

Die letzten Worte hatte Arbeo gehört, der ein wenig verborgen in einer Fensternische stand und von hier aus Hedewich beobachtet hatte, wie sie draußen auf dem Hof mit dem jungen Knecht sprach. Jetzt drückte er sich noch ein wenig tiefer in die Nische, um die Frauen unbemerkt belauschen zu können. Schon wieder ein Hinweis auf Arabien, dachte er. Benigna ist wirklich eine außergewöhnliche Frau, ihre Vergangenheit birgt ein Geheimnis. Ich muss unbedingt dahinter kommen!

Die beiden Frauen waren an der Küche angelangt, und er konnte ihr weiteres Gespräch nicht mehr hören. Der Pater hingegen, der guten Speisen stets zugetan war, folgte ihnen ganz ohne Hemmungen in die Küche.

»Es ist ganz einfach, Katharina«, sagte Benigna soeben, als er eintrat, »du gibst anderthalb Esslöffel Butter in einen Topf und lässt sie zerlaufen. Dazu rührst du fünf Löffel Grieß. Aber pass auf, dass der Grieß nicht anbrennt! Dann kochst du einen Krug Milch mit drei Löffeln Zucker auf, rührst den Grieß hinein, bis alles eindickt, lässt den Brei etwas köcheln und fügst noch einmal Butter hinzu, so viel wie vorhin. Schließlich gibst du den Brei in eine Schüssel und überstreust ihn mit etwas Zimmet. Warm zur Tafel gebracht, ist dies eine köstliche süße Speise für jeweils vier der erwarteten Gäste.«

»Mit Verlaub, auch eine kostbare Speise, werte Schwester«, mischte sich Pankratius stirnrunzelnd ein.

Auch die alte Magd hatte Bedenken. »Von dem wertvollen Zucker haben wir noch«, brummte sie. »Woher aber sollen wir Zimmet nehmen? Was ist das überhaupt?«

»Ein Gewürz aus fernen Ländern und hier wohl kaum zu bekommen«, erklärte der Pater.

»Aber wisst Ihr denn nicht mehr?«, lächelte Benigna, »Arbeo schenkte uns doch einen kleinen Beutel davon! Er hat ihn von seinem Aufenthalt in Sizilien mitgebracht, sagte er, und nie verwendet. Hier«, sie zog das Päckchen aus einem großen Tonkrug und hielt es abwechselnd ihrer Herrin, dem Pater und dann der alten Katharina unter die Nase, »überzeugt Euch selbst, wie köstlich das Gewürz riecht!«

Hedewich strahlte. »Das ist wirklich etwas ganz Besonderes«, rief sie begeistert. »Aber jetzt wird es Zeit, an die übrigen Verrichtungen zu denken. Die Kammern müssen gelüftet werden. Die Laken sollen an die Sonne gehängt werden, damit sie den süßen Duft der frischen Blüten aufnehmen, und dann ...«

Schon war sie wieder fortgelaufen, um sich um alles zu kümmern. Benigna folgte ihr, während sich der Pater von der alten Magd noch rasch einen Matzen zustecken ließ, köstlich mit Käse und Eiern gefüllt, wie er das liebte.

Endlich war der ersehnte Tag da. Gesine und Elisabeth trafen als Erste ein. Die Freundinnen fielen sich voller Freude in die Arme, bis

Benigna ihre Herrin verstohlen darauf aufmerksam machte, dass Pankratius und Arbeo auch noch da waren. Lachend löste sich Hedewich von ihren Freundinnen und stellte sie den beiden Männern vor.

»Das ist meine liebe Freundin Gesine von Dollendorf und dies ihre Schwester Elisabeth von Frentz«, sagte sie, und das Glück über ihr Wiedersehen ließ ihre grünen Augen sprühen. »Und das hier muss Margarethe sein.«

Sie beugte sich über das winzige Kind, das fest eingewickelt in Elisabeths Armen lag, und streichelte zart über seine rosige Wange. »Benigna, schaut nur, wie sehr die Kleine gewachsen ist!«

»Ja, sie blüht und gedeiht«, schmunzelte Elisabeth mit unverhohlenem Mutterstolz. »Ich habe Glück gehabt und eine Amme gefunden, deren Milch nahrhaft und süß ist! Seht dort«, sie deutete auf eine kräftige Frau, die etwas verlegen im Hintergrund stand, »das ist Mina. Eine liebevollere Kindsfrau könnte ich mir nicht vorstellen!«

Während Hedewich mit Benigna und den Gästen über den Hof auf die Burg zuging, kam ihr ein Gedanke. »Pater Pankratius könnte die Kleine taufen! Oder habt ihr sie bereits …?«

»Nein, noch nicht!« Elisabeth schüttelte den Kopf. »Heutzutage findet sich kaum noch ein Pfaffe, die meisten sind ja dem kaiserlichen Ruf gefolgt. Du sprichst mir wirklich aus der Seele, Hedewich, ich war bereits in großer Sorge …« Sie blieb neben Pankratius stehen und senkte den Kopf vor ihm. »Guter Pater, würdet Ihr das Sakrament spenden?«

»Das wäre mir eine große Freude«, antwortete Pankratius wohlwollend. »Bestimmt Ihr den Tag, ich stehe Euch zur Verfügung.«

An der Burg angekommen, trat Arbeo beiseite, um den Frauen den Vortritt zu gewähren.

»Sagt, Hedewich, wollte nicht noch eine weitere Freundin kommen?«

Es war eine ganz unverfängliche Frage, und er hatte sie in vollendeter Höflichkeit geäußert. Trotzdem spürte Hedewich eine merkwürdige Verlegenheit, als er sie so unvermittelt ansprach, und sie mied es, den eindringlichen Blick seiner blauen Augen zu erwidern.

»Ja, Adelheid von Gürtzgen«, sagte sie betont leichthin und ging weiter. »Ich erwarte sie im Laufe des Tages.« An den Pater gewandt fügte sie hinzu: »So könnten wir bereits für morgen die Taufe ansetzen!«

Der Nachmittag streckte sich schon gegen Abend, als endlich das Geklapper von Hufen die Ankunft Adelheids ankündigte. Wie üblich stürmte die junge Frau im wilden Galopp über die Brücke.

»Oh, wie schön dich zu sehen!«, rief sie schon von weitem und brachte ihr Pferd knapp vor Hedewich zum Stillstand. Lachend und ein wenig atemlos rutschte sie aus dem Sattel und reichte dem Knecht, der sie begleitete, die Zügel.

Auch Hedewich konnte ihre Freude nicht verbergen und umarmte ihre Freundin stürmisch. »Komm rein, die anderen warten schon!«

Im großen Saal hatten sich alle versammelt. Die Tafel war gerichtet, und mit freudig geröteten Wangen bat Hedewich ihre Gäste, Platz zu nehmen.

»Was hast du für ein Glück«, meinte Adelheid, »dass sich in diesen einsamen Tagen solch gebildeter Besuch bei dir eingefunden hat!«

Gesine schaute unverblümt zu Arbeo hinüber. »Mich wundert nur, warum Ihr nicht dem Ruf des Kaisers gefolgt seid?«

»Habt Ihr vielleicht Neuigkeiten von unseren Männern?«, wollte Elisabeth wissen.

Hedewich lächelte über die Neugier ihrer Freundinnen. »Meine beiden Gäste haben in der Tat große Neuigkeiten mitgebracht.« Sie senkte ihre Stimme und wurde unvermittelt ernst. »Am besten erzählen sie dir selbst, welche Botschaft sie mir gebracht haben.«

Arbeo erhob sich. »Ehrenwerte Frouwen, ich fürchte, der Grund unseres Besuchs ist nicht nur unterhaltsamer Art.« Er blickte in die Runde. Ohne Einzelheiten aus Kunos Leben zu erwähnen, erklärte er den Damen, was sich in Speyer zugetragen hatte. »Bis zur Rückkehr von Phylipp bleiben wir hier – so haben wir es ihm versprochen«, schloss er.

Schlagartig hatte sich die Stimmung an der Tafel geändert. Ängstlich blickte die sonst so kecke Adelheid zum Pater.

»Habt Ihr seit Eurer Ankunft irgendein Anzeichen von Kuno bemerkt?«, fragte sie. »Wo hält er sich überhaupt auf?«

Auch Elisabeth sah sich in ihren Ängsten bestätigt. »Was für Vorkehrungen habt Ihr denn getroffen?«, erkundigte sie sich.

Jetzt fühlte sich der Pater aufgerufen, die Frauen zu beruhigen. »Seitdem wir hier sind, haben wir die Burg auf das Sorgsamste untersucht und alle Schwachstellen im Mauerwerk beseitigt. Die wenigen Männer, die hier sind, wurden angehalten, alle, die um Einlass bitten, gründlich auszufragen, doch bisher ist nichts Verdächtiges aufgekommen. Trotzdem bleiben wir immer wachsam, denn mit Kuno ist wahrlich nicht zu scherzen, und seine Bedrohung ist uns immer bewusst! Doch lasst uns nicht verdrießlich werden, sondern genießen, dass wir heute hier zusammen sind!«

Damit hatte er den Auftakt zu einer angeregten Tafelrunde gegeben. Die Freundinnen waren fürs Erste beruhigt und fanden wieder zu ihrer vergnügten Stimmung zurück. Sie hatten sich so viel zu erzählen, als wären Jahre seit ihrer letzten Begegnung vergangen, und ihr ansteckendes Gelächter erfüllte den festlich erleuchteten Raum. Selbst Arbeo taute zunehmend auf. Er plauderte während des Mahls höflich mit der sonst so ruhigen, ernsten Elisabeth, die neben ihm saß, scherzte dazwischen sogar mal mit Gesine, mal mit Adelheid und ließ erkennen, dass er über ausgezeichnete Umgangsformen und eine hervorragende Bildung verfügte.

So gefällt er mir schon besser, dachte der Pater, der ihn insgeheim beobachtete. Hedewich hat wirklich gut daran getan, diese Gesellschaft einzuladen!

Nachdem alle voller Bewunderung die außergewöhnliche, süße Speise genossen hatten, ließ Hedewich die Tafel aufheben.

»Schade nur, dass Phylipp jetzt nicht hier ist«, sagte sie. »Er könnte auf seiner Laute spielen und uns mit schönen Liedern unterhalten!«

Als hätte er nur darauf gewartet, stand Arbeo auf und verneigte sich galant vor ihr.

»Wenn Ihr erlaubt, werde ich seine Rolle übernehmen«, erbot er sich. »Auch ich bin des Lautespiels mächtig. Und es wäre mir eine große Ehre, mich mit einigen Liedern für Eure Gastfreundschaft bedanken zu dürfen.«

Hedewich war so verblüfft, dass sie kein Wort hervorbrachte.

Sie nickte nur und spürte, wie ihr Blut heftiger in ihren Adern pulsierte. Zugleich schalt sie sich töricht. Warum nur verlor sie gegenüber diesem rätselhaften Edelmann immer so schnell ihre Unbefangenheit?

Arbeo eilte hinaus, um sein Instrument zu holen. Unterdessen schaute Pankratius zu Benigna hinüber und begegnete ihrem Blick. Von tiefer Sorge und dunklen Vorahnungen sprachen beider Augen, ohne dass es eines Wortes bedurfte. Hedewichs Freundinnen hingegen machten keinen Hehl daraus, dass sie von Arbeos Vorschlag begeistert waren. Endlich mal wieder Musik nach den langen, stillen Wintertagen! Gespannt blickten sie Arbeo entgegen, der schon mit seinem Instrument zurückkam.

Während er der Laute die ersten leisen Töne entlockte, schloss er die Augen und schien seine Umgebung zu vergessen. Die Melodien gewannen an Kraft und verzauberten den Saal und seine Zuhörer. Mit wohlklingender Stimme sang er mal zart und einschmeichelnd, mal melancholisch und tiefsinnig von ritterlicher Ehre und Minne, von fernen Ländern voll Wärme und Licht, aber auch von Gefahren, Kampf und Sieg.

Kaum hatte er geendet, klatschten die jungen Damen begeistert in die Hände und verlangten stürmisch nach mehr.

»Das nächste Lied lernte ich auf meiner letzten Reise«, kündigte Arbeo schließlich an, und seine Augen verloren sich im Dunkel des Raumes. »Es stammt von einem Sänger namens Walther von der Vogelweide. Er widmete es der ersten Begegnung mit einer holden Frouwe. Ich schließe mich ihm an und widme es ebenfalls einer Begegnung, die mir nicht aus dem Sinn will.«

Wohl mir der Stunde, da ich ihr begegnete,
die mir den Leib und die Seele hat bezwungen,
seit ich meinen Sinn so ganz an sie wendete,
um den sie mich mit ihrer Güte gebracht hat.
Dass ich von ihr nicht zu scheiden vermag,
das hat ihre Schönheit und ihre Güte gemacht
und ihr roter Mund, der so lieblich lacht.

Ich habe Sinn und Gemüt gewendet
an die Reine, die Liebe, die Gute.
Möge uns beiden zu gutem Ende kommen,
was ich von ihrer Huld zu begehren wage.
Was mir an der Welt je an Freude widerfuhr,
das hat ihre Schönheit und ihre Güte gemacht
und ihr roter Mund, der so lieblich lacht.

»Hört, hört«, rief Gesine neckisch. »Welche edle Dame darf sich denn so geehrt fühlen, dass Ihr diese Worte an sie richten mögt?«

Arbeo blickte sie an, als erwachte er aus einem Traum. Dann schaute er rasch weg, und Röte überzog seine Wangen. Sein Blick streifte wie zufällig Hedewich, die aufsah, als ob auch sie eben erst erwachte. Ihre Augen trafen sich und verschmolzen einen Atemzug lang.

Dann war der Augenblick vorbei. Arbeo erhob sich, verbeugte sich in die Runde, legte seine Laute ab und setzte sich ein wenig abseits von den anderen.

In die entstandene Stille hinein sagte Elisabeth: »Benigna, Ihr habt immer so schöne Geschichten zu erzählen gewusst. Erzählt uns doch noch eine, um diesen gelungenen Abend zu beschließen.«

Hedewich warf der älteren Freundin einen dankbaren Blick zu. Elisabeth hatte genau die richtigen Worte gefunden, um die drohende Beklemmung aus dem Raum zu schaffen.

»Oh ja, bitte«, stimmte sie lebhaft zu, »vielleicht wieder eine Geschichte aus fernen Landen, wie Ihr sie uns kürzlich erzählt habt!«

Benigna lächelte. »Wenn Ihr es wünscht und es Euch erfreut, mache ich es gern«, sagte sie. »Einen Augenblick nur, ich bin gleich zurück!«

Unter den verwunderten Blicken der Tafelrunde erhob sie sich und ging aus dem Saal. Als sie kurz darauf zurückkehrte, hielt sie den verzierten Käfig in den Händen, in dem ihre beiden Vögel lebten.

»Die Geschichte betrifft meine beiden lieben Gefährten«, erklärte sie und stellte den Käfig auf einem niedrigen Tisch ab. »Sie begleiten mich schon seit den Tagen, als ich noch ein junges Mädchen war.«

Der blaue und der grüne Vogel saßen nebeneinander auf der Stange, die an einer Kette befestigt war, und schaukelten munter vor und zurück. Über der Stange hing etwas, das gelegentlich im Schein der brennenden Kerzen aufblitzte. Dann wurde die Aufmerksamkeit der Vögel davon angezogen, und sie schnäbelten mit dem blitzenden Gegenstand.

Benigna setzte sich wieder zu den Frauen und glättete ihren schlichten hellgrauen Rock.

»Am Rande einer großen Stadt lebte ein reicher und mächtiger Herr«, fing sie leise an. »Sein Haus glich einem Palast, und von seinem Garten sagten die Menschen, es wäre der schönste des Landes. Der Herr hatte eine Tochter namens Fatima.«

Arbeo rückte näher. Fatima, so hieß auch seine Wirtin in Sizilien!

Benigna spürte die vermehrte Aufmerksamkeit, die ihr durch Arbeo zuteil wurde, doch sie sprach ruhig weiter:

»Mehr als alles auf der Welt liebte der Vater seine Tochter, und jeden ihrer Wünsche erfüllte er augenblicklich. Fatima war schön, doch sie war unglücklich und einsam. Denn ihr Vater wollte sie für sich behalten, und keiner, der um ihre Hand anhielt, wurde erhört.«

»Oh, wie schrecklich«, seufzte Gesine und störte sich nicht daran, dass ihre Schwester ihr einen tadelnden Blick zuwarf.

»Eines Tages, als Fatima wieder alleine im Garten lustwandelte, hörte sie einen Vogel singen, so süß und zugleich so traurig, wie sie es nie zuvor vernommen hatte«, fuhr Benigna unbeirrt fort. »Fatima folgte dem Trällern und sah in der hintersten Ecke des Gartens einen kleinen blauen Vogel. Er saß auf dem Ast eines rot blühenden Bäumchens und sang aus voller Kehle. Kaum näherte sie sich ihm, flog er weiter, um sich auf den Ast des nächsten Busches zu setzen. Fatima folgte ihm immer weiter, bis sie hinter Gestrüpp und Unkraut eine überwucherte und völlig vergessene Pforte fand. Vorsichtig schob sie die Pflanzen beiseite und öffnete unter Mühen das Tor. Welch eine aufregende neue Welt bot sich ihr da: würzige Düfte, laute Geräusche, Menschen in bunten Gewändern ...«

»Oh, wie schön«, entfuhr es Gesine. Eine kastanienfarbene Haarsträhne hatte sich aus ihrer Haube gelöst und kräuselte sich keck in ihre Stirn.

Benigna blickte hoch und lächelte die junge Frau an.

»In der Tat«, sagte sie. »Die Welt, die Fatima jetzt sah, war voller Reize und wunderschön! Fatima ließ sich wahllos durch Gassen und über Plätze treiben. Immer wieder hörte sie durch das Stimmengewirr das lockende Lied des Vogels. Stunden vergingen, und Fatima wurde nicht müde, die Stadt zu bestaunen. Auf einmal endete die Gasse und mündete in einem üppig verzierten Innenhof. Auf seinem Boden schlängelten sich eingelegte Steine in Blau und Grün, und seine Innenmauern umsäumten süß duftende Büsche. Auf einem dieser Büsche saß der blaue Vogel, aber nun war er verstummt.«

Arbeo zog scharf den Atem ein. Plötzlich sah er wieder ganz deutlich den Innenhof im fernen Brindisi vor sich und dachte an die Tänzerin Zara, die ihm sein Schicksal eröffnet hatte.

Nur Pankratius hatte Arbeos Überraschung wahrgenommen, und als er den jungen Edelmann nachdenklich ansah, fielen auch ihm wieder die Szenen in Brindisi ein, von denen Arbeo erzählt hatte. Noch heute Abend würde er Arbeo beiseite nehmen und mit ihm sprechen, nahm er sich vor. Auch Benigna musste er genauer im Auge behalten. Ihre Geschichten befremdeten ihn, sie passten einfach nicht zu einer schlichten, in Armut und Keuschheit lebenden Ordensfrau!

»Eine Hochzeit wurde hier gehalten«, erzählte Benigna weiter, »und die Menschen luden Fatima ein mitzufeiern. Alle tanzten, die Musik wurde immer schneller und die Stimmung immer fröhlicher und ausgelassener. Ein lachender, schwarzäugiger Mann fasste Fatima an der Hand, und sie tanzten zusammen. Wieder und wieder wirbelte er sie im Takt der wilden Melodie herum. Plötzlich drehten sich die Gesellschaft und der Hof so schnell vor Fatimas Augen, dass ihr schwindelig wurde und sie in eine tiefe Ohnmacht fiel.«

»Oh!« Wieder war es die lebhafte Gesine, die die Erzählung unterbrach. »Aber hat der Vater denn gar nicht gemerkt, dass seine behütete Tochter aus dem Garten entflohen war?«

Hedewich legte eine Hand auf den Arm ihrer vorwitzigen Freundin. »Du bist immer so ungeduldig, warte nur ab. Es findet sich alles in Benignas Geschichten!«

Das befürchte ich auch, dachte Arbeo, doch er schwieg und tat weiterhin unbeteiligt.

Benigna lächelte geheimnisvoll. »Nach einiger Zeit hörte Fatima wie aus weiter Ferne wieder das Trällern des Vogels und wachte auf. Jetzt war der Innenhof verlassen. Kein Anzeichen einer Feier war mehr zu sehen. Fatima erschrak, als sie die Sterne am Himmel sah, die langsam verblassten und schon den Morgen ankündigten. Schnell lief sie den langen Weg zurück durch die schlafende Stadt. Sie schaffte es gerade noch, rechtzeitig nach Hause zu kommen, bevor ihr Vater ihr Wegbleiben bemerkte.«

»Schade«, seufzte Gesine. »Jetzt ist Fatima wieder in ihrem goldenen Käfig eingesperrt!«

Benigna nickte langsam. »Es kam, wie es kommen musste. Fatima konnte nur noch an ihren Tänzer denken und wurde immer trauriger und blasser. Ihr Vater überlegte, was zu tun sei, um seine Tochter abzulenken. An einem lauen Sommerabend gab er ihr zu Ehren ein großes Fest. Eine leichte Brise kam vom Meer und vertrieb die schwüle Hitze des Tages. Sanft plätscherte der Brunnen, und der Mond hing so tief im Himmel, dass man glaubte, ihn greifen zu können. Die Gäste waren prächtig gekleidet und freuten sich des schönen Abends. Als alle auf das Beste gespeist und getrunken hatten, wurden Musikanten eingelassen. Unter ihnen befand sich auch eine anmutige Tänzerin. Goldene Ringe hingen von ihren Ohren, und ihr roter Rock war über und über mit glänzenden Scheiben bestickt.«

Arbeos Blut stockte. Die Rote Zara! Das konnte doch nicht wahr sein! Woher wusste die Nonne von der Roten Zara?

»Der Herr klatschte in die Hände«, sprach Benigna ungerührt weiter. »›Nur die schönsten Weisen sollt ihr spielen‹, sagte er. ›Denn es gilt, meine Tochter zu erfreuen.‹«

Benigna machte eine kleine Pause und schenkte sich einen Becher Wasser ein. Ihre Zuhörer warteten gebannt auf die Fortsetzung.

»Wie ein Zauber legte sich die Musik auf die Gäste, so süß und verlockend, dass sie schließlich auch die Seele der schwermütigen Fatima erreichte.« Benigna trank einen Schluck Wasser. »Fatima kam aus ihrer Kammer hervor und erkannte in dem Flötenspieler ihren glutäugigen Tänzer. Auch er erkannte sie sogleich, legte seine Flöte hin, und die Musik brach ab. Sachte näherte er sich Fatima, nahm ihre Hand und legte seinen Arm um ihre Taille. Die Gesellschaft verstummte. Der Herr jedoch verschaffte sich einen Weg durch die Gäste und trat erbost vor den Flötenspieler. ›Was fällt Euch ein, meine Tochter derart zu berühren?‹, donnerte er.

Der Musikant jedoch ließ sich nicht einschüchtern und sagte mit starker Stimme: ›Dies ist meine Liebe!‹

›So ist es, Vater«, bestätigte Fatima. ›Lasst mich mit ihm gehen, denn lieber möchte ich sterben, als länger in Eurem Garten allein zu sein.‹

Außer sich vor Zorn rief der Vater seine Wachen: ›Schließt sie ein, diese beiden Verräter! Niemals soll mich meine Tochter verlassen.‹«

Wieder nahm Benigna einen Schluck aus ihrem Becher, und Hedewich und Elisabeth taten es ihr gleich.

»Die arme Fatima ...«, flüsterte Gesine bewegt.

Benigna zwinkerte ihr zu. »Inzwischen war der Mond hinter den Hügeln verschwunden, und ein erster Sonnenstrahl schlüpfte rosa durch einen Spalt in den Mauersteinen. Er traf die anmutige Tänzerin, verfing sich in ihrem Rock, wurde zurückgeworfen und blendete die Augen des Herrn. Rasch schloss er sie und rieb sie. Als er sie wieder öffnete, war seine Tochter verschwunden. Und mit ihr der Mann, den sie liebte. Die Tänzerin aber hielt einen Käfig in ihren Händen, in dem sich ein blauer und ein grüner Vogel eng aneinander schmiegten.

›Edler Herr‹, sagte sie. ›Ich weiß von der Liebe zu Eurer Tochter, doch war sie selbstsüchtig, und Eure Tochter wäre dabei verkümmert und verstorben. Weil ich Euch jedoch verstehe, gebe ich sie Euch in verwandelter Gestalt wieder. Als grüner Vogel verbleibt sie Euch ewig und ist trotzdem nicht allein. Denn der blaue Vogel ist ihr Gefährte.‹

Der verdutzte Herr nahm den Käfig an sich und befestigte ihn an einem rot blühenden Baum. An dessen Ästen hingen pralle Granatäpfel, deren Kerne fortan die Vögel ernährten. Bevor die Tänzerin den Garten verließ, bückte sie sich, riss etwas ab von ihrem Rock und band es an den Käfig. ›Als Glückspfand‹, sagte sie lachend und verschwand. Der Vater trat näher und sah an einem roten Faden eine kleine glitzernde Scheibe hängen, in der sich die Sonne spiegelte.«

Arbeo konnte nicht länger an sich halten. Er sprang auf und rief mit ungewohnter Heftigkeit: »Was um Himmels willen hat diese Geschichte mit Euch zu tun? Was sind das für Vögel, die Ihr bei Euch habt, und wer seid Ihr nur, dass Ihr fortwährend diese fremdländischen Geschichten erzählt?«

Auch Pankratius erhob sich und trat auf Arbeo zu.

»Langsam, mein Freund«, sagte er und legte beschwichtigend eine Hand auf seinen Arm.

Aber Arbeo drehte sich um und schüttelte Pankratius von sich. Mit einem Schritt war er beim Käfig, hob ihn an das Licht der Kerze und murmelte:

»Ein Spiegel, umwickelt mit dem roten Garn der Zara. Ich habe geahnt, dass die Nonne Geheimnisse in sich birgt. Nun bin ich mir dessen gewiss!«

Mit einem finsteren Blick auf Benigna verließ er grußlos die abendliche Runde.

Zurück blieb lähmende Stille.

»Dein Gast ist recht lebhaft«, sagte Elisabeth schließlich und erhob sich. Ihr Lächeln wirkte angestrengt. »Der Abend war wirklich zauberhaft«, meinte sie an Hedewich gewandt. »Ihr entschuldigt mich dennoch bitte, der Tag hat mich ermüdet.«

Die anderen folgten ihrem Beispiel und zogen sich ebenfalls zurück. Aber keinem von ihnen bescherte die Nacht die ersehnte Ruhe.

Benignas Geheimnis

Rastlos ging Arbeo in seiner Kammer auf und ab. Er ärgerte sich über sich selbst. Warum nur hatte er sich so gehen lassen? Hedewich musste sein Benehmen abscheulich finden. Was mochte sie ihren Freundinnen über ihn gesagt haben? Natürlich konnte sie sein Verhalten nicht verstehen. Würde er es doch nur selbst verstehen!

Benigna war an allem schuld, dachte er grimmig. Sie mit ihren seltsamen Geschichten von Einhörnern und verzauberten Vögeln, mit den wiederholten Anspielungen auf Sultan und Sklaven, den verschlungenen Linien im Boden der Teestube und schließlich noch der Tänzerin im roten Rock … Wären diese Geschichten nicht gewesen, so wäre der Abend sicher in schönster Harmonie zu Ende gegangen. So hingegen war alles zerstört!

Er trat ans Fenster und strich sich gedankenverloren durch das schwarze Haar. Die Hündin Stella schaute ihn aufmerksam an. Sie spürte die Unruhe des jungen Edelmannes. Unvermittelt sprang sie zur Tür und fing an, daran zu kratzen. Dann drehte sie sich zu ihm um und jaulte kurz, bevor sie wieder an der Tür scharrte.

»Ruhig, ruhig«, sprach Arbeo auf sie ein. »Du magst ja Recht haben. Ein kleiner Spaziergang könnte helfen, meine Gedanken zu ordnen. Also komm, gehen wir hinunter!«

Leise öffnete er die Tür und stieg die große Holztreppe hinab, die Hündin dicht auf seinen Fersen. Ohne jemandem zu begegnen, durchquerten sie den Saal und traten hinaus in die milde Mainacht. Auf der anderen Seite des Burghofs schimmerte Licht aus der Kapelle. Pater Pankratius bereitete sich dort auf die morgige Taufe vor.

Ruckartig hielt Arbeo an. »Aber ja, so lässt sich's anstellen!«

Ohne weiter auf Stella zu achten, die ihm verwundert folgte, ging er leise zurück in seine Kammer. Sein Entschluss war gefasst.

Noch vor Sonnenaufgang brach Arbeo auf.

Die Kerzen in der kleinen Kapelle waren bereits bis auf eine letzte heruntergebrannt, doch noch immer kniete Pankratius vor dem Altar und betete. Seine Gebete galten nicht nur dem Täufling.

»Herr, erlöse meinen Gefährten von seinen inneren Qualen. Und hilf ihm, den Weg des Lebens zu erkennen«, murmelte er. »Vergib ihm seine Sünden und führe ihn nicht in Versuchung, sondern erlöse ihn von dem …«

Verwundert brach er ab und lauschte. Vom Burghof drangen Geräusche herein. Es klang, als würde ein Pferd aus dem Stall geführt. Ächzend richtete sich der Pater auf und schaute aus dem vergitterten Kapellenfenster. Er sah gerade noch, wie Arbeo davonjagte, gefolgt von dem weißen Hund, der in der letzten Zeit meistens an seiner Seite war.

Kopfschüttelnd blickte Pankratius ihnen nach, bis sie im dunklen Wald verschwunden waren.

»Welch eigenartiges Betragen«, bemerkte Adelheid am nächsten Morgen bei der Frühstückstafel. »Nicht nur, dass dein Gast uns am Abend ohne angemessenen Gruß verlassen hat, nein, heute verschwindet er gänzlich! Ob er sogar der Taufe fernzubleiben gedenkt?«

»Sein Benehmen ist wirklich empörend!« Hedewich hatte gerötete Wangen, und ihre grünen Augen funkelten wütend. Legte dieser Edelmann es etwa bewusst darauf an, ihr und ihren Freundinnen die Festtagsfreude zu verderben?

»Wie schade, ich fand sein Lautenspiel wunderbar und hatte mich schon so auf einen Abend mit weiteren Liedern gefreut«, seufzte Gesine. »Aber daraus wird wohl nichts!«

»Ehrenwerte Frouwen«, schaltete sich Pankratius ein, der nach der langen durchwachten Nacht verspätet hinzukam. »Ich bitte Euch, urteilt nicht vorschnell. Folgendes hat sich nämlich zugetragen …«

Gespannt hielten die Frauen inne und richteten ihre Blicke auf den Pater.

»Heute Morgen ganz früh, als ich noch zum Gebet in der Kapelle weilte, habe ich eilige Schritte im Burghof gehört«, begann Pankratius und ließ sich an der Tafel nieder. »Ich habe mich natürlich gefragt, wer sich da zu dieser frühen Stunde schon draußen zu schaffen macht. Ja, und als ich durchs Fenster hinausschaute, da habe ich den jungen Markus gesehen. Er ist aufgeregt über den Hof gelaufen und dann in der Burg verschwunden. Kurz darauf ist er wieder zurückgekommen, und ich habe ihn zu mir gerufen. ›Was treibst du hier in aller Herrgottsfrühe?‹, habe ich ihn gefragt. ›Ein Unfall ist geschehen‹, hat er gesagt, und er war ganz außer Atem. ›Ich habe Euren Freund, den Herrn Arbeo, gerufen, er möge schnell zu Hilfe kommen …‹«

»Ein Unfall?«, fragte Hedewich erschrocken. »So sprecht, was für ein Unfall denn?«

»Es scheint, Eure Knechte haben gestern Abend noch Bäume gefällt, um die Holzvorräte aufzustocken«, brummte der Pater und strich sich über den Bart. »Ein Baum ist aber offensichtlich unglücklich gefallen und hat einen der Knechte unter sich begraben. Die anderen haben sich Stunde um Stunde abgemüht, um den Unglückseligen freizubekommen. Aber es ist ihnen nicht gelungen. Da haben sie Markus hierher zurückgeschickt, um Hilfe zu holen, und …«

»Aber, warum ist er denn nicht früher gekommen?«, unterbrach ihn Hedewich aufgeregt. »Warum mitten in der Nacht?«

»Tja … zu allem Unglück hat sich der Junge in der Dunkelheit verirrt. Nun beruhigt Euch aber, Arbeo ist ja sofort hingeeilt, und er hat Markus wieder mitgenommen.«

Die Frauen schauten sich betroffen an. Aller Unmut über Arbeo war vergessen.

»Meint Ihr, wir sollten die Taufe besser verschieben?«, fragte Adelheid besorgt.

»Auf gar keinen Fall«, gab der Pater zurück. »Arbeo hat mich ausdrücklich gebeten, die Taufe wie besprochen heute Nachmittag auszuführen. Er würde schon zur rechten Zeit kommen, meinte er, und wenn nicht, würde er Markus schicken, um weitere Hilfe zu holen.«

Benigna warf dem Pater einen zweifelnden Blick zu. Sie hatte in der Nacht ganz andere Beobachtungen gemacht. Doch sie behielt ihre Gedanken für sich.

»Seht Ihr«, sagte Gesine, »dann ist ja alles in Ordnung! Und wer weiß, vielleicht klappt es doch noch mit der Lautenmusik am Abend.«

Auch Hedewich war wieder versöhnt. Ein wenig schämte sie sich jetzt ihres Unmuts über den jungen Edelmann. Natürlich musste er seiner ritterlichen Pflicht nachkommen und dem armen Knecht zu Hilfe eilen. Wie sehr hatten sie Arbeo Unrecht getan!

Der Pater wandte sich mit Appetit dem Frühstück zu. Im Inneren bekreuzigte er sich und bat inständig um Vergebung für seine Lüge. Er vertraute Arbeo und hoffte, recht gehandelt zu haben.

Die Taufe war für den frühen Nachmittag angesetzt. Gleich nach dem Frühstück begaben sich die Freundinnen mit Benigna zusammen in die Wiesen und Auen, um Blumenschmuck für die Kapelle zu schneiden. Nur der Pater zog sich zurück. Er wollte sich nach seiner Nachtwache noch ein wenig ausruhen.

»Was für ein wunderschöner Tag«, rief Gesine und lief übermütig zu dem kleinen Bach, der die hintere Wiese von der Pferdekoppel abgrenzte.

Und während ihre Schwester Elisabeth mit Hedewich zusammen Ginster, Flieder und Narzissen schnitt, streifte Gesine sich die Schuhe von den Füßen, lupfte ihren Rock und lief durch den seichten Bach. Adelheid tat es ihr nach, und ihr fröhliches Gelächter hallte durch die Auen bis in den Wald hinein.

Dort, hinter einem Baumstamm verborgen, stand Arbeo und beobachtete die ausgelassene Szene. Jetzt war der Zeitpunkt gekommen. Der Tag war noch jung, und keine der Frouwen machte Anstalten, in die Burg zurückzukehren. Warum also noch warten?

Er band sein Pferd an einen Baum und schlich vorsichtig zurück zur Burg.

Doch er hatte nicht mit Benigna gerechnet. Schon seit Tagesbeginn fühlte sie eine innere Unruhe, wie den Vorboten eines drohenden Unheils. So suchte sie einen Vorwand, um gleich wieder zur Burg zurückzukehren.

»Ich habe ganz vergessen nachzusehen, ob die Kapelle ordentlich gefegt und mit neuen Kerzen bestückt ist«, sagte sie zu Hedewich, »und ob das weiße Tuch für den Täufling auch wirklich trocken ist. Ich habe es nämlich gestern noch gewaschen.«

Schon im Gehen rief sie zurück: »Lasst Euch ruhig Zeit und genießt den sonnigen Morgen! Wir sehen uns dann später.«

Sie durchquerte mit schnellen Schritten die Wiesen und erreichte den Burghof. Voll dunkler Vorahnungen lief sie die hintere Treppe zu ihrer Kemenate empor. Vor ihrer Kammer hielt sie kurz inne und lauschte. Nichts war zu hören. Sie stieß vorsichtig die Tür auf und blickte suchend in den Raum. Doch sie bemerkte nichts Ungewöhnliches. Nachdenklich ging sie zum Fensteralkoven und setzte sich auf die eingemauerte Bank.

Durch das offene Fenster wehte eine leichte Brise und trug den Duft von blühendem Flieder herein. Benigna faltete versonnen die Hände und wartete. Ihre Augen wanderten zu den beiden Vögeln im Käfig. Im sanften Luftzug bewegte sich der kleine Spiegel hin und her.

Wie friedlich alles scheint, dachte sie. Und doch, irgendetwas Dunkles bahnte sich an, sie spürte es deutlich.

Draußen im Flur waren leise Schritte zu hören. Sie hielten vor Benignas Kammer. Dann öffnete sich langsam die knarrende Tür.

»Kommt nur herein«, sagte Benigna ruhig. »Ich erwarte Euch bereits.«

Die Tür blieb so, wie sie war, und bewegte sich nicht weiter.

Benigna sprang auf und öffnete sie mit einem Ruck.

»Arbeo«, rief sie, »ich wusste es doch!«

Der junge Edelmann stand wie zur Säule erstarrt vor ihr. Alle Farbe war aus seinem Gesicht gewichen.

»Wie, wie konntet Ihr wissen, dass ich kommen würde?«, stammelte er.

»Der Pater hat uns erzählt, im Wald hätte sich ein Unfall ereignet«, lächelte die Nonne, »und Ihr hättet mitten in der Nacht mit Markus zusammen einem der Knechte zur Hilfe eilen müssen!«

Arbeo rang immer noch um Fassung. Wie kam der Pater dazu, solch eine Geschichte zu erfinden?

»Was der Pater nicht wissen kann, ist, dass auch ich Euch heute Morgen gesehen habe«, fuhr Benigna fort, und ihren aufmerksamen Augen entging nicht, dass er zusammenzuckte. »Aber Ihr wart allein. Der alte Marschall hat Markus gebeten, ins Nachbardorf zu reiten, um dort nach einem Schmied zu sehen. Er hat es mir selbst erzählt! Vor heute Abend wird Euer Knecht nicht zurückerwartet. So wusste ich also, dass die Geschichte des guten Paters nicht stimmen konnte.«

»Und wie, allwissende Benigna, wie konntet Ihr ahnen, dass ich Euch besuchen würde?«, fragte Arbeo mit mühsam unterdrückter Wut.

»Verhöhnen solltet Ihr mich nicht«, entgegnete Benigna scharf. »Entspricht es doch wohl kaum den ritterlichen Gepflogenheiten, meine Abwesenheit abzuwarten, um heimlich in meine Kammer zu schleichen! Wäre es nicht besser, Ihr würdet offen über Euer Anliegen sprechen, anstatt Euch auf die schmähliche Ebene der Diebe zu begeben?«

Arbeo fühlte, wie ihm das Blut in die Wangen schoss und die widersprüchlichsten Regungen in ihm kämpften.

»Die Zeit ist gekommen, um aufrichtig zu sein. Nehmt Platz«, forderte Benigna ihn auf. »Solange Hedewich und ihre Freundinnen noch draußen weilen, können wir uns ungestört unterhalten. Doch fasst Euch kurz. Viel Zeit bleibt uns nicht.«

Arbeo trat unschlüssig in die einfache, aber saubere Kammer. Außer dem Strohlager gab es hier zwei Stühle und eine Truhe. Auf einem niedrigen Tisch nahe dem geöffneten Fenster stand der Käfig mit den beiden Vögeln und daneben ein blühendes Bäumchen. Von seinen Zweigen hingen Früchte, die rotgolden glänzten.

»Ein Granatapfelbaum!«, staunte Arbeo. »Wie kommt Ihr in diesen Gefilden an solch einen Baum?«

Benigna nickte.

»Ich habe ihn schon lange. Die Kerne seiner Früchte sind es, die meine Vögel ernähren. Genau wie in der Geschichte, die ich Euch erzählt habe.«

»Wollt Ihr mir nicht sagen, woher Ihr Kenntnis von all diesen fremdländischen Geschichten habt?«, fragte Arbeo und ließ sich auf einem der Stühle nieder. »Wer seid Ihr wirklich?«

»Ich bin die Nonne Benigna, die Vertraute meiner Herrin Hedewich«, entgegnete sie ruhig. »Dies ist die Wahrheit. Doch sagt mir, warum wollt Ihr mehr wissen, als Euch zusteht?«

»Weil ich in Euren Geschichten den Einfluss des Morgenlandes erkenne. Mehr noch, Eure Erzählungen bergen vielleicht die Antwort auf manche Rätsel, die mich schwer bedrücken.«

Benigna schaute ihn nur schweigend an. Ihre Augen waren tief und still. Arbeo seufzte auf, als würde sich eine schwere Last von ihm heben, und fing an zu erzählen: von seinem ersten Treffen mit der Roten Zara im duftenden Garten des arabischen Teehauses, von seinem Vater und der Hochzeit des Kaisers und dann auch von seiner zweiten Begegnung mit der Roten Zara und dem Geschenk, das sie ihm gab.

»Seht«, er zog die Blüte, die er immer bei sich trug, hervor. »Diese Blume hat sie mir als Zeichen geschenkt. Das ist jetzt schon so lange her, aber die Blume ist immer noch frisch wie am ersten Tage.«

Benigna schien nicht überrascht. »Sprecht nur weiter«, lächelte sie. »Ich habe großes Verständnis für Euch.«

Da erzählte Arbeo ihr auch von der Begegnung mit dem Spiegler, und schließlich gab er ihr die kleine, mit rotem Faden umgarnte Scherbe. Nur die Worte der Weissagung behielt er für sich.

»Ich habe es mir bereits gedacht«, sagte sie und betrachtete versonnen die kleine Scherbe in ihrer Hand. »Als Ihr gestern Abend den Käfig mit den Vögeln betrachtet und den Spiegel darin gesehen habt und als Ihr anschließend so Hals über Kopf aus dem Raum gestürmt seid, da ahnte ich, auch Ihr seid der Roten Zara begegnet. So wie ich einst, vor langer Zeit. In meinem vorherigen Leben ...«

»Psst ...« Arbeo lauschte nach draußen. »Ist das nicht die Stimme Eurer Herrin? Besser, Ihr geht, sonst vermisst man Euch noch. Aber ich bitte Euch inständig: Lasst uns heute Nacht, wenn alle schlafen, weitersprechen!«

»So soll es sein! Wenn das Käuzchen ruft, treffen wir uns in der Kapelle.«

Bevor Benigna ging, riet sie Arbeo noch, rechtzeitig zur Abendmahlzeit zurückzukehren. Er solle über den glimpflichen Ausgang des Unfalls berichten und sich für sein gestriges Benehmen entschuldigen. »Ihr habt keine andere Wahl, als Euch der Geschichte des Paters anzuschließen«, meinte sie. »Außerdem sind die Frouwen über Eure Unterhaltung recht froh.« Mit einem aufmunternden Lächeln fügte sie noch hinzu. »Sicher sind sie bereit, den Vorfall zu vergessen.«

Rasch griff sie das weiße Tuch für den Täufling von der Fensterbank, wo es in der morgendlichen Sonne getrocknet war, und begab sich zum Mittagsmahl in den Saal.

In der dritten Stunde nach Mittag sammelten sich die Frauen in der kleinen Kapelle. Mina, die Kinderfrau, legte den Säugling in Hedewichs Arme. Elisabeth hatte darum gebeten, dass Hedewich die Patin ihrer Tochter sei, und Hedewich hatte erfreut zugesagt.

Als das geweihte Wasser über den kleinen Kopf floss, schrie das Kind kurz auf, doch Hedewich streichelte es und konnte es schnell besänftigen. Noch eine kurze Andacht, und die kleine Margarethe war in die Gemeinschaft der heiligen Kirche aufgenommen.

»Ach, hätte ich doch auch so ein prächtiges Kindlein!«, seufzte Hedewich nach der Feier, als sie die Kleine wieder in die Obhut der Amme geben musste. Aber sie ließ sich nicht von der wehmütigen Stimmung beherrschen. Dieser Tag sollte doch ein Freudentag werden!

Wirklich vergingen die nächsten Stunden vergnüglich. Angesichts des warmen Wetters hatte Hedewich eine Tafel mit allerlei Backwerk und Apfelmost im Burghof aufstellen lassen, und Pankratius war nicht der Einzige, der kräftig zugriff. Die kleine Margarethe wurde immer wieder herumgereicht und bestaunt, bis Benigna das Kind schließlich nahm und in einen gut ausgepolsterten Korb legte. Sie streichelte ihm sanft über die Stirn und summte eine leise Melodie dazu. Schon bald schlief der Säugling zufrieden ein.

Die Schatten wurden bereits länger, als das Geklapper von Hufen die Ankunft eines galoppierenden Reiters ankündigte. Stella, die sich den Nachmittag über bei Hedewich aufgehalten hatte, sprang freudig hoch und rannte schwanzwedelnd über die Brücke. Wie seltsam, dachte Pankratius. Ich wähnte den Hund bei Arbeo, und nun ist er doch wieder hier. Ohne den Herrn wäre Stella doch kaum alleine zurückgekommen?

Hedewich unterbrach seine Gedanken.

»Das kann nur Arbeo sein«, murmelte sie und stand auf, um ihm entgegenzugehen. Dabei spürte sie, wie ihr Herz heftiger schlug. Sie schaute sich verstohlen um. Hoffentlich nahm niemand wahr, welch verwirrende Gefühle dieser junge Edelmann in ihr auslöste!

Arbeo zügelte sein Pferd und kam vor ihr zu stehen.

»Der Unfall ist nicht weiter schlimm, edle Hedewich«, sagte er und stieg aus dem Sattel. »Euer Knecht ist nur leicht verletzt. Der Baum war jedoch sehr schwer zu bewegen. So hat es viel Zeit gebraucht, ihn von dem Mann wegzuheben.«

Er machte eine kurze Pause, und seine eisblauen Augen blickten sie eindringlich an.

»Ich muss mich noch bei Euch für meine gestrigen Worte entschuldigen«, sagte er leise. »Ich weiß selbst nicht, was mich dazu trieb, und es ist mir ein großes Anliegen, dass Ihr mir meine Gereiztheit verzeiht.«

Hedewich konnte sich dem Bann seines Blickes nicht entziehen. Seine Augen waren so tief, und doch gaben sie nie sein Innerstes preis.

Der Pater war zu den beiden getreten und machte sich räuspernd bemerkbar.

Mit einer leichten Verbeugung wandte sich Arbeo ihm zu. »Ich hoffe, Ihr seht mir mein hastiges Verschwinden nach. Zu gern hätte ich an der Taufe teilgenommen. Doch ist es meine Pflicht, in Notfällen helfend einzugreifen.«

Pankratius murmelte Zustimmung und verbarg sein Erstaunen darüber, dass Arbeo die Ausrede kannte, die er selbst sich doch erst an diesem Morgen ausgedacht hatte.

»Wenn Ihr mögt, könnt Ihr uns heute wieder ein Lied vortragen«, schlug Hedewich vor. »Gesine wird sich freuen ...«, und nicht nur sie, ergänzte sie in Gedanken und fühlte erneut, wie ihr die Röte in die Wangen schoss. Schnell wandte sie sich ihren Freundinnen zu.

»Folgt mir in den Saal, die Abendtafel ist bereitet!«

Nach dem Essen holte Arbeo erneut seine Laute und unterhielt die Tafelrunde auf das Beste. Auch ihm selbst taten die Gesänge gut, sie ließen für Stunden seine Sorgen in den Hintergrund treten.

Doch kaum war er am späten Abend zurück in seiner Kammer, stellte sich die alte Unruhe bei ihm ein. Immer wieder schritt er ungeduldig zum Fenster und horchte hinaus. Da war es endlich – das verabredete Rufen des Käuzchens. Sofort schlich Arbeo die Treppe hinunter, überquerte den dunklen, menschenleeren Hof und betrat die Kapelle.

Benigna kniete im hinteren Raum auf einem flachen Polster. Als Arbeo eintrat, erhob sie sich rasch und trat auf ihn zu.

»Jetzt ist es an mir zu sprechen«, begrüßte sie ihn leise. »Aber nicht an diesem Ort! Pankratius könnte uns hier überraschen. Er soll zwar über das Nötigste unterrichtet werden, doch alles zu seiner Zeit.«

Ohne ein weiteres Wort folgte Arbeo ihr hinaus. Ihre Schritte verursachten keinen Laut, als sie vorsichtig den Burghof durchquerten. An der Außenmauer zum Weiher deutete Benigna auf wucherndes Buschwerk.

»Dahinter versteckt sich eine kleine Tür«, flüsterte sie. »Der Weg zum Garten ist nicht für jedermann bestimmt.«

Schon wieder ein Geheimnis, dachte Arbeo und folgte der Nonne durch das kleine schmiedeeiserne Tor in den Kräutergarten, der nur spärlich vom Licht des abnehmenden Mondes beschienen war. Hinter einer hohen Hecke aus Schilf, die den Kräutergarten vom Weiher trennte, stand eine hölzerne Bank, auf der sie sich niederließen. Dichte Sträucher umgaben sie und schützten sie vor unliebsamen Blicken.

»Hier können wir unbeobachtet miteinander sprechen«, flüsterte Benigna. »Keiner kann den Garten betreten, ohne dass wir es bemerken würden.«

Arbeo schaute sich unbehaglich um. Sein Blick folgte der Mauer und streifte die Außenerker der Burg. Wie ein einsamer Wächter ragte ein von Fledermäusen umkreister Turm aus den nächtlichen Schatten empor.

Unwillkürlich rückte Arbeo ein wenig von Benigna ab, bevor er sein Wort an sie richtete.

»Wollt Ihr mir nun erklären …«, drängte er, und seine Stimme klang merkwürdig harsch und fremd durch die Dunkelheit. Gedämpfter fuhr er fort: »Wollt Ihr mir nun erklären, woher Ihr Eure Kenntnisse über das Outreland habt? Meine Verschwiegenheit sei Euch sicher. Ihr könnt mir ruhig vertrauen.«

Benigna nickte, sammelte sich kurz und fing leise an zu erzählen.

»Die Ereignisse, von denen ich Euch berichten will, sind vor langer Zeit geschehen. Vor so langer Zeit, dass mir manchmal ist, als wäre alles nur ein Traum. Dann aber sehe ich den Käfig, die Vögel und das blühende Bäumchen, und dann …«

Sie schluchzte auf und wandte sich zur Seite.

»Verzeiht mir.« Ihre sonst so ruhige Stimme schwankte. »Ihr müsst wissen, ich habe noch nie einem Menschen von meinen Erlebnissen erzählt. Ihr seid der erste, und bei Euch soll das Geheimnis ruhen, bis Ihr sterbt. Versprecht mir dies, bei allem, was Euch heilig ist!«

Arbeo fühlte, wie ihn ein kalter Schauer überlief. Welche dunklen Geheimnisse würde er erfahren? Für einen Augenblick erwog er, Benigna zu bitten, doch lieber zu schweigen. Dann aber wandte er sich ihr zu, fasste mit beiden Händen ihre Schultern und zwang sie sanft, ihn anzusehen.

»Ich habe es Euch doch bereits versprochen«, sagte er leise.

Sie nickte fast unmerklich, und als sie seinen Blick erwiderte, sah er Tränen in ihren Augen, die im schwachen Schein des Mondes wie Perlen glänzten.

Arbeo ließ ihre Schultern los. »Bitte erzählt weiter!«

»Ja. Ihr sollt alles erfahren, von Anfang an. Meine Vorfahren kamen von weit her, aus dem Heiligen Land«, begann sie stockend, »aus einem Seehafen namens Akkon. Sie waren Händler und recht vermögend, denn sie lieferten Gewürze, die im Abendland begehrt waren: Zimmet, Pfeffer, Ingwer und Muskat. Auch mit kostbaren Stoffen wie Seide und Gaze, Damast und Brokat handelten sie.

Es hätte uns dort wirklich gut gehen können, hätten nicht die Unruhen im Land stetig zugenommen. Immer wieder drangen Kreuzritter nach Jerusalem und versuchten, die Heilige Stadt zu erobern. Im Jahre 1187, ein Jahr vor meiner Geburt, war es unserem Herrscher, dem großen Saladin, gelungen, die Ritter fürs Erste zu vertreiben. Er hat sich den Christen gegenüber mehr als großzügig erwiesen – sie durften sich ihre Freiheit erkaufen, und er ließ sie in Frieden gewähren –, aber trotzdem kam das Land nie zur Ruhe.«

Wie zur Bestätigung ihrer Worte kam plötzlich vom Weiher ein aufgeregtes Schnattern der dort nistenden Enten. Dann senkte sich wieder die Stille der Nacht über den Garten, und Benigna fuhr leise fort:

»Ich war gerade ein Jahr alt, da überredete mein Großvater meine Eltern auszuwandern. Er hatte einen Händler gefunden, der uns auf seinem Schiff nach Pisa mitnehmen sollte. Meine Eltern wollten auf keinen Fall den alten Vater zurücklassen, und auch nicht das florierende Geschäft. Doch Großvater beharrte auf seiner Entscheidung, die uns, wie sich später zeigte, das Leben retten sollte. Kurz nachdem wir aus Akkon ablegten, sind wir jedoch erst einmal in einen großen Sturm geraten. Der Schiffseigner, ein Herr Poltrone, und die meisten seiner Mannschaft sind untergegangen. Aber meine Eltern haben es irgendwie geschafft, mit mir an Land zu kommen. Mühsam mussten wir uns durchschlagen, bis wir endlich Konstantinopel erreichten.«

Arbeo hatte gespannt gelauscht.

»Konstantinopel«, sagte er nun in die Stille hinein, »das war eine mächtige Stadt mit vielen Kaufleuten, auch solchen aus dem Heiligen Land.«

»Oh ja«, seufzte Benigna wehmütig. »Mein Vater kannte den Namen von einem, der bereits vor uns dorthin gezogen war und recht erfolgreich Fuß fassen konnte. Bei ihm sind wir untergekommen, und mein Vater wurde mit ins Geschäft aufgenommen. Ja, wir hatten wohl Glück ...«

Wieder seufzte sie tief und musste sich sichtlich überwinden weiterzureden.

»Vier Jahre war ich dann, als wieder ein Heer Kreuzritter mit großer Grausamkeit in unsere alte Heimat Akkon einfiel und …«

»Davon hat mir mein Vater erzählt«, warf Arbeo ein. »Die Kreuzritter wurden geleitet von dem englischen König Richard Löwenherz, dem Franzosenkönig Philipp II. August und dem Herzog Friedrich von Schwaben.«

Benigna nickte abwesend, ganz in ihre Erinnerung versunken. »Sie belagerten die Stadt und versuchten, Saladin zu vertreiben. Er wehrte sich standhaft, aber im Winter brach eine Hungersnot aus. Die zwang ihn, sich zu ergeben. Als das geforderte Lösegeld nicht bezahlt werden konnte, ließ König Richard 2700 muslimische Gefangene töten, unter ihnen auch meinen armen Großvater.«

Die letzten Worte hatte sie so leise gesprochen, dass Arbeo glaubte, sich verhört zu haben.

»Muslimisch?«, wiederholte er ungläubig. »Habe ich recht gehört, dass Ihr muslimischer Abstammung seid?«

Sie antwortete nicht, sondern saß nur mit gesenktem Kopf da und hielt die Hände wie zum Gebet gefaltet.

Arbeo sprang auf. »Heißt das etwa, Ihr seid gar keine Christin und verbergt Euren wahren Glauben unter den Gewändern der frommen Frauen!«, rief er empört.

»Bitte, Arbeo!« Auch Benigna hielt es nicht mehr auf der Bank. Sie stand dicht vor dem Edelmann, der sie um eine halbe Hauptеslänge überragte, und schaute flehend zu ihm auf. »So leiht mir doch erst einmal Euer Gehör, ohne voreilige Schlüsse zu ziehen!«

Er vermied es, in ihre Augen zu sehen. »Gut. Ich werde versuchen, Euch aussprechen zu lassen. Auch wenn ich mir kaum vorstellen kann, wie Ihr Eure Täuschung erklären könnt.«

Zögernd setzte er sich wieder, und auch sie ließ sich neben ihm nieder.

»Es gab einige wenige Glaubensgenossen im byzantinischen Konstantinopel, und wir hielten uns unter unseresgleichen auf«, fuhr sie leise fort. »Mein Leben entwickelte sich gut. Meine Eltern legten großen Wert auf meine Bildung, und regelmäßig wurde ich im Lesen und Schreiben unterrichtet. An vielen Abenden las mein Vater aus unserer Heiligen Schrift vor, und so kannte ich bereits in jungen

Jahren viele Suren des Koran. Manchmal erzählte Mutter Geschichten aus der alten Heimat. Darin kamen Sultane und Sklaven vor, Großwesire und Zauberer und allerlei magisches Volk.«

»Jetzt verstehe ich«, murmelte Arbeo und schaute in Gedanken versunken auf die kleinen Leuchtkäfer, die hier und da wie blasse Funken aufglühten.

»Es war ein behütetes Leben, das ich führte, denn ich war das geliebte und einzige Kind meiner Eltern. Als ich das zwölfte Lebensjahr erreicht hatte, wurde ich dem Sohn eines reichen Händlers und Nachbarn zur Ehe versprochen. Ich erinnere mich noch gut an das Fest, das meine Eltern damals mir zu Ehren gaben. Alle brachten mir kostbare Geschenke, und die Tische bogen sich vor Köstlichkeiten. Musikanten spielten auf, und Tänzerinnen kamen, um die Gäste zu erfreuen. Ich war damals recht schüchtern und sah dem Ganzen hinter einer Säule versteckt zu. Auf einmal fühlte ich, dass ich nicht alleine war. Unbemerkt hatte sich mir eine wunderschöne Frau zugesellt. Sie trug einen roten Rock, der mit Spiegeln und glänzenden Ornamenten bestickt war.«

»Die Rote Zara«, raunte Arbeo. »So hatte ich doch Recht!«

»In ihrer Hand hielt sie einen Käfig mit zwei Vögeln, einem blauen und einem grünen«, sagte Benigna, ohne auf Arbeos Worte einzugehen. »Diese Vögel kennt Ihr ja bereits, und auch die Geschichte, die ich von der schönen Frau erfuhr ...«

»Sie erzählt von der Liebe zweier Menschen, verboten und geheim, doch in Eurer Geschichte überwindet sie alle Hürden.« Arbeo sprach leise, mehr zu sich selbst.

»Aber die schöne Frau sagte mir noch mehr, als ich neulich preisgab«, lenkte Benigna rasch ab. »Möchtet Ihr wissen, was?«

»Gewiss, so sprecht doch weiter!«

»Nun, nachdem sie mir die Geschichte der liebenden Vögel erzählt hatte, nahm sie meine Hand und strich über die Linien. ›Shalha‹, sagte sie, ›dein Leben wird sich ändern ...‹ In einer Art und Weise werde es sich ändern, wie ich es mir nicht erträumen könnte. Viel Leid und viele Qualen sagte sie mir voraus. Dann gab sie mir den Käfig mit den Vögeln. Sollte ich je meinen, verzagen zu müssen, so würden mich diese Vögel mit ihrem fröhlichen Gezwitscher aufheitern. Bevor sie sich verabschiedete, riss sie einen Spiegel von ihrem Rock und band ihn an eine Stange des Käfigs. In diesem Spiegel wären alle Geheimnisse verborgen, sagte sie.«

Ein Wind war aufgekommen, der dunkle Wolken vor die schwache Mondsichel trieb. Wie im gespenstischen Tanz warfen die Zweige der Bäume und Sträucher ringsherum Schatten in den Garten. Arbeo fröstelte, und auch Benigna zog sich ihren Umhang enger um die Schultern. Jeder hing seinen Gedanken nach.

Wenn die Rote Zara mir nicht selber begegnet wäre, würde ich denken, ich träume, dachte Arbeo. Nie und nimmer könnte ich glauben, dass das, wovon die Nonne erzählt, Wirklichkeit war! Laut sagte er:

»Was geschah dann mit Euch, wie seid Ihr zu Hedewich gelangt?«

»Es vergingen noch zwei Jahre, in denen ich mich bei meinen Eltern auf meine häuslichen Pflichten vorbereiten sollte. Ich lernte Wirtschaften und Rechnen, aber auch das Nähen und Sticken. Meine Fingerfertigkeit war so groß, dass die Nachbarinnen öfter kamen, um meine Hilfe zu erbitten. Doch lag es sicher auch an den winzigen Spinnen, die auf den Granatapfelbäumen lebten. Mit dem Faden, den sie spannen, fertigte ich meine schönsten Arbeiten an.«

»Hedewich sprach auch von Eurem Faden«, erinnerte sich Arbeo, und bei dem Gedanken an sie spürte er mit einem Mal eine fast schmerzliche Sehnsucht. Er stand auf. »Sagt jetzt nicht, die gleichen Spinnen leben auch auf Eurem kleinen Baum!«

»Die Worte meiner Herrin haben sich gut in Euer Gedächtnis geprägt«, bemerkte die Nonne. »Aber Ihr seid ungeduldig und greift vor. Erlaubt mir fortzufahren, und Ihr werdet alles verstehen.«

Mit einem Seufzer ließ sich Arbeo wieder auf der Bank nieder.

»Der Tag für die Hochzeit wurde angesetzt«, hörte er Benignas warme, dunkle Stimme. »Doch vor allem zwei Ereignisse der Welt griffen in mein Leben ein und veränderten es unwiederbringlich ...«

»Von welchem Jahr sprecht Ihr?«

»Es war das Jahr 1203. Ich zählte damals noch keine fünfzehn Jahre ...«

»Und es war zwei Jahre vor meiner Geburt«, stellte Arbeo fest. Insgeheim war er erleichtert, dass er seine Gedanken von der schönen, unerreichbaren Frouwe ablenken konnte. »Damals wurde in Konstantinopel der herrschende König Isaak Angelo von seinem Bruder Alexios III. abgesetzt und geblendet, und in Rom rief Papst Innozenz III. zum vierten Kreuzzug gegen die Muslime in Ägypten.«

»Ihr seid gut unterrichtet«, lächelte Benigna. »Eben diese beiden Ereignisse meine ich.«

»Mein Vater hat mir oft davon erzählt, und schon als Kind konnte ich mich nicht satt daran hören.« Arbeo war erneut aufgestanden und ging unruhig auf und ab. »Wenn ich mich recht erinnere, spielte die Seerepublik Venedig damals eine entscheidende Rolle. Sie hatte sich verpflichtet, gegen gute Bezahlung die Überfahrt der über dreißigtausend Kreuzfahrer zu übernehmen. Als dann aber weniger als ein Drittel der Männer gezählt wurde und außerdem das nötige Geld für die Bezahlung nicht bereit war, kam der alte Doge von Venedig auf eine andere Idee: Die Kreuzfahrer sollten zuerst die von Ungarn besetzte Stadt Zadar für seine Republik zurückerobern. Dann wollte er die Überfahrt der Männer übernehmen.

Da die Stadt aber christlich war, gab der Papst seine Erlaubnis nicht dazu. Der Doge setzte sich schließlich durch, mit dem Ergebnis, dass der Papst das ganze Kreuzfahrerheer exkommunizierte. Nun wendete sich der Sohn Isaaks, Alexios IV., an die in Venedig überwinternden Kreuzfahrer und bat sie, sich für ihn einzusetzen. Als Gegenleistung versprach er die Ost- und die Westkirche wieder zu versöhnen. Außerdem stellte er eine Zahlung von zweihunderttausend Silbertalern und ein Heer für die Eroberung des Heiligen Landes in Aussicht. Der Doge gab sein scheinbares Einverständnis. In Wirklichkeit jedoch wollte er Alexios nur für seine Zwecke benutzen. Und Alexios wiederum hatte im Grunde gar nicht die Absicht oder vielleicht auch einfach nicht die Möglichkeit, die Kirchen zu vereinigen. Als die Kreuzritter das merkten, setzte ein furchterregender Rachezug ein.«

Arbeo hatte sich richtig in Fahrt geredet. Jetzt blieb er vor Benigna stehen und schaute sie erwartungsvoll an, aber sie beachtete ihn nicht. Sie hatte die Hände zu Fäusten geballt, die sie plötzlich fest gegen ihre Augen presste.

Da ging Arbeo mit einem Mal auf, wie gänzlich fehl am Platze sein Vortrag war. Für ihn, der diese Ereignisse nur aus der Überlieferung kannte, waren sie reizvoll und spannend, ja, er war sogar ein wenig stolz auf seine geschichtlichen Kenntnisse. Für Benigna aber, die alles am eigenen Leibe erlebt und erlitten hatte, mussten sie eine einzige schmerzende Wunde sein.

»Verzeiht, ich bin wirklich ein Tor, dass ich Euch mit Dingen langweile, die Ihr selbst viel besser wisst«, entschuldigte er sich und setzte sich beschämt neben die Nonne. »So erzählt doch, was geschah mit Euch in diesem schrecklichen Frühjahr?«

»Ich weiß nicht, ob Ihr das wirklich nachfühlen könnt. Im Grunde sind Worte gar nicht geeignet, das Grauen und den Schrecken zu vermitteln, der über unsere Stadt kam. Alles wurde geplündert und bis zum folgenden Jahr alles zerstört ...«

Sie nahm die Hände von ihren Augen und schaute Arbeo an.

»Meine Eltern wurden Opfer des brutalen Schwertes eines Ritters. Auf seinem Wappen trug er das rote Kreuz des Heilands. Ihr fragt, was mit mir geschah?« Sie reckte das Kinn und sagte rau: »Mich nahm der Ritter als seine Sklavin mit. Fortan musste ich ihm dienen und all seine Wünsche erfüllen. Nur den Käfig mit den Vögeln konnte ich mitnehmen. Es gelang mir gerade noch, einige Granatäpfel hinzuzutun.«

»Aber wie wurdet Ihr zur Nonne Benigna?«, fragte Arbeo betroffen. »Oder sollte ich lieber Shalha zu Euch sagen?«

»Nein!« Benigna zuckte gequält zusammen. »Nennt mich niemals so, niemals! Allein der Name reißt alle Wunden meiner Seele wieder auf!«

Arbeo schwieg. In einiger Entfernung quakte ein Frosch und dann noch ein zweiter und dritter. Die vertrauten Laute brachten Benigna wieder ins Gleichgewicht.

»Der Kreuzritter nahm mich mit auf all seinen Reisen«, fuhr sie mit ihrer dunklen Stimme fort. »Mit seinen Opfern kannte er kein Erbarmen und plünderte alles, was er fand. Irgendwann, es mochten über zwei Jahre vergangen sein, fand er auch an mir keinen Gefallen mehr. Er brachte mich in das Kloster Maria im Tale. Dort an der Pforte gab er mich als sein Mündel Benigna ab. Vorher warnte er mich davor, je über die Ereignisse zu sprechen, die mein Leben bestimmt haben. Die guten Nonnen seien fromm, sagte er, und hätten für meinen heidnischen Glauben kein Verständnis.«

»Maria im Tale«, murmelte Arbeo. »Ist dies nicht das Kloster, in dem Hedewich erzogen wurde?«

»Genau so ist es. Dort haben wir uns kennen gelernt. Nach den schweren Jahren, in denen mich der Ritter ganz nach seinem Willen gebraucht und geschändet hatte, war ich innerlich gebrochen. Ob die Nonnen etwas ahnten, weiß ich nicht. Aber sie waren gut zu mir, und ich fand schließlich sogar ein wenig Trost und Kraft in ihrem Glauben.«

Arbeo musste plötzlich an Pater Pankratius denken. Was würde er wohl zu Benignas Geschichte sagen?

»Seid Ihr denn überhaupt getauft?«

Benigna schüttelte den Kopf. »Ich konnte doch nicht meine Herkunft preisgeben! Die Nonnen mussten glauben, ich wäre rechtmäßig getauft. Und ich habe mir die wichtigsten Bekenntnisse aus beiden Glaubensrichtungen zu Eigen gemacht, denn in beiden gibt es Gutes und Wahres. Ist nicht der Herrgott für alle da? Warum sollten die Christen das alleinige Anrecht auf ihn haben?!«

Arbeo nickte langsam. Was für eine erstaunliche Frau sie ist, dachte er. Und was für ein Glück für Hedewich, dass sie diese Vertraute bei sich hatte.

Pechschwarz war die Nacht geworden. Der Mond und auch die Sterne hatten sich hinter schweren Wolken versteckt, und kein Lichtstrahl erhellte mehr den Garten. In dieser vollkommenen Dunkelheit fühlte sich Arbeo geborgen.

Unvermittelt begann er nun von der Weissagung zu sprechen, die ihm die Rote Zara einst gegeben hatte.

»Alles ist eingetroffen, was sie mir vorausgesagt hat: der Tod meines Vaters, meine rastlosen Reisen und nun auch der Mann mit der Narbe ... Mein Treffen mit Phylipp und Johann hat mich zum Gesandten des Kaisers geführt, dieser wiederum zu dessen üblem Verbündeten Kuno von Schaumburg, und dessen Gesicht weist eben genau die sichelförmige Narbe auf, die mir die Rote Zara beschrieben hat.«

»Und was empfindet Ihr jetzt?«, fragte Benigna.

Arbeo erschrak und gab keine Antwort. Wie kam die Nonne dazu, ihn nach seinen Empfindungen zu fragen? Die Frage rief, ohne dass er es wollte, das zarte Gesicht Hedewichs vor sein inneres Auge, wie sie ihn angeblickt hatte, nachdem er ihr gestern das Lied vorgetragen hatte, jenes Lied, das nur für sie bestimmt war und dem er am liebsten noch unzählige weitere Lieder folgen ließe. Aber wie konnte er darüber mit Benigna sprechen, wie ihr sagen, was er wirklich empfand? Er durfte nicht einmal an sie denken …

»Arbeo, was wollt Ihr jetzt tun?«

Benignas warme Stimme riss ihn aus seinen Gedanken.

»*Euer Weg ist der richtige*«, murmelte er. »Das stand auf dem Pergamentfetzen geschrieben, der um jene Scherbe der Roten Zara gewickelt war. Euer Weg ist der richtige. Was bleibt mir anderes übrig, als dem zu vertrauen?«

Benigna sagte nichts. Lange Zeit saßen sie schweigend in der Dunkelheit.

»Ich denke, ich muss hier bleiben«, seufzte Arbeo schließlich. »Ich hatte gehofft, Ihr könntet mir helfen, denn auch Ihr bekamt eine Weissagung, und alles trat ein …«

»Ich bin sicher, für Euch wird alles ein gutes Ende nehmen«, sagte Benigna leise. »Aber ich werde weiter darüber nachdenken. Vielleicht finden wir gemeinsam die Antwort auf jene rätselhafte Prophezeiung.«

»Aber eine Frage könnt Ihr mir sicher jetzt schon beantworten«, drängte Arbeo. »Das Granatapfelbäumchen in Eurer Kammer – ich sah reife Früchte daran, aber auch rote Blüten, genau wie jene Blume in meiner Tasche, die niemals verwelkt. Sagt, was hat es mit dieser Blume auf sich?«

»In meiner alten Heimat, aber auch im Byzantinischen Reich gilt der rotgoldene Apfel als Zeichen der Fruchtbarkeit und der Liebe«, sagte Benigna, und jetzt schwang ein Lächeln in ihrer Stimme mit. »Die Christen hingegen sehen in ihm ein Gleichnis ihrer Kirche. Eine harte Schale, die in ihrem Innersten die wahre Nahrung der Liebe birgt. Wie unwürdig wäre es für diese einzigartige Frucht, würden ihre Blumen verwelken! Nur dann tun sie es, wenn derjenige, der sie als Zeichen seiner Liebe verschenkt, untreu wird oder stirbt.«

Sie erhob sich. »Jetzt aber lasst uns zurückgehen! Seht, soeben schaut wieder der Mond hervor und wird uns den Weg beleuchten.«

Schweigend schritten sie zum Haupthaus zurück. Bevor sie auseinander gingen, versprachen sie, mit niemandem je über ihr nächtliches Treffen zu sprechen.

Das Falkenlied

Der Sommer des Jahres 1228 war ungewöhnlich warm und brachte endlich wieder Licht und Leichtigkeit nach Burg Satzvey. Die langen Abende nutzte Hedewich, um an ihrem Wandteppich weiterzuwirken. Mit der Hilfe von Benigna nahm sie die letzten Stiche an der Bordüre vor. Dabei war ihr manchmal, als ginge von dem Band der roten Blüten und rotgolden schimmernden Granatäpfel ein zarter Duft aus, ähnlich dem Duft der roten Blüte aus ihrem Brautstrauß und ähnlich auch dem Duft, den die mütterliche Frau aus ihren Träumen immer verbreitet hatte.

Zuweilen gesellte sich Arbeo zu den stickenden Frauen und spielte ihnen süße Melodien auf seiner Laute vor. Die Worte, die er dazu sang, berührten Hedewich tief und erwärmten ihr Herz gleich einer stetig schwelenden Glut.

So wurde der Sommer zum Herbst. Die Blätter der Eichen, Kastanien und der mächtigen Blutbuche verwandelten sich in ein leuchtendes Farbenspiel, bevor sie raschelnd zu Boden fielen, und die Zugvögel schwärmten in wärmere Regionen. Allmählich veränderte sich das Licht, die Tage wurden kürzer, und in den feuchtkalten Burgmauern nistete sich wieder die Schwermut ein. Während des lauen Sommers hatte Hedewich immer wieder Ablenkung von ihrer Sorge um Phylipp und Johann gefunden. Jetzt aber legte sich die Angst um ihre Liebsten wie ein eiserner Ring um ihre Brust.

Seit über einem halben Jahr waren ihre Gäste schon hier, und immer noch keine Nachricht von Phylipp und Johann. Wie mochte es ihnen nur ergehen?

Als Hedewich eines Morgens erwachte und durch den halb geöffneten Fensterladen ihrer Kammer schaute, war die Welt draußen wie verwandelt. In der Nacht war der erste Schnee gefallen. Das kalte Rosa am Himmel verhieß einen klaren Tag, und Hedewich machte sich schnell fertig, um nach draußen zu gehen. Sie liebte diesen ersten Schnee, der die Landschaft wie unter einem dichten, weißen Federkissen verbarg. Voll Vorfreude zog sie ihren pelzgesäumten Umhang über, rief Stella zu sich und lief hinaus auf den Hof.

Der jungfräuliche Schnee knirschte unter ihren Stiefeln. Hedewich ging vor bis zum Wachturm in der äußersten Hofmauer. Mit einem Ruck zog sie die kleine Holztür zur Wachkammer auf und blickte hinein.

»Dachte ich's mir doch!«, rief sie dem erschrockenen Wächter zu. »Eine feine Wache bist du uns im Schlafe, Peter! Steh gefälligst auf und lass die Zugbrücke herunter. Und meld dich nach Ende deines Dienstes beim Marschall. Der wird sich schon darauf verstehen, dich munter zu machen.«

Im Weggehen verbarg sie ein schelmisches Grinsen. Der faule Peter wird so schnell nicht wieder seinen Wachdienst verschlafen, dachte sie, während sie über die eilends heruntergelassene Brücke schritt.

Stella hatte ihre Freude an dem ungewohnt frühen Spaziergang und tobte ausgelassen zum Weiher hinunter. Über Nacht war er fest zugefroren, und eine feine Schicht Neuschnee überzog ihn wie Zucker. Alles funkelte und glitzerte in den ersten Strahlen der aufkommenden Sonne, und die Stille der weißen Winterlandschaft legte sich wie Balsam auf die unruhige Seele der jungen Frau.

»Ach Stella, ist das nicht ein wunderschöner Morgen!«, rief sie und fühlte sich so unbeschwert wie lange nicht.

Tief atmete sie die kalte Luft ein und schaute hinauf in den klaren Winterhimmel. Doch plötzlich stockte sie. Eine Bewegung weit über ihrem Kopf nahm ihr Auge gefangen. Im gleichen Augenblick wurde die Stille des frühen Morgens durch ein heiseres Krächzen zerrissen. Noch einmal wiederholte sich das Geräusch und dann noch ein drittes Mal. In großer Höhe entdeckte Hedewich einen Vogel, der sie langsam umkreiste. Sein Krächzen klang wie ein klagender Ruf.

Hedewich fühlte, wie ihr Herz zu rasen begann.

»Der Falke!«, schrie sie entsetzt, und ihre Augen füllten sich mit Tränen. »Der Falke – allein und ohne Phylipp!«

Wie von einer fremden Macht getrieben streckte Hedewich ihren Arm aus. Stella verharrte indessen bewegungslos bei Fuß, ganz so, wie der Jagemeister es sie gelehrt hatte. Langsam, unendlich langsam kreiste der kleine braune Jagdvogel über ihren Köpfen und landete schließlich sanft auf Hedewichs Arm. Ohne Scheu blickte er sie an, und seine schwarzen Augen glänzten klug und traurig zugleich. Sein Gefieder schimmerte rötlich in der aufgehenden Sonne, doch die goldbestickten Seidenbänder hingen schmutzig und zerrissen von seinen Fesseln herab.

Hedewich stand wie erstarrt, und bewegungslos saß auch der Falke auf ihrem ausgestreckten Arm.

Wenn du sprechen könntest, welch schreckliche Botschaft würdest du mir überbringen?, fragte Hedewich ihn stumm.

Doch in ihren Ohren klang nur das Rauschen ihres Pulsschlags, das ihren Kopf zu zersprengen drohte. Sie nahm nicht mehr wahr, dass Stella sich unruhig bewegte, noch hörte sie das besorgte Wimmern des Hundes. Die Erde um sie herum schien sich zu drehen, immer schneller drehte sie sich, bis Hedewich taumelte und in eine tiefe Ohnmacht fiel.

Langsam erwachte das Leben auf der Burg. Die ersten Fensterläden wurden aufgeklappt, und Käthe, die junge Magd, lief über den Hof, um frisches Holz für den Kamin im großen Saal zu holen. Der Knecht Markus stolperte schlaftrunken aus dem nahe liegenden Stall, wo er sich den Dachboden mit den anderen Knechten teilte. Er gähnte, rieb sich die Augen und freute sich über den klaren Tag.

»Wohin so in Eile, Käthe?«, rief er der Magd nach.

»Frag nicht so viel«, gab sie lachend zurück. »Mach dich lieber auf, um mir zu helfen. Im Saal muss Feuer geschürt werden. Auch geht der Holzstapel dort langsam zur Neige.«

Markus half ihr gerne. Heimlich hatte er Gefallen an dem drallen Mädchen gefunden. Gerade wollte er ihr eine Antwort zurufen, als Stella plötzlich vom Burgtor her auf ihn zuschoss. Jaulend und kläffend sprang die weiße Hündin an ihm hoch, um sich sogleich wieder umzudrehen und in die Richtung zu laufen, aus der sie gekommen war.

»Was hat sie nur?«, brummte Markus und machte sich auf, um dem Tier zu folgen.

Verwundert stellte er fest, dass die schwere Zugbrücke herabgelassen war. Über die Brücke führten schmale Fußspuren bis hin zum Weiher.

»Käthe, komm schnell«, rief Markus aufgeregt. »Stella hat etwas gefunden.«

In wenigen Augenblicken war er bei Stella, die Magd dicht auf seinen Fersen.

»Oh Jesus Christus«, schrie sie, »es ist unsere Herrin! Schick dich, Markus, und hol sofort Hilfe herbei! Ich bleibe und kümmere mich um sie, so gut ich kann.«

Markus hatte sich bereits auf den Rückweg gemacht und rief laut in den Burghof hinein: »Zur Hilfe, so kommt doch zur Hilfe!« Er zog aus Leibeskräften an der großen Burgglocke am Haupttor. »Die Herrin Hedewich ... So kommt doch zur Hilfe!«

Als Erstes kam Benigna durch das Burgtor gelaufen, dicht gefolgt von Arbeo, der im Laufen seinen Gürtel umschnallte. Gleich darauf kam auch der Pater, und aus der Backstube und dem Stall rannten zwei Mägde und ein Knecht herbei.

Benigna hatte ihre bewegungslos daliegende Herrin erreicht. Als sie den Vogel sah, der regungslos zu Hedewichs Füßen verharrte, erfasste sie augenblicklich die Lage.

Der Falke ist's – oh nein, der Falke!, dachte sie voller Entsetzen. Warum nur ist er zurückgekommen – und allein? Inzwischen waren auch die anderen herbeigeeilt.

»Arbeo, nehmt Hedewich und bringt sie zur Burg«, ordnete Benigna an. »Beeilt Euch, sie ist stark unterkühlt!«

Arbeo, der beim Anblick der bewusstlosen Hedewich selber leichenblass geworden war, bückte sich und hob sie auf seine Arme. Wie leicht sie ist, dachte er, wie zart und zerbrechlich. Er drückte sie fest an sich und fühlte, wie er innerlich erbebte. Mit schnellen Schritten lief er zurück zur Burg.

Im großen Saal brannte schon der Kamin. Arbeo ließ Hedewich behutsam auf die Bank gleiten, die vor dem wärmenden Feuer stand, und strich ihr zärtlich eine lose Haarsträhne aus der Stirn. Dann rieb er der Bewusstlosen die eiskalten Hände.

Ein Räuspern ließ ihn zusammenfahren. »Was mag sie so beunruhigt haben?«

Pater Pankratius war hinter ihn getreten und schaute mit besorgter Miene auf die Ohnmächtige. Arbeo schüttelte nur ratlos den Kopf.

»Ich kann es mir denken«, sagte Benigna, die mit einem dampfenden Tee hinzukam. »Doch lasst uns erst versuchen, ihr etwas von meinem Kräutertrank einzuflößen. Das wird ihr gut tun. Offensichtlich hat sie einen großen Schreck erlitten«, flüsterte Benigna. »So habe ich sie noch nie erlebt.«

Vorsichtig setzte sie den Becher an Hedewichs Lippen. Der Falke saß immer noch zu Füßen seiner Herrin und ließ sie keinen Augenblick aus seinen aufmerksamen Augen.

Mit viel Geduld gelang es der geschickten Nonne endlich, Hedewich zum Schlucken des heißen Tranks zu veranlassen. Hustend kam die junge Frau wieder zu sich.

»Was ... was ist los?« Verwundert schlug sie die Augen auf und schien nicht gleich zu erkennen, wo sie sich befand. Doch dann sah sie den Falken und schluchzte heftig auf.

»So nehmt doch endlich den Vogel weg!«, befahl Benigna unwirsch. »Seht Ihr denn nicht, in welche Verfassung er sie bringt?«

»Dies war mir auch selbst schon in den Sinn gekommen«, gab Arbeo zurück, »doch lässt sich solch ein edles Jagdtier nicht einfach wegbringen. Wenn ich nur Lederklappen hätte, um seine Seher zu verhüllen, dann würde er sich schon fügen.«

»Könnt Ihr Euch denn nicht selber darum sorgen?«, fuhr Benigna ihn an.

Arbeo zuckte merklich zusammen, erwiderte aber nichts. Schnell gab er Markus einen Wink, der sofort verstand und leise den Saal verließ, um die Augenklappen zu holen.

»Streitet Euch nicht«, flüsterte Hedewich plötzlich. Ihre Stimme war so schwach, dass sie kaum zu vernehmen war. »Es ist Phylipps liebster Falke ... Und ich schätze ihn auch ... sehr. Helft mir, mich aufzurichten. Dann werdet Ihr sehen, wie gefügig er ist.«

Pankratius wollte schon abwehren und Hedewich beruhigen, doch Benigna nickte ihm nur aufmunternd zu. Gemeinsam stützten sie die junge Frau, und sie streckte zaghaft ihren Arm aus. Der Falke schwang sich hoch und flog dann mit einem Zug auf ihre Faust.

»Seht Ihr«, lächelte Hedewich, »mich kennt er immer noch.«

Inzwischen war Markus mit den Lederklappen zurückgekehrt.

»Jetzt wird es ein Leichtes sein, ihm die Klappen aufzustülpen«, sagte Hedewich, auf deren Stirn sich vor Anstrengung Schweißperlen gebildet hatten. »Bringt ihn zum Marschall. Der alte Wilhelm wird wissen, was mit ihm zu tun ist.« Mit zitternder Stimme fügte sie hinzu: »Nehmt ihm aber vorher die seidenen Riemen ab. Mir ist, als ob er sie nimmer brauchen wird.« Unwillkürlich liefen ihr Tränen über die Wangen. »Oh Gott, was mag nur geschehen sein?«

»Ganz ruhig, liebe Hedewich«, redete Benigna ihr zu. »Trinkt erst einmal diesen Becher aus, er wird Euch helfen, zur Ruhe zu finden. Ich bin mir sicher, alles hat eine ganz einfache Erklärung.«

Hedewich nahm folgsam den Becher und trank ihn aus.

»Ich fürchte, diesmal habt Ihr nicht Recht«, murmelte sie und schloss erschöpft die Augen.

»Ich habe ihr etwas für einen traumlosen Schlaf in den Tee gemischt«, sagte Benigna leise. »Wir sollten sie in ihre Kemenate bringen. Arbeo, hättet Ihr vielleicht wieder die Güte ...«

Arbeo nahm die schlafende Hedewich erneut in seine Arme. Unbeabsichtigt stieß ihr Kopf gegen seine Wange, und der Duft Ihres Haars nach Wiesenkräutern und wilden Blumen betörte seine Sinne. Behutsam trug er die junge Frau die Treppe nach oben und hoffte dabei, dass niemand die Gefühle bemerkt hatte, die in seiner Seele tobten.

Als Arbeo wenig später wieder in den Saal hinunterkam, fand er Benigna alleine vor. Er setzte sich neben sie ans Feuer.

»Der Falke hat Phylipp aufs Wort gehorcht«, sagte er nachdenklich. »Niemals wäre er einfach weggeflogen. Es muss irgendetwas geschehen sein. Was meint Ihr?«

»Auch ich befürchte Schlimmes«, murmelte Benigna wie zu sich selbst. »Vielleicht gibt es doch einen Weg, um herauszufinden, was sich ereignet hat.« Sie achtete nicht auf Arbeos erstaunten Blick. Während sie die Augen in unbestimmte Ferne gerichtet hielt, fügte sie hinzu: »Wenn die Glocke die Mitternachtsstunde bekannt gibt, dann kommt in meine Kammer. Und bringt den Falken mit. Mit seiner Hilfe könnte es uns gelingen zu erfahren, was geschehen ist.«

Arbeo hatte sich mittlerweile schon an die seltsamen Geschichten und Einfälle der Nonne gewöhnt. So wunderte er sich nicht weiter über ihre Worte, sondern nickte nur und versprach zu kommen.

»Doch seid vorsichtig«, warnte Benigna. »Niemand darf Euch sehen, noch mitbekommen, dass wir uns treffen. Nicht einmal unser Freund, der gute Pater.«

Auch am Abend fühlte Hedewich sich noch sehr schwach. Sie verweigerte das Essen und wollte nur in ihrer Kemenate bleiben, um weiterzuschlafen.

»Ich weiß gar nicht, warum ich so müde bin«, murmelte sie, als die Nonne wieder nach ihr sah. »Oh Benigna, bestimmt ist etwas Schreckliches passiert! Ich habe solche Angst.«

»Schlaft weiter«, versuchte Benigna sie zu beruhigen. »Ich werde immer wieder bei Euch hereinschauen. Und morgen, Ihr werdet sehen, morgen sieht alles schon ganz anders aus!«

Hedewich blickte sie zweifelnd an, doch fehlte ihr die Kraft zum Widerspruch. Der Kräutertrunk tat seine Wirkung. Erschöpft schloss sie die Augen und fiel sogleich wieder in einen tiefen, traumlosen Schlaf.

Als Arbeo um Mitternacht mit dem Vogel auf seiner Faust in Benignas Kammer trat, war der kleine Raum nur spärlich von drei Kerzen eines schlichten Messingleuchters erhellt. In einer Ecke neben dem Schlaflager stand das rot blühende Bäumchen und verbreitete im ganzen Zimmer seinen zarten, berauschenden Duft.

Benigna richtete sich auf, denn sie hatte eben etwas aus ihrer Truhe entnommen. Mit ernster Miene wandte sie sich zu Arbeo und zeigte ihm, was sie in den Händen hielt.

»Welch sonderbare Wurzel habt Ihr da?«, fragte er neugierig. »Sie ähnelt dem Körper eines Mannes.« Eines nackten Mannes, fügte er insgeheim hinzu.

»Mich wundert, dass Ihr diese kostbare Pflanze nicht kennt. Das ist die Wurzel der Alraune«, erklärte Benigna unbeirrt. »Viele Legenden werden über ihre Herkunft erzählt. So hat man früher geglaubt, der Herrgott habe den Menschen aus der Alraune hervorbringen wollen. Als er dann jedoch Adam aus der roten Erde des Paradieses schuf, freute er sich so über sein Werk, dass er die Alraune vergaß. Sie aber fühlte sich aus seiner Gnade verdrängt und hasst seitdem die Menschen – was sie jedoch nicht daran hindert, deren Nähe zu suchen. Am liebsten wuchs sie in der Umgebung des Gartens Eden, auf einem Berg, unerreichbar weit im Osten ...«

»Und wie viel Wahrheit messt Ihr diesen alten Mythen zu?«, unterbrach Arbeo mit einem Schmunzeln.

Benignas Miene blieb ernst. »Nun, aus dem Osten kommt sie tatsächlich, ich habe selbst eine Wurzel aus meinem Garten in Konstantinopel mitgebracht. Ich habe sie hier eingepflanzt, und diese Wurzel, die Ihr hier seht, habe ich noch vor Eintreten der Herbststürme geerntet.«

»Und jetzt?«, fragte Arbeo gespannt, »wofür braucht Ihr sie jetzt?«

»Wartet ab. Ihr werdet schon sehen ...«

Arbeo setzte den Falken auf die Lehne eines Holzstuhls und wollte gerade an dem kleinen Tisch am Fenster Platz nehmen, da hieß ihn Benigna mit einer Handbewegung innehalten.

»Nehmt dem Vogel die Klappen von den Sehern!«, sagte sie bestimmt. »Aber bindet ihn vorher fest. Ich werde gleich das Fenster öffnen, um das Licht des vollen Mondes hereinzulassen. Der Vogel darf uns auf keinen Fall entfliehen!«

Arbeo tat, wie ihm geheißen. Nun reichte ihm Benigna einen Becher mit Wein.

»Die Wurzel hat Kräfte, die nur Eingeweihte kennen«, sagte sie dazu. »Ich habe vorhin ein wenig davon in einen Krug Wein eingelegt. Mit ihrer Hilfe können wir sehen, was uns zu wissen bestimmt ist.«

Sie selber nahm einen zweiten Becher mit Wein zur Hand. »Auf dass uns die Alraune die Augen öffne!«

Arbeo nahm einen großen Schluck aus seinem Becher. Ein ungewöhnlicher Geschmack, aber nicht übel, dachte er. Langsam breitete sich eine angenehme Wärme in ihm aus. Entspannt ließ er sich auf dem Stuhl nieder.

Nachdem auch Benigna vom Wein getrunken hatte, ging sie zum Fenster und öffnete es weit. Klare, winterliche Nachtluft strömte herein, doch spürten weder Arbeo noch Benigna die Kälte.

»Rückt Euren Stuhl näher zum Tisch mit meinen Vögeln«, forderte die Nonne und setzte sich selbst auf den zweiten Stuhl. »Und gebt mir die Scherbe vom Rock der Roten Zara.«

Arbeo tat erneut, was sie wünschte, und gab ihr den kleinen Spiegel. Sie schaute kurz darauf und hängte ihn dann neben ihren eigenen in den Käfig. Sofort begannen die beiden Vögel, aufgeregt mit den Spiegeln zu schnäbeln. Der Falke beobachtete das Spiel aufmerksam, rührte sich jedoch nicht.

»Seid still und beobachtet nur, was jetzt geschieht«, raunte Benigna mit mühsam unterdrückter Erregung.

Arbeo spürte, wie seine Glieder schwer wurden, so schwer, dass er sie kaum mehr zu bewegen vermochte. Er wollte Benigna fragen, ob dies die Wirkung des Weins wäre, doch da wurde ihm bewusst, dass ihm auch seine Zunge nicht mehr gehorchte. Er fühlte sich unendlich müde und war doch zugleich ganz wach. Regungslos saß er da und starrte auf die beiden Vögel. Je länger er hinsah, desto deutlicher wurde ihm aber, dass es nicht die Vögel, sondern die beiden kleinen Scherben waren, die er mit seinen Augen suchte. Durch die Bewegungen der Vögel schwangen sie hin und her und zeigten mal das Licht des Mondes, mal die Flammen der flackernden Kerzen.

Plötzlich schienen die Spiegel größer zu werden. Unaufhaltsam wuchsen sie, bis sie zu einem verschmolzen waren und den ganzen Raum eingenommen hatten. Arbeo schaute wie gebannt hinein, doch sah er nicht mehr sein eigenes Spiegelbild, sondern ein großes Feld vor seinen Augen. Hell glitzerte der Frost im Licht des vollen Mondes. Mehrere Zelte säumten das Feld, und im Hintergrund erstreckte sich ein tiefer dunkler Wald.

Arbeo trat neugierig näher. Er sah einige Lagerfeuer vor sich und roch den Duft von über dem Feuer gebratenen Schweinen. Es musste sich wohl um das Lager eines reichen Ritters handeln. Die Zelte waren kostbar bestickt, und die Pferde davor sahen wohl genährt und gepflegt aus.

Neben einem der Zelte saßen Männer um ein Feuer und lachten. Einer rülpste laut und warf einen angenagten Knochen hinter sich auf die Erde. Seltsam, dachte Arbeo, sie schienen ihn gar nicht zu bemerken. Jetzt war er so nah an das Zelt herangekommen, dass er durch den geöffneten Eingang ins Innere schauen konnte.

Er sah einen Ritter mit einer Frau auf dem Schoß. Sie lachte laut, aber ihr Lachen klang nicht fröhlich. Dann zwickte sie den Mann in die Wange und beugte sich vor, um ihn zu küssen. Aus ihrem offenen Mieder quollen ihre Brüste, und ihre langen Haare drängten sich unordentlich unter einer gelben Haube aus Filz.

Sie trug die Farbe der unehrbaren Frauen. Wo war er hier, und wie nur war er hergekommen?

Seine Gedanken wurden durch laute Männerstimmen unterbrochen.

»Trefflich, vortrefflich!«, brüllte einer.

»Ein Fest wird das morgen«, rief ein weiterer, und lautes Grölen folgte.

Wie traumwandlerisch ging Arbeo in die Richtung, aus der die Stimmen kamen, und befand sich plötzlich an einem weiteren Lagerfeuer inmitten einer Gruppe von Menschen, wie sie absonderlicher nicht hätten sein können. Eine kleine buckelige Zwergin, von Kopf bis Fuß in Schwarz gekleidet, sprang gackernd und lachend von einem Fuß auf den anderen, während ein zweiter Zwerg, bunt gekleidet wie ein Zeisig, Purzelbäume im Mondenschein schlug. Drei Männer sangen ein schmutziges Lied und schwangen ihre vollen Becher im Takt dazu.

Nur einer hielt sich zurück. Er wollte nicht ganz zu den anderen passen. Es war ein alter, hagerer Musikant, der auf einem Baumstumpf saß und die gespenstische Szene mit den Klängen seiner Laute untermalte. Ein trauriges Lied sang er, von Abschied und Liebe. Arbeo konnte gerade noch die letzten Worte hören, und sie trafen ihn bis ins Mark: »*Gott sende sie zusammen, die sich sehnsüchtig hold.*«

Langsam, wie benommen, entfernte sich Arbeo. Etwas abseits vom Trubel standen zwei prächtig gekleidete Männer in ein Gespräch vertieft. Auch sie schienen Arbeo nicht zu bemerken. Einzelne Wortfetzen gelangten zu ihm, die seine Neugier weckten:

»Morgen ...«, hörte er. Und »Turnei«, und dann noch: »... spitze Lanzen mit aufgesetzten Krallen aus Eisen«. Um besser hören zu können, schlich Arbeo noch näher heran.

»Ihr glaubt also«, sagte der eine der beiden, mit dem Rücken zu ihm gewandt, »dass er erst morgen kommen wird? Warum, meint Ihr, nutzt er nicht die Dunkelheit, um sich heranzuschleichen? Es wäre viel leichter, mich zu treffen, würde ich schlafen.«

»So würdet Ihr es tun«, erwiderte der zweite Mann. »Und ich sicher auch! Aber bei ihm handelt es sich um einen ehrenwerten Herrn!« Spöttisches Gelächter begleitete seine Worte. »Seine höfischen Sitten würden ihm niemals erlauben, Euch hinterrücks zu überfallen. Bei Anbruch des Tages wird er vorstellig, Ihr könnt's mir ruhig glauben. Er wird Euch zu einem Turnei auffordern – Mann gegen Mann. Und wie ich ihn einschätze, nutzt er nur stumpfe Lanzen.«

»Dann steht es schlecht um ihn! Ehrenwert, sagt ihr? Ja, das mag er sein. Aber ein ehrenwerter Tor! Der auch noch glaubt, es mit mir aufnehmen zu können.«

Der Sprecher drehte sich zu Arbeo und schien ihn anzusehen. Seine ebenmäßig geschwungenen Lippen hatten sich zu einem höhnischen Grinsen verzogen, und seine Augen wirkten kalt und hart. Nur eine Narbe auf seiner Schläfe störte die gleichmäßige Zeichnung seines Gesichts. Wie die Sichel eines aufgehenden Mondes zierte sie seine linke Schläfe.

Ein eisiger Schauer durchfuhr Arbeo. Kuno!, wollte er schreien. Kuno von Schaumburg. Doch kein Laut kam aus seiner Kehle.

»Kommt nur, Phylipp von Vey!«, feixte Kuno. »Ich freue mich schon auf Eure Niederlage. Bald ist Eure Burg mein, und Eure junge Frouwe nehme ich gleich dazu, als kleinen zusätzlichen Leckerbissen!«

Langsam verblasste Kuno und mit ihm sein Lager. Verwundert schaute Arbeo sich um. Die Feuer waren nicht mehr zu sehen, der nächtliche Frost war gewichen, stattdessen stand die helle Mittagssonne am Himmel und erwärmte einen spätherbstlichen Tag. Von irgendwoher klangen leise die Töne der Laute. Wieder sah Arbeo die Wiese vor sich, diesmal aber umsäumt von vielen Menschen, die sich angeregt unterhielten. Unter ihnen erkannte er auch die beiden Zwerge und die Frau mit der gelben Haube wieder.

Plötzlich ertönte eine Fanfare, und die versammelten Menschen wurden still. Aus dem Wald erschienen zwei Fähnriche, gefolgt von einer berittenen Truppe. Langsam näherten sie sich der Wiese. Arbeo erkannte augenblicklich die Wappen, die auf den beiden Fahnen aufgestickt waren: Auf einer Fahne blitzte der Schwan derer von Vey, auf der anderen leuchtete ein silberner Löwe, von dreizehn Schindeln umringt.

»Ah, da kommen die ehrenwerten Herren«, hörte Arbeo in unmittelbarer Nähe eine bekannte Stimme. »Phylipp von Vey und der Hitzkopf Johann von Are. So kann das Spiel endlich beginnen!«

Ohne lange nachzudenken, fing Arbeo an zu laufen. Schneller und schneller rannte er auf die Reiter zu.

»Haltet an!«, rief er laut, doch keiner schien ihn zu hören. »Geht nicht hin! Es ist eine Falle.«

Unbeirrt setzten die Reiter ihren Weg fort. Sie ritten direkt auf Arbeo zu. Er versuchte, in letzter Minute auszuweichen, doch es war zu spät. Sie preschten mit ihren Pferden einfach durch ihn hindurch, und er spürte keinen Schmerz, ja fiel nicht einmal zu Boden.

»Vergiss nicht, mir die stumpfe Lanze zu reichen«, wies Phylipp seinen Knappen an. Erklärend drehte er sich zu Johann um: »Mir liegt schließlich nichts daran, Kuno zu töten. Er soll nur wissen, wer der Mächtigere ist, und mich und die Meinen in Frieden lassen.«

Wieder wandelte sich das Bild vor Arbeos Augen. Nun befanden sich die beiden Ritter, Mann gegen Mann, im Tjost. Aufgeregt scharrten die schweren Schlachtrösser mit den Hufen. Dann gab der Herold das Zeichen, und die beiden Ritter jagten im wilden Galopp aufeinander zu. Phylipp verfehlte knapp den Schild von Kuno. Sie wendeten beide und versuchten, den Gegner erneut zu treffen. Mit einem sicheren Hieb krachte Phylipps Lanze gegen den Schild seines Feindes, und sie splitterte in unzählige Stücke – ein sicherer Sieg für Phylipp. Doch im gleichen Augenblick traf auch Kuno sein Ziel. Die eiserne Kralle seiner spitzen Lanze rutschte von Phylipps Schild ab und bohrte sich tief in dessen Schulter. Mit vor Schmerz verzogenem Gesicht sank Phylipp vom Pferde und wälzte sich stöhnend im Gras.

Ohne zu zögern, sprang Kuno vom Pferd. »Knappe, die Axt!«, keuchte er und riss sich den Helm vom Kopf. Dann hob er die blinkende Streitaxt hoch, nahm einen gewaltigen Schwung und ließ die Axt auf Phylipp niederschmettern.

Doch Phylipp hatte sich wieder gefangen. Gerade noch rechtzeitig gelang es ihm, die Axt mit seinem Schwert abzuwehren. Kuno setzte erneut an und stürzte sich hasserfüllt auf seinen Gegner. Mit letzter Kraft warf sich Phylipp zur Seite, nahm sein Schwert und bohrte es Kuno durchs Herz.

Totenstille breitete sich über das Geschehen.

Plötzlich schrie Kuno auf: »Verflucht seid Ihr, Phylipp von Vey, für den Rest Eurer Tage. Verflucht auf immer und ewig!«

Röchelnd brach er zusammen. Auf seinen Lippen bildete sich blutiger Schaum, und er bewegte sich nicht mehr.

Die Zuschauer blickten entsetzt auf ihren Herrn. Sie waren nur Siege von ihm gewöhnt. Siege, Plünderungen und Grausamkeiten. Dass er nun tot war und sie herrenlos, konnten und wollten sie einfach nicht glauben.

Doch auch Phylipp war schwer getroffen. Johann war sofort an seine Seite geeilt und versuchte, ihn zu stützen.

»Könnt Ihr Euch aufrichten und mit mir gehen?«

»Die Wunde ist tief«, stöhnte Phylipp, »viel tiefer, als ich im Eifer des Gefechtes spürte. Ach, Johann, mir ist so kalt, so bitterkalt. Ich fürchte, auch für mich naht die letzte Stunde.«

»Nein, Phylipp, nein!«, rief Arbeo entsetzt.

Auch Johann rang sichtlich um Fassung. »Ihr habt ihn besiegt, nun müsst auch Ihr noch bestehen. Bleibt noch … ich flehe Euch an, Schwager, bleibt!«

Es half nichts. Phylipp sackte in sich zusammen.

Johann legte ihn auf die Erde, faltete seinen eigenen Umhang zusammen und legte ihn als Kissen unter den Kopf seines Schwagers. Die übrigen Männer aus Phylipps Gefolgschaft traten näher. Einer hielt Phylipps Lieblingsfalken auf der Faust.

Von weit, weit her hörte Arbeo eine leise Melodie. Das Lied kam ihm bekannt vor.

»Gebt mir noch einmal den Falken mit den seidenen Bändern der Liebe«, flüsterte Phylipp kraftlos. »Einmal möchte ich ihn noch halten.«

Mit Tränen in den Augen tat Johann wie gebeten und stützte Phylipps Arm mit seiner Hand. Der Falke saß für Augenblicke auf der Faust seines Herrn, dann hob er sich in die Lüfte und flog davon. Hinter ihm flatterten die goldenen Bänder und glänzten in den Strahlen der Sonne.

Der Lautenspieler kam näher.

Fortan sah ich den Falken herrlich schwingen:
er trug an seinem Fuße seidene Schlingen,
es glänzte sein Gefieder um und um von Gold.
Gotte sende sie zusammen, die sich sehnsüchtig hold.

»Habe ich mich so in dem Minnesänger getäuscht?«, flüsterte Phylipp mit weit aufgerissenen Augen. »Was hat er hier zu suchen?«

»Zerbrecht Euch darüber nicht den Kopf«, versuchte Johann ihn zu beruhigen. »Und sammelt Eure Kräfte. Ich bringe Euch zurück nach Satzvey ...«

»Zu meiner kleinen Hedewich«, hauchte Phylipp, dann senkten sich seine Lider, und sein Kopf fiel zur Seite.

»Es ist vorbei mit ihm«, murmelte ein Gefolgsmann, der am nächsten stand.

»Nein!«, schrie Johann verzweifelt und warf sich über den leblosen Körper. Plötzlich spürte er etwas Weiches unter dem blutdurchtränkten Stoff von Phylipps Hemd. Erstaunt tastete er danach und zog das bestickte Tuch von Hedewich hervor. Er faltete es auf und legte es auf die blutende Wunde seines Schwagers.

»Ein letzter Gruß von Eurer Geliebten«, sagte er mit brechender Stimme zu Phylipp, als könnte der ihn noch hören.

Keiner der Umstehenden rührte sich. Vollkommene Stille lag über der Wiese, bis Johann sich endlich erhob und mit leiser Stimme an Phylipps Knappen wandte:

»Nehmt Euch einen Begleiter und reitet zurück nach Satzvey, so schnell Ihr nur könnt. Ihr müsst der Herrin die traurige Botschaft überbringen. Ich selber werde den Leichnam meines Schwagers überführen, auf dass er eine würdige Beerdigung in Satzvey finde.«

Arbeo beobachtete, wie der Knappe und sein Kamerad eilends davongaloppierten. Dann verblasste auch diese Szene, und alles um ihn herum wurde dunkel.

»Mich dünkt, Ihr habt den Wein zu überstürzt geleert.«

Benigna stand dicht neben Arbeos Stuhl und blickte ungewöhnlich streng auf ihn herab. Er schaute sich suchend im Raum um. Wo war der große Spiegel?

Die Kerzen waren bereits heruntergebrannt, der Käfig mit den beiden Vögeln war mit einem Tuch bedeckt. Regungslos verharrte der Falke, die Seher jetzt wieder mit den Lederklappen verdeckt.

»Mir waren auf einmal die Lider so schwer«, murmelte Arbeo. »Ich fürchte, Ihr habt Recht, ich hätte den Wein langsamer trinken sollen. Verzeiht mir, ich ...«

»Ihr müsst Euch nicht schämen – es ist alles rechtens.« Jetzt lag wieder das gewohnte sanfte Lächeln auf Benignas Gesicht, und ihre Augen zwinkerten freundlich im Schein des hellen Mondlichts. »Die magische Wurzel hat Euch zu einer Vision verholfen. Sprecht, was habt Ihr gesehen?«

»Phylipp ist tot«, sagte Arbeo, und seine Stimme klang hoffnungslos. »Der Bote wird bald hier ankommen und es bestätigen. Aber auch Kuno ist tot ...«

Er brach ab und schwieg lange Zeit. Schließlich seufzte er tief und sagte: »Somit ist meine Aufgabe hier beendet. Nur, ich verstehe noch immer nicht ...«

»Was wollt Ihr noch wissen?«, fragte Benigna.

»Die Rote Zara sagte mir doch, der Mann mit der Narbe würde mein Leben verändern.«

Arbeo fröstelte, stand auf und schloss das kleine Fenster. »Jetzt ist Kuno tot, ich jedoch bin hier. Was macht das alles für einen Sinn?«

»Euer Schicksal ist vorbestimmt, das wisst Ihr. Aber verstehen werdet Ihr es erst dann, wenn Ihr dazu bereit seid«, mahnte Benigna. »Und nun geht Ihr besser. Ich muss nach Hedewich sehen. Ich werde in dieser Nacht bei ihr wachen.«

Anfang Dezember 1228 – es waren bereits zwei Wochen vergangen, seit Hedewich ohnmächtig im Schnee aufgefunden worden war – sagte Benigna beim Frühstück zu Pater Pankratius und Arbeo:

»Seit nunmehr vierzehn Nächten liegt Hedewich in ihrer Kammer und hat mit hohem Fieber und schrecklichen Alpträumen gekämpft. Doch seit einigen Tagen geht es aufwärts. Meine Kräuter haben endlich die erhoffte Linderung gebracht. Ich glaube, das Fieber ist endgültig gewichen.«

Ein leises Flüstern ließ alle drei hochfahren. Unbemerkt war Hedewich die Treppe heruntergekommen und hatte Benignas letzte Worte gehört. Fast durchscheinend blass stand sie vor ihnen, strahlte aber zugleich eine innere Stärke aus und wirkte gesammelt und ruhig. Nur das Kreuz von Rubinen, das sie immer um ihren Hals trug, wirkte glanzlos und matt.

»Hedewich, was macht Ihr hier?« Benigna sprang auf und legte ihre Arme schützend um die Schultern ihrer Herrin.

Hedewich befreite sich behutsam von ihr und blickte in die Runde. »Ich hatte heute Nacht einen Traum«, sagte sie, und ihre Hand griff unwillkürlich nach dem kostbaren Anhänger. »Ich sah Phylipp ...« Bei diesen Worten schwankte sie leicht, fasste sich aber sogleich. »Er wird kommen ... und mit ihm das Unglück ... Ich fühle es ganz bestimmt.«

Von draußen war das Klappern von Hufen zu hören.

»Geht nachsehen«, sagte Hedewich nur.

Schon wurde die Tür aufgerissen, und zwei erschöpfte Reiter stürzten herein.

»Oh Herrin«, rief der erste.

Und der zweite: »Etwas Furchtbares ist geschehen.«

»Ich weiß«, nickte Hedewich mit einer merkwürdigen Ruhe und bat die Boten, sich zu setzen. Dann ließ sie sich alles berichten.

»Wir haben lange nach dem Herrn von Schaumburg und seinen Mannen gesucht«, erzählte der erste Bote, ein Knappe von Phylipp, nachdem er wieder zu Atem gekommen war. »Schließlich stießen wir nahe der Burg Vechta auf sie …«

»Sie hatten offensichtlich vor, die Abwesenheit des Grafen von Ravensberg zu nutzen, um seine Burg zu überfallen«, unterbrach ihn sein Gefährte und erzählte dann, was sich im Lager von Kuno zugetragen hatte.

Hedewich hatte sich auf einen Stuhl sinken lassen und hörte dem Bericht regungslos zu. Die Boten ließen nichts aus. So erfuhr sie von dem Turnier, von Kuno und auch von der List, die er angewandt hatte.

»Es war ein ungleicher Kampf«, schloss der Knappe empört. »Unser Herr konnte ihn nicht für sich entscheiden, denn die Lanze von Kuno war angeschärft und zusätzlich mit einer Kralle versehen!«

Betroffen schaute der Pater von einem zum anderen. Nicht nur die traurige Nachricht selbst erschütterte ihn, sondern auch, dass er offensichtlich der Einzige war, für den sie wirklich neu war. Wieso tat Arbeo so teilnahmslos? Er saß da und starrte ins Kaminfeuer, als wüsste er längst, was geschehen war. Auch Benigna schien nicht weiter überrascht zu sein.

Und Hedewich? Stumm saß sie auf ihrem Stuhl und murmelte wiederholt: »Ich wusste es. Ich wusste es.«

Als die Boten hinzufügten, dass Johann sich um die Überführung von Phylipps Leichnam kümmern und in einigen Tagen selber eintreffen würde, sagte sie nur: »Meine Vorahnung hat sich erfüllt. Der Falke hat mir die ganze Wahrheit mitgeteilt.«

Erstaunlich gefasst erhob sie sich und verabschiedete die beiden jungen Männer.

»Lasst uns jetzt alleine, die nächsten Schritte müssen gut überlegt sein.«

Eine große Stille legte sich in der Folge über die ganze Burg. Sogar die Mägde und Diener gingen auf Zehenspitzen, um die Trauer ihrer

Herrin nicht zu stören. Hedewich hatte sich ganz in sich selbst zurückgezogen. In Gedanken versunken saß sie oft in der Kapelle. Am Abend arbeitete sie, so wie früher auch, mit Benigna am Wandteppich, und auch ihre beiden Gäste saßen häufig bei ihnen. Doch jetzt fiel kaum mehr ein Wort dabei, und unausgesprochen stand die Frage im Raum, wie es weitergehen würde, wie lange Arbeo und der Pater noch auf der Burg bleiben sollten.

Eines Morgens nach einer frühen Andacht sprach Hedewich die Angelegenheit endlich offen an.

»Lieber Pater«, begann sie, »Ihr seid mir immer ein verlässlicher Beistand gewesen, und ich weiß Eure Weisheit zu schätzen. Jetzt, da mein Mann gestorben ist, werdet Ihr sicher daran denken, mich zu verlassen. Ich möchte Euch aber bitten … Würdet Ihr mir den Gefallen tun und hier bei mir bleiben? Ich kann Euch nicht viel bieten, gewiss. Nur meine Gastfreundschaft, ein Dach über dem Kopf und einen Platz an meiner Tafel.«

Der Pater seufzte erleichtert auf. »Es wäre mir eine große Freude, den Rest meines Lebens bei Euch zu verbringen, denn Ihr bietet mir weitaus mehr, als Ihr meint.«

Hedewich schaute ihn verwundert an.

»Ihr bietet mir Eure ehrliche Freundschaft«, erklärte Pankratius, »und dieses Geschenk weiß ich wohl zu schätzen. Ich danke Euch für Euer Vertrauen und nehme die Einladung mit größter Freude an.«

Benigna, die eben hinzugetreten war, lächelte ihn an. Auch sie war von Herzen froh, dass dieser gütige Mann bei ihnen bleiben würde.

Hedewich wandte sich an Arbeo, der dem Gespräch mit ernster Miene gefolgt war.

»Auch über Euch habe ich mir viele Gedanken gemacht …«

Der junge Edelmann spürte, wie sich sein Inneres zusammenzog. Gespannt schaute er in ihre grünen Augen, die verschleiert wirkten, so abwesend und traurig.

»Eure Suche nach dem Mann mit der Narbe hat wohl ein anderes Ende gefunden, als Ihr Euch vorgestellt habt.« Hedewich nahm unwillkürlich eine gerade Haltung an. »Kuno ist gefallen, und Euer

Ziel ist erreicht, Ihr habt Euer Versprechen gegenüber Phylipp erfüllt. Was sollte Euch also noch hier halten?« Ihrer Stimme war deutlich anzuhören, wie sehr sie sich zwang, ihre Empfindungen zu verbergen. »Ich möchte Euch somit von Eurem Versprechen entbinden. Fühlt Euch frei zu gehen, sobald Ihr wollt.« Arbeo stand auf, verbeugte sich vor Hedewich und nahm ihre Hand. Behutsam führte er sie zu seinen Lippen.

»Es ist mir mehr als eine Freude, in Eurer Nähe zu verweilen«, sagte er rau. »Erlaubt mir, wenigstens so lange zu bleiben, bis Johann zurückkommt.«

Hedewich erschauerte. War es vor Freude über sein Bleiben oder aus Angst vor ihren eigenen Gefühlen? Sie wusste es nicht zu sagen. Sie wusste nur, dass sie noch nie so empfunden hatte, wie sie in seiner Gegenwart empfand, und dass dies sie nicht nur ängstigte, sondern auch in einer ihrer Trauer ganz und gar nicht angemessenen Weise beglückte.

Als sie am Abend wie gewohnt über ihrer Stickarbeit saß, hörte sie plötzlich leise Männerschritte, die sich ihr näherten. Sie war alleine im Saal. Pankratius befand sich noch beim Abendgebet in der Kapelle, und Benigna war unterwegs im Dorf, um einer Kranken eine heilende Tinktur zu verabreichen. Nur Stella lag zu ihren Füßen und schlief.

Ohne aufzublicken, wusste sie sofort, dass es Arbeo war. Und augenblicklich war es wieder da, das heftige Pulsieren ihres Blutes.

»Ihr sitzt hier ganz allein?«, fragte er und lächelte höflich. »Wollt Ihr mir zeigen, woran Ihr gerade arbeitet?«

Sie nickte wortlos, und er beugte sich zu ihr hinab. Eine Locke seines schweren Haares fiel über ihre Schulter und berührte ihren makellosen Hals. Sie wagte kaum zu atmen. Mit jeder Pore ihres Körpers spürte sie seine Nähe und roch den männlichen Duft seiner Haut. Sie konnte nicht anders als aufzuschauen. In seinen Augen, beschattet von dichten schwarzen Wimpern, las sie die gleiche Sehnsucht, die sie auch in sich barg, und eine unwiderstehliche Anziehung ging von ihm aus. Da spürte sie plötzlich ein unsanftes Stupsen, gefolgt von Stellas nasser Zunge. Schwanzwedelnd hatte sich die Hündin zwischen Arbeo und ihre Herrin geschoben und leckte abwechselnd ihrer beider Hände. Hedewich und Arbeo mussten laut lachen. Der Zauber des Augenblicks war verflogen, doch das strömende Gefühl der Verbundenheit blieb.

Später in ihrer Kammer fand Hedewich keine Ruhe. Stunde um Stunde wälzte sie sich auf ihrem Lager, ohne Schlaf zu finden. Kurz entschlossen stand sie auf, warf sich ihren Pelzumhang um die Schultern und verließ den warmen Schlafraum. Draußen vor dem Haus war es bitterkalt. Vereinzelt blinkten Sterne am Himmel.

Hedewich huschte über den stillen, verlassenen Hof und wollte eben die Tür zur Kapelle öffnen, da löste sich eine Gestalt aus dem Dunkeln und kam auf sie zu. Erschrocken stieß Hedewich einen kleinen Schrei aus. Doch fasste sie sich schnell, als sie erkannte, um wen es sich handelte.

»Ich sehe, Ihr könnt auch nicht schlafen«, sagte Arbeo leise. »Wollt Ihr mir erlauben, ein wenig bei Euch zu verweilen?«

»Es schickt sich nicht, zur Nacht alleine mit Euch zu sein«, antwortete Hedewich und hoffte zugleich, er würde bei ihr bleiben. »Aber zur Kapelle könnt Ihr mich begleiten, denn dort wollte ich beten.«

Arbeo nickte lächelnd und öffnete ihr die Tür. Schweigend betraten sie Seite an Seite die Kapelle. Hedewich machte eine tiefe Kniebeuge und ließ sich dann auf einem der bereitliegenden Polster nieder. Arbeo tat es ihr gleich und kniete sich dicht neben sie. Deutlich spürte sie durch ihren Umhang hindurch seine Nähe, und die Glut, die von ihm ausging, verwirrte sie.

»Ich kann nicht länger hier verharren«, flüsterte sie nach geraumer Weile. Ihre Knie schmerzten und brannten wie Feuer.

Arbeo sprang sofort auf und half ihr auf die Füße. Doch durch das lange Knien wollten ihr die Beine nicht mehr gehorchen. Sie taumelte und fiel gegen den jungen Edelmann. Wie selbstverständlich öffnete er seine Arme und fing sie auf. Dicht an seine Brust gepresst fühlte sie sich geborgen, und zugleich konnte sie nicht verhindern, dass ihr ganzer Körper bebte. Da drückte er behutsam ihr Kinn nach oben, und ihre Blicke trafen sich.

»Ich wagte nicht zu hoffen, dass du meine Gefühle erwidern

könntest«, sagte er sanft. »Und doch bin ich mir jetzt gewiss, du verstehst mein Begehren!«

»Sprich nicht so«, flüsterte sie. »Es ist nicht rechtens.«

»Wenn es nicht rechtens ist, Worte an dich zu richten, dann soll meine Zunge verstummen«, murmelte er, doch zugleich verschmolzen ihre Blicke, und ihre Gesichter näherten sich einander, bis sein Atem mit ihrem Atem eins wurde.

Ihre Lippen boten nur schwach Widerstand. Dann aber öffneten sie sich und fanden sich zu einem Kuss, der Raum und Zeit versinken ließ.

»Mein Geliebter«, flüsterte Hedewich und schaute ihn mit großen, erstaunten Augen an. »Nie habe ich so etwas empfunden. Mir ist, als schwänden meine Sinne ...«

Warum hatte sie das so nie bei Phylipp gefühlt? Sie schluchzte auf und barg den Kopf an Arbeos Brust. Zärtlich streichelte er über ihr weiches, langes Haar, das sie zum ersten Mal in seiner Gegenwart offen und ohne Haube trug.

»Es ist kein Zufall, dass wir uns begegneten«, raunte er an ihr Ohr, »alles ist so vorherbestimmt – ich fühle es ganz sicher.«

Sie hob ihren Kopf und schaute ihn fragend an. Im spärlichen Kerzenlicht der kleinen Kapelle wirkten seine blauen Augen dunkel und tief wie die geheimnisvollen Maare ihrer Heimat.

»Ich liebe dich, Hedewich, mehr als mein Leben, und du sollst wissen, dass ich dich immer lieben werde, was auch kommen mag.«

Tränen sammelten sich in Hedewichs Augen. »Oh Arbeo, wie kann sein, was nicht sein darf? Mein Schicksal ist vorherbestimmt, so wie mein Vater es wünschte ...«

»Es kann noch so viel gewollt, gedacht und geplant werden«, sagte er. »Glaub mir: Nichts geschieht ohne Grund.«

Wieder suchten seine Lippen die ihren, und er küsste sie mit einer nie gekannten Leidenschaft. Dann machte er sich abrupt von ihr los.

»Das letzte Wort spricht unser Schicksal«, sagte er rau. »Immer behält das Schicksal das letzte Wort!«

Zwischen Himmel und Hölle

Drei Wochen nachdem Hedewich die Kunde von dem tödlichen Turnier bei Vechta gebracht worden war, erschien wieder ein reitender Bote auf Burg Satzvey.

»Ehrenwerte Herrin«, rief er schon von weitem, »ehrenwerte Herrin, es ist ein Wunder geschehen!«

Sein Pferd schäumte vor Anstrengung, so hatte er es getrieben. Dicht vor Hedewich zügelte er es und sprang aus dem Sattel.

»Der edle Herr Phylipp, Euer Gemahl, lebt noch!«

Hedewich spürte einen Schmerz, als ob sich ein eisernes Band um ihr Herz legte.

»Was für einen Unsinn erzählst du da, Bursche?«, fuhr sie ihn an.

»Ich schwöre es bei allen Heiligen! Morgen werdet Ihr es selber sehen. Es ist wahrlich ein Wunder, bei der Menge Blut, die er verlor!«

Inzwischen waren alle Bewohner der Burg zusammengelaufen. Pankratius und Benigna standen neben dem Boten, Arbeo dicht hinter Hedewich. Sie spürte seine Nähe und fühlte sich unfähig, ein Wort zu sagen. Es war schließlich Pankratius, der Fragen stellte, und eifrig erzählte der Bote, was geschehen war:

»Nach dem unglücklichen Ausgang des Turneis war unser Herr wirklich sehr schlecht dran«, begann er. »Dann sah er den Falken wegfliegen. Das schien ihm den letzten Lebensmut zu nehmen. Euer Bruder Johann hielt ihn noch in den Armen, da murmelte unser Herr Euren Namen und fiel zur Seite.«

Hedewich schossen Tränen in die Augen. »Aber«, hauchte sie.

»Alle waren sicher, der Herr wäre tot«, nickte der Bote ernst, »und sogleich wurde die traurige Nachricht zu Euch entsandt.«

»Ja, ja, das wissen wir«, fuhr der Pater ungeduldig dazwischen. »So sag doch endlich, was weiter geschah!«

»Es war ein Wunder – ein Wunder«, wiederholte der Bote. »Johann nahm Euer Tuch, Herrin, das, welches Ihr Eurem Gemahl zum Abschied geschenkt habt ... und er presste es auf die Wunde. Und dann ... Ja, hätte ich es selber nicht gesehen, ich würde es nicht glauben.«

»So mach schon und stammel nicht herum«, sagte Pankratius streng. »Nur der Herr vollbringt Wunder, und nicht an dir ist es, zu entscheiden, ob es sich um ein solches handelte.«

»Dann erklärt Ihr mir, ehrwürdiger Pater«, entgegnete der Reiter, »wie es sein kann, dass das Tuch der Herrin einen unvergleichlichen Duft entwickelte, der unseren Herrn betört und wieder zum Leben erweckt hat?! Die Farbe ist plötzlich in sein Antlitz zurückgekehrt, und er schlug die Augen wieder auf.«

Pankratius warf einen Blick auf Benigna. Die schaute besorgt von Hedewich zu Arbeo und schenkte dann wieder dem Boten ihre Aufmerksamkeit. Arbeo jedoch drehte sich um und ging mit großen Schritten über den Burghof zum Stall.

»Die Reise zurück war sehr lang und beschwerlich«, erzählte der Bote unbeirrt weiter. »Der Herr hat immer wieder das Tuch auf seine Wunde gepresst, doch wurde er ständig schwächer und musste zuletzt auf sein Ross festgebunden werden. Morgen jedoch, so Gott will, wird er hier eintreffen, und mit ihm seine gesamte Gefolgschaft.«

»Ich danke Euch für ... diese freudige Nachricht«, sagte Hedewich mit schleppender Stimme. Aus ihrem Gesicht war die rosige Frische der letzten Wochen gewichen. Zu Pankratius und Benigna gewandt sagte sie: »Es ist viel herzurichten, lasst uns hineingehen!«

Schweren Schrittes ging sie zurück zur Burg und zwang sich, nicht an Arbeo zu denken. Wie ein Lauffeuer sprach sich die Nachricht von der bevorstehenden Rückkehr des geliebten Herrn herum.

»Er ist nicht tot«, riefen die Dörper und: »Jetzt wird auch die Herrin wieder fröhlich werden!«

Alle waren erleichtert, dass ihre Ehemänner und Söhne bald zurückkehren und nun doch nicht den beschwerlichen Weg ins Heilige Land auf sich nehmen mussten.

Als Hedewich am nächsten Tag Phylipp wiedersah, konnte sie nur mit Mühe ihre Tränen zurückhalten. Sein Gesicht wirkte blutleer und grau, seine Wangen hohl und eingefallen. Vorsichtig nahm Hedewich seine leblose Hand und führte sie an ihre Lippen. Dabei zwang sie sich verzweifelt, nicht an früher zu denken, als diese Hand sie so zärtlich liebkost hatte.

Auch Benigna war zutiefst erschrocken. Welche Manneskraft ist einst durch deine Adern geflossen, dachte sie, und wie jämmerlich, ja, greisenhaft kehrst du zurück!

Hedewich ließ ihn auf einer Bahre in den Saal tragen, wo sie ein Lager vor dem Kamin hatte aufstellen lassen.

»Hier kann er wieder zu Kräften kommen und gleichzeitig Anteil an unserem täglichen Leben haben.«

Vorsichtig küsste sie ihm die Stirn und untersuchte dann mit Hilfe von Benigna die Wunde. Immer noch war sie von ihrem bestickten Tuch bedeckt, das inzwischen von dunklem Blut verkrustet an ihm klebte. Die Nonne befeuchtete das Tuch mit warmem Wasser und löste es behutsam vom Körper ab. Was darunter zum Vorschein kam, verhieß nichts Gutes. Die Wunde war tief und schlimm entzündet, blaue und rote Striemen waren zu sehen, und ein dicker Eiterbeutel hatte sich gebildet.

»Holt mir ein scharfes Messer, aber schnell«, befahl Benigna. »Die Wunde ist unrein und das Blut vergiftet.«

»Sollen wir ihn nicht auch zur Ader lassen?«, fragte Hedewich.

»Nein, er hat bereits genug Blut verloren. Aber den Eiterbeutel müssen wir öffnen, schnell!«

Als Benigna in die prall gefüllte Blase stach, spritzte grünlicher, übel riechender Eiter hervor. Phylipp schrie auf vor Schmerz, öffnete jedoch nicht die Augen.

»Seine Stirn glüht wie heiße Kohlen«, bemerkte Hedewich. »Ich werde heute Nacht bei ihm wachen und versuchen, mit kühlenden Wickeln sein Fieber zu lindern.«

»Wir sollten uns bei der Nachtwache ablösen«, mischte sich Pankratius ein. »Hedewich, macht Ihr den Anfang! Und Ihr, Benigna, könnt mich und …« Er hatte Arbeo nennen wollen, stockte jedoch, weil ihm in diesem Augenblick bewusst wurde, dass er Arbeo seit der Ankunft des Boten am Vortag nicht mehr gesehen hatte. »… mich und Johann in der Pflege des Kranken instruieren«, schloss er rasch.

Johann nickte stumm. Es war ihm ein Anliegen, bei seinem Freund und Schwager zu wachen. Aber wo war Arbeo? Seit seiner Ankunft auf Burg Satzvey vermisste er den jungen Edelmann. Doch irgendetwas hielt ihn davon ab, nach Arbeo zu fragen.

Benignas Kräutersalben und die steten kalten Wadenwickel, die Hedewich anlegte, brachten Phylipps Fieber in den nächsten Tagen zum Sinken, doch wirkliche Anzeichen einer Genesung machten sich nicht bemerkbar. Hedewich blieb nun Tag und Nacht bei ihm und ließ sich nicht mehr ablösen.

»Ich werde ihn pflegen, bis er gesund ist«, hatte sie erklärt. »Das ist meine Pflicht und mein Wille.«

Stunde für Stunde saß sie am Lager ihres Mannes, reinigte seine Wunde, wusch ihn mit kühlem Wasser und wechselte die Laken, die er verunreinigte. Er gab nicht zu erkennen, ob er dies alles bemerkte. Seine Augen blieben geschlossen. Ein gelegentliches Stöhnen war seine einzige Lebensäußerung.

So vergingen die Tage zwischen Bangen und Hoffen. Leise verrichteten die Dienstboten ihre Pflichten, und ihre flüsternden Stimmen und raschelnden Schritte verstärkten die geisterhafte Stimmung, die sich in den Räumen der Burg ausgebreitet hatte.

Zwei Wochen waren bereits seit der Rückkehr von Phylipp vergangen, und Hedewich war nahezu am Ende ihrer Kräfte. Immer wieder geschah es, dass sie in ihrem harten Lehnstuhl einnickte, wenn die Müdigkeit sie in den Stunden der tiefen Dunkelheit übermannte. So auch in jener Nacht, in der Phylipp plötzlich seine Augen aufschlug.

»Hedewich«, war sein erstes Wort. Er versuchte, sich aufzurichten, doch es gelang ihm nicht. »Hedewich, Kleines …«, flüsterte er erneut, und aus seiner Stimme klang tiefe Liebe und Dankbarkeit.

Hedewich fuhr sofort empor. »Oh Phylipp!« Sie kniete sich an sein Kopfende und strich ihm zärtlich über die Stirn. »Phylipp, ich bin ja da! Alles wird gut.«

Er wollte wieder sprechen, war jedoch sichtlich zu schwach dazu. Nur ein leichtes Nicken brachte er hervor, dann schloss er erschöpft die Augen.

»Ich bleibe immer bei Euch«, hörte er Hedewich noch sagen, dann nahm die Dunkelheit wieder Besitz von ihm.

Hedewich richtete sich auf und wollte gerade die wollene Decke von Phylipp feststecken, als sie aus dem Augenwinkel eine Bewegung bemerkte. Erschrocken drehte sie sich um. Doch es war bereits zu spät. Schemenhaft hatte sich aus einer hinteren Ecke eine Gestalt aus dem Schatten gelöst und war unerkannt aus dem Saal verschwunden.

Die ersten Vögel zwitscherten schon, als Arbeo tief in sich gekehrt die Kapelle betrat. Pankratius war bereits vor ihm da, denn es war die Zeit seines Morgengebets. Als der Pater Arbeo bemerkte, unterbrach er seine Andacht.

»Mein Sohn«, sagte er, »Ihr quält Euch. Wo habt Ihr Euch in der letzten Zeit nur aufgehalten? Wollt Ihr mir nicht sagen, was Euch bekümmert?«

»Phylipp«, presste Arbeo hervor, »Phylipp ist aufgewacht. Ich war eben im Saal und habe es selbst gehört.«

»Gelobt sei Jesus Christus«, rief der Pater erfreut. »Es ist recht, dass dieser Umstand Euch zum Hause Gottes treibt! Wir wollen unserem Herrn für die eingetretene Besserung danken.«

Arbeo sank auf die Knie und hielt seinen Kopf zwischen den Händen. Heftiges Schluchzen schüttelte seinen Körper.

»So erbärmlich ist der Zustand meiner Seele«, brach es aus ihm heraus. »Ich flehe dich an, gütiger Gott, nimm mich Eindringling doch an seiner statt und erlöse meine Pein!«

Pankratius schaute ihn nur schweigend an, bis er langsam ruhiger wurde. Dann bückte er sich zu ihm hinab.

»Kommt, mein Freund«, sagte er und führte ihn zu einer hölzernen Bank nahe dem Altar. »Ich weiß um Euer Leiden. Ich habe das Aufflammen Eurer Gefühle erkannt, seit wir das erste Mal über die

Schwelle der Burg kamen. Ich hoffte aber, Ihr würdet Eure Pflicht einhalten und Hedewich beschützen, bis ihr Ehemann zurückkehrt. Dies ist nun geschehen.«

»Ich liebe sie«, sagte Arbeo rau. »Ich liebe sie mehr, als ich je einen Menschen geliebt habe, und auch sie liebt mich. Dessen bin ich mir sicher.«

Ich auch, dachte der Pater. Laut sagte er: »Wisst Ihr noch, was Ihr Phylipp versprochen habt?«

»Ja. Ich habe ihm versprochen, seine Burg zu verteidigen, seine Frouwe und ihre Ehre.«

»Dann tut dies«, sagte der Pater nur.

Arbeo starrte ihn verwundert an. »Wie – wie stellt Ihr Euch das vor?«

»Es gibt eine Lösung«, sagte der Pater langsam, »nur eine einzige, die es Euch ermöglicht, Eure Ehre und zugleich Eure Liebe rein zu bewahren.«

»So sprecht doch, bitte, sprecht, guter Freund«, drängte Arbeo.

Dem Pater war sichtlich unbehaglich zumute. »Dazu muss ich mit dieser Roten Zara beginnen«, brummte er. »Sie war es, die Euch sagte, die Begegnung mit dem Narbigen würde Euren Lebensweg verändern. Dann seid Ihr auf mich und Phylipp getroffen und letztendlich hierher gekommen. Hier habt Ihr Hedewich gesehen und in ihr die Liebe gefunden, die Euch bis dahin verwehrt war. Dies ist doch richtig, oder irre ich mich?«

»Fahrt fort«, sagte Arbeo. »Alles ist richtig.«

»Inzwischen habt Ihr gespürt, dass Hedewich Eure Zuneigung erwidert. Ihr habt Euch Hoffnung auf eine innige Vereinigung gemacht. Die Kunde, dass Kuno Phylipp getötet hatte, schien sogar zu der Weissagung dieser Zara zu passen.«

»So klar habe ich es bisher gar nicht gesehen«, antwortete Arbeo nachdenklich. »Niemals hätte ich Phylipp den Tod gewünscht!«

»Doch nur der würde Euch von Eurem Versprechen befreien.«

»Dann ist alles noch hoffnungsloser, als ich ahnte«, seufzte Arbeo verzweifelt. »Was ist nun Euer Rat?«

»Es gibt nur eine einzige ehrbare Lösung: Ihr müsst Satzvey verlassen!«, sagte der Pater mit fester Stimme. »Am besten sofort.«

Arbeo wollte ihn unterbrechen, doch Pankratius schaute ihn eindringlich an: »Seht doch, Ihr habt ein großes Geschenk erhalten, das größte Glück, das einem Menschen widerfahren kann: Ihr habt die wahre Liebe gefühlt. Sie ist unbefleckt und rein und noch mehr – sie wird erwidert! Das ist etwas durch und durch Edles und Ehrenwertes. Gebt Ihr aber Eurem Verlangen nach und bringt auch Hedewich dazu, das zu tun, so wird Eure Liebe befleckt. Sie hat keine Zukunft. Denn diese Liebe wird nur von kurzer Dauer sein. Gestohlene Augenblicke, die in unersättliche Sehnsucht ausarten, werden sie kennzeichnen, und letztendlich werdet Ihr fliehen müssen wie eine verjagte Töle, in Unehre und Scham.«

Es entstand eine lange Pause, in der keiner von beiden sprach. Arbeo kniete ganz in sich versunken da. Endlich richtete er sich auf, drehte sich zum Pater und sagte mit müder Stimme:

»Ihr habt mir die Augen und das Herz geöffnet, und ich habe Euch verstanden. Gebt mir noch Euren Segen und betet für mich. Denn der Weg, auf den Ihr mich schickt, ist der schwerste, den ich jemals gehen musste. Als einzige Begleitung nehme ich den jungen Markus mit. Er wird mir treu dienen, dessen bin ich mir sicher.«

Nachdem er den Segen des Paters empfangen hatte, erhob er sich und wandte sich zur Tür.

»Ihr, guter Pater, seid der Bürge meiner Liebe und bleibt zurück als einziges Glied in der Kette unserer Verbindung«, sagte er. »Geht Ihr an meiner statt zu Hedewich und erklärt ihr mein Verhalten. Fragt aber niemals, wohin ich gehe. Sucht nicht nach mir. Hedewich soll glücklich werden – das muss genügen.«

Wie sie die nächsten Wochen verbrachte, konnte Hedewich im Nachhinein nicht mehr sagen. Eine seltsame Leere hatte sich ihrer bemächtigt. Für die unruhigen Nächte hatte sie eine einfache Pritsche neben dem Krankenlager aufstellen lassen. So konnte sie immer für Phylipp da sein, wenn er sie brauchte.

Bald empfand sie die Zeit als endlosen Fluss. Nicht einmal der Wechsel von Tag und Nacht wurde ihr bewusst. Die Stunden gingen nahtlos ineinander über, ohne Ende drehte sich alles um Phylipp und den Versuch, seine Leiden zu lindern. Doch hie und da schlichen sich heimlich Gedanken an Arbeo ein. Sie schmerzten wie spitze Pfeile in ihrem Inneren und machten ihr insbesondere die langen Nächte zur Qual. Wie konnte ich mich in der Kapelle nur so hinreißen lassen, wo Phylipp mich so liebt!, dachte sie voll Reue. Zugleich fühlte sie eine schmerzliche Sehnsucht nach dem jungen Edelmann und litt unter seiner Abwesenheit.

»Ich sorge mich sehr um Hedewich«, sagte Benigna zum Pater, als sie nach dem Morgengebet mit ihm zusammen aus der Kapelle zurück über den Burghof ging. »Sie schläft kaum mehr und nimmt nur noch das Nötigste zu sich. Selbst wenn sie ihre Kleidung wechselt, eilt sie sich, um ja schnell bei Phylipp wieder sein zu können.«

»Ihr habt Recht, auch ich sehe ihr Verhalten mit Sorge«, murmelte der Pater. »Sie ist in diesen drei Wochen sichtlich abgemagert. Lasst uns beim Backhaus ein frisches Brot für sie holen! Sicher macht Katharina ihr auch eine Schale guter Fleischbrühe dazu.«

Im großen Saal war alles beim Alten. Hedewich saß neben Phylipp und hielt seine Hand. Er lag auf dem Rücken, die Augen geschlossen, und atmete flach.

Als Hedewich Benigna und den Pater sah, sagte sie müde: »Heute früh dachte ich schon, es wäre eine Besserung eingetreten. Er hat plötzlich die Augen aufgemacht und zu sprechen versucht. Aber jetzt ist er wieder bewusstlos. Ach, hätten wir doch bloß einen Medicus in unserer Nähe, der uns helfen könnte!«

»Lasst uns noch einmal nach der Wunde sehen!«, meinte Benigna und schlug die Decke zurück. Vorsichtig löste sie die Binde, die sie und Hedewich am Vorabend frisch auf die Wunde gelegt hatten.

»Oh Benigna, das sieht ja schrecklich aus! Viel schlimmer noch als in den letzten Tagen.«

Auch Benigna konnte ihr Erschrecken nicht verbergen. »Ich fürchte … nur noch ein Wunder kann ihm helfen«, flüsterte sie.

Pankratius beugte sich über Phylipps Wunde. »Die roten Striemen weiten sich aus. Das deutet auf eine Vergiftung des Blutes hin. Und ob die noch aufzuhalten ist … Benigna, es sieht wirklich ernst aus. Was meint Ihr? Wäre es nicht an der Zeit, ihn zur Ader zu lassen?«

Benigna nickte langsam. »Ja, ich werde ihn jetzt zur Ader lassen. Aber Hoffnung verbinde ich damit kaum, das muss ich gestehen.«

Die letzten Worte hatte Johann gehört, der gerade die Treppe von seiner Schlafkammer herunterkam.

»Ich reite nach Sinzig, um einen Medicus zu finden«, erklärte er mit fester Stimme. »Ich hätte es längst tun sollen. Einer wird schon bereit sein, gegen einen Beutel Taler mit mir zurückzukommen.«

Der Pater runzelte die Stirn. Er wusste, wie viele Quacksalber und Pfuscher sich als rechtschaffene Heiler ausgaben, und hatte schon vor Tagen seine Bedenken geäußert, als Johann mit ihm darüber gesprochen hatte.

»Sucht wenigstens einen unter den Juden«, mahnte er, »und lasst Euch nicht von den Badern überzeugen. Die schwätzen viel und verkaufen gern wertlose Tinkturen.« Er machte das Kreuzzeichen auf Johanns Stirn. »Nehmt meinen Segen und gebt Acht!«

Voll Tatendrang machte sich Johann auf den Weg. Endlich konnte er etwas für seinen Schwager tun!

Und wieder vergingen die Tage zwischen Hoffen und Bangen. Phylipp verlor zusehends an Kraft, und noch immer kam Johann nicht zurück. Auch Hedewich sah täglich elender aus. Eines Abends, sechs oder sieben Tage mochten seit Johanns Abreise vergangen sein, beschloss Benigna einzugreifen.

»Hedewich«, sagte sie, »es ist bewundernswert, wie Ihr Euch Tag und Nacht ohne Unterlass um Euren Gatten bemüht. Aber dabei droht Ihr selber zu erkranken. Verbringt doch heute die Nacht in Eurer Kemenate. Schlaft Euch aus und schöpft neue Kraft!«

Hedewich wollte nichts von dem Vorschlag hören.

»Der Pater und ich sind ja da«, versuchte Benigna sie zu überreden, »wir können uns bei der Wache abwechseln. Es kann nicht mehr lange dauern, bis Johann zurück ist und einen guten Heiler mitbringt.«

Hedewich wehrte erneut ab.

»Bedenkt doch, Hedewich«, mischte sich nun auch der Pater ein, »Eure Kraft ist gefragt und nicht Eure Schwäche! Was nützt es, wenn Ihr ebenfalls erkrankt?«

Diese Worte waren es, die Hedewich schließlich überzeugten. Müde schleppte sie sich in ihre Kammer und fiel dankbar auf ihr weiches Lager. Sie schlief sofort ein und hatte einen merkwürdigen Traum.

Knarrend ging die Holztür eines kleinen steinernen Hauses auf, und Markus, der Knecht, trat heraus in einen fremden Garten. Ihm folgte ein Mönch, dessen Kapuze so tief in die Stirn gezogen war, dass sie seine Gesichtszüge verbarg.

»Dies ist die dunkelste Stunde, wenn die Nacht noch nicht weicht, aber der Morgen bereits naht«, sagte der Mönch. »Es ist die heilige Stunde der Engel und der Geister.«

Markus griff unwillkürlich in seine Tasche und zog das kleine Kreuz hervor, das ihm Pankratius zum Abschied geschenkt hatte. Die beiden Männer gingen durch den Garten und ließen sich schließlich auf einer einfachen Holzbank nieder. Eine Weile saßen sie schweigend nebeneinander.

»Horch«, flüsterte der Mönch plötzlich und schob die Kapuze in seinen Nacken.

Ein zarter Flügelschlag unterbrach die Stille der Nacht. Leise knackte ein Zweig im Gehölz.

»Das ist der Bote des Lichts!«, raunte der Mönch Markus ins Ohr.

Süßes Vogelgezwitscher erklang, und mit ihm kam auch das erste Licht der morgendlichen Dämmerung. Schemenhaft wurde der Garten erkennbar, die Bäume und die Sträucher, deren Knospen sich langsam öffneten. Je heller es wurde, desto lauter und kräftiger sang der Vogel. Schließlich brach ein Sonnenstrahl durch die Wipfel der Bäume und fiel auf ein Gehölz nahe der Bank, das rot blühte.

»Das kann doch nicht sein!«, rief Markus aus und deutete auf den grünen, singenden Vogel. »Dieser Vogel ist nicht von hier!«

Kaum hatte er es ausgesprochen, flog noch ein weiterer Vogel hinzu und begann ebenfalls zu singen. Sein Gefieder schillerte blau.

Der Mönch schüttelte verwundert den Kopf. »Während der Pilgerfahrten meiner Jugend habe ich viele solcher Vögel gesehen. Aber das war weit östlich von hier, in einem fernen Land.« Er schaute Markus in die Augen. »Du aber scheinst diese Vögel zu kennen.«

»Es sind die Vögel von Benigna ...«, sagte Markus stockend.

»Das ist eine Nonne, die Vertraute meiner Herrin in Satzvey. Sie hat viele Geschichten erzählt, und in manchen kommen auch diese Vögel vor.«

»Eine Nonne mit Geschichten über fremde Vögel?«, fragte der Mönch stirnrunzelnd.

»Ja, von einer schönen jungen Frau hat sie erzählt, deren Vater sie so abgöttisch liebte, dass er sie für immer bei sich behalten wollte. Die junge Frau aber hat einen jungen Mann geliebt, der nicht vom Vater anerkannt wurde.«

»Ah, die alte Geschichte aus dem Orient – seltsam. Weißt du auch, wie sie ausging?«

»Ja«, antwortete der Knecht eifrig. »Mein Herr hat sie mir immer wieder erzählt, sie schien ihn sehr zu berühren. Um immer beieinander bleiben zu können, wurden die Liebenden in Vögel verwandelt – die Tochter in einen grünen, ihr Geliebter in einen blauen. Der Vater hat den Käfig mit den beiden Vögeln in seinen Garten gehängt und wusste so seine Tochter immer in seiner Nähe.« Er rieb sich die Augen, als traute er ihnen nicht recht. »Merkwürdig, diese Vögel dort auf dem Buschwerk sehen genauso aus wie die Vögel von Benigna. Was für ein sonderbarer Zufall!«

»Es gibt keine Zufälle« sprach plötzlich eine heisere Stimme aus dem Schatten. »Es gibt nur Dinge, die wir nicht richtig deuten.«

Arbeo trat aus dem Hintergrund hervor. Aschgrau war seine Haut, und seine Augen wirkten wie erloschen. Der Mönch schien jedoch nichts Absonderliches an ihm festzustellen und ging mit offenen Armen auf ihn zu.

»Mein Sohn«, sagte er, »ich freue mich, Euch wiederzusehen. Ich hatte schon befürchtet, Ihr wärt für immer entschwunden!«

Sichtlich erschöpft ließ sich Arbeo auf die Bank fallen. »Seid Ihr aus dem Monasterio? Ich habe Euch dort noch nie gesehen.«

»Ich aber«, antwortete der Mönch, »kenne Euch gut. Ich habe Euch schon oft in der Schreibstube gesehen.«

»Wenn Ihr mich so gut kennt«, erwiderte Arbeo, »wisst Ihr sicher, wie Recht Ihr mit Eurer Befürchtung habt. Denn das, was Ihr seht, ist nur eine leere Hülle meiner selbst. Meine Seele indes ist verdammt und verloren.«

Markus zog es vor, sich zu entfernen, blieb aber in Hörweite hinter einem Baum stehen.

»Unser Herrgott gibt keinen verloren«, antwortete der Mönch ruhig. »Das tut allein der Mensch selbst. Mir scheint, Ihr verzehrt Euch an einer hoffnungslosen Liebe ...«

Arbeo zuckte wie getroffen zusammen. »Seitdem ich sie verließ, kann ich nicht aufhören, an sie zu denken«, murmelte er rau. »Der Kuss, den sie mir einst geschenkt hat, ist an meinen Lippen haften geblieben. Wie süß er schmeckte! Doch alles ist sinnlos geworden.«

Langsam hob er den Kopf und blickte den Mönch an, als nähme er ihn eben erst wahr. »Ich habe einst eine Weissagung erhalten und mich auf dem richtigen Weg geglaubt. Doch dann sind Ereignisse eingetreten, die mir den Weg versperrt haben. Die Weissagung der Roten Zara hat sich nicht erfüllt. Ich Tor, dass ich ihr je Glauben geschenkt habe!«

»Ah, die Rote Zara und ihre Botschaften ...«, nickte der Mönch. »Das habe ich schon befürchtet!«

Er hatte kaum zu Ende gesprochen, da schoben sich dunkle Wolken vor die Sonne und tauchten den Garten in ein gelbliches Licht. Ein gewaltiger Wind kam auf und beugte die Baumwipfel bis fast zur Erde hinab, riss die Knospen von den blühenden Büschen ab und sog sie zusammen, bis sie sich spiralförmig im Kreise vereinten. Es heulte und zischte und tobte und kreischte, als ob sich Arbeos Schmerz, entfesselt und übermächtig, endlich einen erlösenden Ausweg erkämpfte. Dann ging ein mächtiges Beben durch die Erde und riss die Männer zu Boden.

Der Sturm legte sich genauso plötzlich, wie er aufgekommen war, und vor den Augen der Männer verschmolzen die Blütenwirbel zu einer menschlichen Gestalt.

»Das ist die Frau, die ich in Paris sah«, rief Markus staunend. »Es ist unverkennbar der rote Rock, den sie anhatte, mit den funkelnden Scherben und Spiegeln darauf ...« Dann sprach er nicht weiter.

Die Frau winkte Arbeo zu sich. »Reicht mir die Hand, Ihr habt Euch bewährt!«

Wie traumwandelnd ging er auf sie zu und nahm in Empfang,

was sie ihm gab. Dann war der Spuk vorbei. Der Garten lag friedlich in der frühmorgendlichen Sonne.

Markus rieb sich die Augen. »Wäre nicht der Teppich von duftenden Blüten, ich müsste glauben, meine Sinne wollten mich täuschen.«

Arbeo stand aufrecht da und schaute in seine Hände. »Es ist mir offenbart worden, endlich!« Seine Stimme klang kraftvoll und froh. »Endlich erkenne ich alles. Die lange Prüfung hat sich gelohnt.«

Er lachte! Zum ersten Mal, seit er Satzvey verlassen hatte, lachte er wieder! Zusammen mit dem Mönch trat Markus näher.

»Seht Ihr nicht?«, rief Arbeo lachend. »Im Spiegel liegt die Wahrheit. Hedewich braucht mich, und ich ... ich hab wahrlich lange genug auf diesen Augenblick gewartet!«

Voll Übermut umarmte er zuerst den Mönch, dann den Knecht Markus.

»Komm schnell«, rief er und lief ins Haus. »Wir müssen packen. Ein neues Leben beginnt!«

Verwundert blickte Markus zu dem alten Mönch. »Was meint er nur? In seiner Hand lag doch nur eine kleine blanke Scherbe?!«

Der Mönch schaute Arbeo nachdenklich hinterher. »Es gibt vieles zwischen Himmel und Hölle, das nur manchen zu sehen gegeben ist«, murmelte er. »Doch genug der Worte. Dein Herr braucht dich. Geh ihm schnell zur Hilfe, mich dünkt, es gibt einiges zu tun!«

Markus war schon in der Tür. Lächelnd drehte er sich noch einmal zurück, um dem Mönch zuzunicken. Doch der Garten war leer. Nur der grüne Vogel hüpfte über die Wiese. Plötzlich hielt er eine rote Blüte im Schnabel und schwang sich damit hinauf in die Lüfte. Dort oben drehte der blaue Vogel seine Kreise. Dann bogen beide ab in Richtung Norden.

Mit einem Ruck wachte Hedewich auf. Immer noch meinte sie einen Nachklang von Arbeos Lachen zu hören. Ihre Sinne tanzten einen wilden Reigen, und ihr Puls schlug laut in ihren Ohren.

Phylipp!, durchfuhr es sie jäh. Wie konnte ich ihn im Stich lassen?

Schnell schlüpfte sie in ihr wollenes Überkleid und lief, getrieben von dunklen Ahnungen, die Treppe hinunter. Im großen Saal bewegten sich drohende Schatten im flackernden Licht der Kerzen. Eine unnatürliche, erstickende Stille empfing sie. Benigna und Pankratius knieten jeder an einer Seite von Phylipp.

»Nein!«, schrie Hedewich. »Nein, sagt, es ist nicht geschehen!«

Phylipp lag still da. Eine wächserne Bleiche hatte sich über seine Züge gezogen, und seine Brust war ruhig und bewegungslos.

»Nein«, schluchzte sie und warf sich über ihren Ehemann. »Ich hätte nicht schlafen dürfen. Jetzt ist er gegangen, und ich war nicht bei ihm!«

Fest klammerte sie sich an den Toten und weinte, von heftigen Krämpfen geschüttelt. Nur mit Mühe gelang es dem Pater und Benigna, sie von Phylipp zu lösen. Dann brachten sie den Leichnam in die Kapelle und bahrten ihn auf, um bei ihm zu wachen.

Das Ende der Stille

Stunde um Stunde saß Hedewich in der Kapelle, und ihre Tränen wollten nicht aufhören zu fließen. In kleinen Gruppen kamen die Dörper, schüchtern und schweigend, um Abschied von ihrem verehrten Herrn zu nehmen. Fast mehr noch als dessen Tod rührte sie jedoch die Trauer, die von Hedewich Besitz genommen hatte.

Johann kam zurück, zusammen mit dem Medicus, den er endlich gefunden hatte. Der erfahrene Medicus ließ sich zum Altar führen und nahm Phylipps Verletzung genau in Augenschein.

»Sehr verwunderlich, dass er bei der Tiefe dieser Wunde überhaupt noch so lange gelebt hat«, stellte er fest. »Seht selber, das gesamte Fleisch um die Wunde herum ist faul. Nach meiner Erfahrung bringt eine solche Verwundung bereits nach einigen Tagen den Tod mit sich.« Und an Benigna gewandt setzte er hinzu: »Sagt doch, habt Ihr ihm Salben oder Tinkturen aufgetragen, dir mir vielleicht unbekannt sind?«

Benigna schüttelte verneinend den Kopf. Auch das Tuch, das Phylipp immer auf die Wunde gepresst hielt, erwähnte sie nicht. Johann aber dachte daran. Er war davon überzeugt, dass dieses Tuch seinem Schwager geholfen hatte, so lange durchzuhalten. Bei nächster Gelegenheit würde er Benigna danach fragen.

Bereits am folgenden Morgen wurde Phylipp in aller Stille nahe der Kapelle beigesetzt. Bevor der Sarg geschlossen wurde, warf Hedewich noch einen letzten Blick auf ihren geliebten Gemahl. Wie friedlich er dalag – und wie sehr er ihr fehlen würde! Zum Abschied hatte sie ihm die Blumen auf die Brust gelegt, die sie am gleichen Altar als junge Braut gehalten hatte. Fast drei Jahre war das her! Ihr kam es so vor, als wäre es in einem anderen Leben gewesen.

Die weiße Blüte war längst vergilbt und vertrocknet, die rote aber hatte ihre Frische behalten – bis zu Phylipps Tod. Jetzt jedoch fing auch sie an zu welken. Genau so, wie Benigna es einst vorhergesagt hatte. Hedewich erinnerte sich noch gut an die Worte der Nonne: Die rote Blüte werde ihre Frische behalten bis zum Tage seines Todes, und auch das Kreuz, das Phylipp ihr zur Hochzeit schenkte, war trüb geworden und hatte allen Glanz verloren.

Hedewich hauchte ihm einen letzten Kuss auf die Stirn, dann ließ sie sich von Benigna etwas abseits führen, und Pankratius begann die Trauermesse zu halten. Außer Benigna und Pankratius waren nur Johann und die engsten Diener der Familie anwesend. Hedewich fehlte jetzt die Kraft, alle Freunde herzubitten. Auch wollte sie sich nur seinem Gedenken widmen, ohne durch die Anwesenheit wohlmeinender Menschen abgelenkt zu werden. Ein einfaches hölzernes Kreuz wurde auf dem Grab aufgestellt, das erst im folgenden Monat durch ein würdevolles aus Schmiedeeisen ersetzt werden sollte. Es trug die Inschrift:

Hier liegt Phylipp von Vey,
angesehener Ritter und geliebter Herr der Burg Satzvey.
A.D. 1194 – A.D. 1229
Möge er ruhen in Frieden.

Noch keine siebzehn Jahre alt, nahm Hedewich nun die Pflichten wahr, die einer Witwe ihres Standes zufielen. Als alleinige Herrin von Satzvey hatte sie sich um die umfangreichen Besitztümer zu kümmern, ebenso um die Freien und Unfreien, die ihr zu Dienste standen. Der erfahrene Pater war ihr ein unverzichtbarer Berater, und auch Benigna und Johann unterstützten sie, wo immer sie konnten. Zuweilen klopften Pilger oder andere Wanderer an das Tor der Burg und baten um Brot und Wasser. Sie fanden stets freundliche Aufnahme bei Hedewich, die im Gespräch mit ihnen eine willkommene Abwechslung ihres eintönigen Tagesablaufs sah.

Auch Benigna und Pankratius unterhielten sich gerne mit den

Wanderern und hofften insgeheim, durch sie etwas über den Verbleib von Arbeo und Markus zu erfahren. Doch konnte ihnen keiner eine Antwort auf ihre Fragen geben.

Hedewich fragte nie nach dem jungen Edelmann. Sie fühlte sich zutiefst schuldig bei dem Gedanken an ihn und hatte sich fest vorgenommen, ihre Gefühle für ihn auf immer zu begraben. Gelegentlich bekam sie Besuch von ihrer Freundin Adelheid von Gürtzgen. Auch Elisabeth von Frentz kam zuweilen und brachte ihr Töchterchen, Hedewichs Patenkind Margarethe, mit. Hedewich hatte das Kind von Anfang an in ihr Herz geschlossen und genoss jede Stunde mit dem fröhlichen kleinen Mädchen. Gesine von Dollendorf ließ keine Gelegenheit aus, ihre Schwester zur Burg Satzvey zu begleiten, und längst war die Liebe, die sie und Johann verband, kein Geheimnis mehr.

So ging das Leben auf der Burg weiter, beinahe als wäre nichts geschehen. Nur Hedewich hatte sich verändert. Aus dem unbekümmerten, beschwingten Mädchen, das immer ein Strahlen oder zumindest ein Lächeln in den Augen hatte, war eine gebrochene Frau geworden. Oft saß sie stumm im Saal, in sich gekehrt und traurig, und selbst die Besuche ihrer Freundinnen vermochten sie nur vorübergehend aufzuheitern.

Eines Tages im Spätherbst betrat der alte Marschall Wilhelm den Saal. Draußen klatschte der Novemberregen in heftigen Böen gegen die Zinnen der Burg, und ein eisiger Wind pfiff durch die Fensterläden. Hedewich saß nah am Kamin und arbeitete an ihrem Wandteppich. Sie schaute kurz auf.

»Was habt Ihr?«, fragte sie und winkte den Marschall zu sich.

Dankbar rieb er sich die Hände an dem lodernden Feuer und schüttelte den Regen aus den Haaren.

»Herrin«, sagte er, »es ist wieder ein junger Mann vor dem Tor, der um Einlass bittet. Ich habe mir erlaubt, ihn in die Küche zu schicken, denn er sah halb verhungert aus.«

»Ihr habt gut daran getan«, erwiderte Hedewich mit müder Stimme. »Jeder erfährt bei uns Gastfreundschaft, so habe ich es doch angeordnet.«

Der Marschall trat verlegen von einem Fuß auf den anderen und machte keine Anstalten, sich wieder zu entfernen.

»Habt Ihr noch etwas auf dem Herzen?«, fragte Hedewich verwundert.

»Tja, ich weiß nicht recht …«

Hedewich ließ ihre Handarbeit sinken. So verlegen hatte sie ihren alten treuen Diener noch nie erlebt. »Sprecht, Wilhelm, was habt Ihr?«

»Es ist nur so … ich dachte, Ihr solltet, wenn Ihr mögt …«, stammelte Wilhelm. Dann gab er sich einen Ruck. »Er sagt, er habe den Herrn Arbeo gekannt und auch Markus wäre ihm begegnet.«

Hedewich fühlte, wie ihr kalt und warm zugleich wurde. Für einen Augenblick glaubte sie, nicht weiter atmen zu können. Dann fing sie sich wieder und stand rasch auf. »Führt mich zu ihm«, sagte sie, ohne nachzudenken.

In der Küche stand Katharina am Feuer und rührte in einem großen Suppentopf. Nahe bei ihr saß ein freundlich aussehender junger Mann mit zerzausten blonden Haaren und ließ sich eben von Pater Pankratius ein großes Stück Brot reichen. Unter dem Fremden hatte sich eine Wasserlache gebildet, so sehr war er vom Regen durchnässt. Als er Hedewich sah, stand er augenblicklich auf und verneigte sich tief.

»Habt Dank, edle Frouwe, für Eure Gastfreundschaft!«

»Ihr seid mir willkommen«, erwiderte sie und bat den Marschall, dem Fremden trockene Kleidung zu bringen. »Und sucht meinen Bruder und Benigna, sie sollen auch dazukommen«, rief sie ihm hinterher. Dann wandte sie sich wieder an den Wanderer. »Wenn Ihr Euch umgezogen habt, könnt Ihr in den Saal kommen und berichten, was Ihr zu sagen habt.«

Kurz danach saßen alle um das Feuer im großen Saal.

»So sprecht schon«, sagte Hedewich und hoffte, dass keiner die Ungeduld in ihrer Stimme bemerkte. Aufmunternd lächelte sie dem jungen Mann zu.

»Es ist eine lange Geschichte, die ich zu erzählen habe …«, begann er ohne Verlegenheit. »Doch zuerst sollte ich mich vorstellen. Mein Name ist Franziskus, und ich reise als Pilger anstelle meines Herrn Ottokar von Ronsdorf. Für ihn soll ich Buße tun im fernen Santiago, obwohl …«, er senkte seine Stimme, »sein Sündenregister ist lang, und ich bezweifle ernsthaft, ob es ihm nützt.« Er lachte kurz auf. »Aber mir soll's gleich sein, denn das Abenteuer ist mir willkommen und die Entfernung von meinem grausamen Herrn umso mehr!«

»So etwas Ähnliches habe ich mir schon gedacht«, brummte der Pater. »Ich habe nämlich die Muschel auf Eurem Umhang gesehen. Das kennzeichnet Euch als Jakobspilger.«

Franziskus nickte. »Ich befand mich Anfang dieses Jahres bereits auf der zweiten Pilgerfahrt. In Paris habe ich Halt gemacht. Und hier bin ich mit einem edlen Herrn und seinem Knappen zusammengetroffen.«

Hedewich fühlte, wie ihr Herz zu rasen begann. Paris – ja, sie war sich ganz sicher, dass Markus diese Stadt in ihrem Traum erwähnt hatte!

»Arbeo von Eyll hieß er, und sein Begleiter war Markus«, fuhr Franziskus fort. »Er hat mir von Eurer Burg Satzvey erzählt, und er sprach gut von Euch, edle Herrin. Deshalb habe ich Hoffnung gefasst, bei Euch ein wenig rasten zu dürfen.«

»Gern dürft Ihr hier bleiben«, sagte Hedewich, der nicht entging, dass Benigna sie beobachtete. So hielt sie es für ratsam, nichts weiter zu sagen.

Stattdessen richtete die Nonne nun das Wort an den jungen Wanderer. »Sagt, wisst Ihr, wo sich der Herr von Eyll und sein Begleiter jetzt aufhalten?«

»Dazu kann ich nichts sagen.« Franziskus schüttelte bedauernd den Kopf. »Wir sind in Paris nur einige Zeit zusammengeblieben. Bevor sich unsere Wege getrennt haben, ist mir allerdings mit Markus das Sonderbarste widerfahren, was ich bisher in meinem ganzen Leben erlebt habe ...«

Hedewich versuchte, ihre Enttäuschung zu verbergen. Mit einem Mal war alles wieder hell in ihr aufgeflammt: der Schmerz über Arbeos Verschwinden, die Leidenschaft seines Kusses, sein befreites Lachen in ihrem Traum ... Zu gerne hätte sie gewusst, wo er sich jetzt gerade aufhielt!

Johann unterbrach ihre Gedanken. »Kennt Ihr überhaupt die Bedeutung der Jakobsmuschel, Hedewich?«, fragte er und fuhr sogleich fort, ohne auf ihre Antwort zu warten: »Ihr wisst doch sicherlich, dass Jakobus, der Bruder des Evangelisten Johannes, einer der Jünger Jesu war …«

Hedewich nickte gereizt. Noch immer musste er beweisen, dass er älter als sie war und mehr von der Welt gesehen hatte! Doch ihre Gedanken weilten noch ganz woanders.

»Er fand in Jerusalem den Märtyrertod, und sein Leichnam wurde nach Galizien gebracht«, griff der Pater an ihrer Stelle den Faden auf. »Viele Mirakel und Heilungen werden ihm zugeschrieben!«

Johann nickte. »Es heißt, bei seiner Überführung nach Galizien befand sich ein Ritter zufällig an der Stelle, wo das Boot mit dem Leichnam des Heiligen anlegte. Vom klaren Sternenhimmel herunter fiel ein heller Strahl. Er blendete das Pferd und verstörte es so, dass es ins Wasser sprang und den Ritter mit sich in die Tiefe zog. Den Anhängern von Jakobus aber gelang es, den Ritter an Bord zu ziehen und zu retten. Sein Körper war über und über mit Muscheln übersät …«

»Ihr seid gut unterrichtet«, wunderte sich Pankratius. »Wo habt Ihr diese Kenntnisse erlangt?«

»Als wir zum Kreuzzug aufbrachen, sind wir auch auf eine Gruppe Jakobspilger getroffen«, antwortete Johann. »Wir haben sie ein Stück ihres Weges begleitet, und sie haben vieles erzählt.«

»Santiago ist der spanische Name für Jakob«, erklärte der Pater, sichtlich in seinem Element. »Und Compostela …«

»Unser Gast wollte uns doch von einem seltsamen Ereignis berichten«, unterbrach ihn Benigna sanft. »Franziskus, wollt Ihr uns nicht weiter erzählen?«

Franziskus hatte inzwischen seinen Becher geleert. Er fühlte sich angenehm erwärmt und war froh, solch eine freundliche Aufnahme gefunden zu haben. Wohlig lehnte er sich auf dem Stuhl zurück.

»Der Herr von Eyll und Markus haben mich nach dem Weg zur Kirche Saint Jacques gefragt, wo sich die Pilger immer trafen«, sagte er dann. »Ich kenne mich ja dort aus und habe sie ins Viertel La Boucherie geführt, wo sich diese Kirche befindet.« Er lächelte leicht. »Markus war arg von den Eindrücken der großen Stadt überwältigt. Als dann auch noch die Pisse aus einem oberen Fenster auf die Straße gekippt wurde …«

»Ich bitte Euch!«, unterbrach der Pater entrüstet, doch der Fremde entschuldigte sich schon mit einer Verbeugung zur Burgherrin hin.

»Entschuldigt, ich werde nicht mehr abschweifen«, sagte er zerknirscht. »Wir sind also in die Kirche hineingegangen. Da wurde gerade eine Heilige Messe gefeiert, und wir haben uns zu den anderen Andächtigen gekniet. Der Herr von Eyll war wohl sehr ergriffen – so kam es mir jedenfalls vor. Aber er hat sich nicht am gemeinsamen Gebet beteiligt.«

Pankratius runzelte erneut die Stirn, beschloss dann aber, den Redefluss des jungen Mannes nicht mehr zu unterbrechen.

»Der Herr hat wie gebannt auf den Altar geschaut und dann nach oben, zu dem goldenen Kreuz und weiter zur Decke. Über dem Altar ist ein Fenster eingelassen. Es hat die Form einer Rosette und ist ausgekleidet mit kostbaren Glasscheiben in allen möglichen Rotschattierungen von Purpur über Karmesin bis hin zu Zinnober. Wie entrückt hat der Herr das Fenster betrachtet. Plötzlich hat er Markus etwas ins Ohr geflüstert. Dann ist er aufgestanden und hat eilends die Kirche verlassen.«

»Sagt«, fiel Benigna mit mühsam unterdrückter Aufregung ein, »erinnert Ihr Euch an die Stelle des Gebets? Welche Worte wurden gerade gesprochen, als der Herr die Kirche verließ?«

»Hm, es war im Credo ...«, erinnerte sich Franziskus. »Die Gläubigen sangen gerade ›visibílium ómnium et invisibílium‹ ...«

»Die sichtbare und die unsichtbare Welt«, nickte Benigna. »Ich habe es mir fast gedacht ...«

Der Pater kniff missbilligend die Augen zusammen. »Vielleicht können wir unserem Gast Gehör schenken, ohne ihn weiter zu unterbrechen«, sagte er streng. »Sonst erfahren wir nie, was er uns zu sagen hat.«

Betreten schwieg Benigna, und auf ihre dunklen Augen legte sich ein Schatten. Hedewich bemerkte die Spannung zwischen den beiden, sagte jedoch nichts.

»Ich habe Markus nach dem Gottesdienst gefragt, was mit seinem Herrn los sei«, fuhr Franziskus fort. »Doch er hat nur gesagt, dass er es auch nicht weiß. Sein Herr habe angeordnet, dass Markus mit mir zum Lager der Pilger nachkommen sollte. Dort würde er ihn wieder finden.«

Benigna blickte verstohlen zu Hedewich hinüber, die wie gebannt auf ihrem Stuhl saß und sich nicht rührte.

»Ich habe Markus beruhigt«, sprach Franziskus unbeirrt weiter. »Schließlich hätte er jetzt einige Stunden der Muße ohne seinen Herrn, die sollte er ruhig auskosten und mit mir die Stadt erkunden. So gaben wir die Rösser den guten Pilgern mit, die sie zum Lager bringen wollten. Und wir selber mischten uns unter die Menschen und ließen uns ziellos treiben. Am Grand Pont überquerten wir die Seine und gelangten auf die Île de Paris. Wart Ihr schon einmal dort?« Diese Frage richtete Franziskus an Johann, da er vermutete, dass dieser junge Herr ebenfalls weit gereist war.

Johann verneinte bedauernd, hatte im Inneren aber schon beschlossen, dass er diese große Stadt unbedingt auch einmal sehen musste!

»Auf dieser kleinen Insel lehnen sich die schmalen Fachwerkhäuser so eng aneinander, dass sich die oberen Stockwerke berühren«, erklärte Franziskus. »Die Gassen sind ziemlich düster und voller Unrat – es stank ganz erbärmlich nach ...«

»Das tut wohl nichts zur Sache«, mahnte der Pater rasch. »Was geschah dann?«

»Dann, ja, dann packte mich Markus plötzlich am Arm und zeigte aufgeregt in eine kleine Abzweigung«, sagte Franziskus. »Er sagte, er hätte seinen Herrn gesehen, wie er einer in Rot gekleideten Frau folgte. Doch dann waren beide verschwunden.«

»Einer Frau?«, entfuhr es Hedewich, die bei diesen Worten erbleicht war. Unruhig rieb sie sich die Hände.

»Vielleicht hat sich Markus getäuscht«, beschwichtigte Benigna sie.

»Das habe ich auch gedacht«, nickte Franziskus. »Doch dann, als wir weitergingen, sah Markus etwas an einem Holzpfosten hängen. Er ging näher und riss es ab. Es war ein kleiner roter Stofffetzen. Die Frau müsste mit ihrem Rock an dem Pfosten hängen geblieben sein, meinte er und war sich gewiss, dass er sich nicht getäuscht hatte. Er wollte jetzt unbedingt wissen, was sein Herr Geheimnisvolles trieb, und drängte mich, schneller zu laufen. Ich habe ihn ausgelacht, denn ich meinte, es wäre sicherlich eine Dirne. Von denen wimmelt es ja nur so in Paris …«

Hedewichs Lippen wurden schmal, doch sie sagte nichts. Unterdessen ließ sich Franziskus seinen Becher noch einmal von Benigna füllen. »Ich bin hinter Markus hergerannt, um ihn nicht zu verlieren, und wir kamen zu einer großen, prachtvollen Kirche.«

»Meint Ihr etwa Notre-Dame-de-Paris?«, fiel ihm der Pater ins Wort.

Franziskus nickte eifrig. »Und hier haben wir tatsächlich den Herrn von Eyll gesehen«, erzählte er weiter. »Er schlüpfte durch das geöffnete Portal ins Innere der Kirche, doch von einer Frau in einem roten Gewand war weit und breit nichts zu sehen.«

Hedewich atmete hörbar aus.

»Nach dem hellen Vorplatz mussten wir uns erst mal an die Düsternis in der Kirche gewöhnen. Markus sah nach oben, und auch ich folgte den spitz zulaufenden Bögen mit meinen Augen. Da traf ein Sonnenstrahl ein großes buntes Glasfenster. So etwas Wundervolles habt Ihr sicher noch nie gesehen!«, schwärmte Franziskus begeistert. »Wie blitzende Edelsteine, die sich auf den steinernen Boden ergossen …«

Der strenge Blick der Nonne ernüchterte ihn.

»Der Herr war nirgends zu sehen«, fuhr er achselzuckend fort. »Dafür habe ich bemerkt, wie eine schmale Holztür in einem Seitenschiff der Kathedrale langsam wie von unsichtbarer Hand zugezogen wurde. Wir dachten, es müsste sich um den Herrn von Eyll handeln, und wollten ihm weiter folgen. Vorsichtig stießen wir die Tür auf. Dahinter befand sich ein Turm mit Stufen, die sich steil nach oben wanden. Denen sind wir leise gefolgt, bis wir schließlich oben ins Freie gelangten. Ein herrlicher Blick!« Wieder bekam der Gast glänzende Augen. »Dort draußen auf dem schmalen Sims fühlt man sich wie in den Wolken, dazu der Blick auf die Dächer von Paris – es ist unbeschreiblich!«

»Habt Ihr Arbeo … ich meine, den Herrn von Eyll denn wiedergesehen?«, fragte Johann ungeduldig.

Franziskus legte ein Bein über das andere und beugte sich vor.

»Ich wollte mich gerade um eine weitere Biegung schleichen, da hielt mich Markus zurück. Er hatte Schritte gehört. Von zwei Menschen. Auch ich hatte Schritte gehört – aber nur von einem Mann. Auf einmal hielten die Schritte an, und der Mann fing an zu sprechen. Aber wir konnten nichts verstehen. Es war recht windig dort oben, müsst Ihr wissen«, er blickte zu Hedewich. »Der Wind wurde stärker, fast stürmisch. Wir mussten uns dicht an die Wand pressen, um nicht umgeworfen zu werden!«

Wie um seine Worte zu unterstreichen, blies eine starke Böe gegen die verschlossenen Fenster der Burg und rüttelte an den Läden. Hedewich zitterte innerlich und umklammerte die Armlehnen ihres Stuhles.

»Ich wollte Markus überreden zurückzugehen«, erzählte Franziskus weiter, den der Sturm nicht kümmerte. »Ich war mir inzwischen sicher, dass sein Herr von irgendetwas besessen war und einem irrsinnigen Wahn folgte. Doch Markus war neugierig und spähte ungeduldig um die Ecke. Schnell winkte er mir zu, ich solle auch schauen. Am Rande einer Turmbrüstung sah ich seinen Herrn wie erstarrt stehen. Er schien mit jemandem zu sprechen, den wir beide aber nicht sehen konnten. Dann, ohne Vorwarnung, drehte sich der Herr um und kam hastigen Schrittes näher. Über das Pfeifen des Windes hinweg hörten wir ihn fluchen. Dann änderte sich sein Ton, und er schien mehr verzweifelt als verärgert. Irgendeine Frau war es, die ihn so erschütterte, denn er rief wiederholt ihren Namen.«

»Wie … wie hieß sie?«, unterbrach ihn Hedewich mit heiserer Stimme und zog die Blicke aller auf sich. Ganz gerade saß sie im Stuhl, und ihre Augen waren weit aufgerissen. »Ich verstand es nicht gleich, doch dann glaubte ich, er sagte Zara …«

»Oh nein!« Pankratius war aufgesprungen. »Die Rote Zara! Seid Ihr sicher, dass Ihr Euch nicht täuscht? Das kann ich nicht glauben!«

»Ein merkwürdiger Name, dachte ich auch«, stimmte Franziskus zu. »Aber weiter darüber nachdenken konnte ich nicht, denn der Herr näherte sich uns, und wir mussten uns tief in einen Erker drücken, um nicht von ihm entdeckt zu werden. Doch wartet, an noch etwas erinnere ich mich …«

»Ja?«, entfuhr es Hedewich.

»Er schien sie zu suchen. Grausam sei sie, meinte er, sie würde sich ihm zeigen, nur um wieder zu verschwinden. Irgendetwas über eine Botschaft rief er noch, aber der Wind pfiff so laut, dass ich seine Worte nicht genau verstehen konnte. Merkwürdig war auch, dass er eine rote Blüte in der Hand hielt, so wie ich sie nur aus südlichen Landen kenne. Und dann ... dann fing er gar an zu schluchzen und taumelte, ohne uns zu sehen, an uns vorbei.«

Der Pater war aufgestanden und ging auf und ab, wobei er die einzelnen Perlen seines Rosenkranzes durch seine Finger gleiten ließ. Finster schaute er auf den Erzähler, doch unterbrach er ihn nicht.

»Wir wollten dem Herrn einen gebührenden Vorsprung lassen, bevor wir zurückkehrten, und blieben deshalb noch eine Weile dort oben. Als wir schließlich wieder zur Kirche zurückkehrten, sahen wir den Herrn! Tief gebeugt kniete er vor dem Altar. Wir hielten es für besser, die Kirche zu verlassen, und machten uns schnell auf den Weg zum Lager der Pilger. Aber merkwürdig war dies alles schon.«

Nachdenklich schaute Franziskus zum Pater. »Wisst Ihr, bis heute verstehe ich nicht, mit wem sich der Herr unterhalten haben soll. Dort oben war niemand außer uns und ein paar Tauben. Doch Markus war sicher, dass er eine Frauenstimme gehört hatte. Auch die Schritte des zweiten Menschen seien die einer Frau gewesen, beteuerte er. Und dann öffnete er seine Faust und zeigte mir, was er darin hielt. Der kleine rote Stofffetzen war es, und darauf war ein winziger glitzernder Spiegel aufgestickt.«

»Ihr sprecht die Wahrheit, da bin ich mir sicher!« Hedewich hörte Benigna mit einer Stimme sprechen, die von weither zu kommen schien. »Und auch Markus hat sich nicht getäuscht!«

»Setzt Euch doch endlich«, meinte Johann zu Pankratius. »Ihr macht mich ganz unruhig. Arbeo wird wohl eine erneute Begegnung gehabt haben.«

»Erst kurz vor Sonnenaufgang kam der Herr endlich ins Lager zurück«, sagte Franziskus. »Tiefe Schatten lagen um seine Augen, die unnatürlich glänzten wie im Fieber. Erschöpft warf er sich auf einen Strohhaufen und schlief sogleich ein. Und mit diesem Schlaf, so sagte mir später Markus, begannen die Alpträume.« Franziskus berichtete noch ein wenig über die gemeinsamen Tage in Paris. Etwa zwei Wochen hatte er gemeinsam mit Arbeo und Markus dort verbracht. Dann hatten sich die Pilger gesammelt, um ihren Weg gemeinsam zu beschreiten, und Franziskus war ihnen gefolgt. Arbeo aber und Markus waren in Paris zurückgeblieben.

»Der Herr sprach davon, seinen Weg suchen zu müssen. Eigentlich hatte er vor, auch nach Santiago zu pilgern, aber ich kann nicht sagen, ob er das später noch getan hat. Gesehen habe ich ihn jedenfalls nie wieder. Weder ihn noch Markus, seinen Knecht.«

Als sich nach einer unruhigen Nacht alle am nächsten Morgen an der Frühstückstafel im Saal versammelten, sagte Hedewich: »Ich habe einen Entschluss gefasst. Warum sollen wir nicht Franziskus bei uns behalten? Sein Herr scheint ihm nicht gerade wohl gesonnen zu sein, wohingegen wir eine weitere Hand gut gebrauchen könnten!«

Franziskus freute sich und nahm das Angebot ohne Zögern an. Rasch fügte er sich in den Tagesablauf auf der Burg ein. Seine Hilfsbereitschaft und sein handwerkliches Geschick machten ihn bald zum unentbehrlichen Mitglied der kleinen Burggemeinschaft. Und sein fröhliches Pfeifen trug viel dazu bei, die düstere Stimmung erträglicher zu machen.

Über ein Jahr war bereits seit Phylipps Tod vergangen. Die Weihnachtszeit war gekommen und wieder vorbei, ohne dass rechte Festtagsfreude aufgekommen wäre. Hedewich blieb bedrückt, auch wenn sie versuchte, ihre Niedergeschlagenheit zu verbergen.

»Es ist wahrlich jammerschade«, stellte Pankratius an einem freundlichen Apriltag fest, »dass alle jungen Edelmänner im heiratsfähigen Alter dem Ruf zum Kreuzzug gefolgt sind!«

»Ich stimme Euch zu«, sagte Benigna, die mit ihm durch den Burgpark spazierte. »Hedewich grämt sich unaufhörlich, doch ...«

Sie bückte sich und pflückte eine wilde Narzisse.

»Doch sie grämt sich nicht nur um Phylipp, habe ich Recht?«, ergänzte der Pater ihren Satz.

»Ich weiß, dass Ihr ein guter Beobachter seid«, seufzte Benigna. »Und ich vermute, Ihr wisst genau wie ich, wem Hedewich insgeheim ihr Herz geschenkt hat …«

Zum ersten Mal sprach sie von Hedewichs Alpträumen in jener Nacht, nachdem Franziskus seinen Bericht gegeben hatte. Sie hatte das Stöhnen der Herrin gehört und beschlossen, bei ihr zu nächtigen. Hedewich hatte in dieser Nacht immer wieder aufgeschrien, mal war Phylipps Name gefallen, mal der von Arbeo, mal auch hatte Benigna gemeint, den der Roten Zara zu vernehmen. Von Hedewichs geheimer Liebe zu Arbeo erzählte sie dem Pater und von der Trauer, die Hedewich vergeblich zu verbergen versuchte.

»Ich befürchte, sie ist kurz davor, sich selbst aufzugeben«, schloss sie besorgt.

»Wenn wir nur wüssten, wo Arbeo ist«, murmelte der Pater. »Wenn wir ihm nur irgendwie eine Botschaft zukommen lassen könnten …«

Am gleichen Abend, als Benigna noch über ihr Gespräch mit dem Pater nachdachte, klopfte es leise an ihre Tür. Hedewich kam herein. Sie ging mit festen Schritten durch die kleine Kammer und setzte sich auf die eingemauerte Bank in der Fensternische. Ihr Blick schweifte über den kleinen rot blühenden Baum und blieb an dem zierlichen Vogelkäfig haften. Zögernd fing sie an zu sprechen, und je mehr sie sprach, desto mehr schien hervorzudringen. Gewaltig und unaufhaltsam brach es aus ihr heraus.

»Ich war ihm untreu«, klagte sie sich an. »Dem Mann, dem ich vor dem Altar meine Treue versprach. Und er … er hat mich immer geliebt und geehrt. Bis zu seinem letzten Atemzug. Ach, Benigna …« Tränen schimmerten in ihren Augen. »Ich mache mir so große Vorwürfe, doch kann ich nicht dagegen ankämpfen. Ich liebe einen anderen, und er … er …«

»Er liebt Euch auch«, sagte Benigna ruhig.

»Nein!« Zutiefst verletzt schrie Hedewich auf. »Nein, nicht nach mir sehnt er sich!« Sie fing an zu schluchzen. »Eine andere ist's, von der er träumt. Ich weiß es ganz sicher! Es ist die Frau aus Paris, die Rote Zara!«

Benigna schloss die weinende Hedewich in ihre Arme und hielt sie lange Zeit an sich gedrückt. Als sie merkte, dass Hedewich langsam ruhiger wurde, schob sie sie sanft zurück in die Fensterbank und schaute ihr in die rot umrandeten Augen.

»Jetzt ist's an Euch, mir zuzuhören«, sagte sie. »Nehmt einen Becher meines Kräutertranks. Er wird Euch beruhigen. Und schenkt mir Eure ganze Aufmerksamkeit.«

Dann fing sie an zu erzählen – all das, was sie einst in der Nacht im Kräutergarten auch Arbeo erzählt hatte. Von ihrer Herkunft in Akkon, von ihrer Flucht nach Konstantinopel, von den Lehren ihres Vaters und den Geschichten ihrer Mutter sprach sie. Vom Fest anlässlich ihrer Verlobung und von den Vögeln, die die rot bekleidete Tänzerin ihr am Tag ihrer Verlobung geschenkt hatte. Und schließlich erzählte sie Hedewich auch von dem Ritter, der sie raubte und ihre Familie hinrichtete.

»Nur die zauberhaften Vögel und die Samen der Granatäpfel konnte ich retten«, sagte sie und kam auf ihren Einzug ins Kloster zu sprechen. »Seht Ihr«, schloss sie, »die Rote Zara ist auch mir begegnet. Nicht jedem ist es gegeben, sie sehen zu können. Arbeo ist einer von jenen wenigen, denen sie auch das Schicksal gedeutet hat.«

»Ihr meint ... in Paris?«, fragte Hedewich verwundert.

»Nein, vorher schon«, antwortete Benigna. »Sie ist ihm wiederholt begegnet, doch hat er nicht verstanden, was sie meinte. Es war ihm nicht genug, einfach zu glauben. Aber ihre Botschaft erfüllt sich immer. Ihm fehlt nur das Vertrauen darein.«

Hedewich schaute ungläubig zu Benigna auf. »Auch ich habe die Rote Zara gesehen«, murmelte sie und erzählte der Nonne von ihrem Traum in jener Nacht, in der Phylipp gestorben war. »Meint Ihr, auch dies war eine Botschaft?«

»Ich glaube, ja«, antwortete Benigna sinnend. Nach einer Weile setzte sie hinzu: »Es ist gut, dass Ihr mir endlich von Eurem Traum erzählt habt ... Jetzt weiß ich, was zu tun ist.«

Entschlossen ging sie zu dem Käfig, in dem ihre beiden Vögel zwitscherten, und hob ihn zum Fenster. Bevor Hedewich sie davon abhalten konnte, öffnete sie das Türchen und scheuchte die Vögel hinaus.

»Was tut Ihr da?«, rief Hedewich entrüstet, doch es war bereits zu spät. Schwungvoll hoben die Vögel sich in die laue Frühlingsluft und flogen davon.

Hedewich blickte ihnen kopfschüttelnd nach, bis sie nicht mehr zu sehen waren. Dann drehte sie sich zu der Nonne um.

»Benigna, Ihr seid wahrlich der erstaunlichste Mensch, den ich kenne. Die Vögel der Liebe ... das war doch nur eine Geschichte?«

Benigna schmunzelte, und ihre Augen blickten gütig in die ihrer Herrin.

»Lasst uns schlafen«, sagte sie. »Das Schicksal nimmt nun seinen Lauf.«

Es vergingen Tage, Wochen und Monate. Wieder saß Hedewich an den langen Abenden im Saal und stickte an ihrem Wandteppich. Er war fast vollendet. An jener kahlen Stelle, auf die Arbeo seinerzeit fragend gezeigt hatte, war nun die kleine Kapelle zu sehen, nicht weit davon entfernt das Kreuz von Phylipps Grab. Hoch oben am Himmel schwebte der Falke, von dessen Fesseln die seidenen Riemen herabhingen. Vor dem Tor der Burg war Hedewich selbst zu erkennen, als Braut gewandet. Nur die Figur des Bräutigams fehlte, doch waren seine Konturen leicht mit Kohle vorgezeichnet.

Die Tage auf Burg Satzvey verliefen in einem festen Rhythmus. Ähnlich wie früher Arbeo war es jetzt Johann, der ausgedehnte Jagdausflüge unternahm. Oft dachte er dabei an Gesine, die sich ihm versprochen hatte. Im nächsten Jahr sollte Hochzeit sein.

Benigna hatte ihren Kräutergarten erweitert, und unter ihren geschickten Händen gediehen nicht nur Obst und Gemüse, sondern auch wunderschöne, seltene Blütenpflanzen. Oft half ihr der Pater bei ihrer Arbeit, denn er genoss die Gespräche mit der gebildeten, herzenswarmen Frau.

Hedewich kümmerte sich weiter um die Belange der Dörfer und machte zuweilen auch alleine ausgedehnte Ausritte. Worüber sie dabei nachdachte, behielt sie für sich. Nie wieder sprach sie mit irgendeinem Menschen über Arbeo und die Vögel.

Eines Morgens, der lange Sommer wandelte sich bereits zum Herbst, und eine Ahnung vom kommenden Frost lag in der frühen Morgenluft, ließ Hedewich wieder ihr Pferd satteln. Es versprach ein strahlender Tag zu werden. Hedewich fühlte eine Leichtigkeit in sich wie lange nicht mehr. Beinahe übermutig gab sie ihrem Pferd die Sporen. Über die Wiesen und Auen galoppierte sie geradewegs in den Wald hinein, bis sie außer Atem an einer Lichtung anhielt. Unterwegs hatte sie ihre Haube verloren – ganz wie früher auf dem Mons Nore, dachte sie lachend und schüttelte ihre langen Haare.

Inzwischen stand die Sonne hoch am Himmel und hatte den Tau vom Gras verdunsten lassen. Hedewich rutschte vom Sattel und band ihr Pferd an den Ast einer Kiefer. Sie ließ sich auf einem sonnenbeschienenen Fleck nieder und blickte zum Himmel hinauf. Hoch oben hatten sich Schleierwolken geformt, und ein sanfter Wind trieb sie langsam voran. Alles war friedlich und still. Hedewich schloss die Augen und fiel in einen leichten Schlaf. Halb im Traum hörte sie das Zwitschern von Vögeln. Mit einem Ruck setzte sie sich auf. Was war das?

Da hörte sie es wieder. Ein Knacken wie von splitternden Zweigen! Es kam aus dem Wald, durch den sie vorhin geritten war. Auch ihr Pferd spitzte die Ohren und schaute in die Richtung, aus der das Geräusch gekommen war. Dann hörte Hedewich sanften Flügelschlag und wieder das Vogelgezwitscher. Erneut schaute sie in den Himmel und sah weit über sich zwei Vögel, die sich ihr näherten. Ihr Gefieder glänzte grün und blau in der Sonne, und in ihrem Schnabel hielten sie jeder eine rote Blüte.

Während Hedewich wie gebannt ihrem kreisenden Flug folgte, spürte sie hinter sich eine Bewegung. Bevor sie Zeit hatte, sich umzudrehen, fühlte sie starke Arme, die sich um sie legten. Sanft wurde sie gedreht und musste doch nicht hinsehen. Der Kuss, den sie spürte, war ihr Gewissheit genug.

Noch viele Jahre später dachte Hedewich zurück an jenen Tag, an dem ihr Leben eine neue Wendung genommen hatte. Was wäre wohl gewesen, sinnierte sie, wenn der Kaiser damals nicht zum Kreuzzug gerufen hätte? Wie so oft spazierte sie mit Arbeo über die Burgauen. Eine heitere Ruhe erfüllte sie, und sie griff glücklich nach seiner Hand.

»Weißt du noch, was du mir vor so langer Zeit gesagt hast?«, sagte sie und lächelte ihn an.

Er wusste sofort, was sie meinte, und strich ihr liebevoll über die Wange. Dann schaute er hinauf zur Burg, aus deren geöffneten Fenstern das fröhliche Lachen ihrer beiden Kinder herausschallte. In einem Türmchen hängte Benigna soeben den verzierten Käfig mit den beiden Vögeln in die Sonne. Ein Sonnenstrahl verfing sich in dem kleinen Spiegel und blitzte auf. Arbeo lächelte und zog seine junge Frouwe an sich.

»Es kann noch so viel gewollt und geplant werden«, raunte er ihr ins Ohr, »immer behält das Schicksal das letzte Wort.«

Zeittafel

1096 1. Kreuzzug, Einnahme Jerusalems durch die Kreuzritter 1099

1122 Geburt von Friedrich I. Barbarossa

1147 2. Kreuzzug, gescheitert 1149

1167 Geburt von Johann »Ohneland«, Bruder Richards I. (Löwenherz)

1168 Geburt von Pater Pankratius bei Bosau (Plöner See)
Waldemar I., König von Dänemark, erobert Rügen gegen die Wenden.

1188 Geburt von Benigna

1189 3. Kreuzzug, gescheitert 1192, nur Akkon wird von den Kreuzrittern eingenommen

1190 Kaiser Barbarossa ertrinkt in Kleinasien.

1192 Geburt von Adalbert von Schaumburg, Graf von Holstein und Stormarn

1194 Geburt von Friedrich II. und von Phylipp von Vey

1196 Pater Pankratius kommt zu Christine von Schaumburg, Gräfin von Holstein und Stormarn, und ihrem Mann nach Nordalbingen.

1198 Geburt von Kuno von Schaumburg, Graf von Holstein und Stormarn
Friedrich II. wird zum König von Sizilien gekrönt.

1199 Richard Löwenherz stirbt. Sein Nachfolger wird Johann »Ohneland«.
Hartmann von Aue dichtet das Epos »Iwein«.

1201 Papst Innozenz III. entscheidet sich im deutschen Thronstreit für Otto IV., nachdem dieser im Neusser Eid den Verzicht auf eine eigene Italienpolitik schwört.
Waldemar von Schleswig, Bruder des Dänenkönigs Knut IV., erobert Holstein.

1202 Dänen (Nordmänner) plündern und töten Adalbert von Schaumburg und seine Eltern.
Papst Innozenz ruft zum 4. Kreuzzug zur Befreiung Jerusalems.
Johann Lackland werden alle französischen Lehenbesitzungen wegen der Ermordung seines Neffen Arthur de Bretagne aberkannt.

1204 Dänen erobern Ostseeraum, Ostsee wird Dänisches Meer, Konstantinopel wird von den Kreuzrittern grausam erobert. Der 4. Kreuzzug wird abgebrochen.

1205 Geburt von Arbeo von Eyll bei Mainz

1206 Benigna kommt ins Kloster Maria im Tale, Bürvenich.

1208 Johann »Ohneland« widersetzt sich der Ernennung des Erzbischofs von Canterbury durch Papst Innozenz III. und wird von diesem verbannt.
Otto IV. heiratet Beatrix, Tochter des französischen Königs Philipp II. August.

1209 Otto IV. wird von Papst Innozenz III. zum Kaiser gekrönt.
Kreuzzug gegen die Albigenser und Waldenser in Südfrankreich

1210 Geburt von Johann Graf von Are und Hochstaden auf der Nürburg, Eifel
Papst Innozenz III. verbannt Otto IV. wegen dessen Vormarschs auf Sizilien.

1212 Geburt von Hedewich Gräfin von Are und Hochstaden. Hedewichs Mutter stirbt bei der Geburt.
Kinderkreuzzug
Franz von Assisi und Klara gründen den Orden der Klarissinnen.

Papst Innozenz III. krönt den achtzehnjährigen König von Sizilien, Friedrich II., zum deutschen Gegenkönig.
Friedrich II. verbündet sich mit Philipp II. August von Frankreich.
Otto IV. verbündet sich mit England und den niederrheinischen Fürsten gegen Friedrich II.

1213 Friedrich II. verzichtet in der »Goldenen Bulle« von Eger auf sein Investiturrecht und auf weite Gebiete Italiens.

1214 In der Schlacht bei Bouvines siegen die vereinten Heere Frankreichs und der Staufischen Partei Deutschlands gegen die vereinten Truppen Englands und Otto IV.

1215 Englische Barone erzwingen mit der Magna Charta weit reichende Privilegien.
Das 5. Laterankonzil erkennt die Königswahl von Friedrich II. an und erklärt Otto IV. für abgesetzt.

1216 König Johann »Ohneland« stirbt. Sein Nachfolger wird Heinrich III.
Tod von Innozenz III.
Honorius III. wird neuer Papst.

1217 Walther von der Vogelweide verfasst antipäpstliche und prokaiserliche Schriften.
Ungezählter Kreuzzug gegen Damiette im Nildelta

1218 Wolfram von Eschenbach verfasst das Kreuzzug-Epos »Willehalm«.

1219 Arnold von Gymnich schwört den Eid und wird im Nildelta gerettet.

1220 Hedewich geht ins Kloster.
Friedrich II. wird von Papst Honorius III. zum Kaiser gekrönt.
Tod Wolframs von Eschenbach

1223 Philipp II. August, König von Frankreich, stirbt. Sein Nachfolger ist Ludwig VIII.
Heinrich von Schwerin nimmt Waldemar von Dänemark gefangen, weil dieser ihm während seiner Abwesenheit auf einem Kreuzzug die Ländereien geraubt hatte.

1225 Friedrich II. heiratet Isabelle von Brienne, Königin von Jerusalem.

1226 Hedewich von Are und Hochstaden heiratet Phylipp von Vey auf Burg Satzvey.

1227 Friedrich II. bricht zum 5. Kreuzzug auf. Aus Krankheitsgründen muss er den Kreuzzug vorzeitig abbrechen und wird von Papst Gregor IX. gebannt.
Graf Waldemar von Elmt kommt als Gesandter Friedrichs II. nach Satzvey.

1228 Phylipp von Vey folgt im Februar dem Ruf des Kaisers, der trotz Kirchenbanns erneut zum Kreuzzug von Brindisi aus aufbricht.

Quellennachweis

S. 7, 98, 259 Das Falkenlied. Der von Kürenberg, Nachdichtung von Kurt Erich Meurer, aus: Deutscher Minnesang, Verlag Philipp Reclam Jun., Stuttgart 1978, S. 25.
Anmerkung der Autorin: Tatsächlich wird das Falkenlied auf die zweite Hälfte des 12. Jahrhunderts datiert. Dass »Der von Kürenberg« aber auf Burg Satzvey gewesen sein könnte, ist durchaus denkbar.

S. 13 *Bonitatem et disciplinam et scientiam doce me*, aus: Psalm 119, V. 66.

S. 37 *Ein Blatt in diesem Garten bedeutet mehr als alle Blätter, die du im Paradies findest*, nach: Mevlana Rumi, aus: Das Lied der Liebe. Die Weisheit göttlicher Liebe in den Versen des großen Sufi-Dichters, Heyne 1996

S. 47 *Notabene*, Lied von Carl Michael Bellmann 1770, zit. nach: Rabenlieder. Lebendiges Mittelalter. Hrsg. v. Benno Bulitta, G & S Verlag, Zindorf 2001, S. 93.

S. 166, 167 *Wer's je vermochte.* Wolfram von Eschenbach, zit. nach: Deutsche Lyrik im Mittelalter. Übersetzung von Max Wehrli, Manesse Bibliothek der Weltliteratur, Zürich 1955 u. 1962, S. 199.

S. 219–220 *Wohl mir der Stunde …*, Walter von der Vogelweide, zit. nach: Deutsche Lyrik im Mittelalter, a.a.O., S. 233.

ELKE LUTTERBACH
Ritterburgen
FÜHRER, NACHSCHLAGEWERK UND BILDERBUCH
BAND 2
J.P. BACHEM VERLAG
BURG SATZVEY